Cilada para um marquês

Copyright © 2015 Sarah Trabucchi
Copyright © 2016 Editora Gutenberg

Título original: *The Rogue Not Taken*

Publicado originalmente nos Estados Unidos pela Avon, um selo da HarperCollins Publishers.

Todos os direitos reservados pela Editora Gutenberg. Nenhuma parte desta publicação poderá ser reproduzida, seja por meios mecânicos, eletrônicos, seja via cópia xerográfica, sem a autorização prévia da Editora.

EDITORA
Silvia Tocci Masini

EDITORAS ASSISTENTES
Carol Christo
Nilce Xavier

ASSISTENTE EDITORIAL
Andresa Vidal Branco

PREPARAÇÃO
Andresa Vidal Branco

REVISÃO
Mariana Paixão
Nilce Xavier

CAPA
Carol Oliveira (sobre imagem de Svyatoslava Vladzimirska)

DIAGRAMAÇÃO
Larissa Carvalho Mazzoni

Dados Internacionais de Catalogação na Publicação (CIP)
Câmara Brasileira do Livro, SP, Brasil

MacLean, Sarah

Cilada para um marquês / Sarah MacLean ; tradução A C Reis. – 1. ed. 3. reimp. – Belo Horizonte : Editora Gutenberg, 2020. – (Série Escândalos e Canalhas ; 1)

Título original: *The Rogue Not Taken*.
ISBN 978-85-8235-401-8

1. Ficção histórica 2. Romance norte-americano I. Título. II. Série.

16-06101   CDD-813

Índices para catálogo sistemático:

1. Romances históricos : Literatura norte-americana 813

A **GUTENBERG** É UMA EDITORA DO **GRUPO AUTÊNTICA**

São Paulo
Av. Paulista, 2.073, Conjunto Nacional, Horsa I
23º andar . Conj. 2310-2312 .
Cerqueira César . 01311-940 São Paulo . SP
Tel.: (55 11) 3034 4468

Belo Horizonte
Rua Carlos Turner, 420
Silveira . 31140-520
Belo Horizonte . MG
Tel.: (55 31) 3465 4500

www.editoragutenberg.com.br

Série Escândalos e Canalhas - 1

Sarah MacLean

Cilada para um marquês

3ª reimpressão

Tradução: A C Reis

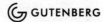

"Eu jurei que não deixaria você morrer e pretendo manter minha promessa." A atenção dele se concentrou no lugar onde seus dedos passavam o mel na ferida do ombro dela; a viscosidade do unguento não era nada comparada à maciez da pele dela.

Ele tentou encontrar um assunto seguro — o destino deles. Dela.

"Você está planejando abrir uma livraria."

Ela assentiu com a cabeça, um movimento forçado.

"Eu *vou* ter uma livraria."

Imaginou-a desgrenhada e coberta de pó, rodeada por livros, e gostou muito daquilo.

Ele ergueu a mão e baixou os olhos para a ferida, que brilhava com o mel. Ela também olhou.

"Você devia se lavar", ela disse.

Ele devia. Mas em vez disso, levou a mão à boca e lambeu o mel de seus dedos, encarando-a.

Ela abriu mais os olhos, mas não titubeou. Foi então que ele soube.

Se a beijasse, ela não o impediria.

E se a beijasse, não iria parar.

Para o Dr. Howard Rüna
e à mulher que ele ama.
Com gratidão infinita.

Escândalos & Canalhas

Vol. 1 / Edição 1   Domingo, 10 de junho de 1833

DUQUE À BEIRA DA MORTE?

DIZEM POR AÍ que o notório recluso **Duque de Lyne** está com os dias contados. Uma fonte confidencial contou ao **Escândalos & CANALHAS** que o herdeiro do duque (o MALANDRO e fascinante "Canalha Real") foi convocado para ir ao norte para se encontrar com seu frágil pai, frente a frente, pela ÚLTIMA vez. Será que **Eversley** conseguirá se livrar do aconchego e calor de sua mais recente e amorosa dama para correr para CASA? Tudo indica que sim, afinal, aparentemente a palavra *herança* é melhor do que *namorada*.

MAIS NOTÍCIAS EM BREVE.

Escândalos & Canalhas

Capítulo 1   Londres, junho de 1833

SOPHIE AFUNDA NA SOCIEDADE

* * *

Se pelo menos a Condessa de Liverpool não admirasse tanto criaturas aquáticas, *talvez* as coisas tivessem se desenrolado de maneira diferente.

Talvez ninguém tivesse testemunhado os eventos do dia 13 de junho, a última e lendária festa ao ar livre da temporada de 1833. Talvez as pessoas de Londres tivessem apenas se enfiado alegremente em milhares de carruagens que se espalhariam como besouros pelo interior da Inglaterra para viver o idílio do verão. Talvez...

Mas, um ano antes, a Condessa de Liverpool recebeu de presente meia dúzia de belos peixes brancos e laranja que, disseram-lhe, descendiam em linha direta dos amados animais do Xogum do Japão. Sophie, por sua vez, achou aquela história toda inacreditável, já que o Japão vivia isolado do resto do mundo. Mas Lady Liverpool tinha um orgulho imenso de seus peixes de estimação, e cuidava deles com uma paixão quase fanática. Seis se transformaram em duas dúzias, o aquário extragrande em que as criaturas foram entregues teve que ser trocado por um tanque que só podia ser descrito como um lago em miniatura.

Os peixes mexeram tanto com a imaginação da condessa que a Recepção de Verão dos Liverpool teve como tema, por mais estranho que pareça, a China, apesar de a condessa saber menos ainda da China do que sabia do Japão. De fato, quando Lady Liverpool recebeu os convidados em seu elaborado vestido diáfano de seda laranja e branca — que por óbvio pretendia evocar seus queridos peixes —, ela explicou a confusão:

"É notório que ninguém sabe nada a respeito do Japão. É um lugar terrivelmente reservado, e por isso não teria a menor graça para ser usado como inspiração de um tema. E a China fica ali do ladinho... É praticamente a mesma coisa."

Quando Sophie explicou à condessa que, na verdade, não eram a mesma coisa, a condessa soltou um risinho e gesticulou com um braço repleto de nadadeiras de seda.

"Não se aflija, Lady Sophie. Tenho certeza de que a China também tem seus peixes."

Sophie desviou o olhar para a mãe após aquela declaração de ignorância da condessa, mas não obteve apoio. Durante semanas, Sophie insistiu que China e Japão não eram a mesma coisa, mas ninguém estava disposto a ouvi-la — sua mãe estava agradecida demais por ter sido convidada para uma festa com tantos detalhes complexos. As irmãs Talbot, afinal, eram especialistas em complexidade.

Elas, bem como o resto da aristocracia, compareceram desfilando com rendas e sedas vermelhas e douradas, brocados uns mais intricados que os outros, com o visual encimado por chapéus ousados, que sem dúvida mantiveram os chapeleiros de Londres trabalhando dia e noite desde que os convites começaram a ser distribuídos.

Sophie, contudo, resistiu à insistência da mãe para que participasse daquela farsa e, para o desgosto da família, foi à festa usando um vestido comum amarelo-claro. E foi assim que naquele lindo dia, no meio de junho, Lady Liverpool ficou com pena da pobre e desinteressante Sophie — a garota que não era a Talbot mais bonita, nem a mais interessante, nem a que melhor tocava piano — e sugeriu que a jovem "peixe fora d'água" pudesse gostar de conhecer os peixes em seu próprio ambiente.

Sophie aceitou, alegre, a oferta. Grata por se distanciar da festa cheia de aristocratas risonhas e críticas, que evitavam, cuidadosamente, ela e sua família. Não existe, afinal, encarada mais óbvia do que a que evita seu objeto. Isso é verdade comprovada, em especial, quando os objetos em questão são tão difíceis de ignorar.

Os olhares perseguiam as jovens Talbot desde seus debutes — cinco em quatro anos —, cada uma delas tornando-se menos bem-vinda na sociedade do que a outra, de modo que os convites foram ficando escassos enquanto os anos passavam.

Sophie sempre desejou que sua mãe desistisse do sonho de transformar as filhas em queridinhas da Sociedade, mas isso nunca aconteceria. Como consequência, Sophie estava lá, escondendo-se no jardim topiário da mansão Liverpool, enquanto fingia não ouvir os insultos sussurrados a respeito de suas irmãs — sussurrados com tanta regularidade que quase ninguém mais se preocupava em sussurrá-los.

Assim, não era pequeno o alívio que Sophie sentia ao seguir as orientações de sua anfitriã até a famosa estufa dos Liverpool, enorme e fechada por vidros, repleta de uma diversidade impressionante de plantas que não fofocavam.

À procura do laguinho com os peixes, ela circulou por entre limoeiros em vasos e samambaias impressionantes, até ouvir *aquele* som — um tipo de grito, rítmico e perturbador, como se alguma criatura estivesse sendo torturada em meio aos rododendros. Como ela não era desprovida de consciência, e era evidente que a criatura em questão necessitava de auxílio, Sophie resolveu investigar. Infelizmente, quando encontrou a origem do barulho, ficou bastante claro que a mulher não precisava de nenhum tipo de assistência.

Pois ela já estava recebendo bastante atenção... Do cunhado de Sophie... Vale notar que a mulher *não era* irmã de Sophie. Foi por isso que, ao se recuperar do choque inicial, Sophie se achou perfeitamente no direito de interromper o casal.

"Vossa Graça", ela disse, sem nenhuma discrição, com a voz carregada de desprezo por aquele momento, aquele homem e pelo mundo que tinha dado a ele tanto poder.

O casal congelou. Por detrás do braço dele emergiu uma bela cabeça loira, que sustentava um chapéu encapado de seda vermelha que mais parecia o telhado de um templo chinês, as borlas douradas penduradas nas várias pontas do acessório balançavam à altura das orelhas da moça. Grandes olhos azuis piscaram.

Mas o Duque de Haven não se dignou a olhar para Sophie.

"Deixe-nos", ele apenas ordenou.

Não havia nada no mundo que Sophie odiasse mais do que a aristocracia.

"Sophie?", chamou uma voz atrás dela. "Nossa mãe está procurando por você... ela pegou o Capitão Culberth no campo de *croquet* para conversar, pobre homem, e enquanto fala fica acertando nele com aquele leque enorme que ela insistiu em trazer. Você deveria salvar o coitado."

Sophie fechou os olhos ao ouvir aquelas palavras, desejando que sumissem. Desejando que a pessoa que as pronunciava fosse embora com elas. Sophie girou o corpo para impedir o avanço da irmã.

"Não, Sera..."

"Oh...", Seraphina, Duquesa de Haven, nascida Talbot, parou de súbito quando virou para o corredor entre as árvores nos vasos, assimilando a cena, e suas mãos voaram para a barriga, que começava a ficar saliente por abrigar o futuro Duque de Haven. "Oh...", Sophie viu o choque faiscar nos olhos da irmã quando ela entendeu a cena, choque que foi seguido por tristeza e uma calma fria. "Oh...", repetiu a Duquesa de Haven.

O duque não se moveu. Não olhou para a esposa, mãe de seu futuro filho. Apenas passou a mão pelos cabelos loiros.

"Eu disse *deixe-nos*", ele repetiu, com a boca na curva do pescoço de sua amante.

Sophie olhou para Seraphina, alta, forte e escondendo as emoções que devia estar sentindo. Sophie não podia fazer nada a não ser sofrer com a irmã. Ela desejou que Seraphina se manifestasse. Que assumisse uma posição. Por seu filho não nascido.

Seraphina virou para o outro lado. Sophie não conseguiu se segurar.

"Sera! Você não vai dizer nada?" A irmã Talbot mais velha sacudiu a cabeça e a resignação no movimento fez raiva e indignação borbulharem em Sophie. Ela se virou para o cunhado.

"Já que ela não vai falar, *eu* vou. Você é nojento. Pomposo, odioso e repulsivo!"

O duque se virou e a fitou com uma expressão desdenhosa.

"Posso continuar?", Sophie perguntou.

"Sério? Falar com um duque dessa forma é muita falta de respeito", exclamou a loira nos braços dele.

Sophie resistiu ao impulso de arrancar aquele chapéu ridículo da cabeça da mulher e bater nos dois com o acessório.

"Você tem razão. Sou *eu* quem está faltando com respeito nesta situação."

"Sophie...", Seraphina murmurou, e Sophie percebeu a urgência na voz da irmã, no modo como suplicava que ela se afastasse da cena.

O duque soltou um suspiro longo e sofrido e se separou da mulher em questão, baixando as saias dela e a tirando da mesa onde ela estava empoleirada.

"Vá embora."

"Mas..."

"Eu disse para ir!"

A mulher percebeu que já era passado e fez o que lhe era ordenado, endireitando suas borlas e alisando as saias antes de sair. O duque se virou, ainda abotoando o fecho da calça. A duquesa virou para o outro lado, mas Sophie não. Ela se colocou na frente da irmã, como se pudesse protegê-la do homem horrível com quem tinha se casado.

"Se você pensa que nos assusta com sua grosseria, saiba que não funciona."

"Claro que não", ele arqueou a sobrancelha. "Sua família prospera na grosseria."

Aquelas palavras tinham o intuito de ferir... e conseguiram.

A família Talbot era o grande escândalo da aristocracia. O pai de Sophie tinha se tornado conde recentemente. Ele recebera seu título uma década antes, das mãos do então Rei. Embora o pai de Sophie nunca tivesse confirmado a fofoca, o boato amplamente espalhado era que a fortuna de Jack Talbot — feita com carvão — tinha lhe comprado o título. Outros diziam que o título foi conquistado em um jogo de cartas; outra teoria dizia que era uma retribuição do Rei pelo fato de o conde ter assumido uma dívida especialmente embaraçosa do monarca.

Sophie não sabia e não ligava muito para isso. Afinal, o título do pai não tinha nada a ver com ela, e esse mundo aristocrático não era o que ela teria escolhido para si. De fato, ela teria escolhido qualquer mundo, menos aquele em que as pessoas criticavam e maltratavam suas irmãs. Ela levantou o queixo e encarou o cunhado.

"Você não parece se incomodar em gastar o nosso dinheiro."

"*Sophie*", a irmã disse outra vez, e Sophie percebeu censura no tom de Seraphina.

Sophie encarou a irmã.

"Você não pode estar querendo protegê-lo. É verdade, não é? Antes de casar com você ele era completamente pobre. De que vale um ducado em ruínas? Ele devia estar de joelhos para demonstrar gratidão por você ter aparecido e salvado o nome dele."

"Quer dizer que ela salvou meu nome?", o duque endireitou uma manga do paletó. "Você é retardada se pensa que foi isso o que aconteceu. Eu dei ao seu pai cada um dos investidores aristocratas que ele tem. Se ele existe, é graças à minha boa vontade. E eu gasto o dinheiro com prazer", ele disse com desprezo, "porque estar preso em um casamento com essa *prostituta* que você chama de irmã é que me transformou em motivo de piada".

Sophie engoliu seu espanto diante do insulto. Ela conhecia as histórias a respeito do envolvimento de Seraphina com o duque, sabia que sua mãe tinha se vangloriado muito quando a filha mais velha se tornou uma duquesa. Mas isso não justificava aquela afronta.

"Ela carrega o seu filho."

"É o que ela diz", ele forçou caminho por entre as duas, dirigindo-se à saída da estufa.

"Você duvida da gravidez?", Sophie falou às costas dele, chocada, virando olhos arregalados para Seraphina, baixando-os para as mãos da irmã entrelaçadas sobre a barriga que crescia a cada dia. Como se ela pudesse evitar que a criança tivesse conhecimento de que seu pai era um monstro. E então Sophie entendeu o que ele quis dizer. Ela saiu atrás do duque.

"Você não pode estar duvidando que seja *seu* filho!"

Ele girou o corpo, o olhar frio e cheio de desdém. Não olhou para Sophie, contudo, mas para sua esposa.

"Eu duvido de cada palavra que escorre dos lábios mentirosos dela", ele se virou e Sophie olhou para a irmã — empertigada, altiva e com uma atitude reservada. A não ser pela única lágrima que escorreu por sua face enquanto ela observava o marido se afastar.

E foi naquele momento que Sophie não conseguiu mais suportar aquele mundo de regras, hierarquia e desdém. Aquele mundo no qual ela não tinha nascido. O mundo que ela não escolheu. O mundo que ela odiava.

Ela foi atrás do cunhado, sem querer nada além de vingar a irmã. O duque se virou, talvez porque tenha ouvido o desespero com que Seraphina chamou a irmã, ou talvez porque o som de uma mulher correndo na direção dele era estranho o bastante para ser uma surpresa, ou até mesmo porque Sophie não conseguiu deixar de dar voz à sua frustração, e o som saiu alto e quase selvagem dentro da casa de vidro.

Ela o empurrou o mais forte que podia. Se ele não estivesse se virando, com o equilíbrio comprometido... Se ela não viesse com grande ímpeto... Se o chão debaixo dos pés dele não estivesse escorregadio devido ao trabalho dos jardineiros mais cedo naquele dia... Se a Condessa de Liverpool não gostasse tanto de seus peixes...

"Sua viborazinha!", o duque exclamou do lugar onde caiu, no centro do laguinho, com os joelhos encolhidos, o cabelo molhado colado na cabeça, os olhos furiosos, fazendo uma promessa que não precisava ser dita, mas que mesmo assim ele proferiu: "Eu vou destruí-la!".

Sophie inspirou fundo e — tendo certeza de que, naquele caso, já estava na berlinda — se colocou, na borda do lago, com as mãos na cintura, encarando seu cunhado que normalmente era tão imponente. Mas naquele momento a imponência não estava presente. Ela sorriu, incapaz de se segurar.

"Eu gostaria de ver você tentar."

"*Sophie*", a irmã disse e ela percebeu o medo, o arrependimento e a tristeza que o nome carregava.

"Oh, Sera", ela disse, virando-se para sorrir para a irmã, ignorando os doces tons das imprecações de seu cunhado. "Diga-me que você não se divertiu muito com isso."

Sophie não teve um momento tão prazeroso desde sua chegada em Londres.

"Eu me diverti, sim", a irmã concordou em voz baixa. "Mas, infelizmente, não fui a única."

A duquesa indicou algo às costas de Sophie, que se virou, com o medo crescendo, até encontrar Londres inteira a observando através da enorme parede de vidro da estufa...

* * *

A vergonha veio quase no mesmo instante. Não importava que seu cunhado tivesse feito por merecer a roupa molhada, as botas arruinadas e o constrangimento. Não importava que qualquer homem que ostentasse suas aventuras sexuais diante da mulher grávida e da cunhada solteira fosse o pior tipo de monstro do mundo. Não importava que o escândalo devesse ser total e exclusivamente dele. Escândalos não grudam em duques.

Para as jovens Talbot, contudo, escândalos grudam como mel em pelo de cavalo.

Depois que Jack Talbot se tornou Conde de Wight e toda Londres direcionou sua atenção e seu desdém para aquela família rude, sem refinamento, sem sofisticação aristocrática, os escândalos grudavam nos Talbot e assim permaneciam. Que a fortuna recém-formada do conde viesse do carvão, facilitava as piadas — as irmãs eram chamadas de "As Cinderelas Borralheiras", e Sophie imaginava que os outros deviam considerar o som daquilo muito espirituoso, visto que os nomes delas eram, pela ordem, Seraphina, Sesily, Seleste, Seline e Sophie.

Mas Sophie preferia Cinderelas Borralheiras ao outro apelido, menos elogioso — sussurrado nos salões de baile e chá e, principalmente, nos clubes de cavalheiros —, ela não tinha dúvida. Era uma provocação, repetida desde que Seraphina aprisionou seu duque perfeito com o casamento. O significado era claro; dinheiro podia ter comprado o condado, a casa em Mayfair, as roupas lindas — ainda que chamativas —, os cavalos perfeitos, as carruagens excessivamente douradas, mas nunca conseguiria comprar uma linhagem respeitável, e as garotas fariam qualquer coisa para se casar com representantes dos melhores círculos aristocráticos.

"Irmãs Perigosas" era o segundo apelido. O rótulo era carregado por suas três irmãs mais velhas e solteiras, cada uma delas envolvida em um caso de amor extravagante, com pretendentes igualmente extravagantes — esses casos ficavam nos limites do escandaloso e permaneciam em risco constante de não se concretizarem.

Sesily era conhecida por todos como a musa de Derek Hawkins, artista renomado, proprietário e astro do Teatro Hawkins. Ele não ostentava um título, mas ostentava de todas as outras formas imagináveis, e isso era o bastante para conquistar o coração de Sesily — embora Sophie nunca fosse entender, nem se sua vida dependesse disso, o que sua irmã e todos os outros da sociedade viam naquele homem insuportável.

Seleste estava em um vai e vem apaixonado e público — até demais — com o belíssimo e pobre Conde de Clare. Eles formavam o casal mais dramático que Sophie conseguia imaginar, discutindo na frente de salões de festas com a mesma frequência com que se desmanchavam nos braços um do outro.

Seline, a segunda mais nova, era cortejada por Mark Landry, proprietário do Haras Landry, concorrente feroz do famoso Tattersall. Landry era rude e espalhafatoso, e não tinha nenhuma gota de sangue azul, mas se ele casasse com Seline — e Sophie acreditava que isso poderia acontecer —, ela se tornaria, de longe, a mais rica das irmãs.

Os casos românticos atraíam constante interesse e comentários do público, e as jovens Talbot adoravam a atenção, cada uma fazendo seu melhor para aparecer nos jornais de escândalos — para o desânimo de sua mãe. As irmãs floresciam sob a censura da Sociedade, e cada reprovação das decanas da aristocracia fomentava um comportamento ainda mais afrontoso.

Quer dizer, as irmãs menos Sophie. Aos 21 anos, ela sempre foi a filha evitada pelo escândalo. Sophie sempre acreditou que isso se devia à pouca importância que ela dava aos ditames e opiniões da Sociedade, que, de algum modo, parecia compreender isso. Mas agora que o Duque de Haven estava mergulhado na água do laguinho dos peixes, com vários pedaços de plantas de água doce presas às suas outrora impecáveis calças, parecia que a Sociedade não teria mais interesse em deixar Sophie Talbot — considerada por todos como a "sossegada" dentre as Irmãs Perigosas — em paz.

As faces de Sophie queimavam enquanto ela saía da estufa, de cabeça erguida, parando na porta para observar a multidão. Estavam todos ali. Duquesas, marquesas e condessas, encarando-a por trás de leques agitados, seus sussurros ressoando como cigarras no ar de verão, repentinamente enjoativo. Contudo, não foi a reação das mulheres à sua ação que a chocou — há anos Sophie testemunhava como as mulheres fofocavam e se alimentavam de escândalos —, foi a reação dos homens.

Sua experiência a ensinou que os cavalheiros de Londres não ligavam para fofoca — eles deixavam isso com suas mulheres e se dedicavam a outras diversões, mais masculinas. Mas parecia que esse não era o caso quando um deles era maltratado. Os cavalheiros também a encaravam — os condes, marqueses e duques —, cada título mais venerável que o outro. Nos olhos deles, na força daquela multidão, Sophie enxergou muito mais do que censura. A repugnância costuma ser descrita como fria; nesse dia, estava quente como o sol. Sem pensar, ela ergueu a mão, como se pudesse bloquear o calor daqueles olhares furiosos.

"Sophie!" Sua mãe veio correndo, o sorriso largo, a voz alta o bastante para se fazer ouvir acima da turba de convivas sussurrantes. A condessa usava um vestido escarlate, que teria sido escandaloso por si só, sem precisar do acessório ridículo no mesmo tom que se erguia sobre o rosto delicado, apagando sua beleza no que lhe tinham garantido ser "a última moda chinesa".

Naquele momento, contudo, Lady Wight não estava interessada em seu próprio chapéu. Na verdade, ela fitava sua filha mais nova com os olhos carregados, do que só podia ser descrito como pânico. As três irmãs de Sophie a seguiam como patinhos extravagantes.

"Sophie!", a condessa exclamou. "Que cena você fez!"

"Alguém poderia pensar que você é uma de nós", disse Sesily, seca, com seu decote impressionante ameaçando explodir nas costuras de seu vestido escandaloso — excessivamente justo e beirando o mau gosto. É claro que

Sesily tinha a atitude necessária para vestir algo assim e ainda ser a tentação encarnada. "Tive a impressão de que Haven quis matar você."

Eu vou destruí-la.

"Eu acho que ele teria me matado se não estivéssemos à vista de todos", Sophie respondeu.

"*Infelizmente* à vista de todos", a mãe sussurrou.

"E se ele não estivesse tão molhado", Sesily arqueou a sobrancelha e tirou um cisco invisível do seu seio.

"Você não precisa apontar para seus seios, Sesily. Nós também temos", Seleste disse, fria, por trás de um véu de fios de ouro que caía sobre seu rosto e pescoço a partir de um chapéu parecido com uma coroa. Seline soltou um risinho.

"Garotas!", a condessa sibilou.

"Foi mesmo magnífico, Sophie", exclamou Seline. "Quem pensaria que *você* era capaz disso?"

"O que você quer dizer?", Sophie lançou um olhar severo para a irmã.

"Não é hora para isso, garotas", a mãe interveio. "Vocês não veem que essa cena pode arruinar a todas nós?"

"Bobagem", disse Sesily. "Quantas ameaças de ruína nós vamos ter que enfrentar antes de você perceber que nós somos como gatos?"

"Até gatos têm um limite de vidas. Nós precisamos consertar este estrago. Imediatamente!", proclamou a Condessa de Wight antes de se lembrar onde estavam, a plena vista de toda Londres. Então exclamou alto o suficiente para que todos ouvissem: "Nós todas vimos o que aconteceu com Vossa Pobre Graça!".

"*Pobre?*", Sophie congelou, surpresa com a declaração da mãe.

"Mas é claro!", ainda que pudesse parecer impossível, a voz da condessa soou ainda mais aguda.

Sophie piscou, desconcertada.

"É melhor você concordar com a encenação", Seline falou, tranquila, enquanto todas rodeavam Sophie como famintas hienas douradas, agitando seus leques e balançando as borlas. "Ou nossa mãe vai enlouquecer com o medo do exílio."

"Eu não me preocuparia com isso", disse Seleste. "Eles nunca iriam nos exilar de verdade. Eles mal conseguem acompanhar nosso ritmo."

"Isso mesmo", Sesily concordou. "Eles adoram nossas cenas ridículas. O que fariam para se entreter se não tivessem a nós?"

Não era mentira.

"E nós vamos nos elevar acima de todos. Vejam o exemplo de Seraphina."

"Só que Seraphina está casada com um verdadeiro cretino", observou Sophie.

"Sophie! Tenha modos!", a mãe parecia que iria desmaiar de pânico. Mas as irmãs aquiesceram.

"Nós não precisamos exagerar *tanto*", Sesily comentou.

"É claro que ele escorregou e caiu no lago!", a condessa gritou, desesperada, arregalando tanto seus grandes olhos azuis que Sophie se perguntou se eles não iriam pular das órbitas. Uma imagem apareceu para Sophie: a mãe tateando a grama aparada com perfeição à procura de seus globos oculares, enquanto aquele chapéu estranho caía, incapaz de sustentar seu próprio peso. *Que cena*. Foi a vez dela soltar uma risadinha.

"Sophie!", a condessa sibilou entredentes. "Não ouse!"

A risadinha se transformou em uma bufada. A Condessa de Wight continuou a encenação, com a mão no peito.

"Pobre, pobre Haven!"

Era o máximo que Sophie podia aguentar. A risada não veio, porque foi sufocada pela raiva. Sua família não era mais a mesma desde o recebimento do título, que transformou a mãe em condessa e as irmãs, que já eram extraordinariamente ricas, em aristocratas extraordinariamente ricas, o que não dava à Sociedade outra alternativa que não recebê-las. E, de repente, as irmãs e a mãe de Sophie, que ela pensava nunca terem ligado muito para as questões de nome e dinheiro, mostraram que ligavam demais.

Elas nunca enxergaram a verdade — que as irmãs Talbot poderiam se casar com príncipes da família real e mesmo assim não seriam bem-vindas na Sociedade. A aristocracia tolerava sua presença porque não podia se arriscar a perder a inteligência do novo conde, ou os fundos que vinham com cada uma de suas filhas. Casamento era, afinal, o negócio mais lucrativo na Inglaterra.

A família de Sophie sabia disso melhor que ninguém. E elas adoravam o jogo. Suas maquinações. Mas Sophie não queria saber disso. Nunca quis. Durante sua primeira década de existência, ela viveu o idílio que vinha com o dinheiro sem título. Ela brincava nas colinas verdes de Mossband. Aprendeu a fazer pastéis assados com a avó, na cozinha da casa da família Talbot, porque eram o prato favorito de seu pai. Cavalgava até a cidade para pegar carne com o açougueiro e queijo com o queijeiro. Ela nunca tinha sonhado com um marido que tivesse título de nobreza. Sophie tinha feito planos de um futuro sossegado, seguro, em que se casava com o filho do padeiro.

Mas então seu pai foi feito conde. E tudo mudou. Fazia 10 anos que ela não ia a Mossband, desde que sua mãe fechou a casa e estabeleceu residência em Mayfair. A avó morreu menos de um ano depois que a família se mudou. Pastéis eram considerados comuns demais para condes. O açougueiro e o queijeiro agora entregavam seus produtos na entrada de serviço da impressionante mansão em Mayfair. E o filho do padeiro... era uma lembrança distante e nebulosa. Ninguém mais na família parecia ter problemas para se ajustar àquele mundo que Sophie nunca quis. Que ela nunca pediu... Ninguém da família parecia se importar com o fato de que Sophie detestava tudo aquilo.

E foi assim que, ali, nos jardins da mansão Liverpool, com toda Londres observando, que Sophie se cansou de fingir que era uma dessas pessoas. Que seu lugar era entre elas. Que ela precisava ser aceita. Afinal, ela tinha dinheiro. E pernas para ir aonde quisesse.

Sophie olhou para as irmãs, cada uma delas lindamente enfeitadas, certas de que um dia ditariam as regras daquele mundo. E Sophie soube que nunca seria uma delas. Ela jamais se divertiria com escândalos. Ela jamais iria querer aquele mundo e suas aparências. Então, por que respeitá-lo? A Sociedade não iria abrir as portas e acolhê-la depois do que aconteceu nesse dia; então, por que não aproveitar o escândalo e falar a verdade, só para variar?

Quem está na chuva é pra se molhar, seu pai gostava de falar.

"Mas é claro", Sophie disse, virando-se para o público ali reunido. "É uma pena que Vossa Pobre Graça tenha degradado tanto nossa irmã que eu não tive escolha a não ser bancar a heroína e vingar a honra dela, já que nenhum desses assim chamados cavalheiros estaria disposto a tanto", ela continuou, em voz alta o bastante para toda Londres ouvir. "Vossa Pobre Graça, é verdade, pois foi criado em um mundo que engana a si mesmo e a ele, fazendo-o pensar que um título basta para que seja considerado qualquer coisa minimamente parecida com um cavalheiro, quando ele — junto da maioria dos seus pares, para ser honesta — não passa de um canalha. Ou algo muito pior."

"Sophie! Damas não dizem essas coisas!", sua mãe estava de olhos arregalados.

Quantas vezes ela tinha sido repreendida por não ter o comportamento de uma lady? Quantas vezes tentaram moldá-la na imagem perfeita desse mundo aristocrático que nunca iria aceitá-la? Que nunca aceitaria nenhuma delas, se não precisasse de seu dinheiro?

"Eu não me preocuparia com isso", ela respondeu em frente a toda Londres. "Eles não nos consideram ladies, mesmo."

"Sophie", Seline balbuciou, a palavra carregada de incredulidade e uma bela dose de respeito.

"Ora... Isso foi inesperado", Sesily comentou.

As irmãs de Sophie estavam sem reação. A condessa baixou a voz para um sussurro quase inaudível.

"O que eu lhe disse sobre ter opiniões? Você irá se destruir! E vai arrastar suas irmãs junto! Não faça algo de que irá se arrepender!"

Sophie não baixou a voz quando respondeu.

"Meu único arrependimento é que o lago não seja mais fundo. E cheio de tubarões."

Sophie não sabia o que devia esperar depois daquele momento. Exclamações de incredulidade, talvez. Ou sussurros. Ou gritos esganiçados das ladies. Ou pigarros masculinos de reprovação. Ela bem que gostaria de ter provocado um ou dois desmaios.

Mas ela não esperava o silêncio. Ela não esperava um desinteresse frio, nem que todo o grupo reunido no jardim simplesmente lhe desse as costas e recomeçasse a festa, como se ela nunca tivesse falado. Como se ela não estivesse ali. Como se nunca tivesse estado.

O que tornou muito fácil para ela também se virar e ir embora.

Escândalos & Canalhas

Capítulo 2	Junho de 1833

EVERSLEY ESCAPA;
FUGA ILÍCITA ENFURECE CONDE

* * *

Sophie logo descobriu que havia um problema em dar as costas à aristocracia em uma festa ao ar livre na frente de toda a Sociedade. Deixando de lado o óbvio — ou seja, a ruína —, havia uma preocupação muito mais imediata. Depois que alguém rejeitava com tanta veemência os participantes da festa citada, esse alguém não poderia permanecer nessa festa. De fato, esse alguém precisava voltar para casa por seus próprios meios, pois, verdade seja dita, esconder-se na carruagem da família diminuiria a força de sua saída.

Some-se a isso o fato de que Sophie não tinha certeza de que sua mãe não cometeria um filicídio ao encontrá-la na carruagem da família. Portanto, ela precisava de uma rota de fuga que não envolvesse os Talbot. Pelo menos até estar pronta para se desculpar. Se é que algum dia estaria pronta para se desculpar.

Sophie odiava esse mundo, essas pessoas e suas referências mordazes à grosseria dos Talbot, ao dinheiro dos Talbot, ao título comprado por seu pai, ao título supostamente roubado por sua irmã. Ela odiava cada um daqueles rostos convencidos, o modo como desdenhavam de sua família e da maneira como viviam. O modo como aquelas pessoas viviam suas vidas, como se o resto do mundo girasse ao redor delas. Sophie as odiava um pouco mais do que odiava o fato de que sua família parecia não se importar com isso. Na verdade, sua família se deliciava com aquilo tudo.

Não, ela não estava pronta para se desculpar por falar a verdade. E ela não estava pronta para a alegre defesa da aristocracia que vinha sempre que ela mencionava suas preocupações para suas irmãs. Por isso tudo, Sophie não estava escondida na carruagem da família, mas em um canto distante da Mansão Liverpool, refletindo sobre seu próximo passo, quando quase foi atingida na cabeça por uma grande bota preta.

Ela ergueu o rosto a tempo de evitar o próximo projétil de couro, e observou surpresa, além de um tanto admirada, quando um sobretudo cinza-escuro e uma longa gravata de linho seguiram as botas através de uma janela no segundo andar, e a gravata embaraçada na roseira que subia pela treliça na lateral da casa. Tudo isso aconteceu antes que um homem aparecesse.

Sophie arregalou os olhos quando uma perna comprida, vestindo calças, saiu pela janela e um pé com meia procurou apoio na treliça antes que o resto do homem surgisse vestindo uma camisa de algodão. Ele montou no parapeito como se estivesse em cima de um cavalo e Sophie se viu observando uma coxa impressionante encimada pela força curva de algo que, embora também impressionante, ela sabia que não deveria estar observando.

Para ser honesta, contudo, quando um homem descia por uma treliça de flores dois andares acima da sua cabeça, era melhor observar. Para sua própria segurança. Não era culpa de Sophie que a parte dele que ela observava era inadequada para observação.

Então outra perna, igualmente torneada, passou pelo parapeito e o homem começou a descer pela treliça como se fosse muito hábil nisso. Considerando a aparência dele, Sophie imaginou que aquela não era a primeira vez que ele se deslocava por uma treliça de apoio para flores. Ele chegou ao chão, pousando na frente dela, mas de costas para Sophie, e se abaixou para pegar as roupas jogadas quando a cabeça de um segundo homem apareceu naquela janela. Sophie arregalou ainda mais os olhos quando viu o Conde de Newsom.

"Seu maldito bastardo! Eu vou arrancar sua cabeça!"

"Você não vai e sabe disso", disse o homem na frente dela, revelando ter uma altura impressionante ao se endireitar, com as roupas e uma bota na mão, esticando-se para tirar a gravata da treliça. "Mas creio que você precisava dizer isso mesmo assim."

O homem que estava no andar de cima vociferou palavras incompreensíveis antes de desaparecer.

"Covarde", o agora companheiro de Sophie murmurou, meneando a cabeça e voltando sua atenção para o chão, à procura do par da bota. Mas ela foi mais rápida e se abaixou para pegar a bota hessiana a seus pés. Quando Sophie se endireitou, encontrou-o virado para si, com uma expressão que mostrava curiosidade e divertimento. Ela inspirou fundo. É claro que o homem fugindo dos aposentos íntimos da Mansão Liverpool tinha que ser o Marquês de Eversley. Parecia que aquele homem não era chamado de *Canalha Real* sem motivo.

"É você", ela disse apenas, e mais tarde atribuiria sua falta de palavras à turbulência emocional daquele dia.

"Eu mesmo", foi a resposta dele, acompanhada de um sorriso largo e uma reverência exagerada, que ela atribuiria à notória e bem conhecida arrogância dele.

Ela apertou a bota do marquês junto ao peito.

"O que você fez?", ela apontou o queixo para o segundo andar da casa. "Para merecer a defenestração?"

"Para merecer *o quê?*", ele arqueou as sobrancelhas.

"Defenestração." Sophie suspirou. "O arremesso de algo ou alguém pela janela."

Ele começou a fazer o laço de sua gravata com habilidade, as longas tiras de tecidos indo para frente e para trás. Por um momento ela se distraiu com o fato de que ele não parecia necessitar de criado nem espelho. Então ele falou.

"Em primeiro lugar, não fui arremessado. Eu saí por vontade própria. Em segundo, qualquer mulher que emprega uma palavra como *defenestração* é, com certeza, inteligente o bastante para adivinhar o que eu fazia antes de sair da casa."

Ele era tudo o que diziam ser. Escandaloso. Perverso. Um canalha total. Tudo o que a Sociedade rejeitava — ao mesmo tempo que louvava. Como seu próprio cunhado e muitos outros homens e mulheres da aristocracia britânica. Um belo exemplo do que havia de pior naquele mundo em que ele tinha nascido. Para o qual ela tinha sido arrastada. Sophie o odiou no mesmo instante.

Ele estendeu a mão para a bota. Ela recuou um passo, saindo do alcance dele.

"Então, o que os jornais de fofoca falam sobre você é verdade."

Ele inclinou a cabeça.

"Eu me esforço ao máximo para não ler os jornais de fofoca, mas posso lhe garantir que, o que quer que escrevam a meu respeito, não é verdade."

"Eles dizem que você se diverte arruinando casamentos."

O marquês ajeitou as mangas.

"Falso. Não toco em mulheres casadas."

Nesse momento, a cabeça ornamentada de uma mulher apareceu na janela acima.

"Ele está descendo!", exclamou a mulher. O alerta de que o oponente estava vindo confrontá-lo colocou o marquês em movimento.

"Esta é minha deixa", ele estendeu uma mão para Sophie. "A conversa está ótima, milady, mas eu preciso da minha bota."

Sophie apertou ainda mais a bota junto ao peito enquanto olhava para a mulher na janela.

"Essa é Marcella Latham."

A noiva do Conde de Newsom — agora ex-noiva, Sophie podia apostar — acenou com alegria.

"Obrigada, Eversley!"

Ele se virou para ela e piscou.

"O prazer foi meu, querida. Divirta-se."

"Você se importa se eu contar para minhas amigas?", Marcella perguntou.

"Gostaria de ter notícias delas", ele respondeu.

Lady Marcella sumiu da janela. Sophie pensou que aquela tinha sido uma experiência bastante bizarra e... amigável... para duas pessoas flagradas em uma situação comprometedora pelo futuro marido rico e nobre da mulher.

"Milady", o Marquês de Eversley insistiu.

"Você acabou com o casamento deles", Sophie o encarou.

"O noivado, na verdade", ele estendeu a mão. "Eu preciso da minha bota, boneca. Por favor."

"Então você só toca em mulheres *noivas*", ela ignorava o gesto dele.

"Isso mesmo."

"Grande diferença!" Será que não existia um único membro da aristocracia que valia a pena conhecer? "Você é um canalha."

"Ouvi dizer."

"Um patife."

"É o que falam por aí", ele disse, olhando com atenção por sobre o ombro dela.

"Inescrupuloso de todas as formas."

Uma ideia começou a se formar na mente de Sophie. O Marquês de Eversley se concentrou nela, parecendo reparar em Sophie pela primeira vez.

"Você está agindo como se estivesse cara a cara com um inseto gigante", ele disse arqueando as sobrancelhas.

Ela percebeu que estava com o nariz franzido. E fez um esforço consciente para desfranzi-lo.

"Desculpe-me", ela mentiu.

"Não foi nada."

E ali, enquanto o observava, vestido em seu melhor traje de verão, faltando uma bota, Sophie percebeu que, repulsivo ou não, naquele momento o marquês era exatamente o que ela precisava. Sophie podia aguentá-lo por 45 minutos até chegar em sua casa.

"Você vai ter que ir embora daqui bem rápido, se não quiser um confronto com Lorde Newsom."

"Estou feliz que você entenda isso. Agora, se me der minha bota, eu posso me apressar", ele estendeu a mão de novo para o calçado. Ela deu mais um passo para trás, mantendo-se fora de alcance. "*Milady*", ele disse com firmeza.

"Parece que você está em uma posição especial." Sophie fez uma pausa. "Ou, melhor, sou *eu* que estou em uma posição particular."

"E que posição é essa?" Ele estreitou os olhos.

"A posição de negociar."

Ele era o transporte dela para casa. Um grito ecoou do outro canto da casa e o marquês olhou para além de Sophie, onde seu inimigo iria, sem dúvida, aparecer. Ela aproveitou a oportunidade para escapar, de botas na mão, na direção dos fundos da casa, onde uma fileira de árvores e arbustos escondia um muro baixo de pedra, além do qual uma fila de carruagens esperava seus donos para levá-los para casa após a festa.

Ele a seguiu. Não tinha escolha. Afinal, ela estava com sua bota. E ele tinha uma carruagem. Era uma transação ideal. Uma vez escondidos pelas árvores, ela se virou para ele.

"Tenho uma proposta para você, Lorde Eversley."

Ele ergueu as sobrancelhas.

"Receio que já tive minha cota de propostas por hoje, Lady Sophie E tenho consciência que não devo começar um envolvimento público com uma das Irmãs Perigosas."

Eversley sabia quem ela era. Sophie corou ao ouvir aquilo, raiva e constrangimento se debatendo em suas faces. A raiva acabou ganhando.

"Você tem noção de que se fosse *mulher*, teria sido exilado da Sociedade há muitos anos?"

"Ah, mas eu não sou mulher", ele deu de ombros. "E agradeço a Deus por isso."

"Certo, bem, algumas de nós não têm a mesma sorte. Algumas de nós não têm a *sua* liberdade."

"Você não entende nada sobre liberdade", ele a encarou, de repente ficando muito sério, mas ela não recuou.

"Eu entendo mais sobre isso do que você jamais vai ter permissão de entender. E eu sei que sem liberdade, posso ter que recorrer a...", ela não encontrou a palavra.

"Algo depravado?", ele sugeriu, perdendo mais uma vez o tom sério, com uma rapidez que quase fez Sophie parar para considerar a sugestão.

"Não existe nada de depravado no que eu ia dizer."

"Nós estamos juntos em um local escondido, milady. Se você pretende que este encontro termine do mesmo modo notório que terminou o encontro da sua irmã com o antigo namorado, e hoje marido, é, sim, bastante depravado."

De todas as coisas irritantes que aquele homem podia dizer... Ela bateu o pé na vegetação espessa que cobria o solo.

"Estou realmente farta de ouvir como o pobre e injustiçado Haven caiu na armadilha da minha irmã e teve que se casar."

"Ele não estava pensando em assinar um contrato de casamento", Eversley disse.

"Então não deveria ter colocado a pena no tinteiro dela!", Sophie exclamou.

Quando ele riu, Sophie mudou de ideia quanto a ele ser irritante. *O homem era horroroso!*

"Você acha engraçado?"

"Desculpe-me", ele disse apertando a mão contra o próprio peito à medida que risada tornou-se uma gargalhada. "*Colocou a pena no tinteiro dela!*"

"Foi uma figura de linguagem", ela fez uma careta.

"Mas foi muito, incrivelmente perfeita. Eu garanto que, se você entendesse o duplo sentido inerente à metáfora, também acharia o mesmo."

"Duvido disso", Sophie retrucou.

"Ah, para o seu bem, espero que eu tenha razão. Detestaria pensar que você não é divertida."

"Eu sou muito divertida!", Sophie exclamou.

"Sério? Você é Sophie, a mais nova das irmãs Talbot, não é?"

"Sou."

"*A desdivertida.*"

Ela recuou ao ouvir aquilo. Era isso o que as pessoas falavam dela? Sophie odiou o sentimento de tristeza que veio ao ouvir aquilo. A hesitação. A leve palpitação de medo que ele pudesse estar certo.

"Desdivertida nem é uma palavra."

"Até cinco minutos atrás, *defenestração* também não era."

"É claro que era!", ela exclamou.

"Se você diz...", ele se balançou sobre os calcanhares.

"É uma palavra!", ela declarou, imperiosa, antes de perceber o brilho de provocação nos olhos dele. "Ah, entendi."

Ele abriu os braços, como se tivesse provado o que dizia.

"Desdivertida."

"Eu sou muito divertida", ela disse, sem convicção.

"Eu acho que não", ele discordou, provocador. "Olhe só para você. Não dá para encontrar nenhum detalhe oriental."

"É um tema ridículo para uma festa ao ar livre com pessoas sem o menor conhecimento ou interesse em qualquer coisa chinesa", ela rebateu de cara feia.

"Cuidado. Lady Liverpool pode ouvi-la", ele forçou um sorriso.

Sophie endireitou os ombros.

"Lady Liverpool está vestida de *peixe japonês*, então acho que não vai ligar para o que eu digo."

"Isso é um gracejo, Lady Sophie?", o marquês arqueou as sobrancelhas.

"É uma observação."

"Então... Desdivertida, afinal", ele constatou meneando a cabeça.

"Bem, e eu acho que você é *des*agradável. O que *é* uma palavra."

"Você é a primeira mulher a pensar assim."

"Com certeza não posso ser a primeira mulher de mente sadia que você encontra."

Ele riu, o som caloroso e... convidativo de um modo estranho. Agradável. Um som de aprovação. Sophie afastou o pensamento. Ela não ligava se ele a aprovava ou não. Nem ligava para o que ele pensava dela. Ou o que o resto do mundo tolo, horrível e insípido em que ele vivia pensava dela. Na verdade, se toda a Sociedade a considerava *desdivertida* — ela fez uma careta interna para a palavra —, por que deveria se importar? Aquele homem era só um meio para um fim.

"Para mim chega", ela disse, retomando o controle da situação. Sophie tinha observado muito o pai negociar ao longo da vida e sabia quando era hora de falar com franqueza e fechar o negócio. "Eu acredito que você esteja indo embora da festa?"

A pergunta pegou Eversley de surpresa.

"Na verdade, estou sim."

"Leve-me com você."

Ele soltou uma expressão de espanto.

"Hã? Não!"

"Por que não?"

"Tantas razões, boneca. Uma de relativa importância é que não tenho intenção de deixar que uma das *Cinderelas Borralheiras* coloque o arreio em mim."

Ela congelou ao ouvir o apelido. A maioria das pessoas não dizia isso na frente delas. Sophie imaginou que não podia esperar coisa melhor daquele homem perverso.

"Não tenho intenção de enredá-lo, Lorde Eversley. Posso lhe garantir que, se tivesse tal ideia, esta interação" — ela gesticulou com a mão entre eles, apontando para os dois — "teria me curado desse mal." Sophie inspirou fundo. "Eu preciso escapar. Você deve entender disso, pois parece que precisa fazer o mesmo."

"O que aconteceu?", ele se concentrou nela.

Ela virou o rosto para o lado ao lembrar dos olhares frios da Sociedade. A expressão de desprezo.

"Não é importante."

Ele arqueou as sobrancelhas.

"Se você está na floresta comigo, querida, eu diria que é *muito* importante."

"Isto é uma fileira de árvores. Não é uma *floresta*."

"Você é muito hostil para alguém que precisa de mim."

"Eu não preciso de você", Sophie afirmou.

"Então dê minha bota que eu vou embora."

Ela agarrou a bota com mais força.

"Eu preciso da sua *carruagem*. É uma coisa muito diferente."

"Minha carruagem vai embarcar em uma outra missão."

"Eu só preciso de transporte até minha casa."

"Você tem quatro irmãs, uma mãe e um pai. Vá com eles."

"Não posso."

"Por que não?"

Orgulho. Bem, ela não iria contar *aquilo* para ele.

"Você vai ter que confiar em mim."

"Mais uma vez, preciso lembrá-la de que as mulheres da sua família não têm reputações que inspiram confiança."

Ela não deixou o comentário passar batido.

"Oh, e você é o próprio retrato da decência."

"Eu não negocio decência, amorzinho", respondeu, sorrindo.

Ela começava a detestar aquele homem.

"Ótimo", Sophie aquiesceu. "Você não me deixa escolha. Eu vou ter que recorrer a medidas extremas", ela ameaçou e ele arqueou as sobrancelhas. "Leve-me com você ou vai perder sua bota."

O marquês a observou por um longo momento e ela desejou conseguir ficar impassível sob o escrutínio. Ela tentou se convencer a não reparar no lindo verde de seus olhos, na linha comprida e reta do seu nariz aristocrático; na atraente curva de seus lábios. Ela não devia prestar atenção nos lábios... Sophie engoliu em seco ao pensar naquilo e o olhar dele voou para o lugar onde a garganta dela mostrou movimento. Ele torceu os lábios.

"Fique com a bota."

Ela precisou de um instante para lembrar do que eles estavam falando. Antes que Sophie conseguisse pensar em uma réplica, ele já tinha ultrapassado as árvores e o muro baixo e se encaminhava para sua carruagem com um pé descalço.

Quando ela chegou ao muro, ele estava diante de uma carruagem grande e preta, de aparência elegante, mexendo com os cavalos. Sophie o observou durante longos momentos, desejando que ele pisasse em algo desconfortável. Ele parecia estar verificando todos os cavalos, seus arreios e correias, mas isso seria bobagem, pois sem dúvida o marquês devia ter um estábulo cheio de cavalariços para essas tarefas.

Depois que inspecionou cada um dos seis cavalos, ele entrou na carruagem, e Sophie viu um criado jovem e uniformizado fechar a porta e correr na frente para abrir caminho para a carruagem sair em meio à multidão de transportes.

Ela suspirou. O Marquês de Eversley não fazia ideia da sorte que tinha por ser abençoado pela liberdade que vinha com dinheiro e masculinidade. Ela imaginou que ele já estivesse esparramado no assento daquela carruagem luxuosa, o retrato da aristocracia indolente, pensando em cochilar para se recuperar do exercício que tinha feito naquela tarde. Preguiçoso e imóvel. Ela não tinha dúvida de que ele já tinha se esquecido dela. Sophie não acreditava que ele perdesse muito tempo lembrando de muita gente — não faria sentido, afinal, com o fluxo constante de mulheres em sua vida. Ela duvidava até que ele se lembrasse de seus criados.

Sophie observou o criado, que parecia não ter idade suficiente para ser um criado. Parecia mais um pajem. O garoto ficou à margem do fluxo de carruagens, observando os motoristas voltando lentamente a seus assentos para começarem as manobras necessárias para dar passagem ao transporte de Eversley.

A bolsa de Sophie pesou em seu braço, resultado do dinheiro dentro dela. *Nunca saia de casa sem volume suficiente para ganhar uma briga.* As palavras do pai foram incutidas na cabeça de todas as irmãs Talbot — não que as mulheres aristocráticas precisassem com frequência de recursos para escapar de lutas. Mas Sophie não era tola e sabia que sua recente interação com a Sociedade era a coisa mais próxima de uma luta que ela iria experimentar. Ela não tinha dúvida que seu pai diria que os fundos em sua bolsa seriam bem gastos em uma fuga. Decisão tomada, ela se aproximou do criado.

"Com licença, senhor?"

O criado se virou e ficou surpreso, sem dúvida, ao ver diante de si uma jovem lady segurando a bota de um cavalheiro. Ele foi rápido em fazer uma reverência.

"M-milady?"

Ele era tão novo quanto ela tinha suposto. Mais novo do que ela própria. Sophie fez uma breve oração a seu criador.

"Quanto tempo até a carruagem estar liberada para partir?", ela perguntou em um tom que, esperava, pareceria casual. O garoto pareceu satisfeito por ser uma pergunta que poderia responder.

"Não mais do que 15 minutos, milady."

Ela tinha que agir rápido, então.

"E diga-me", ela continuou, "você trabalha para o marquês?". "Hoje", ele confirmou e seu olhar desceu para a bota nas mãos dela.

Ela escondeu a bota nas costas, sem conseguir esconder a surpresa em sua voz.

"Só hoje?"

O garoto assentiu com a cabeça.

"Estou indo para um novo emprego. No norte."

Uma sombra atravessou o rosto dele — tristeza, talvez. Arrependimento? Uma ideia começou a se formar na cabeça dela antes que Sophie pudesse considerá-la de todos os ângulos.

"Mas você gostaria de permanecer em Londres?"

O rapaz pareceu se dar conta de que não deveria estar conversando com uma senhora aristocrática.

"Fico feliz em servir ao marquês da forma que ele precisar, milady", ele baixou a cabeça.

Ela balançou a cabeça lentamente. Os criados menos importantes eram enviados de uma propriedade para outra com regularidade desalentadora. Ela não duvidava que Eversley não pensava duas vezes no fato de que seus empregados talvez não gostassem dessas transferências ao bel-prazer do patrão. Ele não parecia ser do tipo de gente que pensa nos outros. E foi assim que Sophie não sentiu nenhuma culpa quando colocou seu plano em ação.

"Você gostaria de servir a um conde?"

"Milady?", o olhar arregalado dele procurou o de Sophie.

"Meu pai é o Conde de Wight."

O jovem piscou, surpreso.

"Aqui. Em Londres."

O garoto parecia confuso com a oferta e, para ser honesta, aquilo não a surpreendia. Não era todo dia, ela imaginou, que pajens recebiam ofertas de emprego em festas ao ar livre.

"Meu pai começou a vida nas minas de carvão", ela prosseguiu. "Como o pai dele e seu avô também. Ele não é um aristocrata comum." Ainda assim, nada. Sophie falou com franqueza. "Ele paga muito bem seus criados. Vai lhe pagar o dobro do que o marquês paga." Ela fez uma pausa e aumentou a oferta. "Mais do que isso."

O garoto inclinou a cabeça, ainda incerto.

"E você vai poder continuar em Londres", Sophie acrescentou.

"Por que eu?", ele franziu a testa.

"Qual o seu nome?", ela perguntou sorrindo.

"Matthew, milady."

"Bem, Matthew, acho que sua estrela da sorte brilhou hoje, não é mesmo?"

O garoto continuou cético, mas Sophie percebeu que ele estava pensando na oferta quando olhou por sobre o ombro para a carruagem do Marquês de Eversley.

"Milady disse o *dobro?*", ele perguntou.

Ela aquiesceu.

"Ouvi dizer que os aposentos dos criados na Mansão Wight são os melhores de Londres", Matthew disse e Sophie soube que o tinha conquistado.

Ela se inclinou para frente.

"Você mesmo vai poder ver. Esta noite."

Ele semicerrou os olhos.

"Venha hoje mesmo", Sophie disse, "depois que terminar a festa. Peça para falar com o Sr. Grimes, o secretário do meu pai. Diga-lhe que eu enviei você. Vou falar a seu favor quando você aparecer". Ela enfiou a mão na bolsa e pegou um lápis e um pedaço de papel, no qual escreveu o endereço da casa de sua família em Mayfair e um bilhete para garantir a entrada do garoto. Então voltou a pôr a mão na bolsa, de onde tirou duas moedas. Entregando as moedas e a carta para o garoto, ela acrescentou: "São duas coroas".

"Esse é o capim de um mês de trabalho!", o garoto exclamou boquiaberto.

Sophie ignorou a referência grosseira ao dinheiro. Afinal, ela estava contando com essa grosseria.

"E meu pai vai lhe pagar mais do que isso. Eu prometo."

Ele apertou os lábios.

"Você não acredita em mim", ela disse.

"E eu devo acreditar em uma garota?"

Ela ignorou o insulto que as palavras carregavam e sustentou o olhar dele.

"Quanto seria preciso para você acreditar em mim?"

Ele juntou as sobrancelhas e disse, mais uma pergunta que uma afirmação: "Uma libra?"

Era uma quantia enorme, mas, melhor do que muita gente, Sophie compreendia o poder do dinheiro e das coisas que ele podia comprar —confiança inclusive. Ela voltou à bolsa e extraiu o resto do dinheiro que carregava. Ela não hesitou em pagar ao garoto, sabendo que poderia reabastecer sua bolsa assim que chegasse em casa. A mão do garoto se curvou apertada sobre as moedas e Sophie soube que tinha vencido.

"Tem só mais uma coisa", ela disse devagar, sentindo uma pequena pontada de culpa.

O mais novo e leal criado de seu pai não hesitou.

"Qualquer coisa que precisar, milady."

"Qualquer coisa?", ela perguntou, incapaz de não deixar a esperança transparecer em sua voz.

"Qualquer coisa", ele confirmou.

Sophie inspirou fundo, sabendo que assim que colocasse seu plano em ação, seria impossível voltar atrás. Sabendo, também, que se fosse pega estaria simplesmente arruinada.

Ela olhou para trás, a Mansão Liverpool agigantando-se como os portões do inferno acima das árvores. Frustração, tristeza e raiva se debatiam dentro dela enquanto se lembrava dos jardins, da festa, da estufa, do porco do seu cunhado. Do modo como toda Londres ficou do lado dele. Contra ela. Do modo como a ignoraram. Como a fizeram sentir vergonha.

Sophie tinha que ir embora daquele lugar. Naquele instante. Antes que todos percebessem o quanto aquilo tudo doía nela.

E só havia um jeito de fazer isso. Ela se virou para Matthew.

"Eu preciso do seu uniforme."

Escândalos & Canalhas

Capítulo 3	Junho de 1833

ENCONTRADO O VESTIDO DE SOPHIE! SUSPEITA-SE DE CRIME!

* * *

Sophie demorou mais do que devia para perceber que a carruagem não se dirigia a Mayfair. Se tivesse percebido isso antes de se enfiar de maneira clandestina no uniforme de Matthew e esconder o cabelo no chapéu dele, ela poderia ter tido a presença de espírito de voltar atrás. Com certeza teria assumido o risco calculado de se sentar na boleia, ao lado do cocheiro, em vez de recusar o convite. Infelizmente, ela não aceitou — apesar de o cocheiro erguer as sobrancelhas e soltar um "como quiser" irônico —, e foi tomar seu lugar na parte de trás da carruagem, ficando em pé no suporte traseiro, agarrada com firmeza — e alegria — nas alças.

Ali atrás, ela não percebeu quando a carruagem chegou ao fim do comprido caminho da Mansão Liverpool e virou à esquerda, em vez de à direita. Ela também não percebeu que a paisagem que passava se tornou mais pastoral. Ela apenas inspirou profundamente várias vezes um ar que seu pai teria chamado de "um belo ar puro", e se sentiu — pela primeira vez desde que ela e suas irmãs foram empacotadas e transportadas para Londres — muito livre.

E, com certeza, *divertida. Tome essa, seu odioso Canalha Real.* Pensando no desavisado Marquês de Eversley, dentro da carruagem na qual ela seguia agarrada, Sophie riu. E ele pensando que ela não conseguiria o que tinha pedido. Sophie quase lamentou o fato de que ele não ficaria sabendo de nada, pois ela pularia da carruagem e iria para casa. Sophie pagaria um bom dinheiro para ver a expressão de convencimento se transformar em choque. Ela riu para si mesma, enquanto observava o céu azul e a pastagem verde passando, o campo verde pontilhado por rebanhos de carneiros, copas de árvores e fardos de feno. E se deleitou com o fato de ter escapado sem ajuda e sem a aristocracia perceber. Ela nunca poderia contar sua história para ninguém, infelizmente. Assim que chegasse à casa Talbot, na Praça Berkeley, ela teria que se livrar das roupas muito úteis — ainda que mal ajustadas — do jovem Matthew, e engendrar uma história para seu retorno. E fazer o novo criado de seu pai jurar segredo.

Mas por enquanto, até os telhados de Londres aparecerem a distância, lembrando-a de que aquela tarde, com seu público e o constrangimento duradouro que enfrentaria, eram inescapáveis, Sophie se deleitaria em sua sensação de triunfo. E como ela se deleitou, com as faces doendo devido ao sorriso interminável, até se dar conta de outras dores, nos braços e nas pernas. A princípio, ela as ignorou. Sophie era forte o bastante para aguentar alguns quilômetros até Mayfair. As ruas de Londres exigiriam paradas e arranques e uma marcha mais lenta, e tudo que ela precisaria fazer seria manter a cabeça abaixada e se segurar firme, e em menos de uma hora chegaria em sua casa.

Mas então seus pés começaram a doer, ainda dentro das sapatilhas de seda, pois as botas de Matthew se revelaram pequenas demais para suas "nadadeiras", como seu pai se referia aos pés dela, sem aceitar o fato de que a comparação com criaturas aquáticas não era nada elogiosa. Mas sapatilhas de seda, como ficou evidente, não eram adequadas ao ofício de cavalariço. Tampouco, como ficou evidente, era Sophie. De fato, em menos de meia hora ela começou a sentir que estava com dificuldades, pois suas mãos também começaram a doer nas alças que ela segurava com força demais na traseira da carruagem. Ela não esperava que o trabalho de cavalariço fosse assim tão extenuante.

Ela rilhou os dentes e procurou se lembrar que no mundo existiam situações mais difíceis que aquela. Homens construíram pontes. Famílias migraram para as colônias. Ela era filha de um carvoeiro. Neta de outro. Sophie Talbot era capaz de se pendurar em uma carruagem durante os três quilômetros até sua casa.

A carruagem aumentou a velocidade, como se o próprio universo tivesse ouvido as palavras dela e desejasse mostrar a idiotice de Sophie. Ela olhou para baixo e pensou em pular da carruagem e continuar o resto do caminho a pé. Ao ver a estrada passando em velocidade, ela mudou de ideia. Ela queria ir embora da festa, não do mundo.

"Oh, merda."

Sophie! Tenha modos. Ela ouviu a repreensão da mãe na minúscula parte de seu cérebro que não estava entrando em pânico, mas não teve dúvida de que se existisse o momento certo para imprecações, era aquele — vestida de criado, agarrada à carruagem, certa de que iria morrer.

Então eles passaram por uma carruagem-correio carregada de gente, com uma criança sentada em cima que passou sorrindo para Sophie. Foi então que ela percebeu que, aonde quer que aquela carruagem e o homem dentro dela se dirigiam, não era em Londres.

"Oh, merda", ela repetiu. Mais alto.

A criança acenou. Sophie não ousou soltar a alça para retribuir o gesto. Em vez disso, ela segurou mais firme, encostou a cabeça na madeira fria da carruagem e entoou sua litania.

"Merda, merda, merda", ela repetiu.

Como se para puni-la por sua grosseria, uma roda passou por um sulco na estrada e o veículo sacudiu, fazendo a coluna dela vibrar e quase jogando-a da carruagem. Ela gritou de medo e desespero. Agarrada com firmeza, a dor em suas mãos tinha se tornado mais forte. Só havia uma opção. Ela tinha que descer daquela carruagem. Naquele instante. Eram apenas três ou quatro quilômetros até a mansão Talbot. Ela poderia caminhar se saísse daquela situação ridícula imediatamente.

"Eu falei para você se sentar comigo!", o cocheiro gritou para ela.

"Quando nós vamos parar?", Sophie fechou os olhos, esperando longos segundos pela resposta aterrorizante.

"O tempo está bom, então eu diria que vamos chegar em três horas. Talvez quatro."

Ela gemeu e o som encobriu uma palavra muito pior que *merda*. Pular da carruagem, de repente, tornou-se uma possibilidade bastante viável.

"Acho que você está mudando de ideia quanto a viajar na boleia?", gritou o cocheiro.

É claro que ela estava mudando de ideia. Ela nunca deveria ter posto em prática aquele plano horrível. Se ela não tivesse jurado fugir daquela festa estúpida, estaria em casa a essa altura. E não ali, a um triz de cair para a morte.

"Quer que eu pare para você vir se sentar comigo?"

Ela mal ouviu a parte da pergunta que veio depois da palavra *pare. Bom Deus. Sim. Por favor, pare.*

"Quero, por favor!"

A carruagem começou a diminuir a velocidade e ela se sentiu inundada por uma sensação de alívio, que substituiu todo o resto, fazendo-a esquecer do pânico e da dor por um momento fugaz. Um momento muito fugaz.

"Bem que eu achei estranho você querer viajar a tarde toda aí atrás."

Oras, o cocheiro poderia ter dito isso antes. Então eles não estariam naquela situação. E Sophie não teria colocado nem um pé na carruagem se ela soubesse que havia a mínima possibilidade de o Marquês de Eversley não estar a caminho de Mayfair. Mas ela não iria perder tempo revivendo seu erro quando podia se dedicar a consertá-lo. Ela soltou as alças, os ombros retos e a cabeça erguida, inspirou fundo e se preparou para descer da carruagem e anunciar que Matthew não iria com eles aonde quer que estivessem indo. E ela também não.

Liberdade era uma coisa maravilhosa. Ela estava até querendo ver o choque do marquês quando ele descobrisse que ela tinha embarcado como clandestina. Ele bem que podia aguentar uma surpresa de vez em quando, para equilibrar sua existência arrogante, e Sophie sentia certa empolgação de ser ela a lhe proporcionar o choque.

Até as pernas dela cederem e ela cair no chão de modo vergonhoso e deselegante.

"Merda!" Essa estava se tornando sua palavra favorita.

O cocheiro arregalou os olhos de onde estava, e ela não podia culpá-lo, pois Sophie desconfiava que cavalariços tinham pelo menos uma responsabilidade — não cair da carruagem.

"De pé, seu porcaria", o cocheiro gritou, sem dúvida pensando que era um encanto de pessoa. "Não tenho o dia todo para esperar!"

Lá se ia seu triunfo. Lá se ia sua liberdade.

Ela ficou de quatro e fez força nos braços e nas pernas, seus músculos doendo pelo esforço de ficar pendurada na carruagem enquanto rodavam pela estrada esburacada. Ela levantou devagar, mantendo as costas para a carruagem enquanto endireitava a coluna e os ombros.

"Receio que você vá ter que esperar", ela disse, "pois preciso de uma audiência com o marquês".

Demorou um momento para que o condutor assimilasse as palavras, o que ele fez, sem dúvida, com uma boa quantidade de espanto, pela ousadia do criado exigir falar com seu patrão. Mas o cocheiro ficaria ainda mais surpreso quando percebesse que o Marquês de Eversley não era o patrão dela. E que ela não era o criado dele.

Sophie sentiu uma pontada de remorso quando refletiu que o cocheiro teria que refazer o caminho até Londres depois que ela se revelasse — o corpo dele deveria estar sofrendo tanto quanto o dela com a viagem.

"Você está louco?", ele perguntou, incrédulo.

"Nem um pouco", Sophie olhou para ele. Então ela se aproximou da carruagem e bateu na porta. "Abra, meu lorde."

Não houve movimento dentro do veículo. A porta permaneceu fechada.

"Você *está* louco!", o cocheiro declarou.

"Eu juro para você que não estou. "Eversley!", ela chamou, ignorando a pontada de dor que veio quando bateu com força na grande carruagem preta. Ele provavelmente dormia, como era de se esperar de um aristocrata preguiçoso. "Abra essa porta!"

Ele ficaria furioso quando a visse, mas Sophie não ligava. De fato, ela tinha um desejo forte, obstinado, de dar uma lição naquele nobre ultrajante e insuportável. Ela estava certa de que ninguém nunca tinha feito algo assim — ninguém jamais havia contrariado o Marquês de Eversley, conhecido na intimidade como Rei. Como se ele não fosse pomposo o bastante, tinha assumido o título mais alto da Inglaterra como seu nome. E toda Londres simplesmente aceitou aquilo. Eles o chamavam pelo apelido ridículo. Ou pelo outro — o Canalha Real — como se fosse um cumprimento e não uma total blasfêmia. E ela tinha sido exilada por dizer a verdade a respeito de um duque. A raiva cresceu, misturada a algo mais — algo que ela não gostou e que não conseguia identificar.

Sophie fez uma careta para a carruagem, como se o veículo fosse manifestação do homem que carregava. Do mundo que o havia criado, vazio e aristocrático, imperioso e frustrante. Como se nada e ninguém jamais o desafiassem. Até aquele momento. Até ela.

"Ele não está aí."

"O que você está dizendo?", ela virou-se para o cocheiro.

O homem estava exasperado — isso ficou claro — e se tornava cada vez menos complacente com a loucura dela.

"O marquês não está aí dentro e a viagem deixou você ruim da cabeça. Suba na boleia. Estamos a quilômetros de qualquer lugar, e você está me fazendo desperdiçar a luz do dia, seu porcaria."

"Como assim, ele não está aí dentro?"

Sophie olhou para a porta, recusando-se a acreditar nas palavras. O cocheiro a encarou, contrariado.

"Ele. Não. Está. Aí. Dentro. Que parte você não consegue entender?"

"Eu o vi entrar!"

O condutor falou como se ela fosse uma criança.

"Nós devemos encontrá-lo lá."

"Onde?", ela piscou, desconcertada.

A exasperação venceu e o cocheiro se virou para a estrada, suspirando.

"Eu disse para que não me arrumassem um garoto que eu não conhecia. Fique à vontade. Eu não tenho tempo para esperar que seus sentidos voltem de onde quer que tenham ido."

Fazendo um gesto com os pulsos, ele colocou os cavalos em movimento, puxando a carruagem. Deixando-a abandonada na estrada. Sozinha. Para ser encontrada por quem quer que aparecesse. *Merda.*

"Não! Espere!", ela gritou.

A carruagem parou por um momento quase insuficiente para ela subir na boleia ao lado do condutor. Por um breve instante ela pensou em contar tudo ao cocheiro. Dizer quem era. Apelar à compaixão dele na esperança de que o homem a levasse a sua casa. *Casa.* Uma visão surgiu diante dela, um campo verde, exuberante, que se estendia por quilômetros em colinas, vales e poentes magníficos. Não era Londres. Com certeza não era Mayfair, onde as únicas coisas exuberantes eram os vestidos de seda que ela era obrigada a usar todos os dias, para o caso de alguém aparecer para o chá. E o pai dela tinha dinheiro bastante para que alguém sempre aparecesse para o chá.

Londres não era a casa dela. Nunca foi — e isso fazia uma década. Tempo em que ela vivia naquela mansão perfeita em Mayfair, que suas irmãs e mãe adoravam, como se não sentissem falta do passado. Como se tivessem odiado a vida que viveram por anos. Como se a tivessem esquecido por necessidade.

As lágrimas vieram, surpreendentes e involuntárias, e ela piscou para afastá-las, culpando o vento de verão e a velocidade do veículo. Ela estava sentada na boleia de uma carruagem, vestida de criado, acompanhada apenas pelo cocheiro, indo sabe Deus para onde. E, de algum modo, foi pensar em voltar a Londres que a deixou triste. Então ela ficou quieta, sabendo que aquilo era loucura, desejando que o cocheiro não reparasse nela, escutando o som das rodas e dos cascos dos cavalos enquanto a carruagem seguia para o norte.

Horas mais tarde, depois que o sol se pôs, ficou claro que Sophie estava fora de si. Ela pensou que vestir um uniforme de criado, disfarçar-se de garoto e viajar do lado de fora da carruagem seriam as partes mais difíceis da sua encenação, sem se dar conta de que tudo isso, na verdade, não era nada comparado à sua chegada na estalagem.

Ela ficou observando, da boleia, o cocheiro descer para arrumar espaço para os cavalos no estábulo e, principalmente, para guardar a própria carruagem. Isso a fez pensar. Onde ficavam as carruagens quando não estavam em uso? Era uma pergunta que ela nunca tinha se feito.

"Você vai ficar sentado aí como um lorde? Ou está planejando descer e trabalhar um pouco?"

Aquelas palavras fizeram com que Sophie despertasse de seus pensamentos, e ela baixou os olhos para encontrar o cocheiro a encarando. A exasperação anterior do homem se transformava em algo diferente. Suspeita. Bem. Ela não podia lidar com isso. Não naquele momento, pelo menos, antes de decidir quais seriam os passos seguintes do seu plano. *Plano* era certo eufemismo para aquela situação horrorosa. *Desastre* a descrevia melhor.

"Onde nós estamos?", ela perguntou, propositalmente engrossando a voz — Sophie não poderia deixá-lo perceber que ela era uma mulher —, e se apressou para descer da boleia, disposta a apostar que, embora ela não soubesse o que um criado deveria fazer naquele exato momento, descer da carruagem era um excelente primeiro passo. Uma vez no chão, ela baixou a cabeça e se segurou pouco antes de fazer uma mesura. Criados não faziam mesuras. Pelo menos isso ela sabia.

"Tudo que importa é que chegamos antes do marquês."

"Onde ele está?"

A pergunta saiu antes que ela pudesse se segurar. Sophie não precisava do olhar frio de censura do cocheiro para saber que tinha ultrapassado os limites, mas ele a encarou mesmo assim.

"Eu não sei o que há de errado com você, garoto", ele disse, "mas é melhor se comportar. Serviçais não perguntam sobre o paradeiro de seus patrões, nem fazem perguntas para as quais não precisam de respostas. Serviçais apenas servem".

Esse era o problema, claro. Sophie não tinha ideia de como começar a fazer isso.

"Sim, senhor", ela disse. "Eu vou fazer isso mesmo."

O outro aquiesceu e se virou.

"Faça isso", ele disse por cima do ombro.

Mas Sophie não teve escolha a não ser chamá-lo.

"Isso dito... o que... o que eu devo fazer?"

O cocheiro paralisou e então se virou devagar. Ele arregalou os olhos para Sophie e falou como se dirigisse a uma criança:

"Comece com seu trabalho!"

Aquilo não foi muito útil. Ela inspirou fundo quando ele se voltou para os cavalos e refletiu sobre todas as coisas que tinha visto os criados fazendo no passado. Sophie olhou para a carruagem preta, grande e vazia. Só que ela não podia estar vazia. Eversley não viajaria para tão longe sem estar preparado. Eles deviam ter trazido malas. Bagagem. E criados carregam bagagem.

Com o ânimo renovado, ela abriu a porta e entrou na carruagem, preparada para recolher tudo que o marquês tivesse deixado para seus criados levarem para seus aposentos. Ela parou diante da escuridão do veículo, considerando seu tamanho incomum, com os sons da estalagem movimentada abafados do lado de fora. A carruagem era muito grande. Era uma das maiores que Sophie já tinha visto — não seria exagero dizer que era imensa —, podendo acomodar três fileiras de assentos sem esforço. Mas não. Havia apenas uma fileira de assentos no fundo do veículo, deixando um grande espaço vazio à sua frente, grande o bastante para acomodar um homem deitado. Para acomodar vários homens deitados.

Contudo, não havia nenhum homem ali. O que havia eram grandes rodas de madeira. Dez, talvez doze rodas. Ela não conseguiu ver direito naquela escuridão, mas parou, ainda assim, refletindo sobre aquela carga. Por que o Marquês de Eversley transportava rodas de carruagem? Será que não havia fabricantes de rodas ao norte de Londres? De fato, a única evidência que ela encontrou do Marquês de Eversley foi uma pilha de roupas formais — roupas que ela viu saírem voando por uma janela da Mansão Liverpool quando ele fugia de um conde traído. Aonde ele tinha ido?

"Garoto!"

Sophie soltou um suspiro exasperado. O cocheiro estava se tornando um colega irritante.

"Senhor?", ela gritou entredentes.

"Você não é mais útil dentro da carruagem do que era na boleia!"

E então, de modo chocante, uma mão chegou ao traseiro dela, agarrou a cintura de suas calças e a puxou de dentro da carruagem. Ela soltou um guincho desesperado enquanto o cocheiro a punha de pé fora da carruagem e fechava a porta com um estalido definitivo. Afinal, não era todo dia que Sophie era maltratada assim... bem... tão mal.

Quando o cocheiro a rodeou, Sophie soube que estava acabada. Na verdade, era melhor que Matthew fosse empregado de seu pai, pois ela tinha certeza de que a casa de Eversley estava para demiti-lo.

"Você perdeu o..."

A avaliação que o cocheiro fazia das faculdades mentais dela — ou a falta delas — foi interrompida pelo barulho, um estrépito quase ensurdecedor, pontuado por batidas de cascos, a respiração pesada de cavalos e gritos exuberantes de homens. Ela se virou em tempo de ver o primeiro dos cabriolés se aproximando dela em uma velocidade que quebraria eixos e pescoços, pois não estavam em uma reta vazia da estrada, mas em um estacionamento movimentado de uma estalagem.

Com um grito, Sophie pulou para trás, apertando-se contra a lateral da carruagem, com os olhos arregalados, quando o cabriolé que vinha em primeiro se inclinou sobre uma roda, quase virando antes de cair novamente, o que lançou um dos raios da roda pelo estacionamento, enquanto o condutor executava uma meia-volta perfeita, ficando de frente para os veículos que o seguiam logo atrás. O condutor ficou em pé e as pernas que deveriam estar cansadas pareciam incrivelmente fortes e firmes, agigantando-se sobre o cavalo e o cabriolé. Ele pôs as mãos na cintura e encarou os colegas, sem dúvida tão maníacos quanto ele. A maior parte do rosto dele se escondia na sombra produzida pela aba de seu chapéu, mas a luz da estalagem era atraída, ainda assim, para aquele grande sorriso malandro. Sophie percebeu que ela também se sentia atraída de modo estranho por aquele sorriso.

"Parece que eu ganhei, rapazes!" Os outros já tinham parado e um coro de gemidos se elevou da multidão de cabriolés quando ele acrescentou: "De novo".

Como essa era a primeira vez que Sophie se via do lado de fora de uma estalagem depois de escurecer, ela teve que imaginar que aquela era uma ocorrência comum, mas ela nunca pensou que homens disputassem corridas com seus cabriolés pela Grande Estrada do Norte por diversão.

Diversão. A palavra ecoou, lembrando-a de sua conversa anterior com Eversley, na qual ele a chamou de *desdivertida.* Ela sentiu a irritação voltar. Ela era muito divertida! Afinal, Sophie estava ali, não estava? Vestida como garoto em um pátio cheio de homens que pareciam saber o que era diversão. Os pensamentos dela foram interrompidos pelo movimento do vencedor, que pulou de seu cabriolé e foi até os cavalos para cumprimentar aqueles animais magníficos por seu ótimo trabalho. Ele bamboleou até os cavalos, que bufavam e relinchavam, arqueando as grandes costelas devido ao esforço, ao mesmo tempo que aproximavam os focinhos do carinho de seu dono.

Sophie estava hipnotizada por aquele homem — pelo grupo que ele parecia liderar. Ela nunca tinha visto nada como eles. Todos vestidos de preto, com muita informalidade — jaquetas pretas sobre camisas pretas, sem nenhuma gravata. As calças brilhavam sob a luz das lanternas espalhadas pelo estacionamento. Ela avaliou as peças de roupa. Aquilo era... couro? Que estranho. E que fascinante.

Seu olhar procurou o líder e a longa curva de sua coxa justa na calça. Ela ficou admirando aquela musculatura por mais tempo do que seria adequado. Ele era um homem extraordinariamente bem constituído. O segundo que ela via em um único dia. Ela tossiu ao pensar nisso e calor se espalhou por suas faces. O barulho chamou a atenção dele, que se virou no mesmo instante para ela. Embora os olhos dele continuassem na sombra, Sophie nunca se sentiu mais analisada do que naquele momento, e teve uma gratidão imensa pelo uniforme de Matthew, que escondia a verdade sobre ela — que nunca tinha estado numa situação daquelas, que aquele não era seu lugar.

Sophie baixou os olhos para as botas dele, querendo desaparecer. Foi então que ela notou que o homem não usava botas. Pelo menos não usava duas botas. *Merda!* O Marquês de Eversley tinha chegado. E pelo modo como se aproximou dela — o andar bamboleante que ela identificou antes devia-se, provavelmente, à falta de uma bota —, ele estava para descobrir que Sophie também tinha chegado. Ela não ergueu o olhar para ele, mantendo-o fixos em seus pés, esperando que ele a ignorasse. Isso não funcionou.

"Garoto...", ele arrastou a palavra, aproximando-se demais. Perto demais.

Ela mudou o peso de um pé para outro, desejando que ele se afastasse. Isso também não deu certo.

"Você me ouviu?", ele perguntou.

Ela se mexeu, baixando um centímetro antes de interromper a mesura que faria. Mesmo que ela não estivesse vestida de homem, o marquês não merecia nenhum tipo de cortesia, aquele arruinador de mulheres que representava tudo o que ela detestava na Sociedade que tinha virado as costas para ela de modo tão eloquente. Aquele homem que tinha virado as costas *dele* para ela. Se ele pelo menos tivesse se disposto a ajudá-la, Sophie não estaria naquela situação ridícula.

"*Você consegue ouvir?*", ele praticamente gritou a pergunta.

Endireitando-se, ela tossiu e apertou o queixo contra o peito, engrossando a voz.

"Sim, meu lorde", o honorífico soou estrangulado.

Ela foi salva do que quer que ele fosse dizer pela chegada de um de seus colegas.

"Maldição, Rei, você não tem medo de porra nenhuma. Pensei que fosse se matar na última volta."

Ela inspirou fundo, não por causa da linguagem chula — uma infância em meio a mineiros de carvão a tornou imune a palavrões —, mas por causa da voz inesperada, com um forte sotaque escocês. Ela virou o rosto e se viu frente a frente com o Duque de Warnick, um canalha lendário por seus próprios méritos — escocês ignorante que, de repente, conseguiu um ducado, fazendo toda Londres entrar em pânico. Era raro o duque ser visto em Londres, e mais raro ainda ser bem recebido em Londres, mas ali estava ele, a meio metro dela, rindo e batendo no ombro do Marquês de Eversley, parabenizando-o por, Sophie deduziu, não se matar no processo de chegar à estalagem. Eversley abriu um sorriso tão largo quanto o do duque, cheio de arrogância e convencimento.

"Quebraram dois raios da minha roda", ele se vangloriou, e aquilo explicou por que o homem viajava com uma carruagem cheia de rodas de cabriolé. "Mas parece que o destemor conquista a vitória."

Warnick riu.

"Eu pensei em jogar você para fora da estrada nos últimos quatrocentos metros."

"Mesmo que tivesse conseguido me alcançar", Rei se vangloriou, "você é covarde demais para tentar algo assim".

Sophie pensou que não matar um homem era mais honrado que covarde, mas achou melhor não dizer isso. Ela apenas se afastou dos dois, ansiosa para escapar do marquês naquele lugar aberto, onde ele poderia arruiná-la na frente do que parecia ser, Sophie percebeu, uma série de homens que poderiam reconhecer uma irmã Talbot. O duque se aproximou de Eversley e baixou a voz para um tom ameaçador.

"Você acabou de me chamar de covarde?!"

"Eu chamei, é verdade. Quando foi a última vez que você esteve em Londres?", Eversley perguntou antes de notar que Sophie se movia. "Fique aqui", ele ordenou para ela, levantando um dedo, mas sem tirar o olhar do duque, não deixando alternativa para Sophie a não ser ficar parada enquanto os dois terminavam de conversar.

Ela nunca tinha reparado em como os aristocratas podiam ser rudes com seus criados. Afinal, ela tinha um trabalho a fazer. Ela não sabia que tipo de trabalho, de fato, mas tinha certeza de que ia além de ficar olhando para aqueles dois cabeças de melão. O duque inclinou a cabeça.

"Você sabe o que é evitar lugares desagradáveis."

"Sou especialista nisso", Eversley sorriu.

Com isso, Warnick pôs a mão no bolso e pegou uma moeda.

"Seu prêmio."

Ele jogou a moeda para Eversley, que a pegou no ar e embolsou.

"Eu gosto de tomar seu dinheiro."

"Dinheiro", o duque fez pouco caso. "Você não liga para isso. Você só liga para a vitória."

Sophie resistiu ao impulso de revirar os olhos. É claro que ele só ligava para a vitória. Ela não tinha dúvida de que o Marquês de Eversley não ligava para outra coisa que não vencer. Ela bem que gostaria de ver aquele homem perdendo — e muito. Antes que ela pudesse se deleitar com sua fantasia de imaginar o marquês perdendo, contudo, o duque deu seu último golpe.

"Não que essa moeda vá compensar o custo da sua bota perdida. Você a deixou como suvenir no lugar de sua última conquista?"

O coração de Sophie começou a martelar quando ela ouviu isso, com a lembrança da reputação de Eversley, com a lembrança de sua própria idiotice de ir parar ali, onde quer que estivessem, longe de casa e sem um plano para voltar. *O que aconteceria a seguir?* Ela teria que depender da bondade de alguém da estalagem para voltar para casa. Ela teria que implorar por uma carona até Londres, o que não seria fácil. Sophie só poderia prometer que pagaria o transporte quando chegasse em casa e sabia que seria difícil convencer alguém com tal oferta.

"Eu acho que vai ser fácil recuperar a bota."

Aquelas palavras tiraram Sophie de seus pensamentos, e o significado delas fez com que seu olhar procurasse o do marquês, ainda encoberto pela aba do chapéu. Seria possível que ele a tivesse reconhecido?

"Talvez eu mande o garoto ir buscá-la."

Ela congelou. Sua respiração ficou presa nos pulmões. Ele a tinha reconhecido. O duque riu, sem saber o que acontecia diante de seus olhos, e voltou ao cabriolé.

"O garoto pode se dar bem ao entrar no quarto da sua lady", o duque ainda zombou.

Sophie não conseguiu segurar seu pequeno suspiro de indignação. É claro que Marcella seria criticada por suas ações, enquanto o marquês era cumprimentado por seus pares grosseiros. Eversley olhou de esguelha para ela.

"Espero que minha bota esteja dentro dessa carruagem."

Ela resistiu ao impulso de lhe dizer o que ele podia fazer com aquela bota, mas preferiu bancar o criado perfeito.

"Infelizmente não, meu lorde."

"Não?", ele ergueu a sobrancelha.

Ela teve o ímpeto de olhar para ele. Tudo bem que aqueles olhos verdes eram perturbadores ao extremo, mas, pelo menos, se ela conseguisse vê-los, poderia tentar captar o que ele pensava sobre aquela situação. Por isso ela resolveu enfrentá-lo e ergueu o queixo. Eversley notou o desafio no gesto.

"Não", ela confirmou.

"Onde está, então?", ele perguntou com a voz baixa.

Sophie baixou a própria voz para imitar o modo de falar dele.

"Eu imagino que esteja onde a deixei, na cerca-viva da Mansão Liverpool."

Ela gostou do modo como a garganta dele se movimentou no momento de silêncio que se seguiu à sua declaração.

"Você deixou minha bota hessiana em uma cerca-viva?!"

"Você *me* deixou em uma cerca-viva", ela lembrou.

"Você não me servia de nada."

"Bem, sua bota também não me servia de nada."

Ele a observou por um longo momento e mudou de assunto.

"Você está ridícula."

É claro que estava. Ela deu de ombros.

"O uniforme é *seu*."

"É para um criado! Não para uma garota mimada querendo fazer uma piada."

Ela ficou furiosa com aquelas palavras.

"Você não sabe de nada a meu respeito. Não sou mimada. E não foi uma piada."

"Oh? Eu imagino que você deve ter uma explicação bastante razoável para ter roubado o uniforme do meu criado e ter se escondido dentro da minha carruagem."

"Eu tenho, na verdade. E não me escondi dentro da sua carruagem. Eu vim em cima dela."

"Ao lado do meu cocheiro cego, pelo que parece. Por que você veio na boleia?"

"Criados não viajam dentro da carruagem, meu lorde", ela abriu um sorriso irônico. "E mesmo que viajassem, a carruagem em questão está cheia de rodas. Por quê?"

"Para o caso de eu precisar de uma sobressalente", ele disse sem hesitar. "Mas onde está o meu criado? Você o nocauteou e o deixou inconsciente e nu, naquela sebe junto com a minha bota?"

"Claro que não fiz nada disso. Matthew está em perfeitas condições."

"Ele está usando seu vestido?"

"Não", ela corou. "Ele comprou roupas de um dos cavalariços da Mansão Liverpool."

"E você? Trocou de roupa na frente de toda Londres?", ele continuou disparando perguntas.

"É claro que não!", Sophie começava a ficar indignada. "Eu não sou louca."

"Ah, não", ele debochou. "É claro que não."

"Não sou!", ela insistiu, sibilando as palavras para não chamar atenção para si. "Eu troquei de roupa dentro da carruagem da minha família. E paguei Matthew pelo uniforme antes de enviá-lo para trabalhar para o meu pai."

"Você roubou meu criado", ele estava incrédulo.

"Não foi roubo."

"Eu tinha um criado esta manhã e agora não tenho mais. Como que isso não é roubo?"

"Não foi roubo", ela insistiu. "Você não era o dono dele."

"Eu pagava um salário para ele!"

"Parece que eu pago melhor."

Ele ficou quieto e ela pôde ver a frustração no olhar dele quando o marquês fez um movimento rápido com a cabeça.

"É justo", ele disse.

E então ele se virou. Bem, isso foi inesperado. E nem um pouco ideal, pois ela não tinha dinheiro e ele era a única pessoa daquele lugar que poderia estar inclinado a ajudá-la a voltar para casa, se isso significava fazê-la sumir da vida dele. Sophie ignorou o fato de que viajar como clandestina na carruagem dele pudesse tê-la indisposto ainda mais com o marquês.

Ela suspirou. Ele era intolerável, mas ela tinha inteligência suficiente para reconhecer quando precisava da ajuda de alguém.

"Espere!", ela chamou, atraindo a atenção do cocheiro e de diversos colegas de corrida do marquês, mas não do próprio.

Ele a ignorava. De propósito. Sophie correu atrás dele, ignorando a dor provocada pelo cascalho em seus pés com sapatilhas.

"Meu lorde", ela chamou, nervosa. "Só tem mais uma coisa."

Ele parou e se virou para encará-la. Sophie se aproximou, de repente reparando na altura dele, no modo como a testa dela ficava na altura daqueles lábios firmes e inflexíveis.

"Não fica bem em você."

"Perdão?", ela piscou.

"O uniforme. Está muito apertado."

Primeiro ele disse que era ela desdivertida, e agora dizia que era rechonchuda. Ela sabia disso, é claro, mas ele não precisava comentar o fato de que ela não era a mais esguia das mulheres. Sophie engoliu em seco o nó que sentia na garganta e ignorou o constrangimento.

"Perdoe-me, Lorde da Perfeição, eu não tive tempo de visitar uma costureira no caminho." Ele não se desculpou pela grosseria — o que não a surpreendeu —, mas também não foi embora, então ela continuou. "Eu preciso de transporte para casa."

"Eu sei. Você disse isso esta tarde."

Quando ele se recusou a ajudar e a colocou na situação atual. *E estar nesta situação não é culpa só dele.* Ela ignorou esse pensamento.

"Bem, o caso continua o mesmo."

"Então o caso continua a não ser problema meu."

Aquelas palavras a surpreenderam.

"Mas...", ela se calou, sem saber o que dizer. "Mas eu..."

Ele não queria esperar até Sophie encontrar o que dizer.

"Você roubou minha bota e meu criado no que eu só posso deduzir que tenha sido uma tentativa frustrada de conquistar minha atenção e meu título, caso as ações anteriores da sua família sirvam de alguma indicação. Tenho certeza de que você compreenderá se eu não estiver disposto a lhe fornecer ajuda", ele fez uma pausa e, como ela não se manifestou, continuou:

"Falando claramente, você pode ser um problema colossal, Lady Sophie, mas não é *meu* problema."

Aquilo a feriu dolorosamente, e o modo como o marquês lhe deu as costas, como se ela não fosse nada, não valesse nada — nem mesmo um pensamento — foi um golpe inesperado, mais duro do que teria sido em qualquer outro dia, em que a Sociedade e sua família não tivessem também dado as costas a Sophie de modo tão semelhante. Ela lembrou dos eventos daquela tarde, da aristocracia, em massa, renegando-a, escolhendo seu precioso duque em vez da verdade. Em vez do que era certo.

Lágrimas emergiram, involuntárias. Inoportunas. *Ela não iria chorar.*

Sophie inspirou fundo para tentar se controlar. *Não na frente dele.* As lágrimas arderam na ponte do nariz e Sophie fungou, de maneira nada condizente com uma lady. O marquês se virou de repente.

"Se você está tentando apelar para minha bondade, não tente. Não possuo muito disso."

"Não se preocupe", ela respondeu. "Eu não sonharia em pensar que você é bondoso."

Ele a observou por um momento longo e silencioso antes que o cocheiro falasse de cima da carruagem, onde soltava os arreios da boleia.

"Meu lorde, o garoto está incomodando?"

"Está sim, e bastante", o marquês respondeu sem tirar os olhos dela.

O outro homem olhou feio para ela.

"Vá para o estábulo e dê comida e água para os cavalos. Acho que isso você consegue fazer."

"Eu...", Sophie começou, mas Eversley a interrompeu.

"Se eu fosse você, faria o que John, o cocheiro, está dizendo. Você não quer sofrer a ira dele."

Os olhos arregalados de Sophie foram de um homem para outro.

"Depois que fizer isso, encontre uma cama, garoto", o cocheiro prosseguiu. "Talvez uma boa noite de sono traga o seu cérebro de volta."

"Uma cama", ela repetiu, olhando para o marquês, odiando o modo como ele torceu os lábios.

"Tem espaço no palheiro", a exasperação do cocheiro era evidente quando falou com ela — como se ela fosse uma imbecil —, antes de se voltar para os animais, saltando da boleia e soltando-os para levá-los para o estábulo. Sophie e Eversley ficaram no centro do pátio que se esvaziava rapidamente.

"O palheiro parece confortável", disse o marquês.

Sophie se perguntou se o marquês consideraria confortável uma pancada na sua cabeça, mas achou melhor não perguntar.

"Tão confortável que eu acho que vou para minha própria cama. Acontece que um dos meus pés está bem frio. Eu quero entrar para aquecê-lo perto da lareira."

Os pés dela também estavam frios e doloridos. Sapatilhas de seda não tinham sido projetadas para viagens do lado de fora de carruagens pela Inglaterra nem para o trabalho de criados. Ela pensou na lareira quente que, sem dúvida, ardia dentro da estalagem. Não tinha certeza do que encontraria no palheiro, mas se tivesse que adivinhar, diria palha... e isso significava que lá não haveria nenhum fogo para aquecê-la.

Ela poderia se revelar. A hora era aquela. Sophie podia tirar o chapéu e apontar para seus calçados ridículos. Ela podia se revelar como sendo Lady Sophie Talbot e contar com a bondade de algum dos outros homens que tinha entrado na Raposa & Falcão conduzindo seus cabriolés estranhos, e implorar para que alguém a levasse para casa.

Eversley pareceu entender suas intenções antes mesmo de Sophie formá-las por completo.

"É uma ideia excelente", ele disse. "Arrume outro nobre. Warnick é um duque."

Ela não deixou o comentário passar batido.

"Eu não me casaria com você nem que fosse o último homem da cristandade."

"Você só diz isso porque acabei com seu plano ridículo."

"Esse nunca foi meu plano."

"É claro que não. Por que eu pensaria isso de uma das Irmãs Perigosas?", ele soltou uma exclamação de deboche e Sophie o odiou naquele instante. Ela o odiou só por pronunciar aquele apelido ultrajante. Por ser igual aos outros. Por acreditar que ela queria a vida na qual tinha sido jogada. Por acreditar que aquele estilo de vida valia algo; que valia mais do que o tipo de vida com o qual ela foi criada. Por se recusar a ver — como o restante de Londres também se recusava — que Sophie era diferente. E que ela era perfeitamente feliz antes. Antes do título, da mansão na cidade, dos chás e das armadilhas da Sociedade. Antes de que essas armadilhas a tivessem prendido.

"Eu pensei que você estivesse indo para Mayfair", ela disse engolindo a frustração e odiando a humildade em sua voz.

Ele apontou para a estrada, sem hesitar.

"Cinquenta quilômetros para o sul. Talvez você tenha sorte e uma carruagem do correio passe por você."

Aquilo a lembrou de suas circunstâncias no momento.

"Eu não tenho dinheiro para pagar uma passagem."

"Que infelicidade, então, você ter dado tudo para o meu criado."

"Não foi infelicidade para ele, eu imagino", Sophie rebateu, incapaz de esconder a acidez na voz. "Afinal, eu o salvei de ter que trabalhar para você pelo resto da vida."

O marquês fez uma careta de deboche.

"Parece que você tem uma bela caminhada pela frente. Se começar agora, vai chegar amanhã à noite."

Aquele homem era detestável. Não que ela estivesse sendo a mais amável das pessoas, mas ainda assim, ele era pior.

"Tudo o que dizem sobre você é verdade", ela disparou.

"Que parte?"

"A que diz que você não é um cavalheiro."

Ele percorreu o corpo dela com o olhar, observando o uniforme mal ajustado, apertado demais, lembrando-a, em cada ponto que os olhos dele paravam, que tinha cometido um erro terrível.

"Perdoe-me, querida, mas você também não se parece com uma dama esta noite."

E então ele entrou na estalagem, obrigando Sophie a refletir sobre o que faria a seguir. O palheiro ou a estrada. A frigideira ou o fogo.

Escândalos & Canalhas

Capítulo 4	Junho de 1833

IRMÃ PERIGOSA É ROUBADA! SUSPEITA-SE DE VIGARISTA!

* * *

Várias horas mais tarde, depois que a estalagem ficou no escuro e em silêncio, Reider, Marquês de Eversley, futuro Duque de Lyne, patife notório que tinha muito orgulho de sua reputação de canalha, estava em sua cama, deitado e acordado. Acordado e muito, muito irritado.

Ela arruinou sua vitória. E entre todas as coisas de que Rei gostava, não havia nada que ele gostasse mais do que vencer. Não importava o que ele ganhava — mulheres, lutas, corridas, jogos de cartas. Importava apenas a vitória.

Não era algo simples, a relação de Rei com a vitória. Não era apenas por mero prazer, embora muitos acreditassem que fosse. Tinha pouco a ver com diversão ou recreação. Enquanto outros homens gostavam de vencer, Rei *precisava* fazê-lo. A emoção da vitória era tão essencial para ele quanto comida e ar. Na vitória ele era *quase* livre. Na vitória ele esquecia o que tinha perdido.

E ele tinha vencido a corrida de cabriolés, derrotando fragorosamente a outra meia-dúzia de homens, cada um melhor condutor que o outro, voando baixo pela Grande Estrada do Norte, os cavalos devorando as distâncias, excitação e alegria pulsando em suas veias, afastando de sua mente o objetivo daquela viagem rumo ao norte. Do que o receberia quando ele chegasse ao seu destino final. Seu passado.

A vitória não tinha sido fácil. Os outros homens conduziram seus cabriolés com uma habilidade impressionante, ameaçando a vitória dele, provocando-o com a possibilidade da derrota. Mas Rei venceu, e a sensação foi doce e profundamente satisfatória. Era o gosto da vitória, esquiva e fugaz.

Enquanto ele recuperava o fôlego depois da corrida, sobre seu cabriolé — que precisaria de rodas novas antes de recomeçar a jornada no dia seguinte —, ele teve a satisfação de saber que dormiria bem naquela noite, antes que a luz do novo dia o lembrasse da verdade e do dever.

Só que ele não dormiu bem à noite. Ele não dormiu bem nem por uma hora. Porque a primeira coisa que ele viu depois de parar no pátio da Raposa & Falcão foi Lady Sophie Talbot, encostada em sua carruagem, ridícula naquele uniforme da casa Eversley. E com isso ela arruinou a vitória dele.

A princípio, ele disse a si mesmo que não podia ser ela. Afinal, de todas as bobagens incríveis que ele já tinha visto as mulheres fazendo ao longo de sua vida, aquela era, sem dúvida, a pior. Mas ele sabia como era. Sabia como uma garota podia ficar desesperada. O esforço que elas eram capazes de empregar para conseguir o que querem. Ele sabia disso melhor do que ninguém.

Então, só podia ser ela. Lady Sophie, a mais nova das Cinderelas Borralheiras, a quem ele se recusara expressamente a fornecer transporte, recusou-se a deixá-lo partir sozinho e embarcou como clandestina.

Como ela estava vestida de criado, Rei imaginou que ela não viajou dentro da carruagem, onde estaria mais segura. Era provável que ela tivesse viajado na boleia do veículo, ao lado do cocheiro. Cristo! Ela poderia ter caído.

Ela poderia ter morrido, e isso pesaria na consciência dele. Rei fechou os olhos e uma imagem surgiu; uma garota, machucada e sem vida, o cabelo claro bagunçado, contornando seu rosto delicado na terra batida da estrada.

Só que não foi Sophie Talbot que ele viu morta e ferida. Foi outra garota, em outro momento.

Ele praguejou, a voz baixa e sombria dominando o quarto silencioso, e jogou as cobertas pesadas para o lado, levantando-se e atravessando o quarto para pegar uma bebida para afastar aquela lembrança. Serviu-se de uísque, ignorando o tremor em suas mãos, e deu um gole longo, virando-se para a janela e olhando para o pátio da estalagem, agora vazio. Bem diferente de como estava antes, quando percebeu que estava sem criado, que Sophie Talbot tinha tomado o lugar dele. A garota de olhos arregalados, chocada por ter sido reconhecida. Ele teria que estar morto para não reconhecê-la. Cristo! Como é que mais ninguém a reconheceu?

E aonde ela teria ido? Oras, ele não se importava. Sophie Talbot não era seu problema. Foi o que ele disse para ela. *E ela chorou.*

Rei ignorou a lembrança. Não pensou no modo como as lágrimas deixaram o azul dos olhos dela, emoldurados por aqueles cílios pretos e espessos, ainda mais azul sob a luz amarela das lanternas do lado de fora da estalagem. Ela fez aquilo para tentar manipulá-lo. Afinal, não era isso o que as irmãs Talbot faziam? Armadilhas para fisgar aristocratas incautos e casar com eles? Se aquilo funcionou para transformar a mais velha em duquesa, por que a mais nova também não faria o mesmo?

Bem, ela tinha escolhido o alvo errado.

Ela foi parar ali porque quis, ao subornar um criado e sobreviver à viagem de carruagem. Sophie Talbot não era uma garotinha tímida. Ele não sabia muito a respeito dela — só que era a mais séria das cinco irmãs Talbot, o que não era tarefa difícil, considerando a vaidade tola e o desdém pelo decoro que marcavam as outras garotas de sua família.

Contudo, as ações dela não demonstravam essa suposta seriedade. De fato, faziam-na parecer decididamente tola.

Bem, ela podia ser uma tola, mas ele não era. Ele não iria se aproximar dela. *Sophie não era problema dele.*

Se ela arrumou um jeito de chegar até lá, podia arrumar um jeito de voltar para casa. Ele tinha outras coisas com que se preocupar. Como, por exemplo, conseguir chegar a Cúmbria antes que seu pai cumprisse sua promessa e morresse. Rei bebeu de novo, incapaz de aceitar a ideia de seu pai morrer. Afinal, morrer era para criaturas que tinham coração, e o Duque de Lyne era severo e frio demais para ter sangue nas veias. Com certeza.

Venha rápido. Seu pai está doente.

Uma mensagem simples, na bela caligrafia de Agnes Graycote, governanta do Castelo Lyne desde que Rei era apenas um garoto. Aquela mulher serviu o duque durante décadas, sem hesitação. Ela continuou a servi-lo depois que Rei foi embora, depois que o duque parou de viajar até Londres, depois que desistiu de suas tentativas de se reconciliar com o filho.

Como se reconciliação fosse possível. Como se ele não tivesse arruinado a vida de Rei com seu amargo orgulho aristocrático. Como se Rei não tivesse respondido a cada pedido de encontro com as cinco palavras de sempre — a única punição realmente honesta que ele era capaz de dispensar.

Ele quase não atendeu ao chamado de Agnes. *Quase.*

Mas lá estava ele, em uma estalagem na Grande Estrada do Norte, a 50 km de Londres, a caminho da fronteira escocesa, para olhar seu pai moribundo nos olhos e dizer em voz alta as palavras:

A linhagem vai morrer comigo.

Ele praguejou mais uma vez no escuro antes de terminar seu uísque, depois colocou o copo no parapeito e voltou para a cama, fechou os olhos e tentou dormir. Em vez de encontrar o sono, contudo, Rei encontrou a cacofonia de seus pensamentos. Resistiu às lembranças de sua infância e de seu pai, sabendo que só o levariam por um caminho descendente e sombrio que ele não tinha vontade de percorrer. Então ele procurou uma lembrança mais segura. Aquele dia. A corrida. A vitória. E a ruína daquela vitória.

Não.

Ele tentou não pensar em Sophie. No pedido que ela lhe fez mais cedo, em sua aparência. Do modo como ela preenchia aquele uniforme de todas as maneiras erradas — calças apertadas demais, os botões da jaqueta querendo estourar sobre os seios abundantes, e o lindo volume de seu ventre. Cristo. Ela continuava calçando as sapatilhas de seda. Aparentemente, as botas de seu criado não estavam incluídas no preço.

Ele ficou de costas e descansou a mão grande sobre o peito nu. Por que ela não estava usando calçados adequados? E como foi que seu cocheiro não reparou naquelas sapatilhas amarelas ridículas?

Era óbvio que seu cocheiro também era um tonto. Não que ele se importasse com o calçado inadequado. Na verdade, ela merecia aquilo, não merecia? Foi ela que o deixou com apenas um pé de bota.

Os pés dela deviam estar doendo...

Mas os pés dela, assim como a mulher inteira, não eram problema seu. Assim como a cama em que ela dormia. Também não era problema dele *se* ela estava dormindo em um palheiro. Rodeada por todos os tipos de homens, dos quais pelo menos alguns notariam de imediato que aquele colega não era um homem. Se é que esses *homens* estavam dormindo.

Ele foi tomado por uma emoção aguda e indesejada. Culpa. Medo. *Pânico.* *"Maldição!"*

Rei se levantou e pegou as calças de couro antes que o eco de sua imprecação sumisse. Sophie podia não ser problema dele, mas Rei não conseguiria ficar parado e deixar que ela sofresse Deus sabe o que nas mãos de Deus sabe quem. Ele vestiu a camisa, sem se preocupar em colocá-la para dentro da calça, com os cordões desamarrados, escancarou a porta do quarto e foi procurar a garota.

A estalagem estava em silêncio. A cozinha, no escuro, as torneiras secas, as lareiras do salão principal com o fogo protegido. Seu olhar recaiu num relógio na extremidade da sala. Duas da madrugada — um horário que não trazia nada além de problemas para quem ficava acordado. Ele foi lá para fora e o silêncio tenebroso da área rural inglesa o perturbou enquanto caminhava até o estábulo ali próximo, imaginando todas as formas que aquela penumbra podia contribuir para trazer problemas a Sophie Talbot.

Ele entrou no prédio do estábulo e ouviu as vozes de homens. Meia dúzia deles, se a quantidade de vozes servia de indicação, rindo, gritando e troçando. Ele parou pouco antes de uma luz dourada, e ficou escutando, tentando se orientar e distinguir as palavras. Como se o universo soubesse o que ele queria ouvir, Rei escutou a voz dela primeiro, as palavras claras e curiosas por cima da cacofonia de sons.

"Eu devo engolir tudo isso?"

Rei congelou quando ouviu a resposta de um homem.

"Isso mesmo."

"Não parece que o gosto vai ser muito bom."

Cristo!

"Você vai ver que é bom", o homem insistiu. "Engula tudo. De uma vez. Você vai gostar."

"Se você diz...", ela retrucou e o ceticismo na voz dela sumiu debaixo de um coro de entusiasmo que fez Rei avançar, sem se importar que suas chances ao enfrentar sozinho meia dúzia de homens eram terríveis, ainda mais quando os seis homens em questão estavam bêbados e loucos por sexo.

"Afastem-se dela!", ele ordenou, ameaçador, quando surgiu no salão principal do estábulo, assustando não só o grupo de homens bêbados, que não pareciam nem um pouco terríveis, sentados a uma mesa no centro do longo corredor entre as baias, mas também a dama em questão, que continuava vestindo o uniforme.

Pelo menos ele deduziu que foi o susto que a fez engasgar com a caneca de cerveja que estava bebendo em uma série de goles. Ela afastou a caneca dos lábios, derrubando cerveja na frente do corpo quando depositou a caneca com tanta força sobre a mesa que a virou, espalhando o resto da bebida pelo tampo, onde jaziam pilhas de cartas, sugerindo que uma rodada de faro tinha acabado há pouco.

Sophie se levantou rapidamente, e outros dois homens também saíram de suas cadeiras para evitar o líquido. Então um copo pequeno rolou para fora da caneca e caiu da mesa, sem quebrar, como por milagre, e continuou sua jornada pelas tábuas do chão até parar, dramaticamente, aos pés de Rei. Ele ergueu os olhos do copo e as palavras de Sophie ecoaram em sua cabeça. *Não parece que o gosto vai ser muito bom.*

Eles estavam ensinando Sophie a beber — uma dose de uísque dentro da caneca de cerveja — o drinque dos homens que desejam dormir bem e rápido. Não tinha nada a ver com o que ele pensou. Rei pigarreou.

"Eu acho que nós não o ouvimos direito, Rei", o Duque de Warnick rugiu com seu sotaque escocês. "Eu podia jurar que você chamou o garoto de 'ela'."

É claro que Warnick estaria no estábulo. O homem tinha passado sua vida longe das boas companhias. Se existia alguém para quem o título era um fardo, esse era o duque. Mas desdenhoso da Sociedade ou não, um duque não seria a testemunha ideal do disfarce maluco e do plano destrambelhado de Lady Sophie. Por que diabos ela não foi dormir assim que percebeu que o duque estava no estábulo?

O olhar de Sophie encontrou o dele, suas faces já ficando vermelhas por causa do álcool e do óbvio constrangimento. Ele percebeu a súplica nos grandes olhos azuis, mas a ignorou. Ele já tinha aguentado muita coisa daquela mulher e de seus problemas. Ele a queria longe, muito longe dele.

"Você não ouviu mal. Ela é uma mulher. Qualquer pessoa com olhos pode notar isso."

Pela quantidade de bocas abertas ao redor da mesa, parecia que, de fato, não era qualquer pessoa com olhos que podia notar aquilo. Mas eles ouviram, sem sombra de dúvida, quando ela abriu a boca para brigar com ele.

"*Como pôde?*", ela vociferou, a frustração beirando a fúria quando colocou os punhos fechados na cintura e o encarou. "Você arruinou tudo!"

"*Eu* arruinei tudo?", ele repetiu, sentindo-se afrontado. "Foi você quem pensou que poderia se safar com essa estupidez."

"Espere. Ele é uma garota?", perguntou um dos outros homens à mesa.

"Que bom que você está começando a entender", o duque debochou, divertindo-se.

"Mas ele está de uniforme", o bêbado insistiu.

"Está mesmo", Warnick concordou, demorando-se a examinar o corpo de Sophie. "Contudo, agora que estou dando uma boa olhada..."

"Chega!", Sophie gritou, pegando um saco vazio no chão e jogando-o por cima do ombro e passando tempestivamente por Rei rumo à saída.

"Chega de boas olhadas", Rei disse para o duque.

"Mas eu mal dei uma."

"Você teve horas para olhar. Não enxergou nem que ela não estava de botas."

O duque arqueou as sobrancelhas enquanto os outros homens no estábulo manifestavam sua estupefação em coro.

"Nós deveríamos ter reparado nisso!", disse um deles, rindo.

"Mas não repararam", Rei observou. "Parece que vocês só veem o que querem...", mas ele realmente não conseguia entender como todos aqueles homens não repararam que Lady Sophie Talbot era mesmo... uma mulher.

"Quem é ela?", Warnick perguntou.

"Isso não é importante", Rei não iria lhe contar.

"Duvido", o duque deu um sorriso debochado.

"Bem, mesmo assim, você vai ter que aceitar esse fato."

Rei não tinha tempo para um duelo verbal com um escocês. Ele se virou e saiu do estábulo à procura da garota. Ele a alcançou na estrada, a cerca de dez metros da entrada da estalagem. Sophie não hesitou em sua marcha, com ombros retos e cabeça erguida.

"Vá embora!", ela disse.

"Estamos no meio da noite. Aonde você acha que vai?"

"Eu acho que isso deveria ser óbvio. Eu vou para longe de você."

"E você vai andando até lá?", Rei provocou.

"Meus pés estão ótimos."

"Não vão continuar assim depois de quinze minutos na estrada. Por que você não pegou as botas dele também?"

Ela não respondeu.

"Faltou dinheiro?"

"Eu tinha dinheiro suficiente", ela resmungou.

"E então?"

Ele não descobriria a resposta, pois ela escolheu aquele momento para pisar em uma pedra e soltar uma exclamação de dor.

"Está vendo?", ele disse, incapaz de esconder o convencimento de sua voz. Ou, talvez, sem querer escondê-lo. De qualquer modo, ela se virou para ele.

"Em menos de doze horas você me chamou de pouco inteligente e louca, sugeriu que eu estava planejando uma armadilha para obrigá-lo a se casar comigo, declarou que eu sou desinteressante e apontou defeitos no meu corpo."

O quê?!

"Eu nunca apontei seus defeitos."

"O uniforme, meu lorde, não serve", ela cruzou os braços.

"Não serve mesmo", ele repetiu, piscando sem entender.

Sophie soltou um suspiro de frustração e agitou a mão no ar.

"Não importa. Depois de tudo o que você falou, não consigo imaginar por que você acha necessário me seguir quando estou fazendo exatamente o que tem me pedido desde que nos conhecemos — me afastar de você."

Para falar a verdade, ele também não conseguia entender por que isso era necessário. Mas, de algum modo, era.

"Eu também nunca disse que você era desinteressante", Rei contestou.

"Não. Creio que você usou o termo *desdivertida*, que é ainda mais insultuoso, pois parece que eu sou tão entediante que preciso ser definida por uma palavra que até hoje não existia."

"Claro que não é a mesma coisa!", ele não conseguia pensar em adjetivo menos adequado a Lady Sophie Talbot do que *desinteressante*.

"E agora vejo que você chega à conclusão de que não sou inteligente."

Ela lhe deu as costas e continuou a andar. Rei percebeu que Sophie mancava, o que não era surpresa — as estradas mal serviam para o trânsito de rodas de carruagem e ferraduras. Aquilo o incomodou, um detalhe de fragilidade que o tornava ciente dela de uma maneira que Rei preferia não ficar, pois seria impossível abandoná-la aos lobos da estrada. Não importava o quanto tivesse jurado a si mesmo que ela não era problema dele.

Ele a colocaria na próxima carruagem para casa assim que o sol nascesse. Com certeza ele conseguiria comprar um vestido de alguma empregada da estalagem. Ele teria que pagar caro, sem dúvida, mas valeria a pena, para mandar aquela mulher problemática de volta para casa em Londres.

"Volte para a estalagem", ele disse. "Vamos encontrar uma cama para você e amanhã poderá ir para casa."

"Eu posso ir para casa sozinha", ela disse. "Você não precisa se preocupar comigo."

Ele bufou, deixando sua exasperação transparecer nessa reação.

"Você poderia ser educada e aceitar minha disposição em ajudá-la."

"Desculpe-me se a *minha* disposição não é de fazer uma reverência porque um aristocrata resolveu me tolerar só porque sua reputação está em risco."

Parecia que ele havia atingido um ponto fraco e bem interessante. Ele atacou de novo no mesmo lugar, incapaz de resistir.

"Alguém tem que assumir a responsabilidade por você. Não dá para confiar que você não vai fazer algum escândalo."

Ela parou ao ouvir aquilo e se virou para ele.

"Eu não faço escândalos!"

"Tudo o que você faz são escândalos, querida", Rei arqueou as sobrancelhas.

"Eu não sou sua querida", ela rosnou, os punhos cerrados nas laterais do corpo.

"Com certeza não é", ele concordou sem pensar. "Eu tenho atração por espécimes mais femininos."

Os ombros dela caíram por um instante quase imperceptível, e Rei quis retirar o que tinha falado. Aquilo não foi justo. Ela era muito feminina. Na verdade, enquanto processava o golpe produzido pelas palavras dele, havia algo de extremamente feminino nela, algo que não se reparava de imediato.

Não que ele se importasse com isso. Rei não estava interessado na feminilidade dela. Ela era obstinada como o capeta e problemática demais. E se havia uma coisa de que ele não gostava, era de mulheres problemáticas.

Mas ele tinha magoado os sentimentos dela. E isso o incomodou, pois ela não parecia ser do tipo cujos sentimentos eram magoados com facilidade. De fato, lá ia ela de novo, caminhando com a postura ereta e os ombros retesados, com a guarda levantada.

Era uma artimanha. Empregada para que ele não visse a verdade. Rei sabia porque ele próprio usava uma artimanha parecida. *Não havia nada de desinteressante nela.*

"Você não vai conseguir ir andando até Londres", Rei falou às costas dela.

"Isso mostra que você não sabe de nada", ela disse sem diminuir o passo. "Não vou voltar para Londres. Estou indo para o norte."

"Não se continuar caminhando nessa direção", ele disse, antes que o significado completo das palavras dela fosse assimilado. "Espere. Norte? Por quê?"

"O norte é para *lá*", ela parou.

"Não", ele negou. "Lá é o sul."

"Tem certeza?", Sophie fitou a estrada escura.

"Absoluta. Por que está indo para o norte?"

Ela girou e recomeçou sua marcha na direção oposta.

"Porque estou indo para casa."

Ela era, provavelmente, a mulher mais exasperante que ele já tinha conhecido.

"Londres fica ao sul."

"Certo", ela anuiu. "Eu tenho um conhecimento razoável de geografia."

"Bem, parece que você não tem conhecimento algum de direção."

Eles caminharam vários minutos em silêncio, até encontrarem outra vez as luzes da Raposa & Falcão. Rei não conseguiu se conter.

"Se não é em Londres, onde fica sua casa?"

"Cúmbria."

Ele parou. Qual era o jogo dela? *Ele* estava indo para Cúmbria. Para a casa *dele*.

As Irmãs Perigosas. Ele se lembrou do apelido com uma brutal consciência dos boatos a respeito das irmãs Talbot — ricas, mas sem classe. Elas precisavam comprar seus casamentos aristocráticos ou então forçá-los, e o modo mais rápido de arrumar um título era sendo arruinada nos braços de um nobre. Uma viagem de carruagem até Cúmbria poderia facilmente terminar em ruína. *Perigosa, mesmo.*

Cristo. Ele estava certo o tempo todo. A garota o perseguia. A culpa que ele sentiu por deixá-la com os homens no estábulo desapareceu, substituída por uma raiva inflamada.

"Então era mesmo um plano. Para me laçar."

"Perdão, mas não entendi", ela franziu o cenho.

"Como você sabe que eu estou indo para Cúmbria? O criado também lhe vendeu essa informação?"

"Você está indo para Cúmbria?", Sophie perguntou, surpresa.

Ele semicerrou os olhos para ela.

"Isso não cai bem em você, Sophie", ele não usou o honorífico de propósito.

"Nossa! E eu estou tão desesperada para causar boa impressão em você", ela soltou, sarcástica.

"Diga-me a verdade", ele ergueu uma sobrancelha.

"É bem simples. Estou indo para Cúmbria. Passei os primeiros dez anos da minha vida em Mossband."

"Nunca, em toda minha vida, ouvi uma mentira tão terrível", ele soltou com uma risada irônica.

"É verdade", Sophie insistiu. "Não que eu queira saber por que você se importaria com isso."

"Muito bem. Vou entrar no jogo. Eu passei a minha infância em Longwood. Mas você já sabia disso."

Ela negou com a cabeça.

"Lá não tem nenhuma propriedade Eversley."

Rei sorriu com afetação.

"Não. Mas tem o Castelo Lyne."

Ela fazia um ótimo trabalho fingindo surpresa.

"E o que alhos tem a ver com bugalhos?", Sophie perguntou.

"É uma pena que esteja indo embora de Londres. Você deveria tentar ser atriz." Ele fez uma pausa, então acrescentou, "É neste momento que eu devo lhe contar que meu pai é o Duque de Lyne?".

"*O quê?!*"

Ela era ótima mesmo fingindo ignorância.

"Sim. Que surpresa", ele disparou. Já estava farto dela. "Você acha que eu sou estúpido o bastante para acreditar que uma Irmã Perigosa não sabia que Marquês de Eversley é um título de cortesia?"

"Estúpido ou não, é a verdade. Eu não fazia ideia de que você vai se tornar um duque."

"Toda mulher solteira de Londres sabe que um dia vou ser um duque."

"Posso lhe garantir que isso só é verdade entre as mulheres solteiras que perdem tempo dando a mínima pra isso."

Ele ignorou a réplica rude.

"Sou considerado, de longe, o melhor partido da Sociedade."

"Sem dúvida", ela soltou uma risada de deboche. "Ainda mais com essa quantidade minúscula de arrogância que você possui. Mas posso lhe garantir, meu lorde, você é um péssimo partido."

"E você é uma péssima mentirosa. Suponho que ao declarar que seu destino é o norte da Inglaterra você tinha a pretensão de me induzir a lhe oferecer uma carona, já que vamos os dois na mesma direção?"

"Sua suposição está incorreta."

"Não banque a inocente comigo", ele esbravejou, apontando um dedo no rosto dela. "Eu já entendi todo o seu planinho inconsequente. Você queria que nós dois nos divertíssemos."

"Que nos divertíssemos? Como?", ela piscou, sem entender .

"Tenho certeza de que você sabe como. As mulheres na sua família parecem saber muito bem", ele sorriu, sarcástico.

Ela entendeu, então, o que ele queria dizer.

"Como se eu fosse deixar você se aproximar de mim. Eu nem gosto de você."

"Quem disse alguma coisa sobre gostar um do outro?" Ele conteve a visão de como os dois poderiam passar o tempo na viagem para o norte. "Não importa. Não ligo para o destino da sua viagem. Não vou cair na sua armadilha de casamento. Sou mais esperto que o resto dos homens de Londres, querida. E você não é tão tentadora como suas irmãs."

Aquelas palavras ficaram pairando no ar da madrugada, e a única indicação de que Sophie as tinha ouvido foi o modo como endireitou a postura. Ele bufou com força e resistiu ao impulso de proferir um palavrão. A última parte tinha sido cruel. Ele percebeu no momento em que as palavras saíram de sua boca. Ela era a mais sem graça das irmãs Talbot, de fato. E isso a tornava a menos casadoira. Ela tinha fortuna e só.

E a surpresa foi que... ela não parecia nada sem graça naquele momento, vestindo um uniforme que não servia direito e aqueles calçados ridículos, parada na Grande Estrada do Norte com o luar refletindo em seus cabelos. Houve um longo momento de silêncio, durante o qual Rei foi ficando cada vez mais incomodado, aquelas palavras ecoando em sua cabeça. Ele deveria pedir desculpas antes que ela fizesse algo horrível, como chorar.

Mas ele já devia saber que ela era diferente. Porque Lady Sophie Talbot não chorou ali, na Grande Estrada do Norte, no meio da madrugada, a quilômetros de distância de qualquer lugar ou pessoa que poderia ajudá-la, confrontada por um homem que não gostava dela e que lhe atacou com um insulto que ela não merecia.

Em vez de chorar, ela riu. Gargalhou.

Rei piscou desconcertado. Bem, aquilo foi inesperado. Ele não gostou da nota de desdém na gargalhada, e gostou menos ainda quando ela começou a falar.

"A única coisa que eu queria de você era transporte até Mayfair", ela disse, devagar, como se falasse com uma criança. "Mas como você me recusou isso, eu tive que tomar uma atitude, a qual, admito", ela ergueu um pouco a voz para impedir que ele a interrompesse, "acabou não funcionando como eu esperava. Mas parece agora que as coisas vão melhorar, e não graças a você. Eu tenho um plano. Um plano que não o inclui, nem inclui sua assistência muito menos sua bondade. O que é ótimo, porque você não me ofereceu assistência e não vi qualquer indicativo de sua bondade."

Ele abriu a boca para responder, mas ela o impediu outra vez.

"Deixe-me ser bem clara", ela continuou. "Estou indo para o norte para fugir de tudo que você é e tudo o que representa. Você é tudo o que eu mais detesto na aristocracia: arrogante, enfadonho, sem propósito, confiante demais no seu título e na sua fortuna, que recebeu sem nenhum esforço próprio. Você não possui um pensamento, dentro dessa cabeça, que valha a pena pensar, pois toda sua inteligência é usada para planejar atos de sedução e vencer essas corridas ridículas de cabriolé. Caso você não tenha reparado, eu estava perfeitamente bem no estábulo até você aparecer e revelar que eu sou uma mulher. E quando eu fui embora, decidida a ir para o norte por meus próprios meios, foi *você* que *me* seguiu! De que modo, então, eu estou preparando uma armadilha para fazer você casar comigo?" Ela fez uma pausa. "Eu não sei como dizer mais claramente: vá embora!"

Rei conhecia sua própria reputação. Trabalhou duro para cultivá-la — o Canalha Real, com charme demais e ambição de menos, um homem que prosperava no escândalo e causava fofocas aonde quer que fosse. Isso lhe facilitava manter distância das mulheres às quais não podia prometer mais que uma noite, pois tinha a intenção de nunca se casar. Ainda assim, parado ali, na entrada de uma estalagem, escutando Sophie Talbot atacar sua fama cuidadosamente construída, as palavras dela o feriram mais do que deviam.

Ele não deveria se importar com o que aquela garota sem graça e sem importância pensava dele. *Ele não se importava.*

De fato, seria melhor que os dois se separassem e nunca mais se vissem. Ele tinha que se preocupar com o pai moribundo. Com um futuro cheio de responsabilidades que ele não queria. Um passado que ele esperava nunca ter de encarar. Ele a deixaria ali. Esqueceria que se conheceram. Era o que ele faria, assim que desse a última palavra.

"Você teve muita sorte de eu vir atrás de você", ele falou, "ou teria passado a noite andando para o sul".

Ela semicerrou os olhos para ele.

"Ah, sim. Você tem sido um verdadeiro amuleto da sorte para mim desde que quase acertou minha cabeça com sua bota."

Se ele não estivesse tão furioso, poderia ter achado aquelas palavras — faladas em tom tão seco quanto areia — engraçadas. Em vez disso, ele percorreu o corpo dela com um olhar demorado, que parou nos pés de Sophie.

"Você vai desejar ter aceitado minha ajuda quando eu estava disposto a fornecê-la."

"Eu não aceitaria sua ajuda nem se estivesse morrendo de fome e você aparecesse com um carrinho cheio de bolos e chá."

Ele se virou, deixando aquela mulher sozinha na maldita estrada abandonada a seus malditos recursos. Ela não era problema dele. Quantas vezes Rei teria que se lembrar disso? Se ela queria ser deixada para trás, ele a deixaria para trás. Com prazer.

Mas sem dinheiro. Sem roupas. Sem seus malditos sapatos.

Ele hesitou, odiando-se por isso. Odiando-se ainda mais quando se virou para aquela mulher ingrata e falou sem pensar:

"Como você vai chegar lá?"

"Do modo comum, acredito", ela respondeu, toda calma. "De carruagem."

"Então você se esqueceu de que precisa de dinheiro para comprar a passagem da carruagem?"

Ela teria que lhe pedir o dinheiro. E ele lhe daria, mas não antes de fazê-la implorar. Em vez de surpresa ou decepção, contudo, Lady Sophie Talbot sorriu, os dentes brancos refletindo o luar.

"Eu não preciso de nada disso."

O sorriso o perturbou. Rei piscou.

"Seis horas atrás você não tinha um tostão furado."

"As coisas mudam", ela deu de ombros.

"O que você fez?", um temor difuso o percorreu ao proferir a pergunta.

"Eu posso não ser tentadora como as minhas irmãs, meu lorde", ela respondeu, e ele percebeu o eco de seu insulto anterior. "Mas eu sei me virar."

O que diabos aquilo queria dizer?

Sophie apontou a estalagem com o queixo.

"Durma bem."

Ele, enfim, resolveu lavar as mãos a respeito dela e a deixou de vez, dizendo a si mesmo, pela última e definitiva vez, que aquela mulher não era problema dele.

Foi só na manhã seguinte que Rei descobriu que ela era, sim, problema dele, ao sair da estalagem, exasperado e cansado, e passar pelos outros competidores, que aprontavam seus cabriolés para a corrida daquele dia. O plano de Rei era simples: substituir a roda quebrada, atrelar os cavalos e correr para o norte, para longe daquele lugar, da noite que passou ali e da mulher que de algum modo tinha conseguido incomodá-lo como uma farpa invisível.

Quando abriu a porta de sua carruagem, contudo, não encontrou a pilha de rodas sobressalentes de cabriolé que esperava. Na verdade, ele encontrou um grande espaço vazio e escuro. Todas as rodas tinham sumido. Com a apreensão se avolumando em seu estômago, ele se virou e encontrou o Duque de Warnick do outro lado do pátio, encostado em seu cabriolé imaculado com um grande sorriso no rosto.

"Perdeu alguma coisa, Eversley?"

"Onde elas estão?", Rei apertou os olhos para o escocês.

"Elas quem?", o duque fingiu ignorância.

"Você sabe do que estou falando, seu escocês imbecil. O que você fez com as minhas rodas?"

"Eu acredito que esteja se referindo às *minhas* rodas", Warnick sorriu. "Eu as comprei."

"Isso é impossível, pois eu não as vendi."

"Não foi o que seu criado me falou", o duque fez uma pausa. "Devemos chamá-la de criado? Ou outra coisa? Criada, talvez..." Outra pausa e um olhar malicioso. "Parece imoral, você estar viajando com uma criada."

Maldição.

"Não precisa chamá-la de nada", Rei rosnou, a raiva crescendo em sua garganta. "Devolva-me as rodas."

O duque negou com a cabeça.

"Não. Eu paguei por elas. Um bom dinheiro."

"O bastante para que ela pegasse a próxima carruagem do correio, imagino."

"O bastante para ela pegar as próximas cem carruagens. Aquela mulher sabe negociar", Warnick riu.

Rei meneou a cabeça.

"As rodas não pertenciam à milady. Ela não podia vendê-las, e você sabe disso."

"Milady, é?", o outro disse, e Rei sentiu vontade de socar alguma coisa quando o duque subiu em seu cabriolé. "De qualquer modo, parece que ela é problema seu, Eversley. Não meu. Eu troquei dinheiro por rodas de carruagem, e é aí que a transação começa e termina para mim."

"Você não vai poder usá-las", Rei argumentou. "Elas são feitas sob medida para o meu cabriolé." Cada centímetro do maldito veículo foi construído sob especificações rígidas. Warnick não poderia fazer nada com as rodas sem o cabriolé inteiro.

"Isso é um mero detalhe. De fato, eu diria que foi um dinheiro bem gasto para manter você fora da corrida", Warnick respondeu antes de se virar para os outros competidores. "Certo rapazes?"

Um coro de aprovação se fez ouvir.

"Você não está falando sério que vai me deixar aqui sem as rodas."

"Ah, mas eu vou!" O duque acenou com a cabeça e pegou as rédeas. "Você tem uma linda carruagem para levá-lo até a próxima estalagem."

Ansiedade começou a se formar no estômago de Rei ao ouvir aquilo. Ao pensar na carruagem escura e cavernosa.

"Você está com medo de que eu ganhe de novo", ele vociferou. "É por isso que se recusa a me ajudar."

Warnick deu de ombros.

"Ninguém disse que a competição precisava ser limpa."

E com um estrondoso "Eia!" ele colocou o cabriolé em movimento, deixando a estalagem em disparada, seguido por meia dúzia de outros competidores, deixando Rei para trás em uma nuvem de poeira sem nada além de uma carruagem vazia, um cabriolé quebrado e um fervoroso desejo de vingança. Virando-se, Rei foi procurar seu cocheiro.

Parecia que ele ainda tinha contas a acertar com Lady Sophie Talbot.

Escândalos & Canalhas

Capítulo 5 · Junho de 1833

CASTIGADA PELA CARRUAGEM: ESTRADA DO NORTE OU ESTRAGO DO NORTE?

* * *

Carruagens-correio eram mesmo desconfortáveis. Sophie se remexeu no assento, fazendo o possível para evitar contato visual com a legião de pessoas à sua volta no transporte aparentemente imenso, mas que então parecia pequeno demais. Acontece que havia pouquíssimo espaço para se remexer e menos ainda para evitar contato visual.

O espaço estava preenchido por mulheres e crianças, e nenhuma delas parecia interessada em conversar, apesar do ambiente de proximidade. Sophie encontrou o olhar de uma jovem à frente dela, no espaço entre os bancos da carruagem. A mulher baixou os olhos no mesmo instante.

"Ei!", um garoto exclamou quando Sophie, por acidente, acertou o cotovelo nele ao tirar um relógio do bolso interno de seu uniforme.

"Por favor, me desculpe", ela disse.

Ele piscou para ela, depois olhou para o relógio.

"O que é isso?"

"É um relógio", Sophie o observou, surpresa.

"Para que serve?"

Ela não soube como deveria responder.

"Para ver as horas?"

"Pra quê?", esta pergunta veio de uma garotinha no chão, aos pés de Sophie. Ela esticou o pescoço para olhar o mostrador do relógio.

"Para saber há quanto tempo nós partimos."

"Pra quê?"

Sophie voltou sua atenção para o garoto.

"Para saber quanto falta para nosso destino."

A garotinha no chão parecia perplexa.

"Mas nós não vamos chegar lá só quando chegarmos lá?", a menina perguntou.

"É". o garoto concordou, cruzando os braços e se recostando no assento. "Parece um desperdício de tempo pensar em quanto tempo vai demorar."

Sophie nunca tinha conhecido crianças mais fatalistas em sua vida. Mas, ela precisava admitir, não estava falando a verdade. Ela não se preocupava apenas com a hora em que chegariam à próxima parada na rota da carruagem-correio — ela estava calculando a distância entre ela e o Marquês de Eversley, que sem dúvida ficaria furioso ao descobrir que ela tinha vendido as rodas de seu cabriolé para comprar a passagem para o norte. Ela duvidava muito que ele concordaria que tinha feito por merecer.

Ele também não concordaria que aquilo não era exatamente roubo, pois Sophie pretendia lhe pagar integralmente pelas rodas. Mas primeiro ela tinha de chegar ao norte. Norte.

A decisão que ela tomou no meio da noite anterior, enquanto tentava dormir no palheiro iluminado demais, debaixo de jornais velhos com os quais tentou improvisar um cobertor. Incapaz de sentir sono, ela se sentou e descobriu que o jornal era uma folha de fofocas de vários meses atrás. *IRMÃ PERIGOSA FLAGRADA COM DEREK DE DRURY*, anunciava uma manchete, e a matéria relembrava um episódio especialmente escandaloso, quando se especulava que Sesily esteve na coxia do teatro de Derek Hawkins. *SESILY, ESTRELA ESCANDALOSA DO TEATRO?*, questionava outra matéria. Como se aquilo pudesse resumir o que aconteceu naquela tarde. Não resumia.

Sesily não fez nada de escandaloso naquele dia. Sophie sabia porque esteve com ela no papel de acompanhante, e ouviu o discurso interminável de Derek Hawkins sobre seu próprio talento, "incomparável", e as declarações dele, que alternavam entre se proclamar "o maior artista de nosso tempo" e "um gênio que será lembrado". A certa altura, aquele homem insuportável chegou a sugerir que poderiam considerá-lo para primeiro-ministro. E ele falou a sério.

A coisa mais ousada que Sesily fez foi perguntar se Hawkins a considerava sua musa. A isso ele respondeu que estava além da necessidade de uma musa; na verdade, a musa dele era interior. Ele era sua própria, intolerável e detestável musa.

Se tivesse acontecido algum escândalo naquela tarde, Sophie poderia ter achado a experiência toda mais palatável. Mas as colunas de fofocas não se importavam com a verdade. Elas só se importavam com os *BOATOS TALBOT*, que era como os jornais se referiam às histórias sobre as irmãs. E as irmãs de Sophie adoravam. Ela lembrava de Sesily lendo aquele artigo em especial.

Sophie, contudo, não adorava nada daquilo. Na verdade, ela amarrotou o jornal com fervor e refletiu sobre as opções de que dispunha. Opções, não.

Opção. No singular. Porque a verdade era que as mulheres, na Inglaterra de 1833, não tinham opções. Elas tinham um caminho que deveriam trilhar. Que eram *obrigadas* a trilhar. E que deveriam se sentir gratas por serem obrigadas a trilhar esse caminho.

De pé ali, nas pedras da entrada da estalagem Raposa & Falcão, ela ficou observando o Marquês de Eversley, a personificação da arrogância, afastar-se dela e, mesmo com um pé descalço, ele parecia impecável. E aquele homem — tão arrogante que chamava a si próprio de Rei — tomou a decisão por ela. Ela não iria retomar aquele caminho. Ela seguiria o seu próprio. Para o norte. Para o lugar em que nunca foi julgada, onde viveu longe da ameaça de insultos, injúrias e ruína. Para o lugar em que lhe permitiram ser ela mesma, não a mais sem graça, a menos interessante, a menos *desdivertida* das irmãs Talbot. O lugar em que lhe permitiram ser apenas Sophie, a garotinha que sonhava ser a dona de uma livraria. Viveria seus dias longe do brilho e dos boatos dos salões de festa de Londres, longe dos jornais de fofocas, longe da aristocracia. E faria isso com muita alegria. Sem homens como o odioso Marquês de Eversley estabelecendo o que era correto e respeitável.

Sophie informaria sua família da decisão e se estabeleceria em Cúmbria. Feliz. Seu pai lhe enviaria dinheiro para ela recomeçar sua vida, livre da Sociedade. *Feliz.*

Ela se recostou em uma mala bastante desconfortável, cujo canto machucava sua nuca. Não que ela se importasse com isso. Sophie estava ocupada demais imaginando sua nova vida. Longe dos olhares frios e indiferentes da Sociedade.

Ela iria alugar um apartamento em cima de uma das lojas na rua principal de Mossband. Todos lembrariam dela ali — ela seria bem recebida em sua casa. O armarinheiro, o açougueiro, o padeiro. Sophie se perguntou se o Sr. e a Sra. Lander continuavam com a padaria — ele com o sorriso enorme e ela com os quadris largos —, e se ainda faziam pães para o café da manhã cobertos de mel e canela. Também se perguntou se Robbie continuaria lá.

O filho do padeiro era alto e esguio, tinha um sorriso irresistível e um brilho provocante no olhar. Ele era dois anos mais velho que ela e ambos brincavam junto nas tardes, quando ele fugia da padaria com um desses pães, doce e pegajoso, e eles lambiam os dedos melados, passando o tempo até a hora do jantar dividindo seus planos para o futuro.

Eles se casariam, Robbie prometeu a Sophie quando os dois eram jovens demais para entender o que isso significava. Um dia, ele seria o padeiro de Mossband, e ela seria a livreira. E eles levantariam antes do sol raiar e trabalhariam um dia inteiro e feliz, com o cheiro daqueles pães grudando no cabelo, nas roupas e nos livros.

Sophie não precisou de muito tempo para decidir que, sem o jugo de Londres e da Sociedade, ela teria sua livraria. Seu pai lhe enviaria o dinheiro e ela tornaria Mossband a cidade mais letrada do norte da Inglaterra. Não havia livraria num raio de quilômetros — os livros chegavam pelo correio de Londres quando ela era criança, ou eram comprados no atacado quando seu pai viajava para Newcastle para negociar o preço do carvão. Ele sempre lembrava das suas "gatinhas", como ele gostava de se referir às filhas, e voltava com presentes para todas — fitas de cabelo para Seraphina, roupas caprichadas para as bonecas de Seleste, fios de seda de todas as cores possíveis para Sesily, doces para Seline. Mas para Sophie eram livros.

O pai dela não era um leitor — nunca tinha aprendido a ler, apesar de ter uma cabeça espantosa para números —, de modo que a caixa de livros que ele levava para casa era sempre eclética: textos sobre criação de animais, dissertações econômicas, diários de viagem, manuais de caça, quatro versões diferentes do Livro de Oração Comum. Uma vez ele chegou com uma coleção obscura de gravuras da Índia que a governanta de imediato tirou de Sophie e nunca mais devolveu.

Para qualquer outra garotinha, as caixas que seu pai trazia poderiam ser tediosas. Mas para Sophie eram mágicas. Os livros eram aventuras encadernadas em couro, com páginas e mais páginas de mundos distantes, pessoas e ensinamentos notáveis; felicidade simples e honesta. Os livros formavam pilhas em seu quarto. Primeiro preencheram as prateleiras, depois se acumularam no chão, e então, afinal, nos armários que sua mãe instalou para que os livros pudessem ser escondidos. Mas os carregamentos de livros nunca paravam de chegar e, assim, Sophie sempre imaginou que sua mãe não se importava que ela tivesse suas próprias opiniões. Até aquela festa de verão na Mansão Liverpool, quando sua mãe ficou horrorizada com as opiniões de Sophie. Assim como o resto de Londres.

Uma lembrança ruim inchou dentro dela — os membros mais poderosos da Sociedade dando as costas para ela, como se Sophie não existisse. Exilando-a. Fazendo-a desaparecer. Ela não podia voltar atrás, então seguiria em frente. E construiria seu próprio futuro voltando às queridas lembranças do seu passado. E se Robbie continuasse lá, talvez cumprisse a antiga promessa. Talvez se casasse com ela.

Um incômodo revolveu seu peito com aquele pensamento, com a ideia de estar casada. De ser amada. Robbie tinha um sorriso lindo. E sempre a escutava quando ela falava de seus livros e suas ideias.

Se eles casassem... Bem, havia coisas piores que casar com um velho amigo.

E se não casasse... Ela teria sua livraria. E havia coisas muito piores que isso.

Sophie abriu os olhos e encontrou o olhar da jovem no assento à sua frente. Em vez de olhar para o lado constrangida, contudo, dessa vez a jovem inclinou um pouco a cabeça para o lado, revelando curiosidade. O olhar da outra desceu pelo rosto e pescoço de Sophie, parando no lugar em que os botões da jaqueta lutavam contra os seios dela. Sophie não conseguiu evitar de também olhar para baixo, acompanhando o exame.

E assim ela descobriu que um botão tinha soltado, revelando uma camisa branca de cambraia e um volume que, com certeza, um criado não teria. Sophie apertou a jaqueta e prendeu o botão mais uma vez, e, de novo, encontrou o olhar da jovem. Esta acenou com a cabeça para o chapéu de Sophie.

"Está soltando."

Sophie esticou a mão e encontrou uma longa mecha castanha que tinha se soltado. Ela abriu a boca para explicar, então a fechou quando não encontrou o que dizer. Ela deu de ombros. A mulher sorriu ao perceber que Sophie compartilhava seu segredo com ela, então se inclinou para a frente.

"Eu me perguntava por que um criado tão chique estava viajando de carruagem-correio."

Não tinha ocorrido a Sophie que o uniforme pudesse chamar atenção para ela naquele mundo, quando a tornava tão invisível no lugar de onde vinha.

"Acho que é óbvio que não sou um criado."

"Só para quem observa. A maioria das pessoas não observa", disse a jovem, antes de olhar para o garoto no assento ao lado de Sophie. "Devolva, John."

Sophie olhou para o garoto, que sorria para ela, com o relógio pendurado em seus dedos.

"Eu não ia pegar de verdade."

"Ninguém sabe o que você ia fazer", a mulher disse. "E você prometeu parar de mexer nos bolsos dos outros."

"Você não é minha mãe, sabia?"

A jovem olhou para ele com cara de brava.

"Eu sou a coisa mais parecida com uma que você tem."

O garoto devolveu o relógio.

"Obrigada", Sophie disse, dando-se conta, depois, que ela não devia agradecer porque alguém lhe devolveu algo que era seu.

"Não tem de quê", John respondeu com um sorriso antes de se inclinar para Sophie e acrescentar, "Se eu fosse roubar algo, seria sua bolsa".

Sophie se abaixou e pegou a bolsa que descansava em seus pés, colocando-a sobre as pernas.

"Obrigada pelo aviso."

John tocou a aba do seu boné. A jovem em frente prendeu uma mecha do cabelo atrás da orelha e riu, um som breve e quase ausente, lembrando Sophie de que não havia muita graça em se estar dentro de uma carruagem-correio lotada.

"Meu nome é Mary", a garota se apresentou, fitando Sophie nos olhos. Ela apontou a garota no chão com o queixo. "Essa é Bess." Bess sorriu, e Mary indicou o garoto. "E você já conheceu John."

Sophie aquiesceu e abriu a boca para se apresentar, mas a outra levantou a mão.

"E você é um criado chique", Mary disse.

Era um lembrete de que para o resto da carruagem, ela interpretava o papel de criado. Sophie inclinou a cabeça.

"Matthew", ela disse, pedindo desculpas em pensamento para o criado cuja identidade ela estava incorporando. Mary se recostou no assento.

"Prazer em conhecê-lo."

Tirando o cheiro e o aperto, a carruagem-correio não era tão ruim quanto Sophie tinha imaginado. *Talvez as coisas comecem a dar certo a partir de agora.*

No momento em que esse pensamento lhe passou pela cabeça, a carruagem começou a diminuir de velocidade. A garota a seus pés se endireitou.

"Chegamos!"

"Você nem sabe aonde nós vamos", John retrucou, e ela fez uma careta.

"Eu sei que, se estamos parando, devemos estar em algum lugar", a garota retrucou.

"Quietos, vocês dois", Mary sussurrou, esticando o pescoço para olhar por cima de duas mulheres que, dormindo, obstruíam a visão pela janela da carruagem. Sophie acompanhou o olhar da outra, e as árvores ao lado da estrada pararam. "Não chegamos a lugar nenhum."

Uma conversa abafada veio do lado de fora enquanto Mary espiava pela outra janela.

"É possível que alguém esteja procurando por você?", ela perguntou ao se virar para Sophie.

Considerando que ela tomou emprestada uma quantia significativa de dinheiro do Marquês de Eversley sem que ele soubesse, era possível, de fato, que ele a procurasse. Ela inclinou o corpo para frente.

"Espero que não", Sophie respondeu.

"Para fora da carruagem!", uma voz masculina trovejou.

"Cristo!", Mary murmurou.

"Eu sei que você pode me ouvir!"

Pavor tomou conta do peito de Sophie. Eversley a encontrara. E quando ele pusesse as mãos nela, pegaria seu dinheiro e a levaria de volta para

Londres sem hesitação. *Se estivesse se sentindo magnânimo, ele a levaria para Londres*, Sophie pensou. Porque se estivesse furioso, Eversley poderia tranquilamente abandoná-la ao lado da estrada para que se virasse. De novo.

E ele não parecia nada magnânimo na última vez em que o viu. É claro, pois Sophie o chamou de arrogante, enfadonho e imbecil. Esse tipo de adjetivação não costuma evocar magnanimidade nas pessoas, para falar a verdade.

"Vamos, garota! Nós não temos o dia todo!"

Sophie pensou que "garota" era rude e desnecessário, mas Eversley não se abstinha de usar grosserias, pelo que ela o conhecia. Em toda a carruagem, mulheres e crianças se remexiam, perguntando quem estava lá fora e o que acontecia. Sophie não tinha como se esconder. Ela pensou que não podia se acovardar diante da situação. Endireitando os ombros, ela se levantou de seu assento, rodeou a garotinha no chão e estendeu a mão para a maçaneta da porta.

"Espere!", Mary exclamou.

Sophie se virou para ela.

"Não há o que fazer. Ele está me procurando."

"Não abra essa porta", Mary disse, ameaçadora. "Depois que a abrir, ela não poderá ser fechada."

Sophie aquiesceu, a tristeza correndo por suas veias ao pensar que aquela mulher, que ela conhecia há menos de quinze minutos, tentava protegê-la.

"Eu entendo. Mas eu o prejudiquei. Várias vezes. E ele quer se vingar."

Então ela abriu a porta para se entregar a Eversley. Só que o homem do lado de fora não era Eversley. *Os homens* do lado de fora não eram Eversley.

O alívio foi rapidamente substituído por receio. Embora o trio não estivesse à procura dela, aqueles homens estavam muito mais malvestidos que o marquês, e a aparência deles era muito mais tenebrosa. Ela pestanejou.

"Quem são vocês?"

"Eu é quem faço as perguntas, garoto", disse o homem mais distante. "É muito bonito que você queira bancar o herói, mas fique de lado e dê o que nós queremos."

A compreensão veio.

"Vocês são ladrões de estrada."

"Não exatamente", ele disse.

"Vocês pararam uma carruagem-correio a caminho do norte com intenção de nos roubar e, só consigo imaginar, matar a todos", ela continuou, ignorando os gemidos e guinchos que vieram de dentro da carruagem quando ouviram suas palavras. "Vocês são ladrões de estrada." Ela olhou para a boleia. "O que fizeram com o cocheiro?"

"Ele saiu correndo, como os covardes costumam fazer."

Oh, céus. Aquilo não era bom.

"Não deixe que ele nos mate!", veio um gritinho lá de dentro.

"Eu não pretendia matar ninguém", disse o líder do trio, dando um passo à frente. "Mas agora você está me irritando. E eu não gosto de ficar irritado", ele encarou Sophie com seus cruéis olhos azuis e gélidos. "Eu não vou deixar que um moleque de recados de algum nobre fique entre mim e o que eu quero. Saia do caminho antes que eu decida matar você para pegar o que me interessa."

"E o que você quer?", Sophie o enfrentou sem saber de onde vinha sua coragem.

"Sou eu quem ele quer." A resposta veio de dentro da carruagem, de Mary. Ela olhou para além de Sophie, para o homem lá fora, e manteve a voz calma ao acrescentar: "Não machuque ninguém, Bear". Mas Sophie viu o medo nos olhos dela.

"Não quero você", disse o homem chamado Bear com nojo no olhar. "Eu quero o garoto."

John...O olhar de Sophie desviou da mulher para onde o menino estava. O assento ao lado do dela estava vazio – o garoto tinha sumido. Mary desceu da carruagem.

"Ele não está aqui", ela declarou.

"Pare de falar merda", Bear cuspiu e Sophie inspirou fundo ao ouvir o linguajar grosseiro. "Você pegou o garoto, mas eu ainda tenho trabalho para ele. John é meu melhor batedor de carteiras."

"Estou lhe dizendo, ele não está comigo."

"Mas a menorzinha está", o homem disse ao se aproximar.

Sophie percebeu a ameaça naquelas palavras, a sugestão fria de que, se ele não conseguisse o que queria, não se furtaria a machucar Bess. Sophie desceu da carruagem, postando-se ao lado de Mary para encarar o monstro.

"Eu sugiro que você se afaste."

Ele virou para Sophie com os olhos arregalados.

"Ou o quê?"

Sophie não sabia o que iria fazer, mas ela ouviu a voz de seu pai: *Blefe até se tornar real.* Ela endireitou os ombros.

"Ou você vai se arrepender."

Bear sorriu, olhando para o outro lado antes de se voltar para Sophie, furioso.

"Eu acho que é você quem vai se arrepender."

O golpe veio rápido e inesperado. Estrelas e uma dor lancinante explodiram na têmpora dela. Sophie se viu esparramada no chão antes de conseguir pensar. Mary se encolheu, apertando-se contra a porta aberta da carruagem.

"Droga, Bear, eu disse para você não machucar ninguém!"

"Da próxima vez, encontre um protetor que seja forte o bastante para aguentar um soco", veio a resposta. "Eu já lhe disse. Vim pegar meu batedor."

Sophie abriu os olhos ao ouvir isso, e do lugar onde estava conseguiu ver o corpinho do garoto encolhido debaixo da carruagem. *John.* Os olhos dele estavam arregalados e amedrontados, cheios de lágrimas e travados nos pés de Mary.

"E eu já lhe disse que ele não está aqui."

Sophie ouviu o golpe que Bear desferiu e acertou com um estalo tenebroso no rosto de Mary, e, embora a jovem tenha gritado de dor, ela não perdeu o equilíbrio. Bess gritou dentro da carruagem e John olhou para a origem do som.

"Eu lhe disse, seu vagabundo", Mary repetiu, tentando proteger o garoto. "Ele não está aqui."

A besta chamada Bear golpeou Mary outra vez, com mais força, e dessa vez ela caiu. De esguelha, Sophie viu John se mover, e ela percebeu o que ele iria fazer. John iria se apresentar, iria se entregar para salvar Mary. Sophie não deixaria aquilo acontecer.

"Espere!", ela exclamou.

John parou. Ainda bem. Sophie se colocou de pé antes que o homem passasse por cima de Mary para inspecionar a carruagem. Ele se virou para Sophie.

"Pare de bancar o herói, garoto. Você não tem como vencer."

Sophie se aproximou e ficou entre o vilão e a inconsciente Mary, com as mãos na cintura, sem saber como faria para detê-lo, sabendo apenas que não podia deixar que ele machucasse outra pessoa.

"Eu vou parar de bancar o herói quando você parar de bancar o monstro", ela parou e levantou o queixo. "Mas isso não vai acontecer, vai?"

"Parece que tem alguém aqui querendo morrer hoje", Bear falou com uma risada.

Ela deixou seu ódio transparecer no olhar.

"Só se é o desejo da *sua* morte de que estamos falando."

Ele deu as costas para ela e abriu os braços, encontrando o olhar de seus dois companheiros com uma risada seca antes de enfiar a mão na sua faixa de cintura, pegar uma pistola e se virar para Sophie. Ela ficou absolutamente imóvel.

"Eu me cansei de você", ele disse antes de erguer o braço e apontar a pistola para a cabeça dela.

Sophie fechou os olhos, esperando que o pavor tomasse conta dela. Mas o pavor não veio. Em vez disso, ela foi tomada por um único e calmo pensamento.

Se pelo menos a Condessa de Liverpool não gostasse tanto de peixes.

* * *

Não havia nada no mundo que Rei detestasse mais do que carruagens.

Ele puxou a gravata, desesperado por um pouco de ar naquele espaço fechado, e acrescentou aquela viagem à longa lista de coisas pelas quais Lady Sophie Talbot deveria ser punida. Ela tinha inserido uma complicação séria no plano original dele – uma corrida até Cúmbria com seus amigos, seguida por uma última e breve audiência com o pai, que havia arruinado sua vida. Ele ficava sonhando com o momento em que se aproximaria do leito de morte do duque, quando se abaixaria e conquistaria a vitória definitiva na batalha que disputavam há uma década. *A linhagem vai morrer comigo.*

E assim ele enterraria seus demônios. Finalmente.

Em vez disso, graças a Lady Sophie Talbot, ladra e escandalosa problemática, ele não estava correndo para o norte. Rei viajava dentro de uma carruagem imensa e vazia que lhe dava a clara sensação de ser um caixão. Se não fosse pelas rodas sacudindo na estrada horrível, Rei talvez não conseguisse afastar a sensação de pânico. Ele se recostou na almofada macia da carruagem e soltou um longo suspiro, detestando como o espaço pequeno parecia se fechar à sua volta.

Ele deveria ter selado um cavalo e continuado a viagem cavalgando. Sim, ele teria que trocar os cavalos constantemente e ficaria exposto ao clima inglês, mas pelo menos teria ar fresco. Sentindo-se mais desconfortável a cada instante, Rei se livrou de uma vez do casaco e da gravata. Fechando os olhos, inspirou fundo várias vezes, abandonando-se ao chacoalhar do veículo.

"É uma carruagem, seu idiota", ele murmurou na escuridão. "E está em movimento."

Por uma fração de segundo ele pensou que aquilo poderia funcionar, pensou que se mantivesse os olhos fechados poderia manter a sanidade. Então a roda da carruagem acertou um sulco mais fundo na estrada e ele foi jogado para o lado. Rei abriu os olhos naquele espaço escuro e pequeno. Vai bater.

Ela vai morrer. E vai ser culpa dele.

Rei começava a ser consumido pelo pânico, ele esticou o braço para bater no teto, incapaz de se segurar. Mas antes que conseguisse, a carruagem diminuiu a marcha, como se aquela imensa massa de madeira e metal compreendesse sua loucura. Ele abriu a porta e, antes mesmo que o veículo parasse por completo, ele já tinha saltado para fora. O cocheiro olhou para ele, a curiosidade se transformando com rapidez em surpresa, e Rei odiou a onda de calor que inundou suas faces. Ele não queria que o homem testemunhasse seu desconforto e terror.

"Por que paramos?!", ele exclamou, ansioso para desviar qualquer atenção de sua loucura.

O cocheiro não titubeou.

"Tem alguém na estrada, milorde."

Rei acompanhou a direção apontada pelo olhar do cocheiro e viu um homem ofegante que abanava freneticamente as mãos acima da cabeça.

"Milorde, por favor! Fomos emboscados por ladrões de estrada!"

Rei desconfiou ao ouvir aquilo – ele sabia que aquela história era usada com frequência para roubar viajantes na Grande Estrada do Norte. Era só dar a um homem o falso sentimento de heroísmo para esvaziar sua carruagem enquanto ele saía achando que iria salvar alguém. Não que houvesse alguma coisa na carruagem dele que valesse ser roubada. Sophie Talbot já tinha cuidado disso.

De qualquer forma, ou o homem diante dele era um tremendo ator, ou estava realmente preocupado.

"A carruagem-correio está cheia de mulheres e crianças", ele ofegou. "Elas vão se ferir. Ou coisa pior."

A carruagem-correio. Cristo!

Por mais que ele desconhecesse o destino daquelas mulheres e crianças, Rei apostaria sua fortuna que Sophie Talbot estava naquela carruagem. Ele encarou o homem ofegante.

"Tem um criado com vocês? Usando uniforme?"

"Sim, de fato...", o homem balbuciou surpreso.

Rei se colocou em movimento antes que o condutor da carruagem-correio pudesse terminar sua frase. Ela o tinha irritado demais, era verdade, mas ele não podia deixá-la à mercê dos atos nefastos de ladrões na Grande Estrada do Norte. *Maldição*, ela era uma dama educada. *De educação questionável, é verdade, mas damas de qualquer tipo não ficam à vontade com ladrões*, ele imaginou. Era provável que ela tivesse começado a guinchar como uma lunática no momento em que a carruagem parou. Isso se não tivesse desmaiado de imediato pelo pavor da situação.

Com um pouco de sorte, ela teria desmaiado. Isso a manteria afastada da confusão.

Era menos provável que criminosos matassem mulheres inconscientes do que mulheres difíceis e intrometidas. *Mas se existia uma mulher que fosse perita em ser difícil e intrometida...* Rei começou a correr mais depressa.

Ele a alcançaria, Rei prometeu a si mesmo. Alcançaria Sophie e a colocaria em segurança. E assim que a salvasse daquela situação, Sophie imploraria para que ele a levasse para Londres. Ele deduziu que esse poderia ser o lado bom daquela situação inconveniente. Quando fez a curva na estrada para encontrar a carruagem-correio parada, contudo, ele não viu nenhum lado bom. Na verdade, deparou-se com o pior lado.

Lady Sophie Talbot não estava inconsciente dentro da carruagem que rumava para o norte nem gritava desesperada. Ela nem sequer estava dentro da carruagem. Lady Sophie Talbot situava-se no centro de uma cena criminosa, vestindo o uniforme da casa Eversley e suas ridículas sapatilhas amarelas, com as mãos na cintura como se aquela fosse uma tarde absolutamente normal. Como se um homem não estivesse apontando uma pistola diretamente para sua cabeça. *Maldição.*

Rei aumentou a velocidade, sem outro pensamento em sua cabeça a não ser chegar até Sophie.

"*Não!*", ele gritou, esperando nada mais que distrair o bandido por tempo suficiente para Sophie escapar, mas antes que o homem com a arma pudesse se virar para Rei, uma pequena criatura lançou-se de sob a carruagem na direção de Sophie.

Rei pensou ter ouvido uma criança ecoar seu próprio grito de "Não!", mas não teve certeza, pois era difícil ouvir bem por sobre as marteladas de seu coração e do surto de sangue em suas orelhas. Também era possível que ele tivesse ouvido o "Não!" de Sophie quando ela se virou, ignorando o fato de que *havia uma pistola apontada para a cabeça dela* e interceptando o projétil ao se colocar entre aquela coisinha e a arma, como se fosse impermeável a balas.

A exclamação de Rei tornou-se um rugido incoerente quando ele se aproximou. Mais rápido. Mas não conseguiu chegar lá a tempo. Ele percebeu no momento em que o cano da arma acompanhou Sophie até o chão. Tudo ficou mais devagar, e mais tarde ele pensaria que conseguiu ver o cão da arma sendo engatilhado, para depois se mover lentamente no que pareceriam minutos ou horas até a pistola soltar o estrondo que rasgou o campo inglês e levou o ar consigo. Ainda assim, ele não conseguiu alcançá-la.

Alguém gritou. Talvez mais do que uma pessoa. Ele não saberia dizer, já que chegou na cena do crime um instante atrasado e jogou o homenzarrão no chão rugindo, ficando por cima dele e desferindo vários golpes em seu rosto antes de o deixar inconsciente. Levantando-se, ele se virou para os colegas do vilão, acabando rapidamente com um a tempo de ver o outro fugir. Rei pensou em ir atrás dele, não querendo outra coisa que não espancar cada um daqueles três homens pelo que tinham feito. Ameaçar mulheres e crianças. Atirar nelas.

Meu Deus. *Atirar nelas.* Sophie tinha sido atingida? Rei se voltou para a cena que se desenrolava ao lado da carruagem, ignorando a meia dúzia de rostos que espiavam pela porta agora que o perigo repentino tinha passado. Ele correu para a coleção de corpos que havia ali – uma mulher deitada que parecia estar recobrando a consciência e duas figuras adicionais totalmente enroscadas.

Sophie estava agachada junto à base da carruagem, agarrada ao que Rei percebeu ser um garotinho, que não podia ter mais que 7 ou 8 anos.

"Você está ferido?", ele a ouviu perguntar enquanto se aproximava, e as palavras de Sophie – o fato de que Sophie conseguia pronunciá-las – foram suficientes para fazê-lo sentir um alívio imenso. Alívio que foi logo substituído pela raiva.

Ele parou, tentando controlar a fúria irracional que pulsava em suas veias enquanto ela passava as mãos pelos braços e pelas pernas do garoto.

"Tem certeza? Ele não atirou em você?" O garoto negou com a cabeça. "Está ferido?", ela repetiu e Rei entendeu o porquê. Ele repetia uma litania semelhante em sua própria cabeça. Ela se preocupava com o garoto, o que significava que ela também não tinha sido atingida.

Com a respiração estabilizada, Rei instruiu rapidamente seu próprio cocheiro e o ajudante da carruagem-correio para que amarrassem os dois bandidos inconscientes, e depois se virou para Sophie a tempo de ver o menino se contorcer nos braços dela, constrangido com a atenção.

"Pare!", o menino exclamou, querendo se afastar dela. "Estou bem!"

"Nem ouse querer ser grosseiro, Jonathan Morton", a mulher no chão disse enquanto se sentava. "Ela salvou sua vida."

O garoto piscou para Sophie.

"Ela?"

Sophie sorriu.

"Você também salvou minha vida. Agora que nós somos amigos, acho justo que você saiba meu segredo."

O garoto franziu a testa.

"Você é uma garota."

"Eu sou", ela aquiesceu.

Respeito substituiu a confusão.

"Você enfrentou o Bear", ele disse, olhando para o homem ainda inconsciente no chão ao lado de Rei. "Para nos proteger."

Ela acompanhou o olhar dele, até ver os pés de Rei e levantar o rosto para ele. A pele ao redor do olho direito de Sophie inchava, ficando preta e azulada e começando a encobrir a visão. Ela tinha apanhado. Rei sentiu a raiva crescer de novo e desejou voltar a espancar aquele vagabundo. Rei deu um passo na direção dela. Sophie se voltou para o garoto.

"Enfrentei, sim."

"Mas você nem nos conhece."

"Você também não me conhece e tentou me salvar, não foi?", Sophie ficou olhando para o menino por um bom tempo. "Nós não precisamos conhecer uma pessoa para saber que temos que fazer o que é certo por ela."

Aquilo pareceu fazer sentido para o garoto e, depois de uma pausa, ele meneou a cabeça e se levantou, indo ajudar a jovem que parecia ter levado uma pancada terrível na cabeça. Rei não conseguiu mais se segurar, deu um passo adiante e disse a primeira coisa que lhe veio à mente, palavras alimentadas pelo pânico e pela raiva. "Essa foi uma coisa muito idiota de se fazer."

Sophie se colocou de pé lentamente.

"Eu começava a sentir falta dos seus insultos."

Eversley ignorou a culpa que acompanhou as palavras. Depois de um longo momento, Sophie suspirou.

"Acho que você veio atrás do seu dinheiro."

Eu vim para salvá-la, sua maluca, ele quis dizer de repente, sem pensar. *Eu vim para mantê-la em segurança.* Mas não era verdade. Ele veio mesmo para recuperar o dinheiro. Para se vingar do comportamento infantil de Sophie na noite anterior. Ele veio pensando que ela não era problema dele. E, por sorte, ela não estava ferida e continuava a não ser problema dele.

"Entre outras coisas", Rei respondeu.

"Eu não posso lhe devolver tudo", ela meneou a cabeça. "Preciso de uma parte para chegar ao norte. Para me manter até meu pai me mandar mais." Ela fez uma pausa. "Mas eu vou lhe pagar. Com juros."

"Você vai me pagar agora mesmo", ele cruzou os braços. "E eu vou pagar sua passagem de volta para Londres. Hoje. Nada de carruagem-correio. Quero você segura em uma carruagem de verdade e não quero que ponha os pés no chão até chegar aos limites da cidade. Longe de mim."

"Não", Sophie ergueu o queixo.

"Você não tem escolha", Rei meneou a cabeça. "Você me roubou. Nós vamos ter que chamar o magistrado para estes idiotas", ele apontou para os homens amarrados aos seus pés. "Vamos matar três coelhos com uma cajadada só, se precisarmos", ele se inclinou para frente e sussurrou, "O que será que eles fazem com ladrões aqui no meio do nada?".

"Você não faria isso", Sophie ficou rígida.

"Eu não duvidaria, se fosse você", Rei estreitou os olhos.

"Você está arruinando meus planos."

Rei abriu bem os braços, divertindo-se com o modo como ela empalideceu com sua ameaça.

"Isso é o que eu faço, querida."

Ela cambaleou, então, e ele percebeu que Sophie não estava apenas pálida, mas branca. Terror começou a se formar no estômago dele quando Rei deu um passo à frente para segurá-la, quando os olhos dela perderam o foco por um longo momento, antes de retornarem a ele.

"Sophie?"

Ela meneou a cabeça.

"Eu não lhe dei... permissão... para me chamar pelo meu primeiro nome."

"Então você não vai gostar nem um pouco do que vai acontecer agora", ele a segurou com um braço e com a outra mão abriu os botões da jaqueta do uniforme.

Sophie bateu na mão dele.

"Ficou louco?"

Ele ignorou os protestos dela e continuou a afastar o tecido.

"Merda!"

"E agora está usando esse linguajar na minha frente!" Ela fechou os olhos de novo. "Não me sinto bem."

"Imagino que não, considerando que você foi baleada."

"O quê?! Não fui, não!" Sophie se debateu enquanto Rei a deitava no chão e tirava a jaqueta dela. Sophie agarrou a mão dele com firmeza, forçando-o a olhar para ela. "Eu não fui baleada."

"Tudo bem", ele disse, voltando a atenção para o que fazia. "Você não foi baleada."

"Eu saberia se tivesse sido."

"Claro que sim", ele segurou as duas bordas da camisa de algodão e abriu o tecido para acessar o ferimento.

"Pare!", ela guinchou, colocando as mãos sobre a pele nua. "Canalha! Você não pode expor os seios de uma mulher só porque quer!"

Ele teria rido das palavras dela se não estivesse tão preocupado.

"Eu posso lhe garantir que raramente tenho que rasgar roupas para ter acesso aos seios de mulheres."

Ela olhou para baixo. Parou.

"Estou sangrando..."

"É porque você foi baleada", ele disse, depois tirou um lenço limpo do bolso e o pressionou com firmeza sobre o ferimento no ombro dela. Rei a puxou para frente para examinar suas costas.

"A bala continua dentro de você. Vamos precisar de um médico."

Ela não respondeu, e quando ele ergueu os olhos, encontrou-a inconsciente.

"Merda", ele repetiu. "Maldição. Sophie." Ele deu tapinhas na face não machucada dela. "Sophie. Acorde."

Ela abriu os olhos por um momento, depois deixou que fechassem de novo.

Maldição.

"Não!", exclamou Mary. "Ela não pode estar ferida! Ela estava bem! Estava falando!"

Jorrava muito sangue para alguém que estava bem. *Cristo.*

Aquilo era problema dele. *Ela era problema dele.*

"Ela não pode morrer!", a garotinha exclamou.

Ela não iria morrer.

"Ela não vai morrer", Rei disse, pegando-a nos braços, erguendo-a junto de si e levando-a para sua carruagem enquanto calculava a distância para a cidade mais próxima. Para o médico mais próximo.

"Ei!", Mary gritou atrás dele. Rei não olhou para trás. Ela o seguiu, seus passos audíveis na estrada de terra batida. "Aonde você vai com ela?"

"Ela precisa de um médico."

"Ela é nossa amiga. Nós a levamos."

Rei virou para observar a jovem, que o alcançou naquele momento.

"Você não conhece esta mulher", ele disse.

"Eu a conheço o bastante para saber que ela salvou a vida de John. E a minha também."

"Não se preocupe, vou cuidar dela."

"Como é que nós vamos saber que ela vai ficar bem com você?"

Rei não tinha tempo para se ofender com a sugestão de que ele talvez fosse um criminoso. Que talvez não pudessem confiar nele. Sophie precisava de cuidados médicos.

"Ela vai ficar bem comigo."

"Sei. Mas como é que nós podemos ter certeza?"

Ele olhou para a mulher inconsciente em seus braços, que tinha lhe trazido problemas desde o momento em que a conheceu, e disse a única coisa que, ele sabia, encerraria a conversa. A única coisa que tranquilizaria aquela jovem. Não importava que fosse mentira ou que pudesse vir a destruir a ambos no futuro.

"Porque ela é minha mulher."

Escândalos & Canalhas

Capítulo 6	Junho de 1833

SOPHIE É BALEADA.
BUSCA POR UM MÉDICO É IMEDIATA

✳ ✳ ✳

Ela acordou seminua em uma carruagem que corria como se fosse o fim do mundo naquela que devia ser a pior estrada da cristandade. A carruagem atravessou um trecho especialmente ruim da estrada e o veículo todo sacudiu, provocando uma dor insuportável no ombro dela. Sophie abriu os olhos e emitiu um guincho de desconforto que logo se transformou em uma exclamação de espanto.

Ela estava nos braços do Marquês de Eversley. Em seu colo. Dentro de uma carruagem escura.

Ela lutou para se sentar. Ele a segurou com braços de ferro.

"Não se mexa."

Ela tentou se mexer de novo.

"Isto aqui não é nada..." Outra pontada de dor e ela arfou o resto da frase. "...respeitável."

O marquês praguejou na escuridão.

"Eu falei para você não se mexer", Rei aproximou uma garrafa dos lábios dela. "Beba."

Ela bebeu a água sem hesitar, até perceber que não era água. Ela cuspiu o líquido que ameaçava incendiar sua garganta.

"É álcool."

"É o melhor scotch da Grã-Bretanha", ele disse. "Pare de desperdiçá-lo."

"Não quero", ela sacudiu a cabeça.

"Você vai desejar ter tomado quando o médico estiver cavoucando seu ombro à procura da bala."

Aquelas palavras evocaram lembranças. A carruagem-correio. As crianças. O animal que apareceu à procura delas. A pistola. Eversley rasgando suas roupas. Ela olhou para baixo e viu a mão dele sobre a pele nua de seu ombro coberto de sangue. Oh, Deus! Sophie pegou a garrafa e bebeu até ele a tirar de sua mão.

"Estou morrendo?"

"Não."

Não houve hesitação na resposta. Nem um pingo de dúvida. Ela voltou sua atenção para o lugar em que a mão dele permanecia, firme, coberta pelo sangue dela.

"Parece que eu estou morrendo."

"Você não está morrendo."

Sophie leu as palavras nos lábios dele enquanto ecoavam pela enorme carruagem. Tudo nele enfatizava aquela certeza. O maxilar decidido, os lábios firmes, o toque resoluto em seu ombro. Como se ela não fosse ousar morrer porque ele tinha decidido assim.

"Só por que você se autodenomina Rei, não quer dizer que mande em mim."

"Nesse momento, eu mando", ele disse.

"Você é tão arrogante. Estou quase morrendo só para mostrar que você está errado."

Ele então olhou para ela, com os olhos verdes demonstrando surpresa e o que alguém poderia definir como terror. Rei a observou por um longo momento antes de responder com a voz suave e ameaçadora.

"Se você está querendo provar que não precisa de alguém que lhe dê ordens, não está fazendo um trabalho muito bom."

A carruagem ficou em silêncio e ela pensou no seu futuro. Talvez breve. Talvez longo. Sophie contemplou a possibilidade de não rever as irmãs. Ela poderia morrer, ali, naquela carruagem, nos braços daquele homem que não gostava dela...

Pelo menos ele não a deixara sozinha. As lágrimas ameaçaram transbordar e ela fungou na esperança de contê-las.

"O que há no norte?", Eversley perguntou, tentando distraí-la.

Ela precisou de um momento para se concentrar.

"Norte?"

"Sim. Por que você está indo para Cúmbria?"

Um futuro. Longe do seu passado.

"Londres não me quer mais."

Ele olhou pela janela.

"Não acredito nisso."

"Eu não quero mais Londres."

"Isso parece mais provável", ele concordou. "Existe alguma razão para essa urgência da sua parte?"

Ela imaginou que não teria importância se confessasse para ele o ocorrido na festa da Mansão Liverpool, pois era provável mesmo que morresse.

"Eu chamei o Duque de Haven de canalha na frente de toda Londres."

Ele não respondeu com a preocupação séria que Sophie esperava. Na verdade, ele riu, e a risada a fez estremecer.

"Oh, imagino que ele tenha ficado furioso."

Ela ponderou se devia lhe contar o resto dos eventos daquela tarde, mas o universo interveio, lançando a carruagem em um sulco tremendo, que a fez voar por um instante antes de cair novamente na estrada. Uma dor lancinante estremeceu Sophie – aguda e poderosa o bastante para fazê-la gritar. Eversley praguejou na escuridão e puxou Sophie para si, apertando-a em seu colo.

"Estamos quase chegando", ele prometeu entredentes, como se ele próprio estivesse com dor, e a conversa acabou com o retorno da realidade.

"Quase chegando aonde?", ela perguntou depois que a dor diminuiu o suficiente para ela encontrar as palavras.

"Sprotbrough."

Ela não fazia ideia de onde ficava Sprotbrough, mas isso não parecia ter importância. Eles ficaram em silêncio de novo, e Sophie procurou algum assunto para conversar, para afastar a mente de sua morte certa.

"É verdade que você deflorou Lady Grace Masterson em uma carruagem?"

"Eu pensei que você não lesse os jornais de fofocas", ele respondeu com um olhar atravessado.

"Eu tenho irmãs", Sophie justificou-se. "Elas me mantêm informada."

"Se eu me lembro bem, Lady Grace Masterson agora é Lady Grace, Marquesa de Wile."

"Isso", ela confirmou. "Mas ela estava para se tornar Lady Grace, Duquesa de North."

"O Duque de North tem idade para ser avô dela."

"E o Marquês de Wile não tem onde cair morto."

Rei inclinou a cabeça e estudou Sophie por um longo momento.

"Mas ela gostava dele", disse Rei.

"Eu acho que o pai dela não gostava da falta de dinheiro do marquês."

"E eu acho que a decisão não deveria ser do pai", ele afirmou.

Vários segundos se passaram antes que Sophie falasse.

"Você a arruinou para o duque."

"Não é possível que eu a tenha arruinado *para* o marquês?"

Havia algo nessas palavras que ela devia entender, mas a dor no seu ombro a impediu de pensar. Sophie tentou se sentar e apoiou a mão na coxa dele, distraindo-se por um momento com o couro que a recobria e olhou para o tecido lustroso.

"Suas calças..." Rei arqueou as sobrancelhas e ela corou. "Sinto muito. Eu não deveria reparar em calças."

"Não?"

"Não é respeitável."

Rei lhe deu um olhar atravessado.

"Você está no meu colo, sangrando por causa de um ferimento à bala. Vamos deixar a respeitabilidade de lado por um instante"

"São de couro", ela continuou.

"São, sim."

"Isso parece tão escandaloso."

"Da melhor forma possível, querida", ele disse lentamente, vendo Sophie ruborizar diante de suas palavras. "Você precisa de sapatos."

"Eu...", ela sentiu a cabeça girar com a mudança repentina de tópico.

Eversley estendeu a mão para os pés com sapatilhas e passou os dedos pela seda arruinada.

"Você não deveria ter saído sem sapatos. Deveria ter pegado os do criado."

Sophie meneou a cabeça e olhou para as sapatilhas imundas de seda amarela.

"Não serviram. Meus pés... São grandes demais."

"Vamos encontrar um par para você quando chegarmos lá", Rei disse, aninhando-a mais junto de si.

"Você encontrou um para você?"

"Por sorte, meu camareiro é extremamente zeloso."

"Por que ele não está aqui?"

"Não gosto de viajar acompanhado", Rei olhou pela janela. "Ele deveria nos encontrar na próxima estalagem."

"Oh...", ela imaginou que Rei, então, deveria estar bem aborrecido diante da situação em que estavam. "Onde fica Sprotbrough?"

Ele gostou da mudança de assunto.

"No meio do nada."

"Não parece o lugar ideal para se encontrar uma equipe de cirurgiões qualificados dando sopa."

Rei virou os olhos para ela e, em outra ocasião, Sophie poderia ter se orgulhado da surpresa estampada no rosto dele.

"Alguém já lhe disse que você tem uma língua afiada?"

Ela abriu um sorriso contido.

"Não sou tão entediante, afinal, sou?"

Ele ficou sério.

"Não. Eu nunca chamaria você de entediante. Não mesmo."

Alguma coisa tremulou no peito dela, algo além da dor da bala alojada no fundo de seu ombro, algo além do medo de que – apesar das firmes declarações dele – ela pudesse, de fato, morrer. Algo que ela não compreendeu.

"Do que você me chamaria?"

O tempo pareceu passar mais devagar dentro da carruagem, e uma faixa de luz do sol vermelha e dourada iluminou parte do rosto dele. De repente, Sophie quis desesperadamente ouvir a resposta. Ele apertou os lábios, formando uma linha reta, enquanto refletia sobre o que dizer. Quando falou, afinal, a palavra foi firme e inflexível.

"Estúpida."

Sophie ficou boquiaberta. Ela não sabia o que esperar, mas com certeza não era isso.

"Desculpe-me, mas aquele homem horrível ia pegar aquele garoto e fazer Deus sabe o que com ele. Eu fiz o que era correto."

"Eu não falei que você não foi incrivelmente corajosa", ele respondeu.

As palavras a aqueceram quando a exaustão a tomou em uma onda inesperada. Ela inspirou fundo, achando difícil encher os pulmões. Ela não conseguia tirar a cabeça do ombro dele, onde estava descansando desde antes de recobrar a consciência.

"Será que eu percebi uma inflexão de respeito?"

O peito dele subiu e desceu em um ritmo tentador antes que ele respondesse em voz baixa.

"Uma inflexão muito, muito suave. Talvez."

* * *

A noite caiu antes da carruagem chegar a Sprotbrough, que mal podia ser chamada de cidade, considerando-se que consistia em meia-dúzia de casas de madeira e uma praça que era menor do que a cozinha da casa dele em Mayfair. Mas eles tinham que ter um médico. Nem que ele tivesse de invocar o homem do nada, aquela cidade ridícula, quase inexistente, iria ter um maldito médico.

Eversley praguejou, uma palavra feia que se perdeu na escuridão quando abriu a porta e jogou o degrau para fora da carruagem. John, o cocheiro, materializou-se à sua frente, de lanterna na mão, e a luz amarela revelou a forma perturbadoramente imóvel e pálida de Sophie.

"Ainda não acredito que ela seja uma garota."

Rei a tinha segurado por mais de uma hora, contendo o sangue de seu ferimento, encarando os cílios longos, os lábios carnudos, as curvas e os vales do corpo dela. Ele não acreditava que ninguém conseguia ver, assim que colocava os olhos nela, que se tratava de uma garota. Mas ele não disse nada, e apenas ajeitou o corpo dela no colo para a última etapa da jornada.

"Ela está...", o cocheiro não teve coragem de usar a palavra que os dois sabiam que completaria a frase.

Rei não queria ouvi-la ser pronunciada.

"Não."

Ele lhe prometeu que ela não morreria. E dessa vez, seria verdade. Ele não deixaria que outra garota morresse no escuro, sob seus cuidados, porque não foi capaz de salvá-la. Porque foi imprudente com ela. Porque não conseguiu protegê-la. Ele a puxou para perto e se moveu para sair da carruagem. O peso dela o desequilibrou e o cocheiro estendeu as mãos para ajudá-lo. Para tirá-la de seus braços.

"Não", Rei repetiu. Ele não queria que ninguém a tocasse. Ele não poderia arriscar. "Pode deixá-la comigo."

Depois que desceu e se endireitou, Rei viu um garoto que observava curioso a cena, a vários metros, sem dúvida surpreso que alguém tivesse encontrado aquele lugar, ainda mais um nobre com uma mulher inconsciente.

"Nós precisamos de um médico", Rei disse.

O garoto aquiesceu e apontou para o fim da fila de casas.

"Virando a esquina. Cabana de sapé à esquerda."

Eles tinham um médico. Rei se colocou em movimento antes que o garoto terminasse as orientações, sem hesitar, enquanto olhou para o cocheiro e disse:

"Ache uma estalagem. Providencie quartos."

"Quartos?", o empregado repetiu.

Rei entendeu a pergunta. O outro duvidava que um segundo quarto fosse necessário, pois duvidava que Sophie sobrevivesse àquela noite. Rei olhou feio para ele.

"Quartos. Dois."

E então ele virou a esquina e se esqueceu de tudo – tudo menos levar a mulher em seu colo ao médico. Com Sophie nos braços, era impossível que ele batesse na porta, então Rei anunciou sua chegada com o pé – chutando a porta da cabana, sem se importar que o movimento fosse ruidoso, rude e absolutamente inadequado, já que ele iria solicitar a ajuda do médico. Dinheiro consertaria a situação. Sempre consertava.

Quando ninguém respondeu às pancadas na porta, ele tentou de novo, com mais força. No terceiro chute, a raiva e a frustração emprestaram força suficiente aos chutes para que conseguissem seu intento – a porta desprendeu-se do batente, caindo dentro da casa.

Rei acrescentou o estrago à sua conta e passou pela entrada da casa quando um homem alto, de óculos, apareceu. Ele era mais novo do que Rei imaginava, com cerca de 25 anos, se ele tivesse que adivinhar. E era bastante atraente.

"Eu preciso do médico."

Gastando um tempo precioso, o jovem tirou os óculos e os limpou.

"Você quebrou minha porta."

Ele não era velho o bastante para ter barba, quanto mais para salvar vidas.

"Eu pago", Rei respondeu, aproximando-se. "Ela está ferida."

O médico mal olhou para Sophie.

"Eu preferia que você não a tivesse quebrado para começar", ele indicou a mesa de jantar de madeira na sala ao lado. "Deite-a ali."

Rei fez o que o outro disse, ignorando a pontada de desconforto que sentiu quando soltou Sophie. Ignorando o fato de que, quando a colocou na mesa, entregando-a da cabeça aos pés aos cuidados de outro homem, não conseguiu evitar de passar a ponta dos dedos pela perna dela, como se de algum modo o toque dele pudesse mantê-la viva. O médico recolocou os óculos e se debruçou sobre ela.

"Ela perdeu muito sangue. O que aconteceu?"

"Ela levou um tiro."

O médico aquiesceu e rolou Sophie de lado, para inspecionar suas costas. Quando ele a deitou de novo, a cabeça de Sophie balançou.

"A bala continua dentro do corpo", ele se aproximou de uma mala de couro ao lado, de onde tirou uma garrafa e um instrumento comprido e fino, de cujo aspecto Rei não gostou. "E não gosto que ela esteja inconsciente."

"Eu também não", replicou Rei, observando o médico afastar o tecido para examinar a ferida.

O jovem indicou uma cômoda com a mão.

"Tem bastante tecido ali. E uma tigela de água em cima. Pegue. Ela vai sangrar bastante quando eu extrair a bala."

Rei não gostou de ouvir aquilo. Ele pegou o tecido e a bacia.

"Você é o único médico da cidade?", Rei perguntou ao voltar.

"Sou o único médico em trinta quilômetros", o homem ergueu os olhos para ele.

"Onde você aprendeu seu ofício?", Rei questionou de cara feia.

"Você derrubou minha porta. Não acho que esteja em condições de questionar minhas habilidades."

Rei engoliu em seco, sabendo que o homem tinha razão.

"Você é muito jovem."

"Não sou jovem demais para saber que seu...", ele se interrompeu, observando a vestimenta escandalosa de Sophie. "Criado?"

"Esposa", Rei respondeu sem hesitar.

"É claro", o médico empurrou os óculos nariz acima. "...que sua *esposa* tem uma bala alojada no ombro que precisa sair. Você gostaria de esperar lá fora até que um médico mais experiente aparecesse?"

Aquela pergunta não precisava de resposta.

"Ela vai morrer?", ele detestou a pergunta e o tom de incerteza em sua voz quando a pronunciou. Ela não iria morrer. *Iria?*

"O ombro não é um local vital", o médico respondeu. "Nisso ela teve sorte."

"Então ela não vai morrer", Rei afirmou.

"Não do ferimento da bala. Mas, como eu disse, não gosto que ela esteja inconsciente", o médico levantou a garrafa acima do ombro de Sophie. "Isto vai ajudar."

"O que é isso?"

"Gim."

Rei deu um passo à frente.

"Que diabos de tipo de remédio é esse?"

"Do tipo que dói pra cacete."

Antes que Rei pudesse detê-lo, o médico despejou metade da garrafa no ombro de Sophie. Ela arregalou os olhos e sentou-se na mesa soltando um grito assustador.

"Merda!"

"Bem. É um cumprimento e tanto", o médico sorriu.

O olhar de Sophie não tinha foco e parecia desesperado.

"Isso arde!", ela reclamou.

"Arde mesmo", o médico confirmou. "Mas você despertou, o que me deixa bem feliz."

"Quem é você?", ela perguntou.

"Ele é o médico", Rei respondeu.

"Ele não parece um médico...", ela constatou ao observá-lo.

"Não estou muito certo das habilidades dele."

Sophie voltou a atenção para o médico.

"O senhor, por favor, tente não me matar."

O médico aquiesceu.

"Farei o meu melhor."

"E era necessário despejar essa coisa na minha ferida?", ela acrescentou. "Não gostei disso."

"Existem especulações de que o álcool ajuda a prevenir infecções", o médico respondeu. "Eu espero que seja verdade, pois gostaria de pensar que não desperdicei meia garrafa de gim."

Sophie e Rei não gostaram do gracejo. O médico pareceu não se importar e escolheu aquele momento para erguer seu estranho instrumento.

"Por favor, segure-a", ele pediu a Rei, antes de dizer a Sophie, "Receio que isso também vá arder".

Rei mal colocou as mãos sobre ela quando o médico começou a extrair a bala. Sophie gritou, sangue escorreu, e Rei se sentiu péssimo por ter deixado aquela situação acontecer. Ela se debateu sob as mãos dele, e Rei precisou de toda energia que lhe restava para segurá-la e conter o ímpeto de empurrar o médico e assim interromper a causa da dor de Sophie.

"Terminei", o médico declarou, enfim, removendo o fórceps e mostrando a bala para Rei antes de absorver o rio de sangue que havia provocado e ir buscar algo em sua mala.

Rei estava com os olhos pregados em Sophie, que tinha relaxado sobre a mesa, de olhos fechados, e soltou um suspiro que se tornou um choro baixinho, e aquele som quase acabou com ele. Rei resistiu ao impulso de estrangular o belo jovem que se intitulava médico. E era o que teria feito, se o médico não estivesse de volta com agulha e linha.

"Senhora, gostaria de um drinque antes que eu a costure? Pode ajudar a amortecer a dor."

Sophie, já pálida, ficou ainda mais branca e aquiesceu. O médico apontou o aparador com o queixo.

"Tem uísque ali."

Isso Rei podia fazer. Ele pegou a garrafa e lhe tirou a rolha.

"Como é para a saúde e não para o prazer, não vou colocar em um copo", ele disse ao aproximar a garrafa dos lábios dela. Sophie inclinou a cabeça e bebeu um grande gole. "Boa garota", Rei elogiou em voz baixa antes de ela tossir, quando o álcool, sem dúvida, ardeu em sua garganta.

"Merda!", ela exclamou, sacudindo a cabeça.

Rei sorriu ao ouvir a imprecação.

"Você diz essa palavra como se fosse sua segunda natureza."

Sophie olhou para a agulha.

"Sou mais filha de carvoeiro do que uma dama da Sociedade."

Eversley riu, mas o som foi interrompido pela exclamação de dor dela quando o médico começou a dar os pontos. Rei fez o possível para distraí-la.

"Você sente falta?"

"Da vida antes de Londres?", ela perguntou, encontrando olhar dele com seus olhos azuis.

O marquês aquiesceu, e ela virou o rosto para observar a agulha trabalhando.

"Sim. Eu nunca me senti em casa lá", ela sorriu. "Agora não posso voltar. Nunca irão me aceitar com um ferimento de bala."

Rei sorriu, imaginando que, se Sophie Talbot decidisse voltar para Londres, certamente ela faria com que a aceitassem.

"O que aconteceu na festa dos Liverpool?"

"Eu conto o que aconteceu comigo se você contar o que aconteceu com você", ela o encarou.

"Você sabe o que aconteceu comigo", ele arqueou as sobrancelhas.

"Antes daquilo."

"Eu acho que você consegue imaginar", ele se esquivou.

"Eu acho que consigo", ela concordou, e havia algo de delicado na voz dela. Censura. Decepção.

Não que Rei nunca tivesse sido alvo de desdém antes. Só que nunca se importou. Ele construiu sua reputação assim. Mas, ele não sabia por que, aquela mulher o fazia se sentir como um inseto, apesar de não ter feito nada de errado.

"Excelente!", exclamou o médico, aparentemente sem notar a discussão à sua volta, cortando o fio de sua fileira perfeita de pontos, e interrompeu os pensamentos de Rei ao pegar um pote de mel.

"Para que é isso?", Rei perguntou.

"Para a ferida dela", o homem respondeu simplesmente, espalhando a pasta dourada sobre a ferida como se aquilo fosse algo normal.

"Ela não é um pedaço de torrada."

"Os antigos egípcios usavam para evitar infecções."

"Então eu devo acreditar que esse é um bom motivo para usar mel hoje em dia?"

"Você tem uma ideia melhor?"

Rei não estava gostando desse homem.

"Funciona?"

"Mal não vai fazer", o médico deu de ombros.

"Você é louco!", Rei arregalou os olhos.

"A Real Academia de Cirurgiões pensa como você."

"O que eles pensam de você?"

"Minha associação foi rescindida no ano passado. Por que você acha que estou em Sprotbrough?"

"Agora vejo que é porque você é tão patético quanto o nome deste lugar", Rei agarrou o homem pelo pescoço. "Vou ser bem claro com você. Ela não vai morrer."

"Minha morte não vai ajudá-la", o médico disse, absolutamente calmo. Maldição. Rei o soltou.

"Ela não vai morrer", Eversley repetiu.

"Do tiro não", repetiu o médico.

"Não vai morrer do tiro... Você só fica repetindo isso!"

"É a verdade. Ela não vai morrer do tiro."

"Mas?"

Houve um longo silêncio enquanto o médico fazia o curativo na ferida. Depois que terminou, ele se virou para lavar as mãos em uma bacia ao lado.

"Mas não posso garantir que ela não vá morrer do que acontecer depois", ele disse.

Sophie abriu os olhos e focou no médico com um sorriso contido no rosto.
"Ele não vai gostar disso."

O médico olhou para ela e retribuiu o sorriso.

"Eu acho que não."

"Você é muito bonito para um cirurgião."

"Obrigado, minha senhora", ele riu. "É claro que eu preferiria ouvir esse elogio sem o 'para um cirurgião'."

Sophie o observou por um longo momento antes de aquiescer.

"É justo. Você é muito bonito. Ponto final."

Rei quis quebrar alguma coisa quando o médico riu.

"Melhor assim", disse o homem.

Aquilo era bobagem, claro. Rei não se importava se ela estava flertando com o maldito médico. Ela poderia viver naquele lugar para sempre, se quisesse. Isso facilitaria tudo para ele. Rei a deixaria ali e iria para o norte, onde viveria sem problemas... O médico pôs a mão na testa de Sophie e Rei não conseguiu evitar a vontade de machucar alguém. *Alguém específico.*

"É necessário que você a toque tanto?", ele perguntou.

"Para poder avaliar se ela está com febre, receio que sim", o médico respondeu sem se alterar.

"E ela está?"

"Não", o médico se virou e saiu da sala sem dizer mais nada.

Não era todo dia que Rei era ignorado com tanta facilidade, e ele teve vontade de ir atrás daquele jovem para lhe dizer quem ele estava desrespeitando. Mas então Rei olhou para Sophie e tudo mudou.

Ela o observava, aqueles olhos azuis atentos a tudo. Os lábios dela se torceram em um meio sorriso.

"Está vendo? O universo não se curva a todos os seus caprichos, afinal. Isso quer dizer que eu posso morrer."

"E você se diverte com isso."

"Melhor eu me divertir do que seguir a outra alternativa."

Ele não devia perguntar. Mais tarde Rei imaginaria o que o fez perguntar:
"Que alternativa?"

"Sentir medo", a emoção nos olhos dela era clara e perturbadora.

Aquilo o acertou em cheio e ele se lembrou de outra época. Outra garota. Também com medo, parada diante dele, pedindo-lhe que a salvasse. Mas ele era um garoto então, não um homem. E embora ela tivesse morrido, Sophie não morreria.

"Você não vai...", ele começou.

Ela meneou a cabeça, interrompendo a nova tentativa de tranquilizá-la.

"Você não sabe", ela disse.

"Eu..."

O olhar dela encontrou o dele, cheio de certeza.

"Não. Você não sabe. Já vi cada febre, meu lorde."

Rei permaneceu em silêncio, e seu olhar correu para o curativo no ombro dela, para o sangue seco nas roupas, para a pele dela – aquela pele lisa, perturbadoramente macia. Não deveria estar manchada de sangue. Ela era jovem e rica, filha de um conde. Deveria estar limpa e ilesa. Ela deveria estar rindo com as irmãs em algum lugar longe dali. Longe dele.

Eversley voltou a atenção para ela, detestando a culpa que sentia, e mergulhou um pedaço longo de tecido na bacia de água, agora rosa com o sangue de Sophie. Torceu o tecido e começou a limpar a pele manchada. Ao primeiro toque, ela estremeceu, e Rei imaginou que ela teria se afastado se tivesse forças ou espaço. Em vez disso ela ergueu o braço bom e segurou o pulso dele com os dedos frios e mais fortes do que ele teria imaginado, considerando os eventos das últimas horas.

"O que você está fazendo?"

"Você está coberta de sangue", ele disse. "Estou lavando você."

"Eu posso me lavar sozinha."

"Não sem se mover. Você não pode."

Eles ficaram se encarando por um longo momento, e Rei se perguntou se ela deixaria que ele a ajudasse. Ele engoliu as palavras que, por algum motivo, estava desesperado para falar. *Deixe-me cuidar de você.*

Sophie não gostaria de ouvi-las. *Inferno!* Nem ele gostava delas. Mas, maldição, como queria dizê-las. Maldição se ele não queria implorar a Sophie que o deixasse cuidar dela.

Por sorte, não foi preciso. Sophie o soltou e ele começou a lavá-la com movimentos cuidadosos, limpando o sangue seco do braço e do peito, desejando poder devolver aquele sangue a ela. Desejando poder voltar no tempo, poder alterar os acontecimentos.

"Você deveria ir", ela disse com a voz baixa. O olhar dele voou para o dela.

"O que você disse?"

"Você deveria me deixar aqui", Sophie continuou. "Você tem sua vida para viver. Estava em uma jornada antes de eu bagunçar tudo."

"Uma jornada que me trouxe até aqui."

"Só estou dizendo que posso seguir sozinha", ela argumentou. "Eu não sou problema seu."

Aquilo doeu. Quantas vezes ele disse aquilo para si mesmo? Quantas vezes ele disse para ela?

"Não vou deixá-la sozinha."

"O médico parece gentil", ela disse. "Tenho certeza de que vai me deixar ficar até..."

Só por cima do cadáver de Rei.

"Você não vai ficar com o médico."

Ela inspirou fundo e ele percebeu que Sophie estava exausta.

"Não estou com seu dinheiro", ela declarou.

"O que isso quer dizer?"

"Se é por isso que você está aqui comigo... o dinheiro estava na bolsa e eu a deixei na carruagem. Já era."

Ele não ligava para o dinheiro.

"Foi por isso que você me seguiu, não foi? Pelo dinheiro."

"Não!", ele a corrigiu. "Eu a segui por princípios. Você não pode vender as rodas do cabriolé de um homem. Ele pode precisar delas."

"Por que você tinha tantas?"

"Para o caso de quebrar uma roda ao salvar uma dama inocente de bandidos de estrada."

Ela soltou uma risada breve, uma que terminou em uma exclamação quando o movimento forçou seu ombro a se manifestar. Ele estendeu a mão para ela, desejando poder parar o que devia ser uma dor terrível.

"Sophie..."

"Você deveria ir", ela se virou para o outro lado.

"Não vou abandoná-la aqui", ele meneou a cabeça.

O médico escolheu aquele momento para voltar com uma xícara na mão e uma bolsa na outra.

"O fato de você não ter febre agora não quer dizer que não vá desenvolver uma", ele se dirigiu a Sophie, como se Rei não estivesse presente. Ele mostrou a bolsa. "Estas ervas podem ajudar a manter a febre longe."

"Podem?", Rei perguntou. "Por que foi mesmo que te expulsaram da Real Academia?"

"Porque eu aceito uma crença impopular de que criaturas invisíveis ao olho causam infecções." Rei levantou a sobrancelha e o médico sorriu. "É tarde demais para você recusar minha ajuda. Ela já está sem a bala", o médico estendeu o braço para ajudar Sophie a se sentar. "Estas ervas podem ajudar a matar essas criaturas e mantê-la bem. Acrescente-as à água quente três vezes por dia. Esta é a primeira dose."

Sophie bebeu o líquido da caneca fumegante e o médico se virou para Rei.

"Mesmo um médico bom da cabeça aconselharia que vocês ficassem aqui alguns dias."

Rei aquiesceu, olhando para Sophie.

"Eu estava mesmo dizendo para sua paciente que pretendo ficar."

Ela fez questão de não olhar para ele, concentrando-se no médico, que assentiu com a cabeça.

"Excelente. Você vai precisar de um quarto."

"Já providenciei", Rei respondeu.

Aquilo chamou a atenção de Sophie. E o que o médico disse a seguir chamou mais ainda.

"Seu marido é um homem muito eficiente, senhora."

"Meu... o quê?", Sophie cuspiu a infusão.

Aquele não era o modo que Rei escolheria para Sophie descobrir sua mentira. Mas o universo estava do lado dele, pois o médico não teve a oportunidade de se repetir.

"Sra. Matthew?"

O nome ecoou pela cabana pequena, pronunciado a partir do que agora era uma porta permanentemente aberta. Um garoto se materializou logo atrás do nome, seguido por uma garota um pouco mais nova que ele.

"John, não podemos ir entrando assim na casa dos outros", uma jovem que vinha logo atrás o repreendeu. Rei as reconheceu como as crianças que quase viram Sophie ser morta na estrada. Os olhos da jovem pararam no médico e ela os arregalou. "Céus!", ela exclamou. "Como você é bonito!"

Todo mundo tinha que reparar no maldito médico?

"Obrigado", o cirurgião sorriu.

"Não tem de quê", respondeu a mulher estupefata.

"A porta estava aberta", disse John, o garoto.

"A porta não está mais no lugar", emendou o médico, seco. "Eu acredito que você está aqui para ver a paciente?"

"Sra. Matthew!", o garoto repetiu quando avistou Sophie. "Você está viva!"

Quem diabos era a Sra. Matthew?

"Estou mesmo, John. Graças, em grande parte, a você e este bom médico", Sophie sorriu para o garoto.

"Nós pensamos que você tinha morrido", disse a garotinha, encostando seu rosto no de Sophie. "Tinha muito sangue!"

"Como você está vendo, não morri", Sophie procurou tranquilizar a pequena.

"Mas ainda pode morrer", John observou, aproximando-se e empurrando de lado um Rei bastante surpreso.

"John!", disse a mulher que o acompanhava. "Isso não é muito animador."

"Mas é verdade, Mary", John insistiu, virando-se para explicar para Sophie. "Minha mãe morreu de febre depois de ser esfaqueada. Acontece. Não é, doutor?"

"Pode acontecer."

Meu Deus. Rei tinha que assumir o controle daquele circo.

"Como vocês nos encontraram?", ele interrompeu, dando um passo na direção das crianças.

"Fácil", disse Mary. "Ela estava ferida e vocês saíram à procura de um médico. Esta é a cidade mais próxima."

"E aqui estamos nós!", John anunciou, todo orgulhoso.

"Que ótimo", Sophie disse, passando sua caneca vazia para o médico e deitando-se novamente no tampo da mesa.

"Por quê?", Rei teve que perguntar.

Mary olhou dele para Sophie e o médico.

"Porque estávamos preocupados com sua esposa."

"*Sua o quê?*", Sophie perguntou, encarando Rei.

"Minha esposa", Rei disse apenas, e logo mudou de assunto. "Mas vocês não precisam se preocupar com ela, pois o médico já cuidou de tudo."

"Eu extraí a bala e fiz um curativo", o médico explicou. "O Sr. e a Sra. Matthew vão ficar aqui por alguns dias para que eu possa acompanhar a evolução da paciente."

"Isso é ótimo. Nós também vamos ficar", Mary aquiesceu.

"Não!", Rei exclamou.

"Oh, *querido*", Sophie retrucou, olhando para Rei. "Eu acho que seria muito bom se eles ficassem." Para um estranho, o olhar de Sophie devia parecer inocente e doce como mel. Apenas Rei podia ver a irritação nos olhos azuis dela quando Sophie continuou. "Mary, você tem que deixar meu *marido* pagar pelas suas acomodações."

Mesmo com um tiro no ombro ela se esforçava para depená-lo.

"Não é certo", Mary recusou.

"Ah, mas não tem problema. Ele é muito rico. E vocês tiveram um papel fundamental no resgate da vida da *mulher* dele."

Maldição.

"Sim", ele concordou, obrigado. "Eu vou pagar, é claro."

"Excelente", Sophie disse, a voz baixa, a palavra mal formando um som enquanto ela deslizava em direção ao sono; Rei teria dito que o sorriso no rosto dela era de convencimento se não estivesse tão surpreso com aquele sono repentino. Ele focou seus olhos preocupados no médico.

"As ervas tem algo para ajudar a dormir", o médico explicou. "Você precisa de ajuda para carregá-la até a estalagem?"

"Não." A resposta de Rei foi curta. Ele podia carregar sua própria esposa de mentira. *Maldição.* E ele queria distância daquele médico maluco o mais rápido possível. "Diga-me, doutor, quanto eu lhe devo por seus serviços?"

O médico não respondeu, concentrado em Mary.

"Você está com um hematoma terrível na lateral da cabeça, senhorita."

A mulher levou a mão até o local enquanto suas faces ficavam rosadas. "Não é nada."

O médico se virou para o lado e abriu uma gaveta.

"Com certeza não é *nada*", ele voltou com um pote pequeno, que abriu e estendeu para ela. Ela se encolheu e ele parou, falando com uma voz mais baixa, "Não vou machucá-la".

As faces rosadas ficaram vermelhas e Rei teve a estranha sensação de que deveria olhar para o outro lado enquanto o médico espalhava um creme branco sobre o machucado no rosto de Mary. Rei pigarreou e baixou a mão para pegar sua bolsa e pagar o médico... e então descobriu que a bolsa tinha sumido. Ele olhou para o cinto, onde o dinheiro estava há menos de uma hora.

"Sentindo falta da sua bolsa, milorde?", John perguntou, inclinando-se para trás.

"John!", Mary disse, afastando-se rapidamente do toque do médico, parecendo um pouco sem fôlego. "É gentileza sua fazer o desejo de sua mulher, Sr. Matthew", ela acrescentou, o som de sua voz rompendo o choque produzido pela descoberta, por Rei, que seu dinheiro tinha sumido. "Espero que continue disposto a tanto depois que souber que John pegou sua bolsa."

"Eu não ia ficar com ela", John estendeu o objeto.

Um médico louco e um bando de ladrões. É claro que ela o tinha ligado àquele bando. Sophie Talbot levava problemas aonde quer que fosse. E quantas vezes ele ouviu a chamarem de a tediosa Irmã Perigosa?

Ela era perigosa, sem dúvida. Mas ele não estava preocupado com a própria reputação. Rei estava preocupado com seu próprio bem-estar. Rei ergueu a sobrancelha para o garoto.

"Você é o primeiro batedor que conheço que não tem intenção de ficar com seus ganhos."

"É um hábito", o garoto baixou os olhos para o chão.

"É um *mau* hábito", Rei disse.

John olhou para o médico e lhe estendeu uma longa corrente de ouro. "Aqui está a sua", ele disse.

O médico levou a mão ao bolso do colete.

"Eu nem senti!", ele exclamou.

"Eu sou o melhor de Londres", John sorriu. "É uma pena que vou me aposentar."

Rei não achou graça.

"Aposente-se logo."

Ele despejou várias moedas na palma da mão e pagou o médico, depois guardou a bolsa e pegou Sophie com delicadeza em seus braços. Os outros se afastaram para lhe dar passagem, mas a garotinha observava com atenção e aproveitou aquele instante para falar.

"Ela parece a Bela Adormecida."

Rei olhou para baixo, observando os olhos fechados e a pele pálida de Sophie. Ele imaginou que ela parecia mesmo a princesa dos contos de fada. Por um instante, ele refletiu sobre as implicações daquela comparação. Ela podia ser uma princesa, mas ele não era um príncipe.

"Ao contrário da Srta. Adormecida, esta aqui vai acordar", ele prometeu, mais para si mesmo do que para a garota.

"É claro que vai", foi a resposta dela. "Tudo o que você tem que fazer é beijá-la."

Se não estivesse tão cansado daquela quadrilha, ele poderia ter achado graça. Ele não iria beijar Sophie Talbot. Isso oferecia um tipo completamente diferente de perigo.

Escândalos & Canalhas

Capítulo 7 — Junho de 1833

BELA ADORMECIDA ACORDA; BEIJO NÃO FOI NECESSÁRIO

* * *

Sophie acordou no dia seguinte com o sol do fim de tarde invadindo o quarto pelo vidro sarapintado das janelas. A poeira dançava na luz e um cheiro um pouco inconveniente destacava a higiene imperfeita dos quartos no andar de cima do pub A Carriça Canora.

"Eis que ela acorda", as palavras vieram de uma poltrona na extremidade do quarto, colocada nas sombras, de modo que ela não podia ver quem as pronunciou. Mas ela não precisava vê-lo. Ela sabia exatamente quem era. *Ele tinha ficado com ela.*

Sophie ignorou o conforto que veio com esse pensamento. Ela não queria que ele ficasse com ela. Ela não precisava que ele ficasse com ela. O marquês era um libertino, um canalha. E, se não fosse por ele, ela não estaria ali... Mas ele ficou mesmo assim.

Ela tentou se levantar sem pensar e a dor atravessou seu ombro e a fez gritar. Uma mão voou para o curativo – um erro, pois o menor toque parecia incendiá-la. O Marquês de Eversley chegou ao lado dela em um instante.

"Droga, mulher. Você é incapaz de ser cuidadosa?" Ele pôs um braço nas costas dela. "Deite-se."

Ela recusou a ajuda dele.

"Eu estava sendo cuidadosa. Quando uma dama acorda e encontra um canalha em seu quarto, ela se retira."

"Pela minha experiência, o que acontece é o oposto", a resposta dele foi seca como areia.

"Bem, sim, não duvido, pelo tipo de companhia com que você anda." O ombro dela começou a latejar. "Há quanto tempo estou dormindo?"

"Dezoito horas, mais ou menos", ele disse. "Você lembra de ter acordado para tomar chá?"

Uma memória nebulosa chegou até ela. Mary se debruçando sobre Sophie com uma xícara.

"Vagamente."

"E a dor?"

"Suportável", ela se mexeu e disfarçou o estremecimento.

"Interessante. Eu apostaria que está doendo pra cacete."

Era isso mesmo, mas ela não iria admitir.

"Você não devia usar essa palavra na frente de uma dama."

"Não? Você sabe que também tem afinidade com linguagem chula."

"Só uma palavra", ela corou.

"Basta uma palavra", ele falou olhando para o colo dela. "Está doendo?"

Pra cacete!

"Mulheres são conhecidas por sua capacidade de suportar a dor", foi a resposta dela.

"Humm... E pensar que vocês são consideradas o sexo frágil."

Ela olhou atravessado para ele.

"Um rótulo sem dúvida atribuído por um homem que nunca testemunhou um parto."

Um lado da boca de Rei se ergueu em um sorriso contido.

"Vejo que você está se sentindo melhor." Alguma coisa no calor daquelas palavras provocou um arrepio de prazer em Sophie. Ela se sentiu grata pelo tempo para se recompor quando ele se endireitou e foi até a porta, abrindo-a e falando com alguém fora de vista antes de fechá-la outra vez e se voltar para Sophie. "Mandei chamar o médico maluco, ainda que achasse que não devia. E pedi mais chá."

Ela pensou no médico.

"Ele não me pareceu maluco."

"Ele a encharcou com gim e lambuzou com mel. Embora eu acredite que não recusaria um bolo com esse tratamento, isso me parece estranho para fins medicinais", ele se aproximou. "Agora que você está acordada, deixe-me examinar melhor esse ombro."

Sophie virou a cabeça e procurou sentir o cheiro. *Gim e mel.* A estalagem não era responsável pelo cheiro estranho.

Oh, céus. Ela recuou diante da aproximação dele e ergueu a mão. "Não!"

Eversley parou, arregalando os olhos ao ouvir a negativa.

"Não entendi."

Ele iria sentir o cheiro dela.

"Não se aproxime mais!", ela exclamou.

"Por que não?"

"Não é correto."

"O que não é correto?"

"Você. Estar aqui. Tão perto. Enquanto estou de cama."

"Posso lhe garantir, milady, que não tenho intenção de seduzi-la", ele arqueou uma sobrancelha

Sophie não duvidava disso, considerando sua condição atual, mas não podia lhe dizer a verdade.

"Ainda assim, tenho que insistir no decoro."

"Quem você acha que cuidou de você no último dia?"

Merda. Ele tinha razão. Ele esteve perto. Provavelmente já tinha sentido o cheiro. Mas isso não significava que ele precisava *continuar* a cheirá-la. Sophie endireitou os ombros, ignorando a pontada no esquerdo.

"Tenho que pensar na minha reputação", ela insistiu.

Rei arregalou os olhos.

"Você foi baleada na Grande Estrada do Norte enquanto usava um uniforme roubado..."

"Quantas vezes eu tenho que lhe dizer que paguei pelo uniforme?"

"Certo. Você foi baleada na Grande Estrada do Norte usando um uniforme comprado de um criado roubado, depois de viajar como clandestina na carruagem de um cavalheiro solteiro."

"Cavalheiro é exagero, não acha?"

Rei ignorou o comentário.

"Como é que a sua reputação já não está em farrapos?", ele perguntou.

A reputação dela já estava em farrapos por qualquer um dos eventos dos últimos quatro dias, mas ela não iria mencionar isso. Sophie ergueu a mão mais uma vez, perguntando-se como poderia providenciar um banho sem que alguém inalasse ar nas suas proximidades.

"Tudo isso é dano *possível*", ela retrucou. "Não dano verdadeiro."

As sobrancelhas dele arquearam-se outra vez.

"Há quanto tempo você mora em Londres?"

"Uma década."

"E você ainda acredita que existe diferença entre verdade e mentira quando se trata de escândalos?"

"A questão, meu lorde", ela começou a responder, de cara feia para o tom seco dele, "é que eu quero que você mantenha distância".

Pareceu que ele iria discutir, mas Rei disse, mais para si mesmo do que para ela:

"O médico vai chegar a qualquer momento."

Como se Rei tivesse invocado o homem, o doutor adentrou o quarto, ainda bem, com Mary logo atrás trazendo uma xícara fumegante de chá.

Foi só então que Sophie lembrou que o médico também era atraente. É claro. Porque quando chovia, chovia a cântaros, e Sophie – que nunca mantinha a atenção de um cavalheiro atraente por mais do que o meio segundo que demorava até o homem perceber que ela não era a mulher que ele procurava – tinha que estar de cama e suja quando dois belos homens se dedicavam a ela. Sophie se sentiu condenada.

"Sra. Matthew!", o cirurgião disse, todo alegre. "Espero que tenha descansado bem."

Ela tinha esquecido do nome com que a batizaram.

"Acho que descansei, Doutor...", ela se interrompeu. "Desculpe, esqueci seu nome."

"Eu não o disse", foi só o que ele respondeu antes de pegar o chá com Mary, dando-lhe um sorriso encantador. "Obrigado."

"Não foi nada, Doutor", Mary respondeu corada.

Rei fungou de irritação. Ou foi alguma outra coisa? Seria ciúme do efeito que o médico tinha nas mulheres? Não. Rei também era bastante atraente.

Não que Sophie tivesse notado. Ela teria que gostar dele para notar. E ela *não* gostava dele.

O médico se aproximou da cama e entregou a xícara de chá de ervas para Sophie.

"Como está se sentindo?", ele perguntou depois que ela tomou um longo gole.

Vagamente, Sophie se deu conta de que o homem ainda não tinha informado seu nome. No entanto, ninguém mais no quarto parecia se importar, então Sophie respondeu à pergunta, ciente do olhar observador do Marquês de Eversley.

"Muito bem", ela disse.

"Bem, tenho certeza de que não é verdade", o médico tirou a xícara das mãos dela e a entregou para Mary, depois se sentou na cama e colocou os óculos. "Vamos dar uma olhada."

Ela se encolheu nos travesseiros, incapaz de pensar em mais nada a não ser em seu cheiro.

"Eu preferia..."

O médico a ignorou e colocou a mão em sua testa.

"Excelente. Nada de febre." Antes que Sophie pudesse se alegrar com o pronunciamento, o cirurgião acrescentou: "Já senti cheiros piores, madame, posso lhe garantir".

Ele não falou com a voz baixa, e as palavras ecoaram em todo o quarto. Sophie ficou vermelha quando Eversley olhou para o teto, exasperado.

"É por isso que você não deixava eu me aproximar?"

"Foi você que me contou que eu fui encharcada de gim e mel", ela se defendeu.

"Para mostrar a loucura *dele*, não o *seu* fedor!"

Mary ficou boquiaberta. Sophie imaginou que também ficaria, se não estivesse tão furiosa.

"Meu *fedor*?", ela o fuzilou com o olhar.

Rei se balançou para trás, como se refletindo sobre o próximo passo.

"Eu não quis dizer..."

Ela estava farta.

"De todas as coisas pouco cavalheirescas que já me disse, meu lorde – e foram muitas –, essa foi a pior."

O marquês parecia estar querendo dizer algo, mas se conteve. Ainda bem, porque o médico escolheu aquele momento exato para arrancar o curativo, e Sophie uivou de dor. Eversley deu um passo adiante.

"Você a machucou."

"Sim, eu percebi isso", o médico disse sem tirar os olhos do seu trabalho. "Nenhum sinal de infecção."

Sophie sentiu o alívio.

"Então eu vou sobreviver?"

"Hoje, vai", o médico a encarou.

"*Cristo*", Eversley murmurou. "Você sabe reconfortar uma paciente, não é?"

O médico se virou para ele.

"Eu digo a verdade. Nada de febre ou infecção um dia depois do ferimento é positivo. Mas a medicina é mais arte que ciência. Ela ainda pode morrer." Ele se voltou para Sophie. "Você ainda pode morrer."

Ela não sabia o que dizer, então se conformou em soltar um "Oh."

Ele tirou mais ervas de sua bolsa e as colocou sobre a mesa de cabeceira.

"Eu não sabia se você precisaria de chá para mais do que alguns dias, mas agora tenho mais esperança."

Sophie imaginou que isso deveria deixá-la mais segura de seu futuro, mas em vista da outra declaração do médico, ela não teve muita certeza. E o médico continuou.

"Continue tomando o chá – essa mistura vai deixar você mais acordada que a anterior – e mantenha o ferimento limpo", ele colocou um pote de mel na mesa ao lado do saco de ervas e se virou para Eversley. "O mel é essencial. Aplique depois de cada banho."

Ela quis argumentar que a tarefa tinha sido dada ao homem que havia se tornado uma pedra no seu sapato, mas se distraiu com uma palavra mais interessante dita pelo médico.

"Eu posso tomar banho?!"

"É claro", o médico se virou para ela. "De preferência todos os dias, com água limpa e quente. E se perceber que o ferimento mudou de aparência ou se começar a se sentir mal, mande me chamar no mesmo instante."

Aquilo fez parecer que eles não poderiam ir embora.

"Quando nós poderemos ir embora?", Sophie perguntou e todos olharam para ela, cada rosto mais chocado que o outro.

"Você dispõe de seu livre-arbítrio, Sra. Matthew", o médico disse. "Contudo, eu gostaria de mantê-la por perto por pelo menos uma semana."

"Uma semana...", ela gemeu. Sophie tinha planejado chegar ao norte em menos de uma semana. Para começar seu futuro.

"Você não gosta da nossa cidadezinha?"

O olhar dela pousou em Eversley. Ele também tinha que ir para o norte.

"Uma semana é muito tempo para ficarmos. Meu marido", ela ignorou o aviso nos olhos dele, "e eu temos muito o que fazer em Cúmbria".

"Então vão", o médico deu de ombros, com pouco caso.

"Não até ela estar bem", Eversley interveio. "Quando vamos saber que ela está bem para viajar?"

O médico levantou e começou a recolher suas coisas.

"Quando a ferida sarar e ela não estiver morta."

Eversley parecia querer estrangular o médico. Sophie sorriu.

"Obrigada, doutor."

Ele retribuiu a gentileza.

"Espero vê-la novamente, Sra. Matthew, antes que decida partir", ele se dirigiu à porta, parando para fazer um gesto com a cabeça para Eversley. "Sr. Matthew."

"Eu o acompanho", Mary disse, com o olhar gentil, e acompanhou aquele homem atraente para fora do quarto.

Sophie ficou olhando para a porta sendo fechada.

"Bem. Eu nunca conheci um homem que faz a pessoa se sentir tão grata por estar viva", ela afirmou

"Por que eles ficam nos chamando de Matthew?", Eversley franziu o cenho.

"É o nome do meu criado", a última palavra se perdeu em um bocejo que ela tentou esconder.

Eversley arregalou os olhos.

"Você quer dizer do *meu* criado."

"Tanto faz", ela fez um gesto de pouco caso. "O nome dele é Matthew. Eu o usei na carruagem-correio."

"E eu disse que somos casados."

"O que foi uma bobagem."

"Sim, estou percebendo agora que ganhei o nome de um criado."

"Um bom criado", ela disse, bocejando de novo. A exaustão parecia estar vencendo.

"Um criado terrível", ele disse, aproximando-se e ajudando Sophie a se deitar. "Se ele fosse bom, teria lhe dito que não podia conversar com uma lady e voltaria ao trabalho. Estou pensando em procurar o rapaz para colocar uma bala no ombro *dele*, pois sem ele você estaria intacta."

Ele estava preocupado com ela?

"Eu estou intacta", ela afirmou suavemente, ignorando o prazer que aquela ideia lhe dava. Ignorando a própria ideia. "Ainda que eu precise de um banho, ao que parece."

"Por Cristo", ele murmurou. "Eu não quis dizer que você fede."

Ela fechou os olhos e suspirou.

"Cuidado, meu lorde. Só existem duas saídas para sua afirmação. Ou você me ofende, ou se mostra um mentiroso."

Houve uma pausa enquanto ela caía no sono, enquanto ainda estava bastante acordada para ouvi-lo.

"Por que você está indo para o norte? O que tem lá para você?"

"Minha livraria", ela respondeu, os pensamentos mal conseguindo se formar antes de escorrerem por seus lábios. "Mossband... pães doces e melados... Robbie."

"Robbie?"

"Hum?", era difícil continuar conversando.

"Quem é Robbie?"

Veio a lembrança, nebulosa e bem-vinda, o cabelo loiro e as faces coradas. Seu amigo. O único amigo de verdade que ela tinha.

"Nós vamos casar..."

Ele prometera há tanto tempo. Ela sorriu. Seria bom casar com um amigo. Talvez ele pudesse amá-la. Seria bom ser amada. Talvez eles se casassem. Talvez fossem felizes. Afinal, anos atrás eles prometeram isso um ao outro.

"Nós vamos casar..."

Ela também tinha prometido. E Sophie repetiu essas palavras no presente, em voz alta, diante do Marquês de Eversley.

Escândalos & Canalhas

| Capítulo 8 | Junho de 1833 |

COMPROMISSOS DA CINDERELA BORRALHEIRA: DESPERTAR... BANHAR-SE... FLERTAR?

* * *

A noite caiu e Rei a deixou dormir por várias horas antes de solicitar uma banheira e água fria, para então, quando ela começou a se remexer debaixo das cobertas, pedir água quente. Depois que o vapor se elevou da banheira de cobre e as mulheres que carregaram os baldes foram pagas, ele esperou que Sophie acordasse. Ele a observou de seu lugar, encostado na parede do quarto pequeno, seu foco no rosto feminino à luz da vela enquanto Sophie emergia do sono profundo e o conforto do descanso dava lugar à dor no ombro. A dor da realidade.

Eversley se perguntou se seu pai já estaria morto. A carta de Agnes pedia urgência. Era possível que Rei já fosse o Duque de Lyne. Talvez ele tivesse perdido sua chance de dar a última e punitiva palavra para o homem que o castigou a vida inteira. Que arruinou sua chance de ter uma família. Felicidade. Amor.

Uma lembrança surgiu, espontânea. Rei no labirinto de cerca-viva da propriedade Lyne, com seu pai atrás dele, revelando-lhe o mapa.

"Segunda à esquerda e primeira à direita, depois primeira à esquerda e primeira à direita. Até o centro", o duque disse, estimulando-o a continuar. "Vá em frente. Até o centro."

Rei seguiu em frente e, no centro, seu pai lhe contou a história de Teseu e o Minotauro.

"Quem somos nós?", Rei perguntou.

"Teseu, é claro!", o duque exultou. "Grandes heróis!"

Rei desencostou da parede com a lembrança. *Heróis. Que mentira de merda.*

Ele se aproximou de Sophie. Não podia mais perder tempo com aquela garota que estava se revelando um ciclone de escândalos. E Londres dizia que ela era a irmã Talbot mais sem graça e entediante. Ele soltou uma risada abafada ao pensar nisso. Se pudessem vê-la agora, dormindo com um ferimento de bala no ombro, usando uma identidade falsa, em cima de um pub no meio do nada... Sophie Talbot não tinha nada de entediante.

Ela iria se casar. Por que diabos ela não lhe contou isso desde o começo? Rei sabia como eram as mulheres que desejavam se casar por amor. *Ele tinha sido o amor em questão, certa vez.*

Quem era o amor de Sophie? Se ela estava fugindo de Londres para o exílio, com planos específicos de um futuro com esse sujeito chamado Robbie – embora Rei questionasse a masculinidade de um homem adulto que use o nome Robbie –, por que não tinha lhe dito isso?

Robert seria um nome melhor para o marido dela. Mais viril. Com mais probabilidade de cuidar dela. *Não que Rei se importasse com isso.*

Enquanto pensava, Sophie franziu a testa e sua respiração ficou mais rápida. Ela acordaria logo e detestaria o que o despertar lhe traria.

Rei sentou-se ao lado dela na cama. Dizendo a si mesmo que estava só verificando a temperatura de Sophie, ele colocou o dorso da mão na testa fria dela e sentiu alívio quando viu que ela não estava febril. A ruga no centro da testa dela ficou mais pronunciada e, sem conseguir se segurar, ele alisou aquele vinco entre as sobrancelhas com o polegar.

Ela se acalmou com o toque, e Rei ignorou o prazer que sentiu ao mover a mão para o rosto dela. Ele não queria ser o bálsamo dela. Sophie era um problema e ele já tinha bastante disso sem ela... Mas Rei não retirou a mão.

"Sophie", ele pronunciou suavemente o nome dela, dizendo para si mesmo que só queria acordá-la para o banho que ela parecia desesperada para tomar e não porque desejava ver seus profundos olhos azuis. Ela suspirou e acomodou o rosto na mão dele, mas não acordou.

"Sophie", ele repetiu, ignorando o fato de que gostou do som do nome dela em seus lábios, ignorando o fato de que não devia continuar com a carícia, mas continuou. Ele se maravilhou com a maciez da pele dela, os fios sedosos das sobrancelhas, a sombra escura de seus cílios na pele clara, o tom rosado dos lábios...

Ele tirou a mão como se a tivesse queimado e se pôs de pé num pulo. Não devia reparar na cor dos lábios dela.

Sophie tinha pedido um banho e ele o providenciou. Essa era toda a interação dos dois naquele momento. Ele precisava manter suas mãos – e observações – para si mesmo.

"Sophie", ele disse com voz mais alta e firme.

Ela abriu os olhos e deu de cara com ele.

"Seu banho", ele anunciou.

Puxando as cobertas até o queixo, Sophie olhou para a outra extremidade do quarto.

"Trouxeram enquanto eu dormia?"

"Sim."

"As pessoas me viram?", sua voz não era mais alta que um suspiro.

"Isso importa?", ele sorriu.

"Mas é claro!", ela arregalou os olhos.

"Não viram. Eu coloquei o biombo ao lado da cama."

"Obrigada", ela aquiesceu.

"Mas eu a vi", ele disse, incapaz de não provocá-la. "Isso não a incomoda?"

"Você não conta", ela respondeu.

Aquelas palavras não caíram bem.

"Como é que é?"

"Você não gosta de mim."

"Não gosto?"

Sophie meneou a cabeça.

"Não. Você já enumerou seus motivos", ela fez um esforço para se sentar e estremeceu. "Mas você fez o possível para eliminar o motivo mais ofensivo, e eu o agradeço."

"Não tenho nada contra você."

"Que bela declaração."

Rei gostava de Sophie quando ela não era irritante. Ele decidiu mudar de assunto.

"Eu também consegui um vestido para você."

O olhar dela recaiu no vestido cinza e simples pendurado no biombo. Ela acenou a cabeça em aprovação.

"Você pode chamar Mary?"

"Por quê?"

"Preciso de ajuda."

"Eu posso te ajudar."

"Não com isso", Sophie negou com a cabeça.

"Que é o quê?"

"Meu lorde, não posso tomar banho com você", ela protestou corada.

Ela não pretendia que aquela declaração o provocasse. Cristo, ela estava coberta pelos restos de sua aventura – sangue, gim, terra e Deus sabe mais o quê. E é claro que banhos exigem a ausência de roupa. Mas por algum motivo, a sugestão tácita da nudez dela o deixou rígido e excitado no mesmo instante.

Ela iria se casar, maldição.

"Eu posso ajudar", ele insistiu, sabendo que estava sendo grosseiro sem necessidade.

"Não", ela sacudiu a cabeça.

"Por que não?"

Ela olhou para Rei como se ele fosse um imbecil.

"Você é um homem."

"Pensei que eu não contava."

Sophie revirou os olhos.

"Nisso você conta."

Ele deveria ter feito o que ela pedia. Ir chamar a outra garota e deixar as duas cuidarem do banho. Mas os últimos dias deixaram Rei com disposição para criar ainda mais polêmica.

"Ela não pode vir."

"Onde ela está?", Sophie estranhou.

"No quarto que eu estou pagando, como você pediu."

"Você mereceu isso por dizer que éramos casados sem minha permissão."

"Eu devia esperar que você recuperasse a consciência para definir nosso relacionamento?"

"Você poderia ter dito a verdade", ela disse.

"Mesmo?!", ele exclamou. "Você acha que isso teria ajudado na sua situação?"

Ela suspirou, e Rei viu que tinha ganhado.

"Estamos no meio da noite e Mary tem que cuidar de duas crianças", ele disse com naturalidade. "Se você quer um banho, terá que aceitar minha ajuda."

Ela apertou os lábios e pousou os olhos na banheira fumegante.

"Você não pode olhar."

"Eu não sonharia em fazer isso."

Aquela deve ter sido a mentira mais deslavada que ele já contou. Mas de algum modo ela acreditou, anuindo e afastando as cobertas para se levantar da cama. Sophie ficou de pé, com o topo de sua cabeça na altura do queixo dele. Rei resistiu ao impulso de ajudá-la a atravessar o quarto.

"Como se sente?", ele perguntou, percebendo a rouquidão na própria voz. Ele pigarreou.

"Como se tivesse levado um tiro, eu acho."

"Espertinha", ele arqueou uma sobrancelha.

Ela sorriu.

"Meu ombro está dolorido e eu sinto como se tivesse dormido por uma semana."

Ele foi até a lareira que ardia ao lado da banheira e pendurou uma chaleira sobre as chamas.

"Mais chá para quando você tiver se banhado", ele disse, voltando-se para ela. "Tem comida também."

Tais palavras provocaram um ronco baixo nela, e Sophie levou as mãos à barriga. Suas faces ficaram vermelhas e Eversley sorriu.

"Então você está com fome?"

"Parece que sim."

"Comida depois do banho, e então o chá. Depois, você vai dormir."

"Você é bem autoritário", ela o encarou.

"É um talento que tenho."

"Talento que combina com você ser chamado de Rei."

"Nome é destino."

Ela ignorou isso e passou por ele a caminho da banheira alta de cobre.

"Obrigada", ela agradeceu, virando-se.

Rei voltou ao seu lugar junto à parede, braços cruzados, observando-a com atenção.

"Não tem de quê."

Sophie estendeu a mão, os dedos longos riscando a superfície da água quente enquanto suspirava de alegria pelo banho. O som ecoou pelo quarto – prazer puro e autêntico. Uma delícia.

Rei ficou rígido. Ele não estava interessado no prazer daquela mulher. Só precisava convencer seu próprio corpo disso.

Como se alguém pudesse convencê-lo de que não estava interessado no modo como a camisola emprestada aderia aos seios dela, como ficava mais larga na cintura e colava nas curvas dos quadris e das coxas. Ele também não tinha interesse no que mais aqueles dedos poderiam tocar.

Rei levantou os olhos e encontrou os dela, fixos nele. Ele tossiu.

"Não vai tomar seu banho?"

"Vou, assim que você virar de costas", ela franziu o cenho.

"E se você precisar de ajuda?", ele não queria virar de costas.

"Não vou precisar", ela meneou a cabeça.

"Mas pode precisar", Rei semicerrou os olhos.

"Então você vai estar a poucos passos de distância. Pronto para agir como meu salvador, ainda que não queira."

Ele fez uma careta ao ouvir isso e se virou, como ela pediu. De todo modo, assistir a Sophie se despindo seria a mais elevada forma de masoquismo, visto que ele não tinha intenção de tocá-la. Virar de costas era mesmo o melhor a fazer. Só que não. Aquilo era a mais absoluta tortura.

Ele percebeu seu erro de imediato, no momento em que ela começou a tirar a camisola, com o som do tecido deslizando sobre a pele, a respiração acelerando enquanto Sophie lidava com a ferida, o som contido, quase inaudível quando ela deve ter mexido o braço dolorido.

"Você precisa de ajuda?", ele perguntou, as palavras destoando no quarto silencioso.

Ela ficou um instante em silêncio antes de emitir sua resposta suave.

"Não."

Ele pigarreou.

"Tenha cuidado com o braço."

"Eu tive."

Tempo passado. Cristo. Os ombros dela estavam nus.

No momento em que esse pensamento surgiu, ele ouviu a prova, o farfalhar do tecido sendo forçado pelos quadris, o som rítmico que o fez pensar em como ela os movimentava para facilitar a passagem. Rebolando.

Ele crispou os punhos e se apoiou na parede, sua imaginação correndo solta.

A respiração dela acelerou um pouco, mas não tanto quanto a dele. Nem de perto tão acelerada quanto o coração de Rei. Nem de perto tão acelerada quanto a pulsação em outras partes dele.

Então ele ouviu o som das pernas do banco de madeira arranharem o chão quando Sophie subiu nele, e depois entrou na banheira e afundou na água com um suspiro glorioso, chocante, enquanto mergulhava em seu prazer puro e autêntico. Aquela era, de longe, uma das piores noites da vida dele.

Rei precisou de toda energia de que dispunha para não se virar. Para não ir até ela. Para não olhar para a maldita banheira e sorver aquela visão de Sophie, corada e rosada pelo calor. Pelo olhar dele.

Cristo. Ele não a queria. *Mas queria.* Ela iria se casar. *Com um caipira chamado Robbie.*

Onde diabos ela o teria conhecido? Por que estava planejando casar com alguém de Cúmbria? Ele enfiou as mãos nos bolsos. Rei não se importava.

Ela era sem graça, respeitável e desinteressante... *Mentiroso.*

E então Sophie começou a se lavar e o marquês segurou o impulso de rugir de frustração ao ouvir o som da água na pele dela, na banheira, chapinhando e escorrendo enquanto ela se banhava. Ele imaginou braços e pernas aparecendo acima da borda da banheira enquanto um tecido molhado deslizava por sobre a pele clara e perfeita. A cabeça dela inclinada para trás enquanto lavava o pescoço e o peito, as mãos se movendo lentamente, com prazer infinito, por todo o corpo, acima e abaixo da água, sobre curvas e vales, para baixo e mais abaixo, até o tecido desaparecer e restar apenas a mão, com aqueles dedos longos penetrando na umidade de um tipo diferente...

"Por que chamam você de Rei?"

Eversley quase saltou para fora da própria pele ao ouvir a voz dela. Rei fechou os olhos, apertou ainda mais os punhos, esforçando-se para encontrar as palavras.

"É o meu nome."

Barulho de água.

"Seus pais o batizaram de Rei?"

Ele exalou, desejando que aquele banho acabasse logo.

"Reider."

"Ah...", ela emitiu e ficou quieta por um longo momento, parada também. "Que nome diferente."

"Minha família se orgulha de ser diferente."

"Uma vez eu estive no Castelo Lyne" A lembrança do lar de sua infância não foi bem recebida por Rei. Ele não fez nenhum comentário, mesmo assim ela continuou. "O duque abriu a propriedade para visitação por algum motivo. Havia um labirinto no jardim", ele percebeu o sorriso na lembrança que ela tinha do lugar em que ele próprio havia pensado há pouco. "Minhas irmãs e eu passamos metade do dia perdidas lá dentro – eu encontrei o centro e passei uma ou duas horas lendo ali. Elas não conseguiram me encontrar."

"Ele é considerado um dos labirintos mais difíceis da Grã-Bretanha", ele disse. "É impressionante que você tenha encontrado o caminho até o centro. Quantos anos tinha?"

"Sete? Oito? Foi mágico! Você deve ter adorado viver ali quando criança."

O labirinto existia há gerações, cuidado com perfeição e quase nunca usado. Rei passou incontáveis tardes explorando as voltas e os meandros do labirinto, despistando professores e governantas sem dificuldade. A única pessoa que sempre conseguia encontrá-lo era seu pai. Ele pigarreou.

"Era meu lugar favorito em toda propriedade."

"Imagino que sim. Era incrível."

Havia reverência nas palavras dela e, por mais que não quisesse, Rei logo a imaginou ali, junto à fonte no centro do labirinto, com a estátua de mármore do Minotauro erguendo-se furioso acima dela. Rei pensou que, se estivesse com Sophie no centro do labirinto hoje, ela não estaria lendo.

Ele passou a mão pelo cabelo ao pensar nisso. Nunca estaria com ela ali. Nunca. Depois que ela estivesse bem, Rei se livraria dela. Finalmente.

"Você viaja para casa com frequência?"

Por que ela tinha que puxar conversa? Assim ficava difícil ouvir a água batendo no corpo dela.

"Não", ele rilhou os dentes.

"Oh", ela disse, decerto esperando que ele falasse mais. "Quando foi a última vez que esteve lá?"

"Quinze anos atrás."

"Oh", ela repetiu, dessa vez mais suave, mais surpresa. "Por que vai até lá agora?"

"Você não lê as colunas de fofocas, não é?", ele perguntou. Não era isso que as damas de Londres faziam entre bordados e chá?

"É verdade, e isso deixa minha mãe muito preocupada", ela respondeu e Rei pôde ouvir o sorriso na voz. Ele quis olhar para ver se, de fato, ela sorria. "Mas eu não gosto do modo como falam das minhas irmãs."

"Você é muito leal."

O olhar dela ficou distante.

"Não devia me incomodar tanto. Afinal, minhas irmãs adoram os *BOATOS TALBOT*. Elas estão o tempo todo competindo para ver quem produz a notícia mais escandalosa."

"Quem está vencendo?"

Uma pausa no movimento da água indicou que ela mudou de posição na banheira.

"Hoje em dia é a Seline. A que está noiva de Mark Landry. Você o conhece?"

"Conheço."

"Bem, A *Folha de Escândalos* noticiou, várias semanas atrás, que o Sr. Landry ensinou Seline a cavalgar em uma deslumbrante égua preta, e depois a presenteou com o mesmo animal, o que fez meu pai exigir que os dois se casassem."

"Por causa de um presente extravagante?"

"Porque o nome da égua é Godiva, o que sugere que Seline teria aprendido a cavalgar nua nos estábulos da propriedade Landry."

"Isso parece mentira", ele observou.

"Para mim parece desconfortável. Cavalgar nua?"

Havia um sorriso na voz dela quando Sophie respondeu. Eversley riu.

"Não preciso dizer", ela acrescentou, também rindo, "que Seline adorou essa história ridícula. E o Sr. Landry também".

"Ninguém pode dizer que Mark Landry não é um homem ousado."

"E é provável que seja por isso que ele e minha irmã combinam tão bem", ela respondeu. "Creio que você já tenha comprado cavalos dele."

"Comprei, e frequentamos o mesmo clube."

"Acho difícil acreditar que Landry seja bem-vindo no White's", Sophie comentou. "Nunca o ouvi dizer alguma frase que não incluísse algo chocante."

"Não é o White's", Rei explicou. "Nós frequentamos o mesmo cassino."

"Oh... Nunca parei para pensar nos cassinos."

"Você gostaria de lá", ele disse. "Cheio de fofocas e escândalos... e tiroteios não são impossíveis naquele local."

Sophie riu.

"Creio que eu não seria bem recebida. Como já deixamos claro, não sei fofocas o suficiente para manter uma conversa." Houve uma pausa antes que ela insistisse. "E voltando a nós dois, por que você está indo para o Castelo Lyne?"

A leveza desapareceu do quarto com a pergunta dela, e por um longo momento Rei não respondeu, pois não queria perder o clima. Mas já tinha desaparecido.

"Meu pai está morrendo."

Ela parou de se movimentar no banho. O silêncio tomou conta do ambiente ao redor deles, pesado e ensurdecedor.

"Oh", ela repetiu. "Eu sinto muito."

Ele se endireitou ao perceber a sinceridade na voz dela.

"Eu não sinto."

Por que era tão fácil contar a verdade para Sophie?

Ela ficou em silêncio por longos minutos, a água parada à volta dela.

"Não sente?", ela perguntou, afinal.

"Não. Meu pai é um cretino."

"E você está voltando mesmo assim?"

Ele refletiu sobre a pergunta de Sophie e então pensou no pai, o homem que arruinou seu futuro tantos anos atrás. Que tinha pegado e destruído a única coisa que Rei queria. Que transformou a vida inteira de Rei em um projeto de vingança – a destruição da única coisa que o velho duque sempre quis.

"Ele me chamou. E eu tenho algo para dizer ao meu pai."

Mais tarde Rei não saberia dizer por que contou isso para ela. Mais silêncio. Então vieram palavras suaves.

"Eu terminei."

Graças a Deus!

Eversley não se virou quando ela se levantou na banheira, nem mesmo quando ouviu a água esparrinhar ao redor dela quando Sophie voltou à banheira com um gritinho. Nem mesmo quando isso aconteceu uma segunda vez. Ele contabilizou quantias incríveis de crédito por todo aquele decoro cavalheiresco.

"Algum problema?", foi só o que ele perguntou.

"Não", ela disse e o som se repetiu mais uma vez.

Ele arriscou um olhar por sobre o ombro. Foi um erro. Ele só conseguiu ver a cabeça dela por sobre a borda da funda banheira de cobre, mas se as faces dela serviam de indicação, Sophie estava limpa, rosada e perfeita.

"Não olhe!", ela exclamou.

"Qual é o problema?"

"Eu...", ela hesitou. "Não consigo sair."

O que aquilo queria dizer?

"Por que não?", ele perguntou.

"Está muito escorregadio", ela disse, a voz desanimada. "E meu ombro... não consigo me apoiar neste braço."

É claro. Ele só podia estar sendo punido pelo universo! Rei se virou, já tirando o paletó.

"Não se vire!", ela exclamou, afundando abaixo da borda da banheira.

Ele a ignorou e foi até ela, e sua frustração se manifestou como irritação enquanto ele enrolava as mangas da camisa.

"Posso lhe garantir, milady, que não desejo ajudá-la tanto quanto você não quer ser ajudada."

Isso era verdade, ainda que por motivos um pouco diferentes do que ela poderia supor. Sophie olhou por cima da borda.

"Bem, você não precisa ser grosseiro."

Outro homem poderia sentir uma pontada de remorso por ela tomar sua declaração como insulto e não como necessidade de autopreservação. Embora as mãos dela estivessem colocadas em posições críticas para esconder suas partes mais íntimas, não tiveram o efeito desejado. Na verdade, aquilo atraiu a atenção dele para a longa mecha sinuosa de cabelo escuro e tentador que descia pelo ombro dela até a água, e que o fez desejar, ardentemente, tocá-lo. E substituí-lo por seus lábios.

Aquilo era loucura. Rei manteve os olhos no rosto dela. Era necessário, se ele quisesse manter a sanidade.

"Eu vou levantar você."

Sophie arregalou os olhos.

"Mas eu estou..."

"Tenho ciência da sua situação, milady." Talvez se usasse o honorífico, ele não se sentiria tão inclinado a juntar-se a ela na banheira."

"Feche os olhos", ela pediu.

"Não."

"Por que não?"

"Porque eu não quero derrubá-la de cabeça no chão. Se você quer olhos fechados, sugiro que feche os seus."

Antes que Sophie pudesse argumentar, Rei se debruçou e a levantou, derramando água, que encharcou a camisa e as calças dele antes de formar uma poça no chão do quarto. Ela guinchou enquanto era erguida, e de fato fechou os olhos ao mesmo tempo que suas mãos procuravam os ombros dele para se equilibrar. Foi uma reação instintiva ao ser erguida, Rei não teve dúvida, mas foi um erro mesmo assim, pois com as mãos nos ombros dele, o resto dela ficou sem cobertura. O resto do corpo macio e rosado dela. Ele não estava mais olhando para o rosto dela.

Sophie abriu os olhos e percebeu, e sua pele já rosa ficou escarlate.

"Ponha-me no chão!" Ele obedeceu, como se Sophie estivesse em chamas, e ela imediatamente se enrolou em uma toalha. "Você disse que não ia olhar!"

"Não", Rei a corrigiu. "Eu disse que não *queria* olhar."

Sophie se afastou dele e foi para o outro lado da cama. Ela fez isso sem pensar, é óbvio, pois a lembrança da pele dela corada combinada à cama não ajudava a dissuadi-lo de seus pensamentos. Não que Rei agiria de acordo com o que pensava. Ele não queria Lady Sophie Talbot, maldição... Bem, ele a queria. Mas ele não queria desejá-la.

"Isso é apenas um argumento semântico."

Ele tinha falado em voz alta? Não. Ela se referia ao olhar dele.

"Madame", ele disse com seu tom de voz mais sério. "Nenhum homem bom da cabeça honraria essa promessa."

"Um cavalheiro honraria", ela apertou a toalha ainda mais à sua volta.

Ele riu, e sua frustração tornou o som áspero.

"Posso lhe garantir que não. Nem mesmo o padre mais devoto."

Ela apertou os lábios, analisando-o.

"Você está molhado", Sophie observou. "Sugiro que vá procurar roupas secas."

Ele tinha sido dispensado. Por uma mulher altiva que não vestia nada além de uma faixa de tecido. Um homem mais fraco teria ido embora. E Deus sabe que Rei deveria ter ido. Ele deveria ter dado a ela tempo para se vestir e entrar debaixo das cobertas. Ter lhe permitido alguns momentos para saborear sua limpeza. Ter ido buscar comida para ela. Ter se recomposto.

Um cavalheiro teria feito tudo isso. Mas Rei não era um cavalheiro. Como se não tivesse sido ruim o bastante ele ter que sofrer a tentação dos sons de Sophie tomando banho, ele teve então que segurá-la, completamente nua, e fingir que não foi tocado por essa experiência, quando, na verdade, tinha sido *muito* tocado, como suas calças molhadas faziam questão de revelar.

Ele não tinha pedido por nada daquilo. Por ela. Ela o exasperou. E agora, mesmo sabendo que não deveria, Rei queria devolver a exasperação.

"Roupas secas, então", ele disse, e se divertiu com o modo como ela aquiesceu, a vitória aparecendo nos olhos azuis até o momento em que ele tirou a camisa para fora da calça e a puxou pela cabeça. A vitória se dissolveu em choque.

"*O que você está fazendo?!*", ela praticamente guinchou.

"Vestindo roupas secas", ele respondeu

"Seria melhor se você fizesse isso no seu próprio quarto!"

"Este é o meu quarto", ele apontou para o pequeno baú junto à parede.

Ela arregalou os olhos.

"Você tem compartilhado o meu quarto?"

"Mais do que isso", ele a provocou. "Não reparou que só tem uma cama?"

Sophie ficou boquiaberta.

"Você não faria isso..."

"Eu não fiz", ele admitiu. "O fedor, lembra?"

Era mentira. Ele esteve preocupado demais que Sophie pudesse não acordar mais para conseguir dormir. Mas ela não precisava saber disso. Sophie estava sendo irritante demais para que ele lhe contasse. Em vez disso, ele baixou as mãos até o fecho de suas calças, e adorou o modo como o olhar dela acompanhou seu movimento.

"Uma dama não olharia, Sophie." No mesmo instante ela levantou os olhos para o rosto dele e seu rosto ficou vermelho. Se Rei não estivesse tão irritado com ela, estaria se divertindo com aquilo. "Acho que está na hora de você se virar."

Ela não se virou, e Rei pensou que ela era mais forte do que parecia, aquela garota que diziam ser sem graça e desinteressante. Ela o fulminou com os olhos.

"Eu não vou fazer nada disso, seu canalha horrível e arrogante. Este é o meu quarto, onde você está tomando suas liberdades canalhistas."

Ele ergueu uma sobrancelha, irônico.

"*Canalhistas* não é uma palavra."

Ela não hesitou.

"Tenho certeza de que, se as pessoas que inventam palavras o conhecessem, veriam que essa palavra precisa existir! Da mesma forma que eu as inspiraria a inserir *desdivertida* no dicionário." Ela fez uma pausa e se empertigou, atingindo sua altura máxima. "Sugiro que encontre outro quarto para si, meu lorde. Você não é bem-vindo aqui!"

A raiva tomou conta dela, aquela mulher estranha e surpreendente. Ela estava diante dele, molhada e ferida, e ainda assim era uma guerreira.

Ele a queria. E isso era perigoso demais. Para eles dois. Ele estava ali para mantê-la viva. E só.

Rei foi até a lareira e serviu chá, deixando que o silêncio ocupasse o espaço entre os dois antes que ele se aproximasse dela, rodeando a cama e encurtando a distância entre eles enquanto Sophie mantinha sua posição, com a postura ereta, punhos fechados segurando o tecido à sua volta. A mão dele passou por ela e colocou a xícara fumegante no lugar do pote de mel sobre a mesinha de cabeceira, momento em que seu peito nu quase tocou nela.

Foi com grande esforço que ele evitou tocá-la. Mas naquele instante ela não recuou, mesmo sabendo que o coração dela deveria estar martelando como o seu. Sophie ergueu o queixo, mas não falou, apesar da emoção no olhar. Desconfiança. Irritação. E mais alguma coisa que ele não ousou nomear.

"Sente-se", ele disse, a ordem severa ecoando pelo quarto

"Por quê?", Sophie perguntou, olhando de soslaio para a cama.

"Porque eu jurei que você não morreria sob minha guarda", ele mostrou o pote. "E eu pretendo manter a promessa." A atenção dele caiu sobre a ferida no ombro dela que, ainda bem, continuava sem demonstrar sinais de infecção. Ou o médico maluco tinha muita sorte ou era muito inteligente.

"Eu sou capaz de fazer isso, meu lorde."

Ele ignorou a recusa dela.

"Sente-se."

Ela se sentou, mantendo o tecido apertado à sua volta enquanto ele mergulhava os dedos no mel. O silêncio os envolveu e os dois assistiram aos dedos dele trabalhando. A viscosidade do mel não era nada comparada à maciez da pele dela. Rei achou que já tinha passado bastante mel, mas não conseguia parar de tocá-la, e continuou a espalhar o bálsamo pelo ombro dela. Desejando que não fosse apenas o ombro. Desejando que fosse todo o seu corpo, aquela pele imaculada, bela, rosada, insuportavelmente macia. Ele estava perdendo o controle e achou melhor procurar um assunto seguro.

"Quem é Robbie?"

Houve uma pausa.

"Robbie?"

Na verdade, ele não queria falar sobre o outro homem. Não quando ela estava diante dele, limpa, nua e renovada depois do banho, cheirando a verão.

"Sim. Robbie. Seu noivo."

O olhar dela voou para o dele assim que aquelas palavras foram ditas. Foi confusão que ele enxergou ali? Desapareceu antes que Rei pudesse ter certeza.

"Claro... Robbie. Nós nos conhecemos desde crianças", ela disse superficialmente.

"Quem é ele?", Rei perguntou.

"Ele é o padeiro de Mossband."

Um padeiro. Provavelmente imenso de gordo e sem pescoço.

"E você vai abrir uma livraria."

Ele tinha terminado. Deveria parar. Ela aquiesceu com um movimento afetado.

"Eu vou abrir minha livraria."

Seria a vida perfeita para ela. Casada, dona de uma livraria. Ele a imaginou desgrenhada e coberta de pó, e a cena o agradou demais.

Rei ergueu os dedos e olhou para eles, que brilhavam com o mel. Ela também olhou.

"Você deveria lavá-los", ela sugeriu em voz baixa.

Ele deveria. Havia uma banheira cheia de água a poucos metros de distância. E uma bacia e água limpa ainda mais perto. Mas ele não foi até nenhuma delas. Em vez disso, levou a mão à boca e lambeu o mel dos dedos, encarando Sophie. Desejando que ela desviasse o olhar.

Ela arregalou os olhos. Que ficaram misteriosos. Mas não vacilou. Foi então que Rei soube... Se ele a beijasse, ela não o impediria. E se ele a beijasse, não conseguiria parar. *Irmã Perigosa, de fato.*

"Tem um vestido para você", ele disse.

"Eu... eu não entendi."

"Um vestido", ele repetiu, virando-se e vestindo a camisa pela cabeça antes de acrescentar, "e botas". Ele escancarou a porta. "Calce as malditas botas."

E assim ele saiu do quarto.

Escândalos & Canalhas

| Capítulo 9 | Junho de 1833 |

FLAGRA EM SPROTBROUGH?

* * *

O pub A Carriça Canora ficava mais cheio do que se podia esperar na hora do café da manhã. Sophie descobriu isso ao descer de seu quarto no andar de cima três manhãs depois, usando o vestido cinza simples que o Marquês de Eversley comprou para ela antes do desaparecimento dele.

Ela não o via desde a noite em que aconteceu o que agora ela chamava de "o banho vergonhoso". Sophie poderia até imaginar que ele a tivesse abandonado, como ela mesma sugeriu, e ido para o norte ver o pai. Mas ela sabia que não era o caso, pois de acordo com Mary e o médico, que apareceu nas duas manhãs subsequentes para visitar sua paciente ao raiar do dia, o marquês continuava na cidade apesar de não ter nenhum interesse na recuperação de Sophie, pelo que parecia. O que era perfeito para Sophie.

Ela ignorou a pequena pontada de decepção que sentiu ao pensar nisso. De fato, ela negou para si que aquilo era decepção. Ela estava apenas se sentindo melhor e seu estômago vazio acordava como costumava fazer todas as manhãs.

Ela entrou no salão do pub e encontrou o marquês na outra extremidade, tomando seu desjejum perto da janela. Ele não levantou o rosto com a chegada dela e Sophie olhou para o outro lado. Afinal, os dois não eram amigos. Eles mal se conheciam.

Ele salvou sua vida. Sophie ficou rígida com o pensamento. Ele não parecia se importar com isso, então por que ela se importaria?

Você quis que ele a beijasse. Ela reprimiu o pensamento traiçoeiro. Aquele desejo específico foi criado por exaustão e gratidão pelo banho. Sophie tinha se recuperado plenamente desses dois motivos.

Ela mal reparou nele. Mal reparou nas mangas da camisa do marquês, enroladas até os cotovelos, e no bronzeado de seus antebraços, fortes e musculosos, e no modo como seu cabelo escuro caía na testa. No modo como os olhos verdes dele enxergavam tudo através da janela do pub.

Ela retomou seu caminho com um novo objetivo. Aproximou-se de um cavalheiro corpulento que manejava as torneiras do pub.

"Com licença, meu senhor", ela disse, "eu preciso de um mensageiro para levar uma carta até Londres".

O barman grunhiu. Ela não hesitou.

"Estou disposta a pagar bem."

Mary tinha devolvido sua bolsa no dia anterior, com o conteúdo intocado. John a pegou pouco antes da carruagem ser parada. Ainda bem que o garoto tinha aquele hábito indesejável, ou Sophie teria perdido o dinheiro dela.

Não o dinheiro dela. O dinheiro dele... Um sentimento de culpa a invadiu e ela não conseguiu evitar de olhar para o marquês do outro lado do salão. Rei estava lendo um jornal, como se Sophie não estivesse presente. Como se não se conhecessem. Ela suprimiu a culpa e jurou reembolsá-lo por cada centavo que usasse. Mas eram tempos de desespero e essa coisa toda. Ela retomou sua quase conversa com o barman.

"Meu caro", ela começou, a voz baixa, "pretendo pagar muito bem o mensageiro e o senhor".

Ele não olhou para ela, mas respondeu.

"Duas libras."

"É uma quantia enorme de dinheiro!", Sophie arregalou os olhos.

"É quanto custa", o barman deu de ombros.

Ela esperou um instante antes de falar.

"Também quero um assento na carruagem-correio. Para o norte."

"É claro", ele grunhiu.

"Como bonificação."

Ele piscou para ela.

"De graça", ela explicou.

"De graça", ele aquiesceu.

Bem. Pelo menos isso estava resolvido. Ela colocou o dinheiro sobre o balcão, junto com o envelope.

"E, por duas libras, espero que a carta chegue amanhã."

"É claro", o homem respondeu, parecendo ofendido.

Sophie ergueu uma sobrancelha.

"Perdão, meu senhor. Eu não quis sugerir que o senhor poderia se apropriar indevidamente dos meus fundos, pois parece bastante confiável e íntegro."

"Eu sou isso mesmo", ele não percebeu o sarcasmo na voz dela.

"É claro que sim", ela confirmou. "Quando chega a próxima carruagem?"

"A próxima vem amanhã."

Excelente. Sophie não tinha nenhum motivo para não estar nela.

Ela ignorou a pontada no ombro, quase tão irritante como saber que o homem do outro lado do salão não ligava a mínima para a presença dela.

"Eu quero um assento nela."

O homem pegou uma passagem embaixo do balcão e a colocou diante de Sophie. Ela guardou o pedaço de papel na bolsa e pensou no que faria a seguir.

"Eu tenho três perguntas."

As palavras surgiram baixas e suaves em sua orelha, causando um arrepio em todo seu corpo. Sophie resistiu à necessidade de se aproximar dele. De olhar para ele.

"Oh. Olá, meu lorde."

"Olá", ele ergueu a sobrancelha.

"Você decidiu notar minha presença", ela provocou.

"Milady, posso lhe garantir que, se não estivesse consciente da sua presença, eu com certeza não estaria em Sprotbrough."

Sophie apertou os lábios. Com certeza ela não era mais que um problema para ele. Isso era óbvio.

"O que você quer saber?", ela perguntou.

"Por que você está dando dinheiro para o barman?"

Ela o afastou para pegar biscoito e uma xícara de chá em uma mesa lateral, sentindo-se grata por ele não fazer mais perguntas sobre Robbie, que de algum modo tinha se tornado seu noivo dias depois que ela levou o tiro. Ela deveria ter contado a verdade sobre Robbie para Rei. Mas maldita fosse Sophie se não queria que Rei pensasse que ela estava prometida. Que pensasse que ela tinha um objetivo. Que pensasse que ela era desejada. *Que a desejasse ele mesmo.*

Ela resistiu ao pensamento no momento em que lhe ocorreu. Bom Deus. Ela não queria que ele a desejasse. Ela não era louca. Ela nem mesmo gostava da companhia dele. E ele, com certeza, não gostava da companhia dela.

Sophie pegou seu prato e sua xícara e se virou para encontrá-lo ali, pronto para levá-la pelo cotovelo até a mesa que ele ocupava, com o café da manhã dele e um jornal que, ela imaginou, devia ter sido publicado há semanas.

"Bem?", ele começou, depois que Sophie sentou. "O dinheiro para o barman?"

"Por que você quer saber?"

"Curiosidade conjugal."

"Por sorte, você não tem que se ocupar com os meus negócios, meu lorde", ela bebericou o chá.

"Não?", ele perguntou de modo casual, recostando-se na cadeira. "Com que dinheiro você o pagou?"

Sophie sentiu o rosto queimar.

"Essa é sua segunda pergunta?"

"É, mas vamos dizer que seja retórica. Suponho que nosso jovem herói batedor de carteiras devolveu sua bolsa com meu dinheiro?"

O biscoito, que já era seco, pareceu um torrão de areia na boca de Sophie. Ela o engoliu e colocou a bolsa sobre a mesa, entre eles.

"Estão faltando algumas libras", ela sussurrou, "mas irei restituí-las".

O marquês não tocou na bolsa.

"Com que dinheiro? O meu é tudo que você tem."

"Não por muito tempo", Sophie se inclinou para frente. "Escrevi uma carta e o barman irá enviá-la a Londres para meu pai, contando-lhe da minha situação e pedindo dinheiro."

Rei também se inclinou.

"Você acha que seu pai já não está à sua procura?"

"Não consigo imaginar por que estaria."

"Você não consegue?", ele franziu o cenho.

"Não sou uma de minhas irmãs", ela meneou a cabeça.

"O que isso quer dizer?"

Se ela não o conhecesse, pensaria que Rei estava irritado.

"Elas são muito mais interessantes do que eu", Sophie respondeu. "Elas irão se casar bem e terão filhos lindos e ricos, que irão escalar as montanhas da aristocracia", ela olhou pela janela. Uma junta de bois passou puxando uma carroça imensa, revelando uma dupla de homens empoeirados prendendo seus cavalos do outro lado da rua. "Eu não sou uma alpinista social", Rei a observou por um longo tempo, em silêncio, até ela sentir a necessidade de acrescentar: "Está vendo? Eu lhe disse que não estava arrumando um modo de me casar com você".

"Se eu me lembro bem, você disse que não se casaria comigo nem que eu fosse o último homem da cristandade."

"É duro, mas é verdade, eu receio."

"Eu perguntaria o porquê, mas sua sinceridade poderia me machucar", ele se recostou. "Gostaria de fazer uma aposta?"

"Que tipo de aposta?"

"Eu aposto que seu pai já está à sua procura."

Ela sorriu.

"Estou certa de que não. Matthew me viu entrar na sua carruagem. Meu pai sabe que estou bem."

"Na melhor das hipóteses, seu pai pensa que eu a arruinei", Rei arqueou a sobrancelha.

"Não se preocupe com isso", ela meneou a cabeça. "Ele é um homem razoável que irá compreender tudo quando eu lhe explicar. Você não vai ter que aturar uma esposa."

"Ah, eu não me preocupo com ter que aturar uma esposa."

Ela refletiu sobre o que dizer.

"Imagino que não. Você já evitou casamento depois de arruinar alguém."

"Não se trata de evitar, mas de ignorar. Eu nunca irei me casar, que se danem os pais furiosos."

"Por que não?", Sophie não conseguiu evitar de perguntar, mas se arrependeu no mesmo instante em que o semblante dele se fechou ao ouvir a pergunta. "Deixe para lá. Eu não deveria ter perguntado."

"Seu pai já está à sua procura, milady", Rei disse depois de uma pausa. "Essa é a aposta."

Sophie previu a própria vitória. Mesmo que seu pai já estivesse lhe procurando, ele receberia a carta no dia seguinte e cancelaria a busca. Sophie não tinha como perder. Ela sorriu, permitindo-se desfrutar o momento.

"Posso lhe garantir que ele não me procura. O que eu ganho quando vencer a aposta?"

"O que você gostaria?"

"Minha livraria. Na rua principal de Mossband."

"Feito. E *quando* eu ganhar, escolho meu prêmio."

"Esse parece um prêmio caro", ela comentou franzindo o cenho.

"Mais caro que uma livraria?"

Ela inclinou a cabeça para o lado.

"Imagino que não. Tudo bem, eu concordo."

Rei deu um sorriso irônico e esticou a mão para roubar um pedaço do biscoito dela.

"Só digo que você é uma tola, se pensa que seu pai não contratou duas dúzias de homens para vasculhar o interior da Inglaterra e levar você para casa."

"Eu *vou* para casa."

"Para sua casa em Londres."

"Londres não é minha casa."

"E Mossband é?"

"Sim." Tinha que ser. Era a única chance dela.

"Você nem se lembra do lugar."

"Eu me lembro com perfeição", ela insistiu. "Eu lembro da praça da cidade, da padaria, do armarinho. Eu lembro do Maypole, o mastro erguido no dia primeiro de maio, enfeitado com faixas, e do modo como os dias de verão se estendiam enquanto o sol se punha atrás das montanhas e do rio. Eu lembro que Mossband era mais bonita, mais interessante e mais...", ela procurou pela palavra, "...*honesta* do que qualquer coisa em Londres."

"Que romântica. Você está falando da cidade ou do seu noivo?"

Sophie apertou os olhos, detestando o modo como Eversley debochava dela e a colocava na defensiva, como se ela não soubesse o que estava fazendo nem por quê. Como se ela estivesse sendo precipitada. Como se ela tivesse uma opção.

"Em comparação a você e Londres, as duas coisas."

Não era precipitação que a fazia ir para casa. Sophie não tinha escolha. Londres nunca a aceitaria. A cidade nunca a quis. Ela precisava ter esperança de que Mossband a quisesse. Ele terminou de beber o chá.

"Sabe, considerando que você está passando seus dias no conforto de um quarto graças à minha generosidade, Lady Sophie, era de se imaginar que você se comportaria melhor na minha presença."

Ela fingiu um sorriso.

"Infelizmente, meu lorde, eu não sou o tipo de mulher com que você normalmente se envolve."

Rei pegou o jornal.

"Não vou discutir com você quanto a isso."

Ele era detestável. Sophie bufou de irritação.

"Qual é a terceira?", ela perguntou.

Ele ergueu os olhos para Sophie.

"Terceira?"

"Você disse que tinha três perguntas."

"Ah", ele exclamou, voltando-se para o jornal. "Eu tenho."

"Então?"

"Que diabos você fez com o Duque de Haven?"

Oh, céus.

"Como foi que você...", ela começou a falar, antes de se dar conta de que a pergunta reconhecia ações dela. Sophie mudou a abordagem. "Eu lhe contei."

"Não", ele negou com a cabeça. "Você só me contou que o insultou diante de toda Sociedade."

"Foi isso", ela confirmou.

Rei jogou o jornal sobre o biscoito ruim dela.

"O que você fez antes disso, Sophie?"

Ela baixou os olhos para o jornal, reparando na enorme manchete.

IRMÃ PERIGOSA AFOGA DUQUE!

Não era, como ela imaginava, um jornal velho.

"Esse jornal foi impresso e entregue em Sprotbrough com uma eficiência espantosa."

"Quem teria imaginado que estamos em uma metrópole?", ele retrucou.

"O ponto de exclamação me parece desnecessário", ela disse em voz baixa.

"Você deveria escrever uma reclamação para o editor. O que você fez?"

Sophie pegou o jornal e o ofereceu de volta a ele.

"Acho que você vai encontrar todos os detalhes aqui."

"Aí diz que você quase o afogou. E especula-se que você desejava matá-lo."

"Ah, pelo amor de Deus!", ela revirou os olhos. "Ele caiu com o traseiro em um laguinho de peixes com meio metro de profundidade."

Ele riu disso. Uma gargalhada calorosa que surpreendeu Sophie com sua honestidade. Ela desejou que Rei risse mais. Aquilo a fez esquecer o que eles estavam discutindo, até que ele parou de rir e perguntou, incrédulo:

"E foi você que o fez cair?"

"Ele mereceu, se isso serve de desculpa", ela resmungou.

"Não tenho dúvida de que ele mereceu, aquele cretino pomposo", disse Eversley. "O que ele fez para você?"

"Não foi para mim", ela respondeu. "Eu não teria feito nada se fosse comigo."

"Para quem foi, então?", ele a observou com cuidado.

"Ele estava escondido na estufa... com uma mulher."

"E?"

Ele ia obrigá-la a explicar os detalhes.

"A mulher não era minha irmã."

"Ah", ele sibilou.

E foi isso. Não havia crítica na exclamação. Ao mesmo tempo, não havia compreensão.

"Você acha que ele não fez por merecer, afinal", Sophie disse.

"Eu não falei isso."

"Você não *discordou*, também." Ele não respondeu e ela se sentiu irritada. "Eu imagino que vocês todos fazem parte de algum clube secreto, não é?"

"Nós todos?", ele perguntou.

Ela semicerrou os olhos para ele.

"Sedutores que não se incomodam em destruir casamentos."

"Eu já lhe disse que não me envolvo com mulheres casadas."

"Apenas com as que vão se casar em breve."

"Existe uma diferença."

Toda vez que Sophie começava a pensar que Rei até parecia ser decente, ele a lembrava da verdade. Ela jogou o jornal nele.

"Não. Não existe", ela fez uma pausa, então acrescentou: "Lady Elizabeth, filha do Marquês de Twillery".

"Parece familiar."

"Deveria ser. Você arruinou o casamento que ela planejava com o Conde de Exeter."

"Ah, sim. Estou começando a me lembrar", ele disse, relaxando na cadeira.

"Ela acabou casando com o chefe do estábulo do pai dela."

"E ficou feliz, se bem me lembro."

"Ela não teve escolha depois que você destruiu o noivado dela."

"O amor triunfou. Não é isso que importa?", ele continuava inabalado.

"Claro que você pode bancar o espertalhão com isso", ela o censurou. "Você é homem!"

"O que uma coisa tem a ver com outra?"

"A sua reputação só aumenta com seus casos. A pobre Lady Elizabeth é quem ficou arruinada para sempre."

"Lady Elizabeth pode discordar dessa avaliação da situação dela." Ele voltou a olhar para o artigo no jornal, sobre a altercação entre ela e Haven. "Parece que você também ficou bastante arruinada."

"Os nobres presentes não acharam graça."

"Posso imaginar. Então agora nós sabemos", ele disse com um sorriso irônico.

"O que nós sabemos?", ela olhou para ele, confusa.

"Do que você está fugindo."

"Eu não estou fugindo", Sophie insistiu. "De qualquer modo, você não precisa mais se preocupar com isso; eu comprei uma passagem para a carruagem-correio que passa amanhã. Estou ansiosa para me livrar de você e tenho certeza de que o sentimento é recíproco."

"Você não vai a lugar nenhum em uma carruagem-correio", ele disse, como se ela estivesse pedindo sua permissão.

Sophie olhou feio para ele.

"Você age como se o seu título lhe desse algum tipo de poder especial sobre mim. Repito que não gosto disso."

As palavras foram pontuadas pela porta da rua se abrindo atrás dela. Eversley levantou os olhos acima do ombro dela para avaliar os recém-chegados enquanto dobrava o jornal. Ele acompanhou o movimento deles por tanto tempo que Sophie precisou conter o impulso de virar e olhar. Em vez disso, ela se inclinou para frente.

"Não me diga que é o *verdadeiro* Rei?"

Ele olhou torto para ela.

"Você deve achar divertido debochar do meu nome."

"Eu acho. Muito", ela sorriu.

"Você não deveria morder a mão que te alimenta", ele disse.

"Você está me chamando de cachorro?"

"Não", ele respondeu. "Cachorros são dóceis e obedientes de um jeito que você jamais conseguirá ser."

Ela estava para lhe dizer quem deles era mais parecido com um cachorro quando Rei pegou a mão dela sobre a mesa como se fosse a coisa mais normal do mundo, olhou no fundo dos olhos dela e sorriu.

Sophie prendeu a respiração. Meu Deus, ele era um homem lindo, forte, poderoso e com um sorriso... não era de admirar que ele fosse conhecido como um verdadeiro libertino. Aquilo era quase o suficiente para fazer Sophie esquecer que não gostava dele e lhe permitir todo tipo de liberdade. Como segurar a mão dela, por exemplo. O pulso dela acelerou quando sentiu a pele quente dele na sua, e Sophie de imediato lamentou e festejou a falta de luvas entre eles. Ela tentou, no mesmo instante, retirar a mão da dele, sabendo que mesmo casados aquele toque seria impróprio. Ele a segurou com uma mão de aço quando ela tentou se mover e falou alto o bastante para metade do pub ouvi-lo.

"Venci, querida."

Ela franziu o cenho. Ele venceu o quê? *Querida?* Ela se inclinou para frente.

"Está com problemas mentais, meu lorde?"

Ele sorriu de novo, a expressão cheia de intimidade e promessa, como se os dois não apenas se gostassem, mas dividissem uma vida inteira de segredos. Ele levou a mão dela aos lábios, beijando as juntas dos dedos uma após a outra. Sophie abriu a boca, depois a fechou, o coração martelando, sua atenção fixa nos lugares onde choviam os beijos. O que estava acontecendo?

"Desculpem a interrupção."

Por um instante ela não registrou as palavras do estranho, estava concentrada demais naquele homem estranho e sedutor sentado à sua frente. Mas Eversley ouviu o bastante pelos dois e respondeu sem tirar os olhos dela.

"O que foi?"

"Estamos procurando uma garota desaparecida."

Os dois estavam à procura de Sophie.

Eversley não soltou a mão dela, e foi aquele toque firme, decidido, que não a deixou revelar sua surpresa. Ela focou nos olhos dele e entendeu a pergunta que lhe faziam. Soube que Rei deixava para ela a oportunidade de se identificar. Ela olhou para os recém-chegados e encontrou o par de cavaleiros empoeirados que tinha visto antes.

"Uma garota desaparecida", ela disse, agarrando a mão de Eversley como se fosse um porto em meio a uma tempestade. "Que horrível."

Talvez não fosse ela.

O pensamento mal tinha se formado quando o homem falou.

"Lady Sophie Talbot."

Eles a encontraram. Os planos dela tinham sido destruídos. Eversley estava certo – o pai dela tinha enviado homens à sua procura. Eles a levariam de volta a Londres, ao seio da família, onde ela seria moldada, enfeitada e devolvida à Sociedade para seu grande e mortal constrangimento. Ela teria que se tornar Sophie, a Irmã Perigosa *desdivertida.*

Alguns dias atrás isso seria até aceitável... mas agora ela sabia que existia uma alternativa. Havia liberdade. Havia Mossband. Havia até a possibilidade de Robbie, que poderia honrar sua promessa ao saber que ela estava lá e *solteira*. Talvez ele tivesse esperado por ela todos esses anos. Talvez ele estivesse desesperado por Sophie.

Talvez não. Havia Eversley.

O olhar dela procurou o dele e depois baixou. Com quem ela iria discutir se aqueles homens a levassem? Ela o veria outra vez?

Ela se importava com isso? A resposta a essa pergunta passou por ela como um sussurro, e Sophie detestou a simples ideia de pensar naquilo. Mas não havia volta. Ela teve a chance de fugir. Para uma vida simples e feliz, longe de Londres e do futuro que ela nunca tinha pedido. E essa chance foi arruinada.

Aprenda que, quando você for vencida, seu pai a ensinou várias e várias vezes. *Limite suas perdas. Aperte a mão do adversário. E volte outro dia para destruí-lo.*

O pensamento ecoou dentro dela. Sophie estava em silêncio, reunindo coragem, tentando ignorar a litania constante de, *Não me obrigue a voltar*, que ecoava dentro de sua cabeça.

"Acredita-se que ela esteja viajando com o Marquês de Eversley", o recém-chegado acrescentou.

Ela refletiu ao ouvir isso. Como eles poderiam saber?

Matthew. O criado deve ter chegado na casa Talbot e mostrado a carta que Sophie escreveu – e seu pai interrogou imediatamente o pobre garoto. Ela resistiu ao impulso de perguntar se Matthew estava bem.

"Oh?", Eversley sibilou, calmo, como se não tivesse nenhuma preocupação. "Eles estão fugindo juntos?"

"Não se pudermos evitar", o homem se abaixou e continuou: "Qual o nome de vocês? Se não se importam que eu pergunte".

Eversley apertou mais a mão quando o olhar dela procurou o rosto dele, enquanto ele observava o outro homem. Em silêncio ela lhe pedia para mentir. Para protegê-la, mesmo sabendo que ele não tinha nenhum compromisso com ela. *Ela não era problema dele.* Quantas vezes ele lhe repetiu isso? Não importava que ela desejasse ser problema dele.

"Matthew", ele respondeu, então, absolutamente calmo. "Sr. e Sra." Ele abriu um sorriso reluzente para o visitante. "Recém-casados."

O homem os observou por um longo momento e então Sophie colocou sua mão livre por cima das mãos entrelaçadas e abriu seu sorriso mais caloroso.

Sophie não sabia o porquê, mas Rei a estava salvando. De novo. E o pior era que ela estava começando a gostar dele.

* * *

Ela possuía um sorriso lindo.

Era o momento errado para reparar nisso, mas a manhã inteira ele esteve reparando nela – desde o instante em que ela entrou no pub com o que devia ser um vestido com anos de uso, que ele comprou da esposa do dono do pub. Não havia nada de atraente naquele traje e, ainda assim, Rei não conseguia tirar os olhos dela.

Então Sophie discutiu com ele, o que não era surpresa, pois discutir parecia ser o que eles faziam de melhor. E aquilo era o que ele fazia de mais empolgante com uma mulher há muito tempo.

Quando os homens entraram, ele soube, sem sombra de dúvida, que os dois procuravam por ela. E ele estava a ponto de entregá-la – para explicar que Lady Sophie Talbot não era nada além de um incômodo – e se livrar de Sophie e de sua vida problemática, quando cometeu o erro de olhar para ela.

Ela parecia devastada, com os olhos azuis cheios de tristeza e resignação. E o menor e mais arrasador fiapo de esperança. Esperança de que ele pudesse ajudá-la a sair daquela situação.

E foi o que ele fez. Como um tonto, perpetuando a mentira do casamento deles, prendendo-se a ela por mais tempo, até os caçadores de recompensa irem embora. Foi uma estupidez, é claro, considerando o fato de que ela tinha acabado de enviar uma mensagem para o pai, contando-lhe, sem dúvida, toda a situação. Seus planos, com os quais o Conde de Wight nunca concordaria, não importa o quanto sua filha mais nova pensasse ser sem graça, entediante ou irrelevante.

A autoestima dela era muito pequena e Rei, de repente, desejou mudar isso. Por mais louco que parecesse. Ele culpou o lindo sorriso dela. Que ele notou no momento errado, claro.

Maldição.

Eversley se pôs de pé no momento em que os homens saíram de perto de sua mesa e foram se sentar no bar. Rei sabia que eles não estavam convencidos de que os dois eram apenas recém-casados apaixonados. Sabia que eles estavam prestes a pagar ao barman por informações. Sabia que Sophie tinha pagado por uma mensagem urgente para Londres. O marquês praguejou baixinho e, sem querer soltar a mão dela, puxou-a de sua cadeira, fazendo-a se levantar e aproximando-se para sussurrar em sua orelha.

"Eles não se convenceram. Finja que me ama."

Ela virou para ele e arregalou os olhos.

"Como eu vou fingir algo assim?"

Ela era tão inocente. Aquilo acabou com ele. Rei se aproximou de novo, encostando os lábios na orelha dela, adorando o modo como ela se curvou com o toque.

"Finja que eu sou seu Robbie."

Uma expressão confusa passou pelos olhos dela, e Rei soube a verdade. Uma sensação de alívio tomou conta dele. Sophie não amava Robbie. Não que ele se importasse com isso.

Ele a tirou do pub, então, usando sua força para mantê-la mais perto do que seria adequado. Depois que eles saíram pela porta dos fundos, Rei a puxou para o corredor escuro, hesitando ao pé da escada que levava aos quartos no andar de cima.

Ele imaginou que os dois não tinham muito tempo, e assim ele não foi gentil quando a encostou na parede.

"Como está seu ombro?", ele perguntou, percebendo que não tinha perguntado antes. Embora ele tivesse falado com Mary e o médico maluco todos os dias, ele não via Sophie há três dias. E ele devia ter lhe perguntado sobre o ferimento. Ele devia ter perguntado como ela estava.

Ela ficou confusa com a pergunta, mas respondeu mesmo assim.

"Está bom, obrigada. Um pouco duro, mas continua sem infecção."

"Excelente", ele aquiesceu.

"Você sabia que eles estavam aqui", ela sibilou. "Foi por isso que apostou."

Ele não sabia, mas não a corrigiu.

"Você não devia ter concordado em apostar comigo."

"Por que você é um canalha?"

"Porque eu não perco." Um banco arranhou a madeira do chão no pub. O homem se aproximava. Rei se aproximou mais, suas mãos na cintura dela. Sophie guinchou de surpresa quando ele se encostou. Não havia tempo para prepará-la. Não havia tempo para mudar seu plano. Não havia tempo para nada a não ser um rápido "Está na hora do meu prêmio. Faça parecer real, Sra. Matthew". E ele colou os lábios nos dela.

Por um instante, Sophie congelou debaixo dele, os lábios apertados e rígidos, as mãos nos ombros dele, empurrando-o, um som abafado de protesto preso em sua garganta. Ele colocou uma mão no pescoço dela, o polegar acariciando a linha do maxilar, os dedos se enroscando no cabelo da nuca, massageando-a até ela relaxar, suspirando o prazer que a sensação lhe dava.

Ele não pretendia gostar de beijar Sophie Talbot. Ele não pretendia fazer nada além da mais superficial das carícias – longa o bastante para convencer os perseguidores dela, mecânica o suficiente para concluir a tarefa. Mas o suspiro o pegou. Ele capturou o som com os lábios, virou o rosto e apertou mais o corpo dela contra si, despejando toda sua perícia no toque – sabendo por instinto que, se ela já tivesse beijado outro, não teria se parecido com aquilo. Pois se havia algo no mundo que Rei gostava de fazer, era beijar. Ele adorava a privacidade do ato. O modo magnífico como essa carícia testava, provocava, tentava e, enfim, prenunciava um ato maior e mais intenso.

Sophie abriu a boca, colando os lábios por inteiro nos dele, e Rei tomou o que ela nem sabia estar oferecendo, provocando o lindo lábio inferior com os dentes antes de acalmá-lo com a língua, para depois ir fundo, saboreando-a, sentindo o toque de bergamota do chá que ela tomou e algo mais doce, mais delicioso do que ele teria imaginado.

Ela suspirou de novo, e ele a apertou mais, adorando o modo como a garota relutava a cada movimento antes de se entregar a ele, passando as mãos em volta do pescoço dele e enfiando os dedos em seu cabelo. Cristo. Como aquilo era bom.

Ela era boa. Ainda melhor quando a língua dela encontrava a dele. Sophie era excelente aluna. E aquele beijo estava saindo de controle.

Rei interrompeu o ato, descolando os lábios dos dela, pronto para parar um momento antes que o beijo acabasse com os dois. Mas Sophie permaneceu com os olhos fechados e as mãos enfiadas no cabelo dele, e Rei percebeu que soltá-la não era tão fácil. Em vez disso, ele voltou com os lábios para a pele dela, passeando pela maçã do rosto, pelo maxilar, passando os dentes pelo pescoço até parar na curva onde ele se encontra com o ombro. Ele a beijou ali, lambendo-a delicadamente antes de chupar só o bastante para provocar uma exclamação deliciosa e contida. Uma exclamação pontuada por um grunhido dele.

Sophie apertou a mão e sussurrou o nome dele. Não o título, mas o nome do qual debochou várias vezes.

"Rei."

A palavra produziu grande prazer a ele, que sorriu de encontro à pele dela.

"Do que você me chamou?"

Ela abriu os olhos então – um azul líquido cheio de desejo. Precisou de um instante para entender a pergunta. A provocação contida nela.

"Não tenha ideias."

"Tarde demais para isso."

As ideias dele eram numerosas. E ele gostava de cada uma delas. Ele deslizou uma mão pelas costas dela, por cima do traseiro, até agarrar a coxa para apertar Sophie ainda mais contra si. Ela exclamou com o movimento, mas não se afastou. Na verdade, ela arqueou o corpo com um gemido baixo e longo. Sophie Talbot compensava a falta de experiência com um entusiasmo maravilhoso. Rei teve vontade de sequestrá-la por uma semana no quarto do andar de cima e passar todos esses dias descobrindo as coisas que a faziam arfar, arquear, suspirar e gemer.

Mas havia um homem a poucos passos que a procurava. E aquele não era o lugar nem o momento para Rei ficar intrigado por Sophie. Esse argumento foi validado pelo aparecimento do homem que os havia interrogado, que entrou no espaço mal iluminado e não hesitou em dar uma boa olhada neles. Rei se virou para escondê-la, pois não queria que ninguém além dele se deleitasse com a visão de Sophie em seu estado atual.

"Você está procurando encrenca", ele rugiu para o recém-chegado, que demorou para sair dali – demorou demais para o gosto de Rei. Ele se virou para encarar o homem. "Você não me entendeu?"

"Entendi, sim", retrucou o outro. "É só que a sua esposa se parece com Lady Sophie."

"Minha esposa é a Sra. Louis Matthew. Deixei isso claro. E sua atenção está me irritando mais do que você gostaria de me ver irritado."

O olhar do homem permaneceu em Sophie que, pela primeira vez em sua vida, ficou imóvel e resolveu não retrucar. Ainda bem. O homem então tocou o chapéu.

"Sra. Matthew, peço desculpas pela interrupção."

"Obrigada", Sophie disse em voz baixa.

O homem olhou para Rei.

"Você devia procurar um lugar privado. Recém-casados ou não."

Nunca, em toda sua vida, Rei quis bater mais em um sujeito do que naquele. Ele deveria receber um prêmio especial por não fazê-lo.

"Obrigado por seu conselho", Rei disse, e sua voz indicava qualquer coisa menos gratidão.

Depois que o homem retornou ao pub, Rei agarrou Sophie pela mão e a levou escada acima, para o quarto dela, querendo afastá-la do patife. Ela apoiou as costas na parede, os braços cruzados firmemente sobre o peito.

"Ele sabe."

"Sim, imagino que saiba", Rei passou a mão pelo rosto.

"Por que você não contou a verdade para ele?", ela quis saber, levantando os olhos para ele.

"Que somos apenas companheiros de viagem que não gostam muito um do outro?" Ela arregalou os olhos ao ouvir isso, e Rei se sentiu um idiota por dizer aquilo quando ainda sentia o gosto dela em seus lábios. "Sophie..."

"Não", ela cortou, fazendo um gesto de pouco caso. "É verdade. E ele também não acreditaria."

Não era verdade, mas Rei não insistiu.

"Não, ele não acreditaria."

"Obrigada", ela aquiesceu. "Eu só vou fingir por mais um dia. Até a carruagem-correio chegar."

Ele revirou os olhos.

"Você não vai pegar a carruagem correio, maldição. Principalmente agora."

"Por que não? Eles não vão me procurar lá."

Era provável que isso fosse verdade, mas Eversley estava farto dessa mulher e do modo descuidado como ela vivia.

"Porque você tem o hábito de levar tiros quando está em carruagens-correio."

"Não foi *na* carruagem."

"Agora você vai discutir semântica?" Sophie se calou. "Eu vou te levar até Mossband." Ele não conseguiu evitar as palavras finais, agora que sabia, quase com certeza, que Sophie estava mentindo para ele desde o início. "Direto para os braços enfarinhados do seu padeiro."

"Ora, vejam só que amor de pessoa!"

"Eu sou, sim."

Rei apostaria toda sua fortuna que não havia padeiro nenhum. O que significava que Sophie estava fugindo, e ele era a única pessoa que poderia ajudá-la. Assim como aconteceu com outra garota, uma eternidade atrás.

E maldito fosse ele se decepcionasse esta também.

Uma batida rápida na porta; Rei a abriu para encontrar Mary, John e Bess. Eles entraram no quarto sem serem convidados. Mary falou, apressada.

"Tem um homem lá embaixo fazendo perguntas sobre uma garota desaparecida."

"Sim, ele falou conosco", disse Rei.

Mary olhou para Sophie.

"Ele disse que o nome dela é Sophie. E ela é da nobreza."

Sophie olhou para ela com atenção, mas não disse nada. Mary olhou para Rei.

"Disseram que ela está com outro nobre."

Rei não respondeu.

"A gente achou que é você", acrescentou John.

"Vocês revelaram para o homem as suas suspeitas?", Rei falou.

"Não", John disse. "Nós somos leais com os segredos dos amigos."

"Obrigada", Sophie inclinou a cabeça.

"O que você fez para ter um homem te perseguindo?"

Sophie deu um sorrisinho triste, e Rei resistiu ao impulso de ir até ela e pegá-la nos braços.

"Eu fugi de uma vida que não quero."

"Nós não vamos fingir que não sabemos o que é isso", disse Mary, pondo a mão no ombro de Bess e puxando a garota para perto.

Cristo. Ele iria ter que tomar conta desses três. Rei não podia deixá-los por conta própria. Mary era nova e estava com duas crianças. Crianças inteligentes, espertas, ladras, mas ainda assim crianças.

"Vocês precisam ir", Mary disse. "E rápido."

Rei enfiou a mão no bolso e pescou algumas moedas, que entregou para Mary.

"Você vai nos seguir. Na minha carruagem."

"Por quê?", ela arqueou as sobrancelhas.

Rei viu o orgulho estampado nos olhos da garota. Ele soube que ela não aceitaria nenhum tipo de caridade. Ele teve que obrigá-la a aceitar o quarto que Sophie o coagiu a pagar para ela.

"Porque nós vamos alugar outra carruagem. E esses homens vão pensar que vocês três somos nós. Na minha carruagem. Viajando para o norte, para a Escócia."

"Fugindo para casar!" Bess falou pela primeira vez.

"O que você sabe sobre isso?", Sophie olhou para a garotinha.

"Nada", Bess confessou com sinceridade. "Mas eu sei que as pessoas fazem isso na Escócia."

"Tem razão", Rei disse para a garotinha, "eu acho que eles podem realmente acreditar que estamos fugindo para nos casar".

"E vocês estão?", Mary perguntou.

"Não!", Sophie respondeu sem hesitar.

"Outro homem poderia se ofender com a rapidez com que você negou minha elegibilidade", Rei se virou para ela.

Sophie arqueou as sobrancelhas para ele.

"Outro homem poderia ser menos desrespeitoso do que você, meu lorde."

Ele pensou no que aconteceu no corredor perto do salão do pub e desistiu de discutir.

"Para onde vocês vão?", Mary perguntou.

"Para o norte, e rápido."

Mary mordeu o lábio e olhou para os dois, indecisa.

"Não sei se é correto deixá-la ir sem acompanhante, milady."

Rei ficou em dúvida se tinha ouvido direito.

"Eu preferia quando você me chamava de Sra. Matthew", Sophie meneou a cabeça.

"Mas você não é a Sra. Matthew. Você é filha de um conde. Deveria ter acompanhante."

"O marquês está comigo."

Mary olhou torto para Eversley.

"Não sou nenhuma lady, mas até eu sei que ele não é um acompanhante aceitável."

A garota não sabia da missa a metade.

"Ele serve", Sophie disse. "Não se preocupe, o marquês nem gosta de mim."

Mary olhou para Sophie, depois para Rei, e Eversley teve a nítida impressão de que ela não acreditou nas palavras de Sophie.

"Meu lorde, você entende que nós temos um sentimento possessivo em relação à milady, por ter nos salvado a vida."

"Eu entendo."

"Então você também compreende que, se a machucar, terei que estripá-lo."

Ele pestanejou, sentindo-se grato pelo fato de a garota não saber da missa a metade. Porque ela obviamente fez a ameaça a sério, embora Rei não soubesse dizer se ela tinha ou não habilidade e coragem para cumpri-la.

"Eu entendo", ele repetiu.

Satisfeita, Mary aquiesceu.

"O que nós vamos fazer?"

"Fiquem aqui. Tentem despistá-los por algumas horas para que nós possamos escapar. Fiquem alguns dias, se quiserem", ele entregou a Mary um punhado de moedas. "Isto vai mantê-los por semanas, se precisarem. Quando estiverem prontos, meu cocheiro irá levá-los, com suas bagagens, para minha propriedade no campo."

Mary ficou em dúvida.

"Nós estávamos indo para Yorkshire. Tem um lugar lá que é seguro para nós, ouvi dizer."

Rei negou com a cabeça.

"Também tem um lugar para você em Cúmbria. Ou no País de Gales. Ou em qualquer lugar. Para John e Bess também. Agora vocês estarão sob a proteção do Duque de Lyne."

"Nossa!", John exclamou.

"Um duque!", Mary disse.

Em breve. E ele daria seu melhor para proteger aqueles que não podiam proteger a si mesmos. Talvez ele finalmente pudesse fazer isso.

"Obrigada", Sophie olhou para Rei.

"Agradeça quando escaparmos", ele respondeu, empurrando-a na direção do baú. "Você precisa se vestir. Vai sair do pub do mesmo jeito que entrou."

"Baleada e desmaiada?", John perguntou.

Rei pegou o uniforme manchado, mas limpo, que estava sobre a bagagem e o entregou para Sophie.

"Como um criado."

Escândalos & Canalhas

Capítulo 10   Junho de 1833

QUININO: A CURA PARA ENJOO DE VIAGEM

* * *

Menos de uma hora depois, Sophie e Rei estavam na estrada. Mary e John faziam o possível para distrair os homens que procuravam por Sophie, que partiu encarapitada na parte de trás da carruagem alugada, grata por sua experiência anterior. Minutos depois de pegar a estrada, a carruagem parou e ela pulou para dentro. Rei bateu no teto e o cocheiro colocou o veículo novamente em movimento.

"Nós não vamos parar até chegarmos em Cúmbria", ele disse, "a não ser para trocar os cavalos. E você vai ficar escondida. Na melhor das hipóteses, temos alguns dias antes que os homens do seu pai a encontrem. Se eles pensam que você está comigo, já devem estar indo para o Castelo Lyne".

Sophie discordou.

"Meu pai vai receber amanhã a carta sobre meus planos de ficar em Mossband. Ele não vai te incomodar depois disso."

Rei arqueou as sobrancelhas.

"Seu pai vai querer me escalpelar, certamente. Ainda mais quando descobrir que você foi baleada sob meus cuidados."

"Bobagem. Você nem estava lá. Eu não estava sob seus cuidados."

"Mas deveria estar", ele atalhou, recostando-se no assento. Antes que Sophie pudesse retrucar, ele acrescentou, "Você trouxe seu chá medicinal?"

"Trouxe", ela confirmou.

"E o mel?"

"Também."

"Bandagens limpas?"

"Não sou criança, meu lorde. Eu sei que devo sair de um lugar levando tudo que é importante."

Ele olhou pela janela, e Sophie se recostou no assento em frente, tentando não pensar naquele dia. Em nada dele. Mas ela não conseguiu se segurar.

"Você me salvou de novo."

"Não foi salvamento."

"Foi sim. Você sabia que eu não queria voltar para Londres."

Rei demorou vários minutos para responder.

"Algum dia vou ter que aprender a deixar você se virar."

Mas não hoje. Hoje ele a salvou de ser levada de volta para a vida que não queria em Londres. Hoje ele lhe deu uma chance de liberdade. Hoje ele a beijou em um corredor escuro nos fundos de um bar, com caçadores de recompensa procurando por ela. Não era exatamente isso que ela imaginava para seu primeiro beijo. *E mesmo assim foi magnífico.* Ela ignorou o pensamento.

Ele parecia não ter sido afetado, em absoluto, pelo beijo, então ela não deveria ter a mesma atitude? Era óbvio que ele só fez aquilo porque estavam sendo seguidos. Levantando suspeitas. E quase foram pegos. Ele a beijou para garantir que a farsa parecesse legítima.

Com certeza a *sensação* foi legítima. Não que isso importasse. Era melhor que ela nunca mais pensasse nisso.

Sophie arriscou uma olhada para ele, que estava de olhos fechados, braços cruzados, com as pernas compridas esticadas na carruagem em uma atitude arrogante, prendendo-a em seu canto do assento. Como se os limites de espaço estivessem à disposição dele. Sophie se mexeu no assento, apertando-se no pequeno espaço que Rei deixou para ela. Seria mais fácil esquecer o beijo se ele continuasse a se comportar assim.

"Você está mal acomodada?", ele abriu um olho.

"Nãããão", ela disse, fazendo questão de mostrar como tinha que apertar as pernas contra o suporte do assento.

Ele a observou por um instante.

"Tudo bem", ele disse e fechou os olhos de novo.

Ela tossiu. Ele abriu os olhos outra vez e ela reparou na irritação dele.

"Perdão, meu lorde", ela disse, melodiosa. "Estou incomodando?"

"Não", ele respondeu, quase bufando, e fechou os olhos mais uma vez. Ela percebeu a falta de sinceridade. O que ela devia fazer? Desaparecer? Ela tinha dito que iria de carruagem-correio. Foi ele que insistiu naquele plano maluco.

Então ela levantou as pernas e as puxou para cima, esticando-as sobre o assento escorregadio de madeira. A carruagem escolheu aquele momento exato para bater em um tremendo sulco na estrada e ela teve que se agarrar no interior do veículo para não cair.

"Pelo amor de Deus, Sophie, encontre um lugar e fique quieta nele."

Ele não abriu os olhos dessa vez. Ela virou o rosto para ele.

"Você percebeu que esta carruagem não é a coisa gigantesca na qual você costuma viajar? Como você ocupou a parte de baixo, meu lorde, não tenho escolha a não ser ocupar a de cima. E, como você deve lembrar, tenho uma ferida não cicatrizada de bala no ombro, de modo que a perspectiva de cair do assento para o chão da carruagem é... preocupante, para dizer o mínimo."

Rei olhou de esguelha para ela.

"Eu perguntei se você estava mal acomodada. Você respondeu que não."

"Eu menti", ela fez uma careta para ele.

Rei se endireitou no banco, bem quando o veículo fez uma curva.

"Cristo", ele murmurou e levou a mão à cabeça.

Ele estava ficando verde. Sophie deixou os pés caírem no chão.

"Você está doente?"

Ele negou com a cabeça, mas apoiou a mão na lateral da carruagem.

"Você enjoa em carruagem?", ela perguntou. Como ele não respondeu, ela acrescentou: "Minha irmã Sesily enjoa em carruagens".

"Qual delas é a Sesily?"

Se ele não parecesse estar tão mal, ela teria argumentado que suas irmãs não eram todas iguais e que não devia ser muito difícil diferenciar uma da outra. Mas ela decidiu apenas esclarecer a dúvida dele.

"Ela é a segunda mais velha", Sophie fez uma pausa, depois acrescentou. "Sendo o libertino que é, você já deve ter ouvido do que a chamam quando ela não está presente."

"Do quê?"

"Você não precisa fingir que nunca ouviu. Se eu já ouvi, tenho certeza de que você também."

"Por acaso eu tenho o hábito de mentir para você?", ele olhou torto para ela.

Bem. Com certeza não seria ela a contar para ele. Sophie ficou corada.

"Deixe pra lá."

"Agora você tem que me contar."

"É grosseiro", ela meneou a cabeça.

"Não tenho dúvida de que seja, já que não falam na frente dela."

Sophie olhou pela janela.

"O nome dela é Sesily."

"Você já disse isso."

"Ses-ily...", ela o encarou

Rei arqueou uma sobrancelha, mas não disse nada.

"Você vai querer que eu diga com todas as letras?"

"Estou começando a me importar cada vez menos com isso. Sério", ele fechou os olhos.

"Sexily", ela disparou de uma vez. "Eles a chamam de Lady Sexily. Pelas costas."

Rei demorou um instante para responder. Ficou imóvel. E então abriu os olhos, fuzilando-a com um olhar furioso.

"Qualquer um que a chame assim é um maldito cretino. E qualquer um que chamá-la assim na sua frente merece um murro na cara." Ele se inclinou na direção de Sophie. "Quem disse isso na sua frente?"

"Não importa", ela respondeu, surpresa.

"Eu lhe garanto que importa. Você deve ser tratada com mais respeito."

Respeito. Que conceito estranho. Ela olhou para o lado.

"As Irmãs Perigosas não merecem respeito, meu lorde. Você sabe disso melhor do que ninguém."

Ele praguejou baixo.

"Sinto muito pelas coisas que eu disse."

"Sente?"

"Você não precisa parecer tão chocada."

"É só que... minhas irmãs não ligam para esse tipo de tratamento, então a Sociedade não para de falar essas coisas."

"Mas você liga."

Ela se encolheu.

"Como já deixamos claro, eu não gosto dos jornais de fofocas."

Ele a observou por um longo momento antes de comentar.

"Não é por isso que você liga."

"Não", ela concordou. "Eu ligo porque isso nos desvaloriza. Elas são minhas irmãs. Somos seres humanos. Com sentimentos. Nós existimos. E parece que o mundo não consegue enxergar isso. Não consegue enxergá-las."

"Não consegue enxergar você", ele disse.

Sim.

"Eu não quero ser vista", ela mentiu. "Eu só quero ficar livre disso."

Os olhos verdes dele a consumiram.

"Eu te vejo, Sophie."

Ela prendeu a respiração ao ouvir aquilo. Não era verdade, claro. Mas como Sophie desejou que fosse...Ela sacudiu a cabeça, voltando ao terreno mais seguro, menos desconcertante.

"Era um grupo de homens falando dela. Eu me deparei com eles numa festa. Não me viram. Estavam muito ocupados olhando para minha irmã", Sophie suspirou. "As formas de Sesily são... bem, os homens reparam nela. E como nosso sangue não é azul, homens como você...", ela se interrompeu. Reformulou o que dizia. "Homens que se acham superiores a nós... não hesitam em comentar. Imagino que eles se considerem inteligentes, e talvez até sejam. Mas a coisa toda não parece inteligente." Ela ergueu o rosto para ele. "Parece horrível."

"Eu gostaria de fazer cada um deles se sentir horrível."

Por um instante, ela realmente achou que ele dizia a verdade. É claro que não podia ser o caso. Ele não queria nada com ela.

"*Quem* é o escândalo dela?", Rei perguntou depois de uma pausa.

"Não entendi...", ela franziu o cenho.

"Cada uma de vocês está ligada a um homem inadequado. Quem é o dela?"

É claro que era o pretendente que definia as Irmãs Perigosas.

"Derek Hawkins", ela respondeu.

"Um verdadeiro cretino", ele comentou, antes de fechar os olhos e se recostar no assento. "E o fato de ele não se casar com sua irmã e não assassinar qualquer um que repare nas curvas dela prova o que eu digo."

Embora ela concordasse, achou melhor não falar nada.

"Bem, eu não estou ligada a nenhum homem inadequado."

"Agora está", Rei a olhou fixamente.

As faces dela esquentaram e as palavras evocaram a lembrança do beijo. Sophie não soube o que dizer, então voltou ao assunto original.

"De qualquer modo, a indisposição de Sesily torna difíceis viagens longas", ela procurou alguma coisa para ele usar no caso de o enjoo piorar. Sophie pegou o chapéu dele no assento, virou-o e o segurou debaixo do queixo dele. "Se for passar mal, use isto."

Ele abriu um olho.

"Você quer que eu vomite no meu chapéu?!"

"Eu sei que não é a melhor opção", ela disse, "mas o que você vai fazer se não der tempo de segurar?".

Ele sacudiu a cabeça e pôs o chapéu de volta no assento, ao seu lado.

"Eu não vou passar mal. Carruagens não me fazem vomitar. Elas só me fazem desejar não estar dentro de carruagens."

"Não entendi."

"Eu fico... pouco à vontade... dentro delas."

"Então você não viaja?"

"É claro que eu viajo. Estou viajando agora", ele ergueu a sobrancelha.

"Sim, mas viagens longas devem ser difíceis."

Uma pausa.

"Eu não quero ser difícil."

Ela riu ao ouvir isso.

"Você acha que sua aversão a carruagens é o que o torna difícil?

Ele sorriu do gracejo dela.

"Eu acho que *você* é o que me torna difícil, atualmente."

"Claro que não", ela o provocou. "Sou simples como uma igreja aos domingos."

Ele grunhiu e fechou os olhos.

"Eu não vou à igreja."

"Devo rezar por sua alma, então?"

"Não se está querendo que alguém a escute. Eu sou causa perdida, pelo canalha que sou."

Eles continuaram em silêncio por um longo tempo. Rei foi ficando cada vez mais agitado e descontente.

"Você gostaria de viajar na boleia, com o cocheiro?", ela perguntou, enfim.

"Eu estou bem", Rei negou com a cabeça.

"Só que você deixou claro que não gosta de viajar acompanhado. Você disse isso quando estávamos na estrada para Sprotbrough."

"E se eu mudei de ideia?"

A carruagem balançou e Sophie deslizou pelo assento e bateu o ombro na parede da carruagem, o que a fez arfar de dor. Rei xingou feio e estendeu as mãos para ela, pegando-a e virando-a como se ela não pesasse nada. Então ajeitou Sophie no assento ao seu lado, de modo que ela se viu presa pelo corpo e pelas pernas dele antes que pudesse pensar no que tinha acontecido. Ela virou a cabeça para encará-lo, mas ele continuava de olhos fechados.

"Me solta!"

Ele manteve os olhos fechados e a ignorou, retomando sua atitude relaxada.

"Pare de se mexer. Isso é ruim para seu ombro e para a minha sanidade."

Bem, estar tão perto dele não era bom para a sanidade *dela*. Não que ele parecesse se importar.

Sophie também fechou os olhos e procurou afastá-lo de seus pensamentos. Isso funcionou por alguns segundos, até o calor dele a envolver, começando onde as coxas se encostavam e espalhando-se por todo seu corpo, até ela não querer outra coisa que não se encostar nele. Em vez disso, ela manteve o máximo de distância que podia e procurou alguma coisa para dizer que não fosse: *Beije-me de novo, por favor, se não se importar.*

Sophie se perguntou se ele faria isso, caso ela pedisse com jeitinho. Então ficou imediatamente rígida, como se a postura pudesse interromper os pensamentos errantes.

"E o seu cabriolé?"

"O que tem ele?", Rei respondeu sem olhar para ela.

"Por que você não vai com ele em vez de ir sentado dentro da carruagem?"

"Meu cabriolé está desmontado, seguindo a caminho do Castelo Lyne."

"Por quê?", ela arregalou os olhos. Certamente não era pelo bem dela. Sophie apreciava a companhia, mas ele deveria estar aproveitando a própria vida.

"Ele não tem rodas adequadas", Rei respondeu, seco.

É claro que não.

"Eu sinto muito", ela murmurou.

Rei abriu os olhos de novo, com a surpresa aparecendo naquelas profundezas verdes.

"Falando desse jeito eu até acredito."

"É tão difícil acreditar?", ela olhou para ele.

"É raro que as pessoas me peçam desculpas", ele disse, apenas. "É mais raro ainda que o façam com sinceridade."

Sophie não sabia o que responder, então mudou de assunto, voltando para algo mais seguro.

"Nunca vi alguém dirigir um cabriolé de modo tão imprudente."

"Pareceu imprudente para você?"

"Você ficou sobre apenas uma roda! O veículo todo podia ter virado."

"Isso já aconteceu. E eu sobrevivi", ele desviou o olhar.

Ela o imaginou jogado na lateral da estrada, machucado e sangrando. Sophie não gostou da imagem, e então enrugou a testa.

"Você poderia ter morrido."

"Mas não morri."

Havia algo naquelas palavras, algo mais sombrio do que ela gostaria. Sophie desejou que os olhos dele estivessem abertos, para que pudesse compreendê-lo melhor.

"Mas poderia", ela insistiu.

"Faz parte da diversão."

"O perigo de morte faz parte da diversão?"

"Você não consegue conceber isso?"

"Considerando que eu quase morri baleada há alguns dias, não consigo."

Rei olhou para ela, e não havia divertimento em seu olhar.

"Não é a mesma coisa."

"Porque a situação não estava nas minhas mãos?"

"Muita gente diria isso, sim."

A carruagem chacoalhou sobre um pedaço ruim de estrada e ele cerrou os dentes.

"Você está com medo de morrer? Agora? É por isso que não gosta de carruagens?"

Eversley demorou um pouco para responder.

"Esta é uma carruagem muito pequena", ele disse, afinal.

Mas era uma carruagem de tamanho normal.

"Por quê?", ela quis saber.

Por um instante o olhar dele ficou anuviado, e ela o perdeu para o pensamento – para algo que pareceu desagradável; algo que o assombrava.

Sophie resistiu ao impulso de tocá-lo para acalmar o que quer que aquela lembrança trouxesse. Ela não esperava que ele respondesse e, de fato, ele não respondeu, apesar de sacudir a cabeça e falar:

"Eu não gosto de carruagens pequenas", ele fez uma pausa. "E não quero mais falar sobre isso."

Ela concordou.

"Tudo bem, do que você gostaria de falar, então?"

"Pelo jeito não posso dizer que prefiro dormir, não é?"

"Parece que você vai saltar da carruagem a qualquer instante", ela disse. "Você vai dormir tanto quanto eu vou sair voando."

Ele apertou os olhos para ela.

"Se você fosse homem, eu não me importaria tanto com você."

Sophie ergueu as sobrancelhas.

"Você não se importa muito comigo, de qualquer modo."

Rei a observou por um bom tempo.

"Eu estava começando a gostar de você."

As palavras enviaram uma onda de empolgação através dela, que a percorreu até levá-la a uma lembrança – um corredor escuro atrás do pub A Carriça Canora, onde ele a tocou com as mãos e os lábios. A sensação do cabelo dele em seus dedos... Ela também estava começando a gostar dele. Sophie pigarreou.

"Nós podemos conversar sobre qualquer coisa que você queira." Ele não respondeu e os minutos passaram em silêncio, até que, afinal, ela desistiu. "Você é incrivelmente antissocial, meu lorde. Alguém já lhe disse isso?"

"Não", ele respondeu.

Homem obstinado. Sophie se abaixou para a sacola no chão da carruagem e pegou um livro. Ela o abriu, fingindo que Rei não estava ali, na esperança de que o livro a distraísse. Ele se inclinou para frente e Sophie pôde sentir o cheiro do corpo dele, limpo e com uma nota de alguma especiaria que ela não conseguiu identificar. Era uma delícia. Ela pigarreou e olhou para o livro. *Tratado Popular e Prático sobre o Ofício de Pedreiro*. Oh, céus. Aquilo não ia servir. Será que nada no mundo podia ser a favor dela?

Sophie começou a ler. Ou pelo menos tentou. Ela se distraiu com o tecido da calça dele justo sobre as coxas, que eram maiores do que ela tinha suposto. É claro que ela devia ter imaginado, com todas aquelas corridas de cabriolé que ele fazia. Os dedos dela coçaram de vontade de tocar a coxa que estava mais perto dela. A que encostava em sua perna. Aquela em que ela enrolou sua perna mais cedo naquele mesmo dia. Estava muito quente dentro da carruagem.

"Onde você pegou o livro?"

Ela estremeceu com as palavras e suas faces esquentaram. Ela não levantou o rosto.

"Pensei que você não queria conversar."

"Não quero. Mas isso não significa que não desejo uma resposta."

"Estava nos fundos de uma gaveta da mesa do meu quarto", ela virou a página com força, como se isso pudesse torná-lo menor. Menos formidável. Menos interessante... Não funcionou.

É claro que qualquer coisa seria mais interessante do que um tratado sobre o ofício de pedreiro. Mas aquilo tinha que funcionar. Ela insistiu. O silêncio os envolveu enquanto a carruagem corria pela Grande Estrada do Norte, afastando-se de Sprotbrough e aproximando-se do futuro deles, e Sophie continuou lendo, devagar, distraída por qualquer balanço do veículo e o modo como isso a fazia se aproximar ainda mais dele.

Rei, por outro lado, parecia inabalável. Em diversas ocasiões Sophie quase falou, desesperada para conversar, mas se recusou a falar primeiro, e depois de uma eternidade ela foi recompensada.

"Isso é bom?", ele perguntou.

"É ótimo", ela mentiu. "Eu não tinha ideia de que o trabalho de pedreiro era tão fascinante."

"Não diga...", ele comentou, a voz seca como areia. "Bem, acho que eu não deveria ficar surpreso por você achar isso fascinante. Afinal, você é a irmã desdivertida."

Ela olhou feio para ele e percebeu o toque irônico no pequeno sorriso escondido nos lábios dele. Sophie decidiu que se ele não iria ser um companheiro de viagem decente, ela também não seria.

"Não existe nada de desdivertido nisto, meu lorde", ela inspirou fundo e começou sua guerra. "Este livro explica em detalhes o corte e o uso de vários tipos de pedra, traz fórmulas para produção de argamassa e considerações sobre o emprego de paus na obra."

A ironia cresceu.

"Imagino que o emprego de paus seja interessante."

Ela ignorou o comentário grosseiro e decidiu puni-lo de verdade lendo um trecho do texto em voz alta.

"Esta é a primeira e única obra em inglês a abordar a arte do corte de pedra. Uma publicação assim tem sido requisitada há muito tempo."

"Sem dúvida", ele esticou a mão para fechar o livro e analisar a capa. "Peter Nicholson, Escudeiro, convenceu-se disso."

Sophie ignorou o arrepio de prazer que a percorreu quando a mão dele roçou a sua e reabriu o livro.

"Eu acho que ele pode estar certo. Há vários capítulos que explicam a geometria básica e complexa necessária ao trabalho adequado com pedra. Não é fascinante? Você sabia que: *Ao preparar pedras para paredes, nada é necessário além de reduzir a pedra a suas dimensões, de modo que seus oitos ângulos sólidos possam ser contidos por três ângulos retos?*"

O sorriso irônico se transformou em careta e Sophie ficou muito feliz que aquele foi o único livro que encontrou no Carriça Canora. Ela aproveitou o momento, o modo como ele odiava aquilo.

"Você precisa escutar esta parte", ela continuou, "sobre druidas e estruturas ancestrais de pedra".

"Acho que não preciso."

"Todo mundo acha druidas interessantes."

"Nem todo mundo, posso te garantir."

"Todo mundo com bom gosto, é claro", ela alfinetou. "A estrutura se chama Tinkinswood."

"Deve ser encantadora."

O comentário indicava que o Marquês de Eversley devia pensar em Tinkinswood como nada menos que o inferno. Sophie estava começando a se divertir.

"Não é mesmo? Muito pitoresca. Escute esta descrição fascinante. *Esta obra galesa feita em pedra seca ostenta uma laje em forma de chifre que pesa mais de trinta toneladas, e a estrutura teria necessitado de cerca de duzentos druidas para colocá-la na posição.* Imagine só!"

"Todas aquelas túnicas brancas no mesmo lugar", ele respondeu, soando como se estivesse para morrer de tédio.

Sophie virou a página.

"Oh! Henges! Vamos aprender sobre isso?"

Aquilo acabou com a paciência dele.

"Pare! Pelo amor de Deus! Pare antes que eu salte da carruagem não por causa dos meus demônios, mas por sua alegria com paus em forma de chifres."

"É uma *laje* em forma de chifre."

"Eu honestamente não dou a mínima. Qualquer coisa, menos essa maldição do pedreiro."

Ela fechou o livro e olhou para ele, querendo parecer contrariada com o rompante dele.

"Tem alguma outra coisa que você gostaria de discutir?"

A compreensão emergiu nos olhos verdes dele, seguida por irritação e depois algo que Sophie só conseguiu definir como respeito.

"Sua raposa traiçoeira."

"Perdão?", ela arregalou os olhos.

"Você fez de propósito", ele acusou.

"Não sei do que você está falando."

"Para me fazer escolher um assunto para conversarmos."

Ela arregalou os olhos até parecer que pudessem saltar da órbita.

"Com certeza, meu lorde, se quiser escolher um tópico... não vou me negar a conversar com você."

Ele soltou uma risadinha e esticou as pernas, apoiando os pés no banco à frente deles.

"Vou escolher um tópico, então."

Sophie fez o mesmo e colocou os pés no banco, ao lado dos dele. Ela apoiou o livro fechado sobre suas pernas.

"Imagino que não vai ser sobre o trabalho dos pedreiros."

"Não." A atenção dele caiu sobre os pés dela. "Essas botas são confortáveis?"

Ela acompanhou o olhar dele e refletiu sobre aquelas grandes botas hessianas pretas dele ao lado de seus pequenos calçados cinzentos, que terminavam na altura dos tornozelos e eram feitos mais para serem práticos do que para terem estilo. Ela não deveria ter gostado daquelas botinas de segunda mão, mas ele as tinha providenciado, e de algum modo isso as tornava perfeitas.

"Muito confortáveis", ela respondeu.

Ele pareceu satisfeito.

"Eu deveria ter pedido para o médico examinar seus pés."

"Eles estão ótimos."

"Você deveria ter usado calçados melhores", ele afirmou.

"Eu não estava planejando viver uma aventura."

Eversley olhou para ela.

"Então você decidiu, de repente, ir ao encontro do seu futuro marido?"

Oh, céus. Ela não queria falar disso. Ela nunca pretendeu mentir para ele. Mas agora ela pareceria ridícula se confessasse a verdade – que Robbie não era o objetivo de sua jornada. Que a jornada começou sem objetivo até ela perceber que era pela liberdade. Mas o Marquês de Eversley não receberia bem a notícia de que a salvou de bandidos de estrada e caçadores de recompensas por causa de uma promessa de liberdade. Então ela aquiesceu e mentiu.

"Isso. Às vezes, quando bate uma ideia, você tem que ir atrás."

"Você está indo atrás de quê, pedi-lo em casamento? Cortejá-lo?", ele levantou uma sobrancelha.

Sophie baixou os olhos para as pernas e brincou com as bordas das páginas.

"O que faz você pensar que ele já não foi cortejado?", ele passou uma bota preta por cima da outra, roçando o pé dela com o dele. "Porque você não está indo para Mossband em uma carruagem ricamente decorada, com sua mãe e suas irmãs a acompanhando."

Ela não pôde evitar de rir daquela ideia.

"Isso é engraçado?"

"A ideia de minhas irmãs e minha mãe decidindo sair de Londres para ir à pequena Mossband, mesmo que seja para o meu casamento? Não voltamos lá desde que partimos, há uma década."

Rei a observou por algum tempo.

"Você não vê Robbie há dez anos?"

"Não", ela respondeu, sentindo-se encurralada.

"Vocês se corresponderam a vida toda?"

Ela preferiu ignorar a pergunta a mentir. Ele insistiu, a voz delicada.

"Por que você não vai para casa?"

Ainda assim, ela não conseguiu se obrigar a lhe contar a verdade.

"Eu estou indo para casa", ela respondeu.

"Estou falando da sua casa em Londres. Aquela mansão imensa em Mayfair."

Ela negou com a cabeça.

"Aquela não é minha casa."

"Mas uma cidade poeirenta cheia de fazendeiros é?"

Sophie pensou por um bom tempo nisso, na honestidade pitoresca de Mossband. Nas pessoas que viviam e trabalhavam lá. Na vida que ela tinha antes de seu pai se tornar conde. Na vida que ela poderia ter de novo. Talvez fosse o balanço da carruagem, ou o modo como Rei esperou pacientemente por sua resposta, ou a proximidade dos dois. Qualquer que fosse o motivo, ela contou a verdade.

"Lá foi o único lugar em que me senti livre."

Até agora.

"O que isso quer dizer?"

Ela não respondeu. Ele tirou os pés do banco e os deixou cair no chão antes de se mover para ficar sentado de frente para ela, para observá-la melhor, com os joelhos afastados e os dedos entrelaçados entre eles.

"Olhe para mim, Sophie." Ela ergueu o rosto e encontrou o olhar dele sobre ela, cintilando na luz tênue da carruagem. "O que isso significa?"

Ela também deixou os pés caírem no chão e remexeu na borda do livro, sem saber por onde começar.

"Eu tinha 10 anos quando meu pai recebeu o condado. Ele irrompeu pela porta da nossa casa, onde eu nunca sonhei em ter mais do que já tinha, e anunciou: "Minhas ladies!", com uma risada estrondosa. "Foi uma grande| alegria! Minha mãe chorou, minhas irmãs gritaram e eu...", ela parou. Pensou.

"Era contagiante. A felicidade delas era contagiante. Então nós fizemos as malas e mudamos para Londres. Eu me despedi da minha vida. Da minha casa. Dos meus amigos. Da minha gata."

"Você não pôde levar sua gata?", ele franziu o cenho.

"Ela não viajava bem."

"Como a sua irmã?", ele perguntou.

"Ela berrava."

"Sesily?"

Sophie riu da provocação.

"Bugalhos. Ela agarrava no encosto da carruagem e berrava. Os nervos da minha mãe não aguentaram", ela ficou séria. "Eu tive que deixá-la."

"Você tinha uma gata chamada Bugalhos..."

"Eu sei. Parece bobo. Mas o que Bugalhos tem a ver com alhos?"

Rei sorriu ao ouvir isso.

"É a segunda vez que você usa essa frase."

Sophie também sorriu.

"Meu pai", foi só o que ela disse.

"Eu sempre gostei dele, sabia."

"Sério?", ela arqueou as sobrancelhas.

"Isso te surpreende?"

"Ele é grosseiro comparado ao resto de Londres."

"Ele é *sincero* comparado ao resto de Londres. Quando nos conhecemos, ele me disse que não gostava do meu pai."

"Típico do meu pai", Sophie aquiesceu.

"Continue. Você deixou a Bugalhos."

Ela voltou a olhar pela janela.

"Eu não pensava nessa gata há anos. Ela era preta. Com patinhas e focinho brancos." Sophie sacudiu a cabeça para afastar a lembrança. "De qualquer modo, nós fomos embora e nunca mais voltamos. O título veio com uma sede rural em algum lugar no País de Gales, mas nunca fomos até lá. Minha mãe está concentrada demais em criar uma vida nova, aristocrática, para nós. Isso significa visitar outras sedes rurais, estabelecidas há mais tempo, cheias de jovens aristocráticas que deveriam se tornar nossas amigas. Que deveriam nos ajudar a encontrar nosso lugar. A *escalar*."

"Mamãe jurou que em alguns anos nós estaríamos perfeitamente enturmadas. Minhas irmãs também. Elas imaginavam que a beleza irretocável delas faria com que os jornais de fofocas as adorassem, o que levaria a Sociedade a adorá-las, mesmo contra vontade. Elas são alpinistas profissionais. Só que..."

Ela foi parando de falar e Rei teve que estimulá-la a continuar.

"Só que?"

"Só que eu não sou. Eu não me encaixo. Eu não tenho a mesma beleza irretocável." Ela abriu um meio sorriso. "Eu não tenho nem mesmo beleza suficiente. Você mesmo disse."

"Quando foi que eu disse isso?", ele perguntou, ofendido.

"Eu sou a sem graça. A entediante. A desdivertida", ela gesticulou para o uniforme que vestia, a roupa que fez Rei chamá-la de rechonchuda. "Com certeza não sou a irmã linda." Rei praguejou baixo, mas ela ergueu a mão antes que ele pudesse falar. "Não se desculpe. É verdade. Eu nunca senti que ali era o meu lugar. Eu nunca senti que o esforço valia a pena. Mas em Mossband... eu me sentia valorizada."

"Ao fugir de Londres, eu me tornei mais do que jamais fui lá", ela sorriu. "E quando aqueles homens vieram à minha procura e você me ajudou a escapar, eu me senti livre como nunca." Ela parou, refletiu e acrescentou, "Valorizada como nunca. Antes você nunca teria me ajudado a escapar."

"Isso é bobagem...", ele disse, e seu tom não dava espaço para contestação.

"É mesmo? Você me abandonou naquela cerca-viva com sua bota", ela lembrou.

"Não é a mesma coisa. Eu a deixei lá *porque* você tinha valor."

"Não, eu tinha um título. Não é a mesma coisa."

Ele abriu a boca para argumentar, mas ela o interrompeu, incapaz de controlar a frustração que sentia.

"Eu não esperava que você compreendesse, meu lorde. Logo você, que tem valor de sobra. Seu nome é *Rei*, pelo amor de Deus."

As palavras dela ecoaram pela carruagem, depois caíram no silêncio.

"Aloysius", ele disse, então.

"Perdão?", ela pestanejou

"Aloysius Archibald Barnaby Reider. Marquês de Eversley. Futuro Duque de Lyne", ele fez um floreio com a mão. "Ao seu dispor."

Ele estava brincando. Mas não parecia estar brincando.

"Não...", ela sussurrou, o nome dando voltas em sua cabeça, e ela levou a mão até a boca, desesperada para conter sua reação. Mas era demais. Ela não conseguiu se segurar e começou a rir.

Ele levantou uma sobrancelha e se recostou em seu assento.

"E você é a única pessoa a quem eu já contei isso. É por isso que eu uso o nome Rei, caso esteja se perguntando. Porque até eu tenho meus limites quanto ao excesso de pompa."

Sophie perdeu o fôlego, incapaz de não voltar a rir.

"É tão...", ela não conseguiu terminar.

"Horrível? Ridículo? Fútil?"

Ela tirou a mão da frente da boca.

"Desnecessário."

Ele inclinou a cabeça, aceitando o comentário.

"Isso também", ele concordou.

"Aloysius", ela riu.

"Tenha cuidado, milady."

"As outras pessoas não sabem?"

"Imagino que saibam. Está lá, em preto e branco, no livro *Burke's Peerage*, mas ninguém usa esse nome na minha frente. Pelo menos não desde que eu estava na escola e deixei claro meu desejo de não ser chamado assim."

"E os garotos da escola simplesmente obedeceram?"

"Eles obedeceram ao meu treinamento de boxe."

"Imagino que eles não esperavam que você, Aloysius, fosse muito bom em boxe. Com esse nome..."

Rei fez sua melhor voz aristocrática.

"Em alguns círculos, é um nome da realeza."

"É mesmo? Que círculos são esses?"

"Na verdade eu não sei", ele sorriu.

Sophie retribuiu o sorriso.

"Confesso que nessa situação, eu também escolheria me chamar Rei."

"Está vendo? Agora você deveria ter pena de mim."

"Oh, mas eu tenho!", ela disse tão depressa que os dois riram, e Sophie se deu conta de que gostava do som da risada dele. Ela também gostava da expressão do rosto dele enquanto ria. E então eles pararam de rir. "Você está mais à vontade", ela observou, em voz baixa, inclinando-se para frente. O movimento da carruagem não o incomodava mais.

Ele pareceu espantado com a observação.

"Estou mesmo. Você é uma distração bem-vinda."

Sophie sentiu o rosto esquentar quando Rei também se inclinou. Ela pensou em recuar, mas descobriu que não tinha vontade. Quando ele levou a mão ao rosto dela, Sophie se sentiu grata à sua própria coragem. Aquela mão quente era uma tentação. Eles estavam tão próximos, os olhos dele eram de um verde tão lindo, os lábios macios e bem-vindos e quase ao alcance. Ela imaginou o que aconteceria caso se inclinasse mais para frente. Se eliminasse a distância entre eles. E então ele falou, as palavras saindo em um suspiro.

"Ele nem sabe que você está indo, sabe?"

Ela recuou ao ouvir isso, sem fingir que não entendeu.

"Por que você faz tantas perguntas?"

"Porque você as responde", ele disse.

"Eu gostaria de fazer algumas."

Ele concordou.

"Vou responder as suas se você responder esta. Por que o padeiro? Eu entendo a livraria e a liberdade, mas o padeiro... já faz uma década. Por que ele?"

Sophie olhou para o lado, observando os campos cultivados além da janela, pastagens pontilhadas por ovelhas e fardos de feno. Tão mais simples que Londres. Tão mais livre. Ela abriu o livro sobre suas pernas e o fechou. De novo e de novo.

"Ele era meu amigo", ela disse, afinal. "Nós fizemos uma promessa."

"Que tipo de promessa?"

"Que nos casaríamos."

"Uma década atrás."

O que ela tinha feito? Aonde estava indo? Qual seria o resultado daquela aventura maluca? Ela não podia perguntar nada disso para ele. Não queria que ele ouvisse nada daquilo. Então ela levantou o rosto e o encarou.

"Promessa é promessa", ela afirmou.

Rei a observou por um bom tempo antes de falar.

"Você sabe que isso vai acabar mal."

"Não necessariamente", ela retorquiu.

Ele estendeu o braço pelo encosto do assento.

"Como vai acabar, então?"

Ela fez uma pausa, pensando por um longo tempo em Mossband. Em sua infância. No mundo em que ela nasceu e no mundo em que foi jogada.

"Espero que acabe muito bem", ela respondeu, afinal.

Ele ficou absolutamente imóvel, e Sophie teve a sensação de que Rei estava bravo com ela. Quando ele falou, não havia como ignorar o desdém em sua voz.

"Você acha que ele está sonhando com a filha do conde que foi embora há uma década?"

"Não é impossível, você sabe", ela retrucou. Por que ele sempre precisava fazê-la se sentir inferior? "E eu não era a filha de um conde. Bem, eu era, mas não de verdade. Eu nunca fui mesmo uma filha de conde. Essa é a questão. Nós éramos amigos. Nós éramos felizes um com o outro."

"Felicidade...", ele debochou. "Você não tem ideia do que fazer com si mesma agora que está livre, tem?"

"Eu não ligo pra sua opinião", ela afirmou.

"Você quer apostar?", ele perguntou.

"Que eu não ligo pra sua opinião? Oh, vamos. Por favor."

"Não", ele sorriu, irônico. "Vamos apostar se Robbie gosta de você."

Sophie apertou os olhos para a expressão de convencimento dele, ignorando como aquilo doeu.

"Qual é a aposta?", Sophie perguntou, enfim.

"Se nós chegarmos lá e ele quiser ficar com você, sua vitória. Eu lhe compro a livraria. Como presente de casamento."

"Que presente extravagante", ela exclamou, animada. "Eu aceito. Mas agora eu tenho outra exigência."

"Além da livraria?!", ele retrucou surpreso.

"Cuidado, meu lorde", Sophie inclinou a cabeça, "assim eu vou acreditar que você não tem tanta certeza de que vai ganhar."

"Eu nunca perco."

"Então por que não aceita uma segunda exigência?"

"Está bem", ele se recostou.

"Se eu ganhar, você tem que dizer alguma coisa boa a meu respeito."

Ele franziu a testa.

"O que isso quer dizer?"

"Só que você passou a última semana apontando todas as minhas falhas. Minha falta de inteligência, minha falta de diversão, minha falta de um bom corpo, minha falta de beleza e agora, minha incapacidade de arrumar um marido."

"Eu nunca disse..."

Ela levantou a mão.

"E é melhor que você me faça um elogio extraordinariamente bom."

O silêncio que se seguiu foi longo. Quando ele falou, foi em um tom de voz que só podia ser descrito como um resmungo.

"Tudo bem."

"Ótimo. Acho que estou esperando isso mais que a proposta de casamento do Robbie."

Ele ergueu uma sobrancelha.

"Uma indicação clara de que casar com o padeiro é uma ótima ideia", ele se inclinou para frente e baixou a voz. "Mas não se esqueça, Sophie. Se ao chegarmos lá isso for um desastre..."

O coração dela começou a martelar.

"O que acontece?"

"Então *eu* ganho. E aí você vai ter que fazer um elogio para mim."

Antes que ela pudesse replicar, a carruagem começou a diminuir a marcha e o cocheiro soltou um grito assustador. Ela ficou rígida e o nervosismo substituiu a sensação de triunfo. Sophie olhou assustada para Rei.

"São bandidos?"

"Não", Rei tocou o tornozelo dela, a pele quente da mão dele em um lugar nunca tocado por outra pessoa fez com que ela prendesse a respiração. "Chegamos na estalagem."

O ombro dela doía, e Sophie ficou contente com a parada.

"Nós vamos passar a noite?", ela perguntou.

Ele negou com a cabeça.

"Só vamos trocar os cavalos, depois continuamos. Precisamos abrir uma boa distância entre você e aqueles homens."

E então ele abriu a porta e desapareceu na tarde iluminada pelo sol dourado.

Escândalos & Canalhas

Capítulo 11   Junho de 1833

SOPHIE E EVERSLEY:
SEDUÇÃO OU ABDUÇÃO?

* * *

Graças a Deus eles chegaram! Quinze minutos mais tarde Rei não se responsabilizaria pelo que poderia acontecer entre eles. Que Deus o livrasse de longas viagens de carruagem com mulheres irritantes, impossíveis e admiráveis. Como ele faria para conseguir não tocá-la? Não beijá-la? Sempre que aquela mulher abria a boca, ele a queria mais.

E então ela se declarou subestimada. Disse-lhe que somente agora, fugindo, com Londres e seu passado em seu encalço, ela se sentia livre. Proclamando a própria existência. Como se ele precisasse de uma proclamação para reparar nela. Como se ele não estivesse muito consciente de cada movimento dela. De cada palavra. Apesar de saber que nem deveria estar com ela.

Sophie foi um problema desde o instante em que ele a conheceu, embaixo da maldita treliça da Mansão Liverpool. Ainda assim, ele parecia ser incapaz de se livrar dela. Rei era o Minotauro, aprisionado no labirinto de Sophie.

Era bom ele fazer uma pausa para se lembrar de todos os motivos pelos quais não a queria. Pelos quais ele não gostava dela. Sophie era o oposto das mulheres que ele costumava gostar. *Só que não.*

Na verdade, ele não teria dificuldade para lhe fazer um elogio. Quando ela enumerou todas as coisas terríveis que ele falou sobre ela até então, Rei se sentiu um verdadeiro cretino. Ele não acreditava em nada daquilo. Não mais. *Nunca.*

Ele começou a soltar os cavalos cansados, com rapidez e eficiência, enquanto pensava no fato de que os homens que havia encontrado em Sprotbrough podiam ser estúpidos o bastante para acreditarem que Sophie era um criado comum em uma carruagem comum, mas eles deviam ser espertos o suficiente para perceber que ela tinha saído da estalagem – e perceberiam isso logo. Rei e Sophie não podiam se demorar ali. O que seria melhor, porque no momento em que ela perguntou se dormiriam ali à noite, o corpo inteiro dele reagiu, querendo responder que sim.

No mesmo quarto. Na mesma cama. E dormir, de fato, seria o mínimo possível. Ela queria se libertar e ele podia lhe mostrar o que era liberdade. *Ele podia lhe mostrar o que era felicidade. Só que não podia.*

Praguejando baixo, ele entregou o primeiro dos quatro cavalos para o cocheiro e rapidamente soltava o segundo quando Sophie colocou a cabeça para fora da janela.

"Meu lorde?", ela chamou antes de voltar para as sombras da carruagem.

Ele não *queria* pensar nela. Estava ocupado demais *pensando* nela.

"Merda", ele murmurou.

Cristo. Agora ele praguejava como Sophie.

"Meu lorde!" Ela parecia em pânico.

Ele entregou o segundo cavalo ao cocheiro e voltou para ela.

"O que foi?"

"Eu preciso entrar na estalagem."

"Você não pode ser vista. Fique aqui."

Ela apertou os lábios.

"Eu tenho *necessidades*."

Ele suspirou. Mas é claro que ela tinha.

"E eu acho que é melhor encontrar outra roupa. O uniforme se tornou um pouco... óbvio."

Ela estava certa, claro. Sophie parecia um criado que tinha sido arrastado na lama, baleado e deixado para morrer. O que não era uma descrição completamente errada da situação dela. E com o cabelo longo escapando do chapéu, ela seria descoberta de imediato. Quando os caçadores de recompensa chegassem, uma garota vestida de criado esfarrapado seria algo tão inusitado que, com toda certeza, chamaria atenção. Ele não tinha escolha.

"Cuide das suas necessidades. Vou arrumar um vestido."

Rei cativou o proprietário da estalagem com um suspiro resignado e um punhado de moedas, depois voltou para a carruagem com um vestido, comida e um odre de água quente. Ao abrir a porta, ele viu que Sophie já tinha voltado. Rei colocou os dois primeiros itens na carruagem antes de entregar a água para ela.

"Para o seu chá", ele a informou.

Ele não deu chance de Sophie agradecer-lhe, apenas fechou a porta e foi ajudar o cocheiro a atrelar os cavalos novos.

"Ainda temos dois trechos antes de chegarmos a Longwood, meu lorde", informou o cocheiro. "Vamos precisar de mais uma troca de cavalos à noite."

"E de outro cocheiro. Você vai precisar dormir", Rei disse, verificando de novo os arreios de couro.

"Eu posso levar vocês até lá."

Rei concordou.

"Muito bom, John."

"A noite é o melhor horário para viajar", John sorriu.

Rei sabia muito bem disso. Mas ele também sabia que era o pior horário para viajar dentro da carruagem – a escuridão se fechando à sua volta, lembrando-o do passado que se tornava cada vez mais difícil de ignorar conforme eles se aproximavam de Cúmbria.

Ele abriu a porta da carruagem com mais força do que pretendia e Sophie soltou um gritinho de onde estava sentada, com as mãos firmes contra o peito. Ela estava usando o vestido verde enfeitado com laços e babados.

"Ainda não estou pronta", ela o censurou, as palavras saindo com dificuldade de sua garganta.

"Por que não?"

"Porque não estou", ela respondeu, como se fosse uma resposta suficiente para a pergunta dele.

Ele olhou sem entender, mas não se mexeu.

"Eu preciso de mais cinco minutos", ela pediu, empurrando-o para fora da carruagem. Com o pé.

Foi o pé que revelou a Rei a preocupação dela. O olhar dele desceu, parando nas mãos sobre o peito, a fita branca ziguezagueando pelo corpete do vestido.

"Você está com dificuldade para prender o corpete?", ele perguntou.

"Claro que não!", ela guinchou. Mas já tinha ficado roxa antes de responder.

"Você é uma péssima mentirosa."

Sophie fez uma careta para ele.

"Eu normalmente não tenho motivo para mentir, meu lorde. É raro que homens me façam perguntas tão... pouco cavalheirescas."

"Você quer dizer *canalhista*?"

"Isso também. Sim."

"Você precisa de ajuda, milady?", ele sorriu.

"Com certeza eu não preciso", ela respondeu. "É só que a antiga proprietária deste vestido em particular era um pouco menos..."

Feche a porta, ele pensou. *Não a deixe terminar o pensamento.*

Infelizmente, seus braços esqueceram como funcionavam. E então ela terminou a frase e o cérebro dele fez o mesmo.

"...abundante."

Cristo.

"Você tem cinco minutos", ele disse. "E então vamos partir, vestido fechado ou não."

Ele fechou a porta, voltou até os cavalos e verificou os arreios de novo enquanto contava até trezentos. Quando chegou a 36, ele estava pensando nos seios abundantes dela. Em 94, ele já se amaldiçoava por não ter dado uma boa olhadas nos seios em questão quando estava com as mãos em Sophie, no começo daquele dia. Em 170, ele relembrou o que tinha acontecido, provocando emoções de prazer e culpa. Em 225, ele se acusava de ser o pior tipo de canalha, mas, na verdade, tinha sido ela quem trouxe o assunto "seios".

Você que está agindo como um garotinho. Não. Garotinhos sabem se comportar adequadamente. *Duzentos e noventa e nove. Trezentos.*

Rei abriu a porta e entrou, esforçando-se muito para não olhar para ela. Sophie não protestou, então ele imaginou que isso significava que ela tinha terminado a tarefa anterior. Ele bateu no teto e a carruagem partiu. Eles viajaram em silêncio por longos minutos – vinte ou mais – antes que ela interrompesse o silêncio.

"Você lembra de mim?"

Rei olhou para ela. *Que erro.*

Sophie estava linda. O vestido era simples e pequeno demais para ela, e Rei entendeu por que ela teve dificuldades. O vestido tinha que ser amarrado bem apertado no tronco para esconder os seios, que pareciam querer escapar por cima, como se estivessem desesperados para se libertar. Assim como ele próprio estava desesperado para libertá-los.

"Eu não demorei tanto assim", ele buscou o olhar dela.

Sophie sorriu ao ouvir isso e ele percebeu que o indício de diversão o esquentou. *Meu Deus.* Ele sentia como se *fosse* mesmo um garotinho, ansioso para obter a aprovação dela.

"Não estou falando de hoje, mas de um momento anterior de nossas vidas."

"De onde eu devo me lembrar de você?"

O sorriso dela fraquejou um pouco.

"Nós dançamos uma vez. Em um baile."

"Eu me lembraria disso", Rei disse surpreso.

"Foi uma quadrilha. No Baile Beaufetheringstone."

"Você está enganada", Rei afirmou.

Sophie soltou uma risadinha abafada.

"Meu lorde, acredito que eu me lembraria de você mais do que você se lembraria de mim."

Ela estava fazendo aquilo de novo.

"Pare com isso!"

"Pare com o quê?"

"Pare de acreditar no que quer que lhe tenham dito todos esses anos. Não há nada em você que não seja memorável. A última semana foi a mais memorável da minha vida, pelo amor de Deus. E tudo por sua causa. Pare de acreditar que é menos do que você é."

Sophie arregalou os olhos e na mesma hora Rei se sentiu um idiota.

"O que isso quer dizer?", ela perguntou em voz baixa.

Rei não queria responder. Ele sentia que já tinha bancado o bobo o suficiente. Ele procurou, então, uma resposta mais simples.

"Estou apenas dizendo que eu me lembraria se nós tivéssemos dançado", ele disse e ela ficou em silêncio, e por um longo momento ele pensou que o fato de não se lembrar poderia ter ferido os sentimentos dela. "Eu vou me lembrar de você neste momento."

Aquele era um eufemismo extremo.

"Ainda posso fazer minha pergunta?", ela falou, então.

A pergunta que ele havia lhe prometido antes de pararem. Antes de quase beijá-la. Antes de reparar nos seios dela. Bem. Antes de reparar nos seios dela *hoje. Esta noite.*

"Pode."

"Você disse que estava indo visitar seu pai para lhe dizer algo antes que ele morresse..."

"É verdade."

"Quando foi a última vez que você o viu?"

O mal-estar da carruagem voltou, assim como a consciência da luz que diminuía. A escuridão se aproximava e, com ela, lembranças e demônios. E aquela mulher não deixaria que ele os ignorasse.

"Quinze anos."

"Quantos anos você tinha?"

"Dezoito."

"E por que você nunca mais voltou?"

Rei soltou um longo suspiro e se recostou no assento, desejando que Sophie estivesse do seu lado. Ele gostou daquilo, do momento em que ela esteve ao lado dele, a coxa encostada na dele, enquanto lia aquele livro insuportável sobre pedras.

"Eu não quero vê-lo."

"Ele é muito cruel?"

Rei não respondeu.

"Desculpe-me", ela acrescentou. "Eu não devia ter perguntado algo assim."

O silêncio recaiu entre os dois mais uma vez; Eversley se abaixou até a cesta que tinha colocado no chão da carruagem quando pararam para trocar os cavalos. Ele a abriu e pegou uma garrafa de vinho, pão e queijo. Rei pegou um pedaço do pão e do queijo e ofereceu para ela.

"Obrigada", Sophie agradeceu em voz baixa ao pegar o pão.

O Duque de Lyne tinha sido um bom pai – tanto quanto um aristocrata podia ser. Enquanto outros pais passavam seu tempo em Londres, fazendo intrigas em seus clubes e fingindo que suas famílias não existiam, o pai de Rei priorizou sua propriedade rural e seu tempo com o filho.

"Ele não foi cruel", ele respondeu, enfim. "Não comigo."

"Então por que...?", ela se interrompeu, consciente de que pisava em um terreno perigoso.

Rei tomou um bom gole de vinho, com a esperança de que a bebida contivesse as lembranças que Sophie despertava.

"Como está seu ombro?", ele perguntou.

"Dolorido, mas tolerável", ela respondeu antes de inspirar fundo e mergulhar no problema. "Por que você não quer ver seu pai?"

Ele devia saber que ela não conseguiria se conter.

"Você parece um cachorro que não larga um osso."

"Está me chamando de cachorro de novo?"

Ele sorriu, mas com pouca alegria.

"Crueldade não é o único modo como os pais acabam com seus filhos. Expectativas podem fazer o mesmo estrago."

"O que o seu esperava?", Sophie perguntou.

"Que eu fizesse um bom casamento."

Ela olhou torto para ele.

"Que coisa horrível para um pai desejar ao filho", Sophie disse, seca. Como ele não respondeu, ela continuou, "Por que você não casou com uma das mulheres que arruinou?"

Nenhuma delas queria casar com ele, mas Rei não disse isso para Sophie. Ele preferiu lhe dizer a verdade.

"Eu nunca vou me casar."

"Você é um homem com um título. Casar não deveria ser seu único objetivo?"

Agora foi ele quem olhou torto para ela.

"É isso que as mulheres pensam?"

Ela abriu um sorriso, discreto e inteligente.

"Não é isso que os homens pensam das mulheres?"

"Não é o meu objetivo", ele reiterou. "Apesar de ser o desejo ardente do meu pai. O Ducado de Lyne passou de geração para geração de aristocratas puros, imaculados. Cada Duquesa de Lyne foi criada com perfeição para ser exatamente isso, uma duquesa. Sangue azul, modos impecáveis e beleza sobrenatural."

"Nunca ouvi falar da sua mãe", Sophie disse. "Nem quando morávamos em Mossband."

Ele olhou pela janela, admirando o céu, com faixas rosadas e avermelhadas no oeste, anunciando a noite.

"É porque ela morreu no parto. E isso matou meu pai."

"Ele a amava tanto assim?"

Aquilo era tão absurdo que Rei teve que rir.

"Não. Ele ficou desgostoso porque aquilo significava que não teria mais filhos."

"Ele poderia ter se casado de novo", ela argumentou.

"Creio que sim..."

"Mas não casou. Talvez ele a amasse."

As lembranças dominaram Rei.

"Nenhum Duque de Lyne jamais se casou por amor. Eles se casavam por dever e para ter filhos. Somos criados para querer isso."

"E você? O que você quer?"

Ninguém jamais tinha lhe feito essa pergunta. Fazia muito tempo que Rei não pensava nisso. Desde quando isso ainda era possível. E então deixou de ser possível, por causa da arrogância de seu pai e de sua própria imprudência. Por causa do juramento que ele fez, no meio da noite, em uma estrada muito parecida com a que eles estavam.

Mais tarde, ele culparia a escuridão por ter contado a verdade a Sophie.

"Eu quero olhar meu pai nos olhos e lhe negar tudo que ele sempre quis."

A linhagem vai morrer comigo. Quantas vezes ele tinha escrito essas palavras para seu pai? Quantas vezes ele repetiu isso para si mesmo? E agora, por algum motivo, essas palavras doeram de um modo que ele não sentia há anos.

"Eu sinto muito", Sophie disse, a voz baixa.

Rei não queria a piedade dela. Ele bebeu mais vinho.

"Seus pais se amam?", ele perguntou, oferecendo-lhe a garrafa.

"Ah, desesperadamente", ela afirmou, pegando o vinho. Sophie olhou para a cesta no chão. "Tem copo?" Ele negou com a cabeça e ela limpou o gargalo da garrafa com a saia. Por um momento, Rei pensou em lembrá-la que eles tinham feito muito mais do que dividir uma garrafa de vinho, mas se conteve quando ela voltou a falar. "Meu pai é rude e não tem interesse em nada que não seja carvão, e minha mãe é... rude à sua própria maneira, eu acho. Mas também quer muito ser aceita pela Sociedade. Um sem o outro, contudo, não seria possível. É por isso que eu e minhas irmãs estamos solteiras. Porque nós sabemos o que podemos ter."

Felicidade. Ele ouviu a palavra sem que Sophie precisasse pronunciá-la.

"A não ser Seraphina... ela é diferente."

"Ela pegou um duque", ele a lembrou enquanto Sophie bebia. "Amor não parecia ser o objetivo dela."

Sophie negou com a cabeça e devolveu o vinho.

"Eu nunca vou entender o que aconteceu. Seraphina, mais do que qualquer uma de nós... estava esperando pelo amor."

"E você?"

Eversley não saberia dizer por que fez a pergunta, mas seus motivos não importavam. Sophie abriu o livro, depois o fechou. E repetiu o movimento.

"Isso faz parte da liberdade, não?" Ele não respondeu, então ela acrescentou, "Nunca imaginei algo tão libertador como deve ser o amor", ela sorriu, mas ele percebeu a tristeza sob a luz que enfraquecia. "Tenho esperança de conhecer o amor, claro. Por completo, todas as partes."

"Com seu padeiro."

Rei não gostou daquelas palavras em sua boca. Ela não hesitou.

"Em nossa livraria, presente de um marquês que perdeu uma aposta e que se esmerou em seus elogios."

Ele deu risada com a provocação.

"Não conte com os livros antes que estejam na estante, milady." Eles ficaram em silêncio por um bom tempo antes que ele acrescentasse, "Não é a coisa que vemos nos poemas e contos de fada."

"A profissão de livreiro?"

"Amor. Não se engane, amor não tem nada a ver com liberdade." Sophie voltou a atenção para ele quando Rei disse a verdade cruel, "Amor é a armadilha mais devastadora que existe."

Os olhos de Sophie brilharam de surpresa. Rei teve que admitir que ele próprio estava surpreso. Por que diabos disse algo assim?

"E você sabe disso?"

"Eu sei, de fato", ele respondeu, perguntando a si mesmo se a luz tênue o perturbava a ponto de fazê-lo se confessar.

"Pensei que os Duques de Lyne não se casavam por amor."

"Não estou casado, estou?"

"Você está apaixonado?", ela perguntou, as palavras ditas num sussurro chocado. "Por Marcella?"

"Quem é Marcella?"

"Lady Marcella Latham."

"Ah...", ele se lembrou. Lady Marcella da festa na Mansão Liverpool. "Não."

Sophie fez uma careta para ele.

"Seria bom que você se lembrasse do nome das mulheres que arruína, sabia?"

"Se algo digno de ruína tivesse ocorrido entre mim e Lady Marcella, eu me lembraria dela.", ele bebeu um gole do vinho.

"Você fugiu pela treliça!"

"Eu só fiz o que ela me pediu."

"Duvido muito que esse tenha sido o caso."

"É verdade. Essa lady e eu tínhamos um acordo."

"Mais um motivo para você se lembrar dela. Trata-se de boa educação", ela enfiou a mão na cesta. "Oh! Tem pastéis aqui!", ela pegou um e o partiu ao meio e ofereceu metade a Rei. "Pastéis são uma comida fantástica! Algo que nunca consigo em Londres."

"Por que não? Vocês têm uma cozinheira, não?"

Ela fez que sim e falou de boca cheia. Rei resistiu ao impulso de sorrir. Os modos dela tinham sumido junto com o sol que se punha.

"Mas ela é francesa", Sophie respondeu. "E pastéis não fazem bem para a cintura."

"Não há nada de errado com sua cintura", ele comentou sem pensar. Ela parou de mastigar. Talvez ele não devesse ter uma opinião sobre a cintura dela. Rei deu de ombros. "É bem comum."

Ela voltou a mastigar. Engoliu.

"Obrigada? Devo agradecer?"

"De nada."

Sophie empurrou o pastel com mais vinho.

"Então, você não ama Lady Marcella."

Ela tinha tomado vinho suficiente para ser enxerida, mas não o bastante para esquecer o assunto da conversa.

"Não amo", ele confirmou.

"Mas você conhece o sentimento. De modo pessoal."

O bastante para saber que nunca mais quero senti-lo.

"Sim."

"Então por que não casa com a pobre garota?"

Ele tentou. Ele quis casar. Rei se lembrou de quando levou a garota para conhecer seu pai. Para exibi-la. Para provar ao grande Duque de Lyne que amor não era algo impossível. Ele era jovem e estúpido. E seu pai estragou tudo.

Eu prefiro que você não se case a desposar uma vagabunda barata que só está atrás de um título, foi o comentário desdenhoso do duque. E Lorna fugiu.

Ele se lembrou do modo como seu coração martelava enquanto ele corria atrás dela, à procura dela, para se casar com ela. Para amá-la tanto que o amor fosse um tapa na cara de seu pai. E então ele parou de se lembrar, antes que conseguisse recordar do resto. Ele levantou o rosto para Sophie, quase invisível. A noite tinha se estabelecido.

"Não posso casar com ela."

"Por que não?" Foi estranho o modo como a voz dela o envolveu na escuridão. Curioso. Reconfortante.

"Porque ela está morta."

Sophie se inclinou para frente ao ouvir aquilo, e embora estivesse muito escuro para enxergar, ele conseguiu ouvir o movimento das saias nas pernas dela, sentir o calor dela naquele lugar pequeno.

"Meu Deus", ela sussurrou, e instintivamente levou as mãos até ele, procurando-o, desajeitada, na escuridão. As mãos pousaram na coxa de Rei antes que ela as recolhesse, como se as tivesse queimado. Mas ele as pegou, desejando poder ver o rosto dela. Grato por não poder ver o rosto dela quando Sophie repetiu as palavras.

"Meu Deus. Rei. Eu sinto muito."

Ela está morta e meu pai a matou. Ela está morta e eu a matei.

Ele balançou a cabeça tentando afastar a lembrança. A escuridão tornava mais fácil contar a história.

"Não sinta. Foi há muito tempo. Na verdade, o único motivo para eu te contar tudo isso foi por você perguntar por que eu nunca voltei."

"Mas está voltando agora."

"Meu pai...", ele começou, mas se interrompeu. E então soltou uma risada sem graça. "Digamos que eu quero que ele saiba que nossa preciosa linhagem morreu com ela."

Silêncio.

"Foi ele que...", Sophie não conseguiu terminar a pergunta.

Ele a respondeu mesmo assim.

"Foi como se ele tivesse encostado uma pistola na cabeça dela."

Sophie ficou um instante em silêncio, refletindo sobre aquelas palavras horripilantes.

"E sua felicidade? Você nunca poderá tê-la?"

Sophie Talbot era uma boba. Uma boba extremamente linda. Um homem podia ter dinheiro, título ou felicidade. Nunca as três coisas ao mesmo tempo.

"Não existe felicidade para homens como eu."

"Você já foi feliz algum dia?", ela sussurrou.

A lembrança veio, evocada sabe Deus de onde, por aquela mulher que possuía um dom notável de fazê-lo revelar seus segredos.

"Eu lembro de um dia, quando era criança. Eu tinha ganhado meu primeiro cavalo e cavalguei com meu pai até o ferreiro." Rei poderia ter parado aí, mas por algum motivo era fácil contar a história no escuro, e depois que ele começou, não conseguiu parar. "Ele forjava as ferraduras em uma oficina pequena, que era quente como o inferno. Meu pai conversou um pouco com ele – por mais tempo do que qualquer garoto tem capacidade de escutar –, e eu saí para um pátio, onde descobri uma estaca de metal no chão com meia dúzia de ferraduras enroladas nela."

"É um jogo", Sophie disse.

"Eu soube por instinto que aquilo, o que quer que fosse, não era para futuros duques."

"Depois eu mostro para você como se joga", Sophie disse, animada, na escuridão, fazendo-o querer puxá-la para seu colo e beijá-la como louco. "Danem-se as regras para futuros duques."

"Não precisa. Eu sei como jogar."

Uma pausa.

"O ferreiro te ensinou?", ela perguntou.

"Meu pai me ensinou." A declaração foi seguida por silêncio, até Rei acrescentar: "Foi um dia feliz."

Ela se mexeu e o farfalhar das saias resgatou Rei de suas lembranças, de volta à carruagem, não mais o garoto no ferreiro. Um homem, agora, que conhecia a verdade do que seu pai podia fazer quando suas expectativas não eram atendidas. Outra imagem lhe veio à mente. Uma carruagem parecida com a que estavam, tombada na estrada, e Rei quis, desesperadamente, estar em seu cabriolé, voando pela estrada com o vento o envolvendo, afogando as lembranças que pareciam ganhar corpo conforme ele ia para o norte.

Como se ouvisse seus pensamentos, Sophie se moveu de novo, inclinando-se para frente, pousando a mão no joelho dele em um gesto impróprio. Impróprio e muito bem-vindo, pois afastou os pensamentos dele. Rei quis que ela afastasse tudo. Tudo menos aquele momento. Ela. Eles.

Ele se mexeu, atravessou o espaço escuro e preencheu o banco ao lado dela, entrelaçando seus dedos aos dela. Algo naquele simples toque era mais tentador do que qualquer coisa que já o havia tentado. Alguma coisa *nela* o tentava.

A respiração de Sophie ficou presa na garganta no momento do toque e um arrepio de prazer o percorreu. Ela o queria tanto quanto ele a queria.

"Sophie...", ele sussurrou, o nome ecoando ao redor deles.

"Sim?", ela respondeu, tão baixo que ele mal a escutou.

"Você disse que gostaria de conhecer tudo sobre o amor", ele falou perto da orelha dela, que recendia um aroma de mel e especiarias.

"Tudo sobre o amor", ela confirmou.

Uma das mãos dele subiu até o queixo dela, os dedos se enroscando no cabelo dela.

"Você gostaria que eu lhe mostrasse uma parte disso?", ele mordiscou o pescoço dela, raspando os dentes ali até Sophie gemer de prazer. "Esta parte?"

A escuridão melhorava tudo. Os lábios dele encontraram os dela, roubando um beijo breve antes que Rei os deslizasse para o pescoço novamente.

"Nós não deveríamos gostar um do outro", as palavras dela saíram num suspiro.

"Não se preocupe. Nós não gostamos."

Que grande mentira.

Escândalos & Canalhas

Capítulo 12   Junho de 1833

O REINADO DE SEDUÇÃO
DO CANALHA RESSURGE

* * *

Ela não deveria permitir. O homem era um patife lendário. Um perito em arruinar jovens damas. E nunca foi punido por isso. Talvez porque fosse muito bom no que fazia. Parecia uma crueldade punir alguém por ter uma habilidade admirável.

Ainda assim, ela não deveria permitir. Ela devia lhe dizer para parar... parar de entrelaçar os dedos no cabelo dela... parar de brincar delicadamente sobre a pele dela e o tecido apertado demais de seu vestido... parar com os lábios, que distribuíam beijos suaves e demorados em seu pescoço enquanto ele fazia suas promessas sensuais de lhe mostrar as partes do amor.

É claro que não era amor o que ele prometia. Era o resto – a parte perturbadora, carnal. A parte que ela imaginava desde a noite de seu banho, quando ele ficou parado a poucos passos dela, virado de costas, os ombros largos, enquanto ela se lavava desejando, por mais estranho que pudesse parecer, que fosse ele quem a lavasse.

A parte que ela queria ainda mais desde que ele a beijou em uma demonstração falsa de paixão no Carriça Canora. Ela quis que aquele beijo tivesse durado para sempre.

Mas ele nunca demonstrou que desejava algo assim – não até essa noite, quando a escuridão caiu e a conversa deles se tornou mais honesta e clandestina. E Rei lhe contou seus segredos e Sophie tocou nele sem querer... Só que não foi sem querer. Ela queria tocá-lo. Ela queria que ele a tocasse. E então ele tocou, o que foi *maravilhoso*. Ela não ligava que não devia permitir.

Rei ergueu os lábios de onde brincavam, na curva em que o pescoço dela se encontrava com o ombro, e os levou até a orelha dela, falando em um tom grave palavras sedutoras, repletas de sensualidade.

"Diga-me."

Ele chupou o lóbulo da orelha e isso piorou tudo. Ou melhorou. Ela não sabia dizer. Era difícil formular um pensamento.

"Dizer o quê?"

"Você gostaria que eu lhe mostrasse essa parte?"

Sim. Sim, sim, sim.

Ela engoliu em seco, sabendo por instinto que, se dissesse "não", ele iria parar. Mas ela não queria dizer não. Sophie queria dizer sim. Com certeza. Sem dúvida. Se alguma vez ela soube o que queria, foi nesse momento. Rei arrastou os dentes pela pele de Sophie, provocando um estremecimento de deleite no corpo dela.

"Por favor", ela pediu com um suspiro.

Sophie ouviu o sorriso na resposta dele:

"Tão educada."

Ela se afastou de Rei.

"Estou agradecendo a oferta."

"Sou eu quem deve agradecer, milady", ele riu, o som prometendo algo de maravilhoso e sensual.

E então os lábios dele desceram de novo sobre ela e Sophie se perdeu. A escuridão tornava tudo mais ilícito e, por algum motivo, mais aceitável, como se ninguém nunca fosse descobrir o que eles fizeram. Como se aquele lugar, aquela noite, aquela viagem, tudo não fosse mais do que um sonho que desapareceria ao raiar do dia. E desapareceria. O Marquês de Eversley não era para garotas como Sophie. Desinteressantes, sem graça. Mas na escuridão ela podia fingir outra coisa. E aquela noite lhe renderia lembranças eternas.

"Que partes em especial, Sophie?", Rei estava junto à orelha dela outra vez, seus dedos tocando o limite do corpete, onde os seios estavam comprimidos pelos laços apertados demais. "O que a deixa curiosa?"

Aquela pergunta deveria ter deixado seu rosto vermelho, mas a escuridão a tornou valente.

"Tudo", ela respondeu.

"Não", ele riu da resposta, afastando a mão, provocando-a. "Isso não serve. Diga-me com detalhes."

"Eu não sei", ela confessou, as palavras ditas com uma onda de frustração. "Toque-me de novo."

"Onde?"

Em tudo.

"Sophie...", ele chamou, como o diabo na porta do inferno.

Ela se esforçou para pensar.

"Alguns anos atrás eu vi...", a voz dela foi sumindo, chocada pelo que estava prestes a dizer.

Ele interrompeu seus movimentos.

"Não pare, querida. O que você viu?"

"Eu encontrei um cavalariço e uma criada."

"Continue."

Ela balançou a cabeça.

"Onde você estava?", ele perguntou.

"Eu procurava um lugar para ler."

"Onde?", ele insistiu.

"Estava chovendo e frio. Minhas irmãs falavam de festas, roupas e fofocas... e as baias estavam quentes e em silêncio."

"O que você descobriu lá?", ele percorreu o pescoço dela com beijos demorados, que tornavam difícil o raciocínio dela.

"Eu estava no palheiro."

"E o cavalariço estava lá? Com a criada?" Havia algo na voz dele que Sophie nunca tinha percebido na voz de um homem. Uma respiração apressada. Como... excitação? O pensamento a excitou, também. Excitou *mais*. Como se isso fosse possível.

"Não", ela confessou. "Eles estavam em uma baia."

"E você ficou olhando?" A língua dele fez um giro no alto do ombro bom dela.

"Não era minha intenção. Eu só estava procurando um lugar tranquilo para ler."

"Não estou criticando você...", ele lambeu – lambeu! – a pele entre o ombro e o vestido, e ela pensou que seus seios poderiam se libertar de suas amarras. "Eu só quero ter uma boa visão do cenário. O que você viu?"

"No começo, nada", ela admitiu. "Eu não sabia que eles estavam ali. Se eu soubesse..."

"Você não teria ficado. Você é uma garota boazinha demais para isso."

"Mas quando eu os ouvi..."

Ele preencheu a lacuna.

"Quando você os ouviu, não pôde mais se conter."

"As garotas também são curiosas", ela se defendeu.

"O que você viu, Sophie?", a mão dele começou a acariciar sua coxa, na direção do joelho, e o som do tecido sendo mexido era perturbador.

"Eu não consegui ver muita coisa no começo. Eu espiava pela borda do palheiro. Só vi o alto da cabeça deles. Os dois estavam se beijando."

Os lábios dele tomaram os dela, mas logo os abandonaram, deixando-a desesperada.

"Assim?", ele perguntou.

"Não", ela sacudiu a cabeça na escuridão.

"Como, então?"

"Você sabe como", ela respondeu.

"Eu não estava lá", Rei disse, e a provocação na voz dele deixou Sophie ainda mais consciente de sua presença. "Mostre-me."

Só Deus sabe como ela teve coragem de fazer o que ele lhe pediu, mas ela fez, subindo com a mão pelo braço dele, depois pelo ombro até chegar à nuca de Rei, puxando-o para si.

"Assim!"

E então ela o beijou, deslizando a língua por entre os lábios dele para dentro da boca, que tinha sabor de vinho. Sophie esperou estar fazendo direito. Rei gemeu e a puxou para perto, tomando cuidado com o ombro ferido, virando-a para que as coxas dela ficassem sobre as dele. Suas mãos encontraram a bainha das saias dela e deslizaram até o tornozelo, um toque quente e maravilhoso. Ela estava fazendo direito. Depois de um momento, ele interrompeu o beijo.

"Isso foi tudo que você viu?"

Não.

"A situação ficou mais...", a voz dela sumiu e Sophie teve esperança de que ele preenchesse de novo a lacuna, para que ela não tivesse que fazê-lo. Mas ele não a ajudou e ela teve que concluir, "...erótica."

O som que ele produziu seria melhor descrito como um gemido.

"Existem poucas coisas que eu gosto mais do que essa palavra nos seus lábios."

"Erótica?"

Rei a beijou rapidamente, a língua penetrando fundo antes de soltá-la e deixá-la sem fôlego.

"O que foi tão erótico, Sophie?"

Ela se perdeu na lembrança de novo, na esperança de revivê-la no presente. Ali. Com Rei.

"Ele abriu o vestido dela."

"Cristo", Rei ofegou. "Achei que ele nunca ia fazer isso."

E então o corpete do vestido dela foi solto, os laços apertados demais foram desfeitos com facilidade e os seios dela ficaram livres. Ela arfou com a sensação bem-vinda, mas aquilo ainda não foi o bastante. Pois ele não a tocou. Rei continuou com as mãos nos quadris dela por algum motivo desconhecido. Sophie se contorceu, ansiando pelo toque dele.

"Rei...", ela sussurrou.

O gemido veio de novo, mais suave, mais uma respiração do que um som.

"Então o que ele fez?"

"Ele a tocou."

Um dedo dele deslizou pela curva inferior do seio, e aquilo foi tão inesperado e desejado que ela quase saiu de dentro da pele. Ele traçou um círculo lento em volta do seio dela com o dedo, deixando um rastro de fogo e desejo ardente.

"Aqui?"

"Não."

O círculo ficou menor. Mais perto de onde ela o queria. Mais perto de onde ela só tinha imaginado, sozinha, na calada da noite, que alguém poderia tocá-la. Era noite, mas ela já não estava sozinha.

"Aqui?"

Ela negou com a cabeça. Talvez Rei não pudesse ver a negativa dela, mas ele percebeu. O círculo ficou ainda menor e ela pensou que iria morrer da expectativa.

"Aqui?"

"Não."

Ele interrompeu o movimento.

"Onde? Mostre-me."

Sophie mal conseguiu acreditar que fez o que ele lhe pediu, segurando a mão dele e colocando-a onde ela o queria. Rei lhe deu o que ela queria no mesmo instante, acariciando e apertando o bico teso até ela gemer de prazer, apertando o corpo contra ele, ansiando por...

"O que ele fez depois?" As palavras soaram arrastadas, como rodas de carruagem na pedra.

"Ele a beijou", Sophie sussurrou. "Lá."

"Homem esperto", ele disse, e colocou os lábios onde estavam seus dedos, chupando com delicadeza, como se tivesse uma eternidade para descobri-la, e talvez tivesse mesmo. Talvez Sophie o deixasse descobrir seu corpo pelo tempo que ele quisesse.

Mas ele não foi delicado por muito tempo. Logo Rei passou os dentes pelo mamilo endurecido, uma carícia sensual que a vez gemer alto e enfiar os dedos no cabelo dele, para assim mantê-lo ali. Mas Rei não lhe deu o que ela desejava. Ele ergueu a cabeça quando ela o tocou e soprou ar frio na pele inflamada dela antes de dedicar a mesma atenção ao outro seio.

Ele continuou dedicando-se a um seio e outro até ela estar desesperada por mais do toque dele, por mais de sua boca, por mais Rei. E ele lhe deu mais, deslizando a mão que estava no tornozelo por baixo das saias e por toda a extensão da perna, cada vez mais alto, até parar na pele macia da coxa. Os dedos ficaram lhe acariciando de leve e Rei levantou a cabeça e as palavras saíram em meio à escuridão pecaminosa.

"E o que você pensou disso?"

"Eu pensei...", ela parou, constrangida pela lembrança.

Ele beijou a pele macia do pescoço dela, uma carícia longa e demorada.

"Você desejou que fosse você?"

"Não...", ela disse, e era verdade. "Eu desejei..."

Ela desejou que a mão dele continuasse.

"Eu desejei que pudesse sentir aquilo. Eu desejei que alguém me idolatrasse daquela maneira. Eu desejei que pudesse despertar aquele tipo de atenção."

Ele a beijou de novo, um beijo demorado, lento e profundo.

"Este tipo?"

Ela suspirou.

"Isso. E então ele..."

No silêncio dela, aqueles dedos acariciaram e acariciaram, lentos e intencionais, como se Rei não tivesse mais nada para fazer, nunca mais. Ela não conseguiria lhe dizer. Conseguiria? Mas era noite e, de qualquer modo, eles estavam protegidos por segredos, e quando chegassem a Mossband cada um iria para seu lado. Por que não contar para Rei?

"Então ele levantou as saias dela."

Os dedos deles pararam por uma fração de segundo. Uma hesitação minúscula, que ela não teria notado se não estivesse tão ocupada reparando nele. De repente, ela se sentiu muito, muito poderosa. E as palavras fluíram. Palavras que ela nunca imaginou dizer em voz alta.

"Então ele se ajoelhou."

Rei sussurrou uma imprecação que foi parte palavrão, parte bênção.

"E o que ele fez?"

"Eu imagino que você saiba", ela disse, bêbada pelo modo como aquele momento a consumia.

"Eu sei o que eu gostaria de fazer."

E então ele colocou os pés no chão da carruagem e se ajoelhou, e Sophie se sentiu grata pela escuridão dentro da carruagem, porque não tinha certeza se algum dia seria capaz de olhar de novo para aquele homem. O ar frio acariciou suas pernas quando ele levantou suas saias, dobrando-as sobre o colo dela antes de puxá-la para a borda do assento e afastar suas pernas.

Ela sentiu as faces queimando; Sophie não estava usando roupa de baixo, pois não serviram com o uniforme que vestia antes. Atrasada, ela tentou juntar as coxas, mas ele a manteve aberta.

"Sophie?", ele chamou e o mundo veio envolto em seu nome.

"Sim?"

Ele beijou o lado interno do joelho dela e Sophie pulou com o toque inesperado. Ele riu, baixo e à vontade na escuridão, então falou de encontro à pele sensível.

"Você quer que eu lhe mostre esta parte?"

Todas as partes do amor.

"Eu posso sentir o seu cheiro, e quero, desesperadamente, sentir seu sabor. Quero lhe mostrar o que o cavalariço fez com aquela criada", os dedos dele se moveram e ela ficou rígida quando a tocaram, de leve, um hálito dele sobre os pelos no vértice das coxas dela. "Você é tão quente. E aposto que é úmida também. Mas não vou fazer isso até você me dizer que sim. Até você me dar permissão."

Sim. Sim.

"Você...", ela perdeu a voz. Recompôs-se. "Você quer? Mostrar para mim?"

Ele suspirou, e um ar quente e delicioso a tocou.

"Eu tenho certeza de que nunca quis tanto alguma coisa, em toda minha vida, como quero fazer isso."

Sophie sentiu um aperto no estômago, e também uma sensação excitante em outro lugar mais baixo, mais fundo, mais secreto.

"Ele a fez gritar", ela sussurrou. A história a ajudava a manter a sanidade.

Aquela risada deliciosa outra vez.

"Imagino que sim. E eu adoraria fazer o mesmo com você. Mas você precisa ficar em silêncio, amor, para não oferecermos um espetáculo para o cocheiro", ele inspirou profundamente e exalou antes de continuar, "Você está me torturando lentamente. Diga-me que você quer e eu faço para você. Tudo o que você desejar. E ainda mais."

Sim. Sim.

Sophie estava diante de um precipício e sentia que essa decisão, mais do que todas as outras da última semana, poderia mudar tudo. Mas não havia dúvida. Ela queria essa parte. E ela queria que viesse dele.

"Sim", ela disse. E antes mesmo que a palavra desse espaço ao silêncio, ele estava lá, tocando com os dedos, abrindo as dobras onde ela mais o queria, explorando-a com deliciosos toques.

"Tão molhada", ele gemeu entre beijos na pele macia da parte interna das coxas. "Você ficou molhada assim?", ele perguntou, malicioso. "No palheiro?"

"Não sei", ela respondeu.

"Não?", ele perguntou, parando, torturando-a com a ausência de seu toque. Punindo-a por ela mentir.

"Sim", ela admitiu. "Eu estava molhada."

Ele a abriu e ela fechou os olhos com o toque – sensual, indecente e delicioso –, ao mesmo tempo grata pela escuridão e desesperada por um pouco de luz.

"Você se tocou?"

Ela negou com a cabeça enquanto suas mãos o procuravam e encontraram o cabelo macio dele.

"Não", ela disse e ele parou de novo. Os dedos dela se fecharam no cabelo dele. "É verdade. Não me toquei. Mas..."

Ele soprou de leve o centro exposto dela.

"Mas?"

Ela inspirou, a respiração irregular e insuficiente, e embora fosse ele quem estava ajoelhado, foi ela que confessou.

"Mas eu tive vontade."

Ele recompensou a honestidade dela com sua boca, consumindo-a como fogo, sua língua tocando-a em movimentos lentos e compridos, curvando-se em uma promessa habilidosa no centro do prazer dela. Sophie ergueu os quadris para ir de encontro àquela boca deliciosa, sem se importar que a ação pudesse ser chamada de atrevida. Ela queria muito. Ela *precisava*. E ele se dedicou sem reservas. Os dedos de uma mão a mantinham aberta, enquanto os outros exploravam, pressionando fundo, curvando-se, encontrando um lugar que a fez se contorcer, sem se importar com nada, a não ser ele e seu toque encantador.

"*Rei*", ela sussurrou e ele levantou a boca.

"Diga-me do que você gosta."

"Eu não sei", ela sacudiu a cabeça

Ele lambeu, devastadora, longa e lentamente.

"Você sabe", com a língua, ele encontrou o botão enrijecido no alto dela, que massageou até Sophie arfar seu nome outra vez. "Você gosta disso."

"Eu gosto", ela gemeu. "Mais."

Ele riu, o som um pecado retumbando no escuro. Como o próprio diabo.

"Como quiser, milady", e ele colocou a boca nela outra vez.

Sophie logo se tornou mestre em dizer a Rei do que gostava, mesmo quando se pegava usando palavras que nunca pensou que diria – palavras que a arruinariam para sempre se ditas na companhia de pessoas elegantes. Mas ela não ligava para a companhia de pessoas elegantes. Ela ligava para a companhia *dele*, aquele homem fantástico que lhe mostrava mais na escuridão do que ela jamais tinha visto na luz.

E enquanto ele atendia aos pedidos dela, seu toque acompanhado por um gemido baixo, ela foi se aproximando, cada vez mais, do limite que ele havia prometido. Os suspiros dela foram ficando mais altos e ela gritou o nome dele.

Rei parou. Ela pulou para frente, sentando-se como forma de protesto.

"Não!"

Ele a empurrou de volta ao assento e sussurrou:

"O que eu disse sobre você ter que ficar em silêncio?", ele baixou a cabeça e a beijou com ternura, de boca aberta, provocando-a. "Você tem que ficar quieta, Sophie. Não podemos ser ouvidos."

Aquelas palavras tiveram um efeito sensual, fazendo-a ser inundada por desejo. Ele estava lhe pedindo o impossível.

"É melhor nós pararmos?", ela perguntou, odiando a pergunta.

"Meu Deus. Não. Nós não devemos parar."

Sophie soltou um pequeno suspiro de alívio, que se tornou uma exclamação quando ele a beijou de novo.

"Eu quero muito te ver gritar, Sophie", ele disse entre beijos demorados, insuportáveis. "Eu quero parar esta carruagem, deitá-la sob as estrelas e fazer você gritar sem parar. Sem parar."

Ela abafou uma exclamação provocada pelas palavras e pelo toque dele, ficando rígida. Cravando os dedos na cabeça dele.

"Por favor, Rei."

"Psiu!", ele falou diretamente para o centro dela, e o sopro a deixou louca. "Tenha cuidado", e então os dedos dele se moveram outra vez, ajudando na tortura de Sophie, deslizando para o fundo, acariciando, curvando-se de novo e de novo. "Ele pode nos ouvir."

Ouvir aquilo só serviu para excitá-la ainda mais, e ficou pior conforme ele a provocava e tentava com os dedos, e a lembrava de ficar quieta com aquela voz sensual, cheia de divertimento, como se ele soubesse que a estava destruindo aos poucos, fazendo-a desejá-lo mais do que ela quis qualquer outra coisa em seus 21 anos.

"Ele pode nos ouvir", Rei repetiu sem tirar os lábios do centro de seu desejo, o calor de sua respiração fazendo-a pulsar de anseio enquanto os dedos dele trabalhavam dentro dela. "Ele pode te ouvir, seus gritinhos, você gemendo meu nome... sexo e pecado na escuridão."

Mas ela não era sexo e pecado. Ele era. Mas quando Rei colocou a boca nela, Sophie abriu mais as coxas e ergueu o quadril para ele, mostrando que Rei tinha razão. Ela engoliu os gritos que vieram repetidas vezes quando as carícias ficaram mais firmes, quando ele a massageou com mais dedicação, dando-lhe tudo o que ela queria.

"*Não pare*", ela sussurrou. "Por favor, Rei. Não pare."

Rei não parou, nem mesmo quando a tensão cresceu, sem controle nem alívio, quando Sophie se rendeu na escuridão, vítima da língua, dos lábios e do toque dele, aceitando sem hesitação tudo que Rei lhe oferecia.

Ela se balançou de encontro a ele enquanto a carruagem balançava embaixo dos dois. E então a tensão foi liberada, uma sensação maravilhosa e sensual, e Sophie esqueceu de tudo menos dele, de seus rugidos roucos, de seu aperto forte e de sua boca fantástica.

Quando o prazer chegou ao clímax, arrebentando-se sobre ela, dominando-a, foi Rei quem a conduziu, deixando-a explorar todos os cantos do prazer sem hesitação. Sem constrangimento. Sem vergonha.

Talvez tenha sido a escuridão que afastou a vergonha. Talvez ela devesse estar com vergonha, não? Damas não se comportam daquele modo. Mas de alguma maneira Sophie não se sentia envergonhada, nem mesmo quando ele tirou sua boca e seu toque dela. Depois Rei recolocou as saias no lugar e voltou a sentar-se ao lado de Sophie.

Por algum motivo, era fácil não sentir vergonha com ele.

Ela bocejou e ele a envolveu em seus braços.

"Você gostou delas?", ele sussurrou.

Das partes do amor.

Sophie se aninhou no calor dele, ignorando a pontada no ombro – ela não pensava na ferida há horas – e declarou a verdade:

"Muito. Muito mesmo."

***

Eles trocaram de cavalos no meio da noite na estalagem seguinte, e Rei deixou Sophie dormindo quando saiu da carruagem para comprar vinho, comida e água quente para o chá dela. Ele não podia negar a culpa que o consumia quando atravessou o pátio da estalagem; Rei tinha consciência de que havia ultrapassado todos os limites, e que forçá-la a ir tão longe, sem reservas – quando o ombro dela tinha apenas começado a sarar –, foi falta de cavalheirismo, no mínimo, e talvez uma irresponsabilidade monstruosa.

Havia três caminhos para se viajar até Cúmbria, e Rei poderia apostar que os homens do pai dela seguiam pela trilha mais reta, e não por aquela, que era mais rápida. A essa altura, ele e Sophie estavam longe o bastante de Sprotbrough para que pudessem passar a noite na estalagem. Ela poderia dormir algumas horas em uma cama de verdade. Tomar um banho decente. Mas ele não queria pensar nela tomando banho. A visão foi clara demais, tentadora demais.

E quanto a uma cama de verdade, depois da facilidade com que ele se aproveitou dela na coisa mais distante possível de uma cama, Rei não queria pensar em Sophie deitada em lençóis limpos, com o cabelo espalhado sobre travesseiros brancos, com as saias para cima, o corpete para baixo, as mãos dele na pele dela.

Merda. Se eles andassem depressa, poderiam chegar ao Castelo Lyne pela manhã. Porque é claro que ele não iria deixá-la em Mossband, tendo sonhos bobos com o padeiro ou não. Ele iria levá-la para Lyne, onde poderia mantê-la em segurança até o pai aparecer para buscar Sophie. E nem um momento além disso.

Afinal, ele não era nenhum monstro, mas também não queria se casar com Sophie Talbot. Ele se lembrou disso enquanto voltava com as compras, a caminho da carruagem onde ela dormia, de corpete aberto e saias amarrotadas, encorajando-o a repetir os eventos que tinham acabado de acontecer.

É claro que teria sido muito mais cavalheiresco da sua parte se ele tivesse lembrado disso antes de quase a possuir na carruagem. Mas ele era apenas humano. Feito de carne, assim como ela. E que carne magnífica era a dela. Se pelo menos ele tivesse alguma intenção de se casar...

Rei colocou a comida e a água dentro da carruagem, deixando a porta entreaberta para evitar acordá-la com o barulho, e foi ajudar o cocheiro a atrelar os cavalos descansados. Não, a única intenção dele era confrontar o pai e lhe dizer a verdade – quando Eversley morresse, o ducado morreria com ele. Rei nunca se casaria. Não daria continuidade ao nome dele. Ele passou mais de uma década imaginando a reação do pai – o modo como aquela promessa acabaria com ele.

O duque tinha pedido por isso, não? Ele disse *literalmente* que preferia a extinção de sua linhagem a ver Rei se casar por amor. E era isso o que o duque teria. O fim do ducado. Ele morreria com isso na cabeça e, finalmente, Rei venceria.

Você já foi feliz? As palavras de Sophie ecoaram em sua mente. Havia algo de encantador na ingenuidade dela, que sabia não existir garantia de felicidade. A irmã dela estava em um casamento absolutamente sem amor, mas ainda assim Sophie parecia acreditar no conto de fadas – que o amor poderia, de fato, triunfar.

E o fato de ela ainda ter um fragmento de uma lembrança saudosa do garoto padeiro, que não via há uma década, era prova de que ele devia se livrar de Lady Sophie Talbot, e rápido.

Então por que ele não a deixava?

Ele foi salvo de ter que refletir sobre a questão por um cumprimento indesejado.

"Devo dizer que, mesmo sem seu cabriolé, você está fazendo um tempo terrível."

Rei ficou rígido quando se virou para encarar o convencido Duque de Warnick, que vinha andando, todo tranquilo, pelo pátio, com um charuto na mão e brilho nos olhos. Rei fez uma careta.

"Você deveria ter passado por aqui há três noites", Rei alfinetou. "Você já deveria estar na sua torre de vento a esta altura."

"Eu percebi que gosto daqui", o duque disse.

"Você percebeu que gosta de alguma mulher daqui, eu aposto."

O escocês sorriu e abriu as mãos.

"Ela gosta de mim, quem sou eu para decepcionar as garotas? E você? O que o reteve?"

Rei não respondeu, apenas pegou o arreio que o novo cocheiro lhe entregava para o segundo cavalo e se concentrou em atrelar o animal à carruagem.

"Motivos secretos?"

Rei apertou a correia. Warnick insistiu.

"Você também percebeu que gosta de uma mulher?"

"Não!", a palavra saiu antes que Rei pudesse se segurar.

"Bem...", o duque arrastou a palavra, "isso parece uma mentira."

"Você está questionando minha honra?", Rei olhou torto para o outro.

"Estou, na verdade, mas não tenho intenção de duelar, então não jogue sua luva no chão nem faça o que vocês ingleses idiotas costumam fazer."

Não havia nada, em todo o mundo, pior do que um escocês arrogante.

"Essa não é a sua carruagem", Warnick disse.

"Você é muito perspicaz."

"Por que você está usando outra carruagem que não a sua?"

Rei suspirou e se virou para encarar o duque, a alguns passos de distância, de braços cruzados e o ombro apoiado no veículo.

"Quando você se tornou investigador da Bow Street?"

Warnick arqueou uma sobrancelha e deu um longo trago em seu charuto, antes de deixá-lo cair no chão e pisoteá-lo com sua imensa bota preta.

"Imagino que você não tenha espaço para me dar uma carona para casa?", ele perguntou.

"Não tenho", Rei disse entredentes, sabendo que Warnick não tinha interesse em seguir até a fronteira.

"Bah", fez o escocês. "São só algumas horas. Você nem vai precisar de cavalos novos."

"Não tenho espaço", disse Rei.

"É claro que tem. Estou com todas as suas rodas, então você deve ter espaço sobrando. E eu sou pequeno."

Além de ser irritante como o capeta, o escocês devia ter mais de 120 kg.

"Você não tem nada de pequeno."

"Ainda assim..."

Sem aviso, Warnick abriu a porta da carruagem. Rei deveria estar esperando por isso. Soltando um palavrão, ele largou o arreio em que estava trabalhando e se aproximou do outro.

"Feche isso!"

Warnick fechou, tão rápido que foi quase como se ele nunca tivesse aberto. Ele lançou um sorriso malicioso para Rei.

"Então você encontrou uma mulher."

"Ela não é uma mulher."

Warnick arqueou as sobrancelhas.

"Não? Porque o corpete dela está aberto e as coisas parecem muito claras nesse aspecto."

Rei olhou para o lado por um instante, a frustração e a fúria tornaram impossível que ele não se voltasse para o escocês e acertasse um soco bem no meio de sua cara arrogante.

"Isso é por olhar para o corpete dela!"

O duque levou a mão ao rosto, onde o sangue fluía livremente de seu nariz.

"Droga, Rei! Isso era mesmo necessário?"

Rei acreditava que era, sim. Ele pegou um lenço no bolso e limpou a mão. Precisava arrumar um cobertor para Sophie. Para cobri-la enquanto ela dormia. Ele entregou o lenço para o amigo.

"Gosto mais de você quando está do outro lado da fronteira", Rei disse.

"Eu gosto mais de *você* quando *eu* estou do outro lado", o duque rebateu, segurando o tecido branco sobre a ferida. "Nunca vi você tão tenso. É por causa do seu pai? Ou da garota?"

Os dois, sem dúvida.

"Nenhum deles", ele respondeu.

Warnick bufou indicando que ele não era bobo.

"Tem um cabriolé aqui", ele disse. "Compre-o. Dispute uma corrida comigo até em casa. Livre-se de parte dessa raiva antes de falar com seu pai doente."

Rei nunca ouviu outra oferta mais atraente do que essa. Ele ansiava pela liberdade do cabriolé. Por suas possibilidades. Ele queria sentir que estava no limite do perigo, sabendo que eram suas habilidades e sua força, e nada mais, que não o deixavam perder tudo. Ele queria a certeza de que tinha sua vida em suas mãos. Que ele próprio a controlava.

Mas pela primeira vez desde que ele começou a participar daquelas corridas, não era do passado que ele queria fugir. Não eram suas lembranças que ele queria controlar. Não era a carruagem que Rei queria evitar, mas seu conteúdo. E as coisas que esse conteúdo o fazia desejar. Sem perceber, ele olhou para a carruagem. O duque percebeu.

"Mande a garota de volta para o lugar de onde veio", disse Warnick.

"Não posso."

"Por que não?"

Não posso deixá-la.

Ele não respondeu. Warnick o observava com atenção.

"Ah...", ele exclamou.

"O que isso quer dizer?", perguntou Rei, a raiva crescendo dentro de si.

"Você gosta do seu criado", o duque deu de ombros.

Não era nada disso.

"Como você sabe..."

Warnick sorriu.

"Eu posso ter demorado para descobrir, mas depois que a gente vê... não dá para esquecer."

"Faça o seu melhor para esquecer, imbecil", Rei se virou, decidido a ignorar o outro, e voltou para o cavalo.

"Aonde você está levando a moça?"

Ele estava levando Sophie para o Castelo Lyne, onde ela permaneceria até seu pai aparecer para levá-la de volta a Londres. Que outra escolha ele tinha? Se a deixasse ali, Sophie acabaria nas garras de alguém como Warnick. Rei pensou em Sophie no castelo, na base da antiga fachada de pedra, usando aquele vestido ridículo de segunda mão, que não a fazia parecer a dama que era.

Eu prefiro que você não se case a desposar uma vagabunda barata que só está atrás de um título.

Rei ficou imóvel.

"Quem é ela?", Warnick perguntou.

Ela é a mais nova das Irmãs Perigosas.

"Porque ela é inteligente demais para você. O que significa que ela vai trazer mais problemas que qualquer outra coisa", Warnick continuou, sem se dar conta de que Rei estava perdido em seus próprios pensamentos, suas próprias palavras ecoando em sua cabeça. "Você não deveria se envolver com mulheres inteligentes. Nunca vai conseguir superá-las e, antes que se dê conta, vai se ver casado com uma delas."

Rei ergueu o rosto ao ouvir aquilo.

Não vou cair na sua armadilha de casamento, foi o que ele disse para Sophie quando acreditava que ela não queria nada além de seu título. Rei não acreditava mais nisso. Sophie não era uma interesseira ardilosa. Mas continuava sendo uma irmã Talbot. E outras pessoas teriam dificuldade de acreditar nisso. *Seu pai teria dificuldade de acreditar nisso.*

Isso significava que ele teria que vencer sua aposta com Sophie – provar que o padeirinho perfeito dela não era nada além de uma fantasia. E assim ele teria que mantê-la por perto. Rei ignorou a onda de prazer que o atravessou ao pensar nisso. Manter Sophie por perto não era o ideal. Eles nem mesmo gostavam da companhia um do outro...

Você adorou a companhia dela nas últimas horas. Ele afastou o pensamento, testou a força do arreio e se virou para o novo cocheiro.

"Mossband, o mais rápido que conseguir chegar lá."

O cocheiro subiu e pegou as rédeas. Warnick tocava cuidadosamente a ponte de seu nariz.

"Você o quebrou", disse o escocês.

"Não se preocupe. Qualquer coisa vai melhorar essa sua cara feia."

"Não tenho ouvido reclamações", o duque fez uma careta irônica para ele.

"Porque as mulheres ficam mudas de medo perto de você", Rei pôs a mão na porta da carruagem. "Você vai continuar por aqui?"

O duque olhou para o segundo andar da estalagem antes de dar de ombros.

"Um ou dois dias. Ela é uma coisinha gostosa!" Ele inclinou a cabeça na direção da carruagem. "Você acha que eu poderia dar mais uma olhada?" Rei fechou uma carranca para o escocês e este riu, uma risada ribombante. E logo em seguida ele ficou sério. "Aceite meu conselho, Rei. Livre-se dela antes de descobrir que não consegue."

Rei aquiesceu, mesmo que alguma coisa naquelas palavras não tivesse lhe parecido correta.

"Vou fazer isso", ele respondeu, abrindo a porta com vigor renovado. "Assim que ela servir aos meus objetivos."

Escândalos & Canalhas

Capítulo 13   Junho de 1833

PÃO QUENTE OU PADEIRO ESCALDANTE?

* * *

A carruagem cheirava a pão recém assado. O aroma a envolveu, trazendo a fome em seu encalço. Parecia que fazia uma eternidade desde a última vez em que ela tinha comido uma refeição de verdade, e talvez fizesse mesmo. Entre a fuga da Mansão Liverpool, o ferimento de bala e a fuga dos homens de seu pai, comer bem não tinha sido uma prioridade.

E na noite anterior, quando Rei trouxe uma cesta cheia de comida de verdade para dentro da carruagem, ela não teve muito tempo de apreciá-la, pois acabou se distraindo com *quem* trouxe a comida. A lembrança dos eventos daquela noite a fez se endireitar no banco e a deixou consciente de como estava descomposta. Um cobertor com o qual ela não lembrava de ter se coberto caiu sobre suas pernas.

Rei devia tê-la coberto. Ela ignorou o calor que veio com essa ideia e começou a se recompor, puxando rapidamente os laços do corpete, cobrindo-se o melhor que podia com aquele vestido emprestado. Depois de completar a tarefa mais urgente, Sophie ergueu os olhos e reparou em três coisas: a tênue luz cinzenta que iluminava a carruagem, indicando que o dia estava nascendo; o fato de que Rei não estava no assento à sua frente; e o fato de que a carruagem permanecia parada.

Ela espiou pela janela, de algum modo já sabendo a verdade, mas a fileira de casinhas de tijolo, a alguns metros, confirmou. Eles estavam em Mossband. Continuava tudo ali, o armarinho, o açougue e, claro, a padaria. Já funcionando. Já assando os pães.

Sophie abriu a porta da carruagem e colocou o pé no degrau que já estava ali, posicionado como se estivesse lhe esperando, assim como aquela cidadezinha e todas as lembranças que trazia. Ela se virou para o gramado no centro da cidade, marcado por uma pedra imensa, maior que uma casa pequena e impossível de ser movida. Assim, foi deixada como um marco, com musgo subindo por sua face ao norte, e era isso que dava o nome à cidade – Mossband, faixa de musgo.

Ela inspirou fundo, inalando a luz, o ar e a manhã.

"É como você se lembrava?" As palavras foram ditas em voz baixa na alvorada silenciosa. Sophie se virou para encontrar Rei perto dela, encostado na carruagem, mais perto do que ela esperava. Perto o bastante para sentir o cheiro dele, para ver a barba por fazer que lançava uma sombra em seu rosto. Eles viajaram praticamente sem parar, e ele não tinha se barbeado. Os dedos dela coçaram de vontade de tocá-lo.

Ele não é meu para que eu possa tocá-lo.

Não à luz do dia. Não ali, no fim da jornada, onde estavam para encerrar seu relacionamento. Um relacionamento que tinha ido muito mais longe do que deveria. Ela pigarreou e encontrou a voz.

"Exatamente assim", ela percorreu a fileira de casas com os olhos, saboreando o lugar com que tinha sonhado por anos; agora havia uma casa de chá que não existia quando ela era mais nova, bem no alto daquela elevação que virava atrás do pub. "A não ser pela casa de chá."

Rei olhou para o pub.

"A *Fuinha e o Pica-pau*? Sério?"

"Eu acho criativo", ela disse e riu do espanto dele.

"Eu acho ridículo."

Sophie meneou a cabeça e apontou para a pedra no centro do gramado.

"Seleste escalou a pedra uma vez." Ela reparou na interrogação no olhar dele. "Minha irmã."

"Aquela de quem não falamos."

Ele não mencionou o pretendente dela, o que Sophie notou. Ela fez um gesto com a cabeça.

"Ela escalou aquela pedra – não devia ter mais que 8 ou 10 anos –, e depois que chegou lá em cima, ficou apavorada. Não conseguia descer de jeito nenhum."

"O que aconteceu?"

"Meu pai veio salvá-la", Sophie disse, o fato há muito esquecido retornando à mente com total clareza. "Ele lhe disse para pular nos braços dele."

"E ela pulou?"

Sophie não conseguiu segurar a gargalhada.

"Os dois foram parar no chão."

Ele riu com ela, o som profundo e delicado sob a luz da manhã.

"Ela aprendeu a lição?"

Sophie negou com a cabeça.

"Não. Na verdade, todas nós quisemos escalar a pedra e brincar com o papai depois disso."

As palavras trouxeram um fio de tristeza, algo que ela não entendeu muito bem, e Sophie meneou a cabeça, tentando afastar a emoção. Virando-se, ela encontrou Rei a encarando.

"Você escalou a pedra?"

Sophie passou por ele e rodeou a carruagem.

"Escalei", ela respondeu.

Rei a seguiu.

"E você pulou?"

Ela parou e olhou para os próprios pés.

"Não."

"Por que não?"

"Porque...", ela parou de falar, pois não queria pronunciar as palavras. Não queria que ele as ouvisse. Não que importasse o que ele pensava dela. Aquele era o último dia dos dois juntos. Depois disso, nunca mais se veriam.

"Sophie?"

Ela se virou, adorando o som de seu nome nos lábios dele. O modo como o som a envolveu no ar frio e cinzento da manhã. O modo como a fez se lembrar da noite anterior. O modo como Rei falava em meio à escuridão. Ela não deveria estar pensando nisso. É claro que pensaria, mas não devia fazer isso em público. À luz do dia. Na presença dele e de toda Mossband.

"Sophie."

Ela sacudiu a cabeça e olhou por cima do ombro, para a pedra em questão.

"Eu estava com muito medo de pular."

Veio o silêncio e ela imaginou que ele a criticava mentalmente. Ela não era muito diferente agora, era? Continuava com medo. Continuava desinteressante. Continuava *desdivertida*. Ela se preparou para ouvir a réplica dele.

"Até agora."

Sophie piscou e procurou o olhar dele, aquele verde lindo e seguro de si.

"Não entendi", ela disse.

"Você não tem medo de pular agora. Não é para isso que está aqui? Não foi por isso que se escondeu na minha carruagem? Que roubou minhas rodas e acabou levando um tiro? Não foi por isso que fugiu dos homens do seu pai? Só para que pudesse estar aqui, agora? Para que pudesse pular?"

Ela não sabia o que dizer. As palavras dele foram tão contundentes que praticamente a empurraram. E então a empurraram de verdade.

"Para que pudesse vencer sua aposta? E finalmente ser feliz?"

Ela olhou para a padaria, a chaminé soprava aquela fumaça familiar, e Sophie percebeu que sua aposta era ridícula. Ela nunca iria ganhar. Mas ele a estava conduzindo para a conclusão lógica. Ela entraria na padaria, veria Robbie e voltaria para Mossband. Sophie estaria livre de Londres. Tudo iria mudar. Ela teria um recomeço. Ela estaria livre.

"Ou você desiste?"

Ela se sentiu grata pela provocação contida nas palavras. Pelo modo como elas a trouxeram para o presente. O modo como elas a lembraram da mulher que havia prometido para si mesma que se tornaria. A vida que ela tinha prometido para si mesma que teria.

Sem títulos nem pretensão. Sem Londres. *Sem ele.*

Não que ela o quisesse. Ela nem mesmo gostava dele. E, com certeza, ele não gostava dela. Esse era o momento. Ela estava ali, naquele lugar em que não conhecia ninguém, onde não tinha nada. Ela encontrou seu caminho até ali. Ela fez sua aposta e iria até o final. Sim, talvez ela fracassasse, mas não podia voltar para Londres. E não poderia depender da ajuda de Rei para sempre. Os dois não combinavam.

Eu estava com muito medo de pular. Até agora.

Não era ver Robbie que importava, mas provar para si mesma que ela tinha coragem de fazer aquilo. Sozinha. Provar para Rei. Porque ele iria deixá-la e Sophie queria que ele pensasse que ela é corajosa. Queria que a valorizasse. Que a visse. Uma última vez.

Ela colocou um sorriso acalorado no rosto.

"Por que eu desistiria quando estou tão perto de ter minha livraria?" A sensação de triunfo cresceu diante da surpresa dele. Ele pensava que ela não conseguiria, e então ela voltou para a porta aberta da carruagem e recolheu suas poucas coisas.

Colocando sua bolsa junto aos pés, ela alisou as saias.

"Como eu estou?", ela perguntou.

"Como se estivesse viajando de carruagem há 24 horas seguidas."

Sophie fez uma careta para ele antes de pegar sua bolsa e se endireitar.

"Eu não deveria ter perguntado para você."

Rei deu um passo à frente e levou a mão ao rosto dela, prendendo uma mecha de cabelo atrás da orelha, e esse toque fez um arrepio percorrer seu corpo todo. Um arrepio que ela tentou ignorar, mesmo quando o polegar dele tocou sua face, apagando alguma mancha invisível. As pontas dos dedos dele se demoraram no queixo dela, inclinado seu rosto para ele, e ela sentiu as faces esquentarem sob aquele olhar firme.

Eles ficaram parados assim por um longo tempo, longo o bastante para Sophie se perguntar se Rei iria beijá-la de novo. Longo o bastante para ela desejar que ele a beijasse de novo. Ali, perto do gramado de Mossband, à vista de qualquer pessoa que quisesse espiar.

"Não se esqueça de manter o ferimento limpo."

Se ela tivesse apostado mil libras, não teria imaginado que Rei diria isso. A respiração dela ficou presa no peito diante daquela instrução estranha, aquela demonstração de preocupação.

"Não vou esquecer."

Ela mostrou a bolsa como prova. Ele aquiesceu e se afastou, e Sophie sentiu profundamente a perda do toque dele. Não gostou nada daquilo. Ela procurou algo para dizer, pois não estava pronta para se livrar dele.

"Eu nunca pretendi criar uma armadilha para forçá-lo a se casar comigo." Era uma coisa estranha de se dizer, mas verdadeira, e Sophie achou que era isso que importava.

"Eu sei disso agora", ele concordou, com um pequeno sorriso naquele belo rosto. Havia uma covinha ali, na sombra escura da barba por fazer. Ela teve vontade de tocá-la. Em vez disso, apenas agradeceu.

"Obrigada. Por tudo."

"Não tem de quê, Sophie."

E foi assim. Ela fez um cumprimento com a cabeça.

"Adeus, então", ela disse, detestando as palavras.

"Boa sorte", ele respondeu. Ela detestou ainda mais essas palavras.

Com uma inspiração profunda, ela atravessou a rua e chegou à padaria, enquanto tentava se convencer de que o desconforto no estômago não era nada além de seus nervos. Não tinha nenhuma relação com o fato de que estava dando suas costas para Reider, Marquês de Eversley. O homem com o qual ela passou a maior parte da última semana. Afinal, eles nem gostavam um do outro.

Ela abriu a porta da padaria e uma sineta acima da porta badalou alegremente, anunciando o calor dos fornos, e o cheiro de canela e mel encheram sua boca de água. Os balcões não continham pães, pois ainda era cedo para os clientes, e ela precisou de um instante para se acostumar com a luz tênue.

"Sinto muito, senhorita, ainda não temos nada para vender...", Robbie se endireitou em frente à grande abertura do forno de tijolos que ficava no centro da sala. Ele a encarou com olhos calorosos, delicados e gentis — exatamente como ela se lembrava. "Sophie?"

Ele se lembrou dela. O peito de Sophie se apertou com uma emoção que não conseguiu identificar de imediato. Ela sorriu.

"Robbie...", o nome pareceu estranho em sua boca. Desconhecido. Incorreto.

Ele saiu de trás do balcão — alto, ombros largos, em mangas de camisa, o cabelo ainda loiro amarrado em um rabo de cavalo, os olhos castanhos cheios de alegria.

"Nós não sabíamos o que tinha acontecido com você! Quero dizer, nós lemos os jornais, mas você nunca voltou!"

Ele esticou as mãos para ela e Sophie recuou, surpresa com o arrojo dele. Robbie parou, percebendo o constrangimento.

"Desculpe-me", ele disse. "Eu esqueci que você agora é uma lady."

As palavras estabeleceram distância entre eles, imediatamente colocando Sophie em um nível acima. Ela sacudiu a cabeça.

"Não", ela disse. "É só que... você me surpreendeu."

"Sou eu quem está surpreso, posso garantir para você", ele passou os olhos pela loja à procura de alguma coisa que não encontrou. "Eu não tenho um paletó."

Robbie sentia-se constrangido por estar usando apenas uma simples camisa, e Sophie detestou fazê-lo se sentir assim. Ela ergueu a mão.

"Não precisa se preocupar com isso."

Ele olhou para o lado e o silêncio caiu entre eles.

"O dia está nascendo", Robbie disse.

"Eu acabei de chegar."

"De Londres?"

Ela aquiesceu.

"Suas irmãs também vieram?"

"Não. Eu vim sozinha."

"Por quê?", ele franziu a testa.

Sophie pensou por um bom tempo até encontrar o que dizer.

"Eu quis voltar para casa", ela fez uma pausa e, como ele não falou, disse, "Para um lugar que eu conheço. Para as pessoas de quem eu gosto."

"Não estou entendendo...", ele meneou a cabeça.

"Eu detesto Londres", ela tentou se explicar melhor.

"Entendi...", Robbie assentiu como se as palavras fizessem sentido, mas Sophie teve a clara impressão de que não fizeram, então ele enfiou as mãos nos bolsos, o que esticou os suspensórios da calça. Ele balançou o corpo para frente, depois para trás, enquanto passava os olhos pela loja, até que sua atenção se fixou na cesta que jazia sobre uma mesa. "Os pães ainda estão esfriando, mas você está com fome? Aceita um biscoito? São de ontem, mas ainda estão bons."

Foi então que Sophie soube. *Isso vai acabar mal.*

Rei tinha lhe dito essas mesmas palavras, antes dos dois selarem aquela aposta boba. E ela sabia que era verdade, embora tentasse negar. Aquilo ia acabar mal, mesmo. E não porque Robbie Lander não iria se tornar seu marido. Acabou mal porque dez anos transformaram aquele lugar. Ou talvez tivessem transformado Sophie. Seja como for, Mossband não era mais o lar dela.

O universo pontuou os pensamentos dela badalando a sineta sobre a porta.

"Papai!"

Uma garotinha passou por ela, e Robbie se abaixou para pegá-la nos braços, levantando-a.

"Bom dia, boneca! Me dê um beijo."

Sophie ficou observando a criança fazer o que o pai pedia, encostando seu rostinho no de Robbie sem hesitação antes de se afastar para falar:

"Mamãe disse que eu posso comer dois pãezinhos hoje."

"Ela disse, é?", Robbie respondeu, seu olhar pairando na porta, além de Sophie. "Dois?"

"A gente promete qualquer coisa para fazer uma garotinha calçar seus sapatos."

As palavras vieram de trás de Sophie, e esta se virou para se deparar com uma mulher bonita, de cabelos castanhos e faces rosadas, equilibrando um bebê no quadril. O bebê tinha os olhos castanhos de Robbie e um rosto rechonchudo e feliz que Sophie reconheceu da sua infância. Aquela era a família dele.

Você acha que ele está sonhando com a filha do conde que foi embora há uma década?

Ela não achava, claro. Ainda assim, olhando para aquela mulher, aquele bebê, Sophie não conseguiu evitar de sentir... *inveja*. Ele tinha um lar ali. Robbie permaneceu em Mossband e ali estava ele com sua vida feliz. Sua esposa feliz. Sua família feliz...E aquilo era tudo tão estranho para Sophie.

A esposa de Robbie olhou para Sophie com um sorriso acolhedor.

"Bom dia."

Sophie conseguiu produzir um sorriso semelhante, apesar de seus pensamentos confusos.

"Bom dia."

"Jane, esta é Lady Sophie, filha do Conde de Wight", Robbie lhe apresentou, deixando a filha no chão e pegando uma assadeira de pães doces, que pôs sobre o balcão.

Jane arregalou os olhos e fez uma mesura. O bebê riu com a descida rápida.

"Milady, seja bem-vinda!"

"Ah, por favor, não é preciso, Sra. Lander", Sophie disse, detestando o honorífico. "Por favor, pode me chamar de Sophie. Eu conheço seu marido desde que nós tínhamos", ela olhou para a garotinha, "sua idade." Sophie se abaixou. "Qual é o seu nome?"

"Alice", a garotinha respondeu, com a atenção na assadeira de pães doces, com água na boca, salivando de expectativa.

"Eu lembro desses pãezinhos, de quando era uma garotinha", Sophie disse, a lembrança rápida e triste fechando um nó em sua garganta. Quando ela tinha certeza de tudo. Sophie se endireitou rapidamente, desejando afastar as lágrimas que ameaçaram surgir sem aviso, desejando afastar a tristeza que aquela garotinha, aquela família provocou.

Ela imaginou sentir muitas coisas ao voltar para Mossband, mas não tristeza. Não aquela sensação de solidão.

"Que bela família, Robbie... Sr. Lander", Sophie se corrigiu.

"É mesmo, não é?", ele riu.

Era perfeita. Uma vida perfeita.

"Lady Sophie e eu brincávamos juntos quando éramos crianças", ele explicou para a esposa, que olhava para Sophie com curiosidade.

"Oh?"

Sophie aquiesceu, o peso do momento oprimindo a atmosfera da loja.

"É verdade", ela disse.

O silêncio veio, constrangedor, e Sophie pensou em quão rápido poderia ir embora. Aonde ela poderia ir. O que aconteceria a seguir.

"Papai", a menininha disse, sem ligar para a presença de uma lady. "A mamãe me prometeu pãezinhos."

Robbie olhou para sua filha.

"Bem. Promessa é promessa."

Promessa é promessa. Ela tinha dito aquelas mesmas palavras para Rei há alguns dias, e detestou a lembrança do convencimento dele de que aquela situação nunca poderia terminar bem. Ela já sabia, então, que não sairia dali como noiva de Robbie. Mas nunca teria imaginado que sairia com tantas dúvidas sobre seu futuro. O coração dela começou a martelar. Sophie apertou sua bolsa junto ao corpo e inspirou fundo.

"Você está ocupado. É melhor eu... ir embora."

Robbie olhou para ela enquanto pegava um pão quente de uma assadeira junto ao forno.

"Vamos ver você de novo?"

A pergunta simples quase acabou com Sophie ao lembrá-la de que não havia nada para ela em Mossband — assim como não havia nada em Londres.

"Eu não sei", ela meneou a cabeça.

"Você está hospedada na cidade?", Jane perguntou, franzindo a testa.

"Eu estou...", ela parou de falar quando se deu conta de que não sabia onde estava. Onde estaria.

"Você está hospedada sobre o pub?", perguntou a esposa alegre de Robbie.

"Estou...", Sophie mentiu, aproveitando a sugestão da outra. Ela tinha que dormir em algum lugar. "No pub."

"Ótimo", Robbie exclamou. "Então nós vamos ver você de novo."

"Por causa dos pães", Sophie respondeu.

"Quer levar um agora? Para o café da manhã?", Jane ofereceu um para Sophie.

Ela odiou aqueles pães nesse momento, a tentação quente que representavam. A promessa de felicidade, lembrança e restauração que ofereciam. Ela não queria o pão. Ela não queria as emoções estranhas que vinham com ele. Nem as emoções estranhas que viriam com a recusa.

E, assim, Sophie ficou no centro da padaria, olhando para o pão doce que lhe era estendido, imaginando como foi acontecer de a mais inteligente das irmãs Talbot se tornar aquela imbecil e o que, exatamente, ela iria fazer com o resto de sua vida — a vida que começaria após sair daquele lugar para encarar um futuro imenso e vazio.

Como vai acabar, então? A pergunta feita por Rei ecoou dentro dela em uma onda de incerteza. Ela não tinha ideia de como aquilo iria acabar. Mas sabia que não acabaria ali. *O que ela tinha feito?*

"Será que nós poderíamos levar dois?"

A pergunta foi pontuada pela sineta alegre acima da porta e Rei entrou na padaria. Sophie soube, então, que algo poderia piorar aquela situação. O Marquês de Eversley, todo sorrisos, bancando a testemunha convencida e arrogante da sua incerteza. Jane arregalou os olhos e sua boca se transformou em um "O" perfeito. Sophie não podia culpá-la, pois Rei parecia dominar todo o espaço em que entrava — fossem bares, quartos, carruagens. Por que não padarias?

"Nós não precisamos de dois", Sophie disse.

"É claro que precisamos, querida."

O *querida* chamou sua atenção. E de Jane. E de Robbie. Sophie se virou para Rei.

"Nós *não* precisamos."

Ele a ignorou e virou seu sorriso lindo e exuberante para Jane.

"Minha mulher adora esses pães. Ela não fez outra coisa que não falar deles desde que saímos de Londres."

Meu Deus. Ele a estava arruinando de novo. Ela não era a Sra. Matthew para aquela gente. Ela era Lady Sophie Talbot. Eles a conheciam. E não hesitariam em fazer fofocas a seu respeito.

"Meu lorde", ela começou, sem saber muito bem o que deveria dizer.

Rei a ignorou e estendeu a mão para Robbie.

"Você deve ser o famoso Robbie."

Robbie pareceu terrivelmente confuso.

"Eu sou", ele confirmou.

Rei sorriu.

"Eversley. Marquês de Eversley."

Os olhos de Robbie ficaram do tamanho de pratos.

"Marquês!" Ele olhou para Sophie. "Vocês são..."

"Ainda não", Rei riu, respondendo à pergunta antes que fosse formulada. "Infelizmente, ela quis voltar a Cúmbria antes de se casar comigo. Mas ela jura que casa depois que virmos meu pai, o Duque de Lyne." Ele levou a mão de Sophie aos lábios e olhou no fundo dos olhos dela enquanto beijava seus dedos. "Eu não precisava de tanta cerimônia, na verdade. Eu teria me casado com ela junto à cerca-viva no dia em que nos conhecemos. Não é verdade, amor?"

Sophie ignorou a palpitação de seu coração ao ouvir aquelas palavras tão românticas. Ele era um ator digno dos palcos de Londres. Mas o que Rei estava fazendo? O que aconteceria com ela depois que não se casassem? Quando estivesse arruinada, descartada pelo Marquês de Eversley?

Ela não era uma das outras ladies, que tinham montes de ofertas de casamento. A única outra opção de que dispunha estava ali. Casado com Jane. Fazendo pãezinhos doces.

Mas ela saberia que aquela opção nunca tinha existido se tivesse sido honesta consigo mesma. *Ela devia ser mais honesta consigo mesma.* Sophie pensou que deveria se sentir grata pela intervenção dele. Mas aquilo a constrangeu por completo. Ela não queria que Rei tivesse visto que os planos dela haviam se transformado em um completo desastre. Sophie não queria que Rei visse que ela estava sozinha. Sem um lar. Sem um objetivo. Ela não queria que ele se vangloriasse. Ela não queria que ele a julgasse. O constrangimento ardeu, indesejado. Ela só quis que ele fosse embora. Mas infelizmente ele ficou e se virou para a encantada Jane.

"Mas ela estava tão ansiosa para ver o velho amigo", Rei se aproximou, como quem conta uma fofoca, "e, cá entre nós, para comer um desses lendários pãezinhos, que até esqueceu de pedir um para mim." Ele olhou para Robbie. "É claro que, como estamos viajando há dias, eu a perdoo. A exaustão cobra seu preço de uma dama tão delicada."

Sophie resistiu ao impulso de revirar os olhos.

"É claro, meu lorde", Robbie disse, pegando um segundo pãozinho e um pedaço de tecido para envolvê-los.

"Você é um lorde?", Alice perguntou. Aparentemente, a chegada de um aristocrata era mais interessante que o café da manhã.

"Eu sou, sim", Rei se abaixou para cumprimentá-la. "Como vai, Srta...."

Alice não entendeu as reticências, então Sophie interveio.

"Alice."

"Alice é um lindo nome. Para uma linda lady."

"Eu não sou uma lady", Alice riu e olhou para Sophie. "Mas ela é."

"Ela é mesmo", Jane respondeu. "Logo será uma marquesa. E depois duquesa."

"Nossa, mãe!", Alice arregalou os olhinhos.

"Alice!", Jane sussurrou para a filha e voltou uma expressão de desculpas para Sophie. "Ela não costuma conhecer aristocratas."

Sophie sorriu para Rei e detestou a maneira como vê-lo com a pequena Alice lhe dava vontade de vê-lo com outras crianças. Os filhos *dele*. Ela afastou o pensamento de sua cabeça.

"Eu mesma gostaria de encontrar menos aristocratas."

Rei gargalhou com vontade, parecendo, aos olhos do mundo, um noivo apaixonado. Sophie quis lhe dar um chute na canela, e talvez tivesse dado se Robbie não interviesse, estendendo o pacote de pães para Rei.

"Dois pães doces, meu lorde."

"Obrigado. Seria possível você me arrumar mais um?", Rei perguntou, sorrindo para Sophie. Era óbvio que ele estava se divertindo com o papel que representava. "O cocheiro deve estar com fome."

"Sem dúvida", Sophie concordou, mal contendo sua irritação. Será que ele não pretendia ir embora daquele lugar? "Você é muito gentil."

Rei se aproximou e sussurrou na orelha dela, alto o bastante para que a cidade toda pudesse ouvir.

"Só quando estou com você", ele disse e Sophie ficou corada, detestando a si mesma por isso. Por desejar que fosse verdade. Detestando Rei por isso. Ele estava piorando tudo.

"Obrigado", ele agradeceu para Jane depois que ela empacotou os pães e concluiu a transação, e continuou com a afronta; "Vocês precisam vir ao nosso almoço de casamento. Como amigos de Sophie e meus convidados."

Constrangimento e incerteza foram substituídos no mesmo instante pela fúria. Uma coisa era provocá-la, outra era mentir daquela maneira desavergonhada. Não haveria nenhum almoço de casamento! Na verdade, dentro de minutos eles se separariam. Para sempre.

"Nós precisamos ir embora, meu lorde. O Sr. e a Sra. Lander estão começando o dia de trabalho."

"Eu também!", acrescentou Alice.

"Alice também", Sophie disse, grata pela ajuda.

Rei se agachou para falar com Alice, como se fosse normal que um marquês desse atenção a uma criança.

"Desculpe-me por interromper seu dia tão ocupado, Srta. Alice."

A garotinha aceitou as desculpas.

"Mamãe disse que eu poderia pegar dois pãezinhos."

Ele sorriu e Sophie detestou o modo como seu coração retumbou no peito. É claro que ela reagiria a qualquer demonstração de bondade para com uma criança. Era uma cena linda. *Tornada ainda mais linda por ele.*

Bobagem.

"Meu lorde", ela chamou.

Rei se levantou.

"Você primeiro, milady."

E então ela foi na frente, atravessou a rua e foi até o outro lado da carruagem, quando se virou para encontrá-lo logo atrás de si. Ela se aproximou, encarando-o.

"Você deve se achar muito engraçado", ela disse, apertando os olhos.

"Não sei o que você quer dizer", ele ergueu as sobrancelhas, fingindo inocência.

Sophie ralhou num sussurro baixo, ciente da presença do cocheiro no meio do gramado.

"Você sabe muito bem o que eu quero dizer. Você entrou naquela padaria e garantiu que eu fosse humilhada por completo."

"Humilhada? Você está noiva de um marquês! Uma futura duquesa!"

Ela pestanejou. Ele estava louco. Era a única explicação. Isso, ou ele era absolutamente cruel.

"Só que eu não estou! É tudo uma grande mentira! O que vai acontecer quando você não se casar comigo? Quando eu não for nada além da mulher que o Marquês de Eversley descartou? Eu sei que você já arruinou um bom número de mulheres, mas isso não lhe dá o direito de me arruinar também."

"Se você quiser entrar em detalhes, saiba que você mesma se arruinou no momento em que vestiu aquele uniforme e pegou carona na minha carruagem."

Ele tinha razão, é claro.

"Eu não quero entrar em detalhes."

"Imagino que não", Rei sorriu.

"Parece que você está gostando disso, não é? Sua vitória perfeita. Mais uma para acrescentar a uma vida de sucessos?" Ele abriu a boca para responder, mas ela continuou, furiosa. "É claro que você está gostando, porque você saboreou cada um dos meus erros desde o primeiro instante em que nos conhecemos. Você passou os últimos dias debochando de mim, então por que não aproveitar mais uma oportunidade?" Sophie se afastou e abriu os braços. "Não pare agora, *Vossa Alteza*. Não é para isso que você vive? Para me dizer que eu estava errada desde o começo? E que você estava certo? Para fazer com que eu me sinta uma idiota o tempo todo?"

"Não."

Sophie não ligou para a resposta.

"Você não precisava se esforçar tanto, encantando a criança, abrindo seu belo sorriso para a esposa, fingindo simpatia com o Robbie. Eu já estava me sentindo uma idiota. Você acha que eu não percebi que estava errada? Que eu deveria ter continuado em Mayfair? Que a reprovação da Sociedade era, pelo menos, um resultado esperado? Ou você quer apenas que eu diga? Você venceu!", ela vociferou. "Você ganhou seu prêmio. Parabéns! Infelizmente, eu não tenho nada bom para dizer sobre você. Nem hoje, nem nunca. Vou ter que faltar à minha palavra."

Bufando de raiva, ela se virou para sair de perto dele, para encontrar o pub. Para alugar um quarto. Para se livrar dele para sempre.

"Não me culpe por isso", Eversley disse e ela parou no mesmo instante, voltando-se quando ele continuou. "Eu não fiz outra coisa que não seguir suas ordens desde que estamos juntos." Ele se aproximou. "Foi você que quis sair de Londres. Que quis vir para Mossband, como se existisse aqui uma vida que você pudesse viver de novo, como se uma década em Londres, com riqueza e privilégios, pudesse ser apagada por um maldito pãozinho doce."

"Você não sabe nada a meu respeito", ela mentiu.

"Eu sei que você inventou aquele garoto."

Ela arqueou as sobrancelhas.

"Inventei?! Você o viu, meu lorde, em carne e osso."

"Você inventou tudo a respeito dele, seu padeiro perfeito, sonhando com você. E embora eu não saiba de nada, ele nunca esperou por você, e você sabe disso. Diabos, *eu* sabia, e nem conhecia o garoto."

"Eu queria...", ela se interrompeu.

Rei se aproximou e eles ficaram muito próximos.

"Termine de falar. O que você queria, Sophie?"

"Nada."

Ele a observou por um bom tempo, tão de perto que ela pôde ver as manchas cinzentas nos brilhantes olhos verdes dele.

"Mentirosa", ele disse, afinal.

"Melhor mentirosa do que uma cretina", ela disse. "Você precisava provar que estava certo. Não podia deixar para lá. Não podia *me* deixar em paz. Você precisava provar que eu estava errada, que eu não iria encontrar o lar que pensei que encontraria."

"Eu quis ter certeza de que você ficaria bem", ele disse, as palavras entrecortadas e irritadas. "Eu pensei que você ficaria grata pela chance de mostrar a Robbie que sua vida deu certo. Melhor do que o esperado."

"Ah, sim. Muito melhor, mesmo. Estou presa em Mossband, sem dinheiro, e nenhuma ideia do que vou fazer com a minha vida", ela fez uma pausa e então disse, em voz baixa, "Eu pensei que seria bem-vinda. Pensei que seria..."

Sophie parou de falar, mas ele não aceitou.

"O quê?", ele quis saber.

"Eu pensei que seria feliz." Só que, em vez de feliz, ela se sentia mais sozinha do que em qualquer outro momento da vida. "Eu pensei que finalmente reencontraria meu lar e seria livre...", ela sacudiu a cabeça. "Mas aqui não é meu lar. Não sei o que é."

"Eu sinto muito, Sophie."

Ela o fuzilou com o olhar.

"Não. Não minta para mim. Eu posso ser imprudente e talvez burra, mas você ainda não mentiu para mim. Pelo menos isso."

As lágrimas vieram, então, e sem hesitação Rei esticou as mãos para ela, puxando-a para seus braços, sem parecer se importar que eles estavam em uma rua pública no centro de uma cidade. Ela também não se importou. Sophie se aninhou no calor dele e deixou as lágrimas fluírem, saturada de decepção, frustração e consciente de que tinha arruinado tudo, e que talvez nunca conseguisse consertar o estrago.

Ele a deixou chorar, murmurando baixinho, tentando acalmá-la, prometendo-lhe que tudo ficaria bem. E ela se permitiu acreditar, por uma fração de segundo, que aquele consolo era mais que passageiro. Ele era tão quente. Tão quente e acolhedor que, se ela não soubesse das coisas, pensaria que *ele* parecia ser seu lar. Até que Sophie lembrou que ele não era. Que nunca seria.

Ela se afastou, endireitando-se e enxugando as lágrimas. Quando olhou para ele, Sophie descobriu que Rei parecia estar tão constrangido quanto ela.

"Tenho abusado da sua bondade, meu lorde. Você tem sido um guardião admirável em toda essa aventura. Mas agora ela acabou. Eu vou alugar um quarto na estalagem. Quando os homens do meu pai me encontrarem, vou retornar com eles. Esta viagem toda foi um erro."

"Merda", ele falou baixo, surpreendendo-a. "Isso não foi um sonho. Foi a vida que você pensou que teria. E agora não é a vida que você terá. Mas isso não significa que você não possa ter sua liberdade." Ele a observou por um longo momento antes de menear a cabeça. "Você não vai ficar na estalagem."

"Não tenho escolha."

"Você vem para o Castelo Lyne. Comigo."

Ela se sentiu confusa, e também sentiu algo mais — algo parecido com desejo. Não que ela fosse admitir isso.

"Por quê?"

Rei enfiou as mãos nos bolsos e inclinou o corpo para trás.

"Eu posso pensar em duas boas razões. Primeiro, porque se você vier comigo, posso mantê-la em segurança até você decidir seu próximo rumo. Nós não fugimos dos homens do seu pai para que você mudasse de ideia quando as coisas dessem um pouquinho errado."

As coisas não pareciam apenas um pouquinho erradas. Ela parecia ter cometido um erro terrível.

"E a segunda razão?"

"Eu tenho uma proposta para você", ele disse. "Uma que não vai demorar muito, mas que irá recompensá-la muito bem." Sophie franziu a testa e ele continuou. "Se você me der alguns dias, eu lhe darei dinheiro suficiente para que você realize aquele sonho que tanto deseja."

Ela piscou várias vezes diante daquela promessa tão tentadora.

"Nós estamos falando de muito dinheiro."

"Para sua sorte, eu tenho muito dinheiro. E daqui a pouco vou ter mais."

"O bastante para eu nunca ter que voltar para Londres?"

"Se é o que você quer...", ele inclinou a cabeça. "O bastante para sua livraria. Onde você quiser abri-la."

Empolgação e incerteza se debatiam dentro dela.

"Por que você iria me ajudar?", ela perguntou, e por um longo momento Sophie pensou que ele pudesse dizer algo lindo. Algo que revelasse que o Marquês de Eversley estava começando a gostar dela. A esperança cresceu, rápida e perigosa. Mas quando ele respondeu, não foi nada disso.

"Porque você é a minha vingança perfeita."

Ela apertou os olhos para ele, sentindo um receio difuso se formar.

"O que você quer de mim?"

"É muito simples, na verdade", ele abriu a porta da carruagem e sinalizou para que ela entrasse, sem saber o quanto doeriam suas próximas palavras. "Vou apresentar você para o meu pai. Como minha futura esposa."

Ela congelou.

"Você está falando sério?"

"Muito sério. Nós fingimos uma fuga na semana passada; um noivado não vai ser muito difícil. Nós até já começamos."

"Você não contou ao Robbie que estamos noivos por mim. Você fez isso em benefício próprio."

Ele negou com a cabeça.

"Foi por nós dois. Isso serve para nós dois."

Ela ignorou a dor que aquelas palavras causaram.

"Você está me pedindo para mentir para um duque."

"Para o meu pai."

"Eu pensei que você planejava contar para o duque que nunca se casaria", ela disse hesitante.

"E não vou me casar. Não tenho nenhuma intenção de me casar com você."

Rei falou como se não soubesse que iria feri-la. E não deveria, Sophie percebeu. Em nenhum momento ele lhe deu qualquer indicação de que os dois eram mais do que companheiros de viagem.

A não ser pela noite passada, na carruagem. Ela afastou esse pensamento. Ela não casaria com ele, de qualquer modo. Mas ainda assim...

"É um espanto que alguma mulher em toda a cristandade o considere encantador."

"Não tenho nenhuma intenção de me casar com quem quer que seja, Sophie", ele acrescentou, como se isso ajudasse. "Você sabe disso."

"Então você mudou de ideia, por acaso? Quer fazer um moribundo se sentir melhor?" Ela fez essas perguntas embora já soubesse as respostas.

"Não."

Você é a minha vingança perfeita.

"É porque eu sou uma Irmã Perigosa... Que Deus livre alguém com fortuna e título de se casar com uma irmã Talbot."

Eversley fez uma pausa ao ouvi-la, e Sophie se perguntou se sua frustração era evidente. Se a sua mágoa era evidente.

"Sophie..."

"Não, não", ela o interrompeu. "É claro. Sem dúvida que seu grande e aristocrático pai ficará horrorizado que você tenha se rebaixado a ponto de casar comigo. Eu não tenho educação, linhagem ou classe. Meu pai ganhou o título nas cartas — o que faz de nós usurpadores de título e privilégios."

"Ele acredita nessas coisas."

"Assim como o filho dele."

Rei arregalou os olhos, depois os apertou, com raiva.

"Você não sabe o que está falando."

"Não?!", ela exclamou, de repente se sentindo muito corajosa. "Eu acho que sei exatamente do que estou falando. Você não ficou aqui por preocupação com meu futuro. Você não entrou na padaria para me salvar devido à bondade do seu coração. Você não me fez essa proposta porque deseja que eu tenha minha liberdade."

"Isso não é verdade."

"Não mesmo? Então se eu fosse outra mulher, com reputação mais sólida e sangue mais azul, você teria me proposto isso?" Ela fez uma pausa e ele não falou nada. "É claro que não, porque mulheres assim não enfureceriam seu pai."

"Sophie...!"

Rei fez a gentileza de parecer indignado. Mas ela não iria acreditar naquilo.

"Mas essas mulheres também não teriam a oportunidade que eu tenho. Não fui criada para me casar bem, Lorde Eversley. Eu não nasci no berço de ouro que te permite ser assim tão deplorável. Então, ótimo! Você quer uma Cinderela Borralheira para desfilar na frente do seu pai? Conseguiu uma."

Ela segurou na porta da carruagem e se puxou para dentro sem a ajuda dele.

Escândalos & Canalhas

Capítulo 14 — Junho de 1833

CANALHA REAL E SOPHIE BORRALHEIRA – GUERRA OU ALGO A MAIS?

* * *

Eversley a seguiu para dentro da carruagem sem hesitar, fechando a porta e enclausurando-os naquele espaço pequeno e apertado, esperando que o veículo se movesse antes de falar, com frustração, raiva e uma quantidade nada pequena de constrangimento.

"Parece, milady"— ele arrastou o honorífico, sabendo que ela detestaria isso – "que você se esqueceu de tudo que fiz por você na última semana."

Ela o fuzilou com os olhos.

"Ah, por favor, refresque minha memória."

"Você deveria pelo menos levar em conta que eu tinha meus próprios planos. Eu viajava para o norte para resolver um assunto urgente."

"Ah, sim. Para encontrar uma maneira definitiva de punir seu pai no leito de morte. Muito nobre", ela arqueou uma sobrancelha.

"Se você conhecesse meu pai..."

"Eu não conheço", ela disse, descontraída, pegando um livro dentro da sacola ao seu lado. "Mas, sinceramente, meu lorde, não estou com disposição para ser simpática com o senhor neste exato momento. Então, se está tentando conseguir minha afinidade, talvez devesse guardar suas histórias para outro momento."

Aquela era a mulher mais exasperante que ele já tinha conhecido.

"Eu dei tudo que você desejou. Eu te trouxe para esta maldita Mossband em vez de mandá-la de volta para Londres, como deveria ter feito no momento em que a conheci, exatamente como se faz com uma mala sobressalente. Eu a protegi dos malditos caçadores do seu pai. Ah, sim. E *eu salvei a sua vida*."

"É difícil acreditar que a vida de uma Irmã Perigosa vale todo esse trabalho, não é?" Ela abriu o livro calmamente. "Minhas desculpas por seu tempo perdido."

Rei se recostou no assento, observando-a. *Merda*. Não foi perda de tempo. Nada daquilo foi. Na verdade, ele não trocaria nenhum momento da semana passada por nada. Ainda que ela fosse a mulher mais difícil da cristandade.

"Sophie...", ele disse, tentando mudar a abordagem.

Mas ela não aceitaria isso.

"Não se preocupe, meu lorde", ela disse, calma, virando uma página. "Seu pai moribundo vai me odiar. Vou fazer com que ele deseje que a morte se apresse. Depois que você conseguir sua *vingança perfeita*, nós teremos terminado um com o outro. Graças a Deus."

Rei a observou por um longo tempo antes de falar em voz baixa.

"Eu não penso nada de mais a seu respeito, você sabe."

Sophie virou mais uma página.

"Por ser comum demais para sua vida perfeita? Por ser tão comum que sua cabeça pode fundir com a ideia de que eu possa ser uma esposa decente? Por ser tão comum que você mal consegue respirar o mesmo ar que eu?"

Maldição. Não foi nada disso que ele quis dizer.

"Não acho que você seja comum."

Ela começou a virar as páginas mais rapidamente.

"É difícil acreditar nisso, eu preciso admitir, pois você passou todo o tempo da nossa convivência me lembrando da minha aparência comum." *Flip*. "Minhas origens comuns." *Flip*. "Meu passado comum." *Flip*. "Minha família comum." *Flip*. "Minha personalidade comum *demais*." *Flip*. *Flip*. *Flip*. "De fato, meu lorde, você foi muito claro a esse respeito. Claro o bastante para me fazer pensar que você é um cretino."

Ele ficou paralisado.

"Do que você me chamou?"

"Eu creio que sua audição está em perfeita ordem."

Flip.

Rei esticou o braço e arrancou o livro das mãos dela. Sophie fechou uma carranca para ele, depois se recostou e cruzou os braços à frente do peito.

"Eu vou ficar muito feliz quando vir esta carruagem indo embora."

"Não posso imaginar o porquê", ele retrucou. "Ela é adorável."

As palavras não saíram tão sarcásticas como ele pretendia. Na verdade, quando ele pensou na carruagem, sentiu muito prazer. Mais do que qualquer carruagem em que ele tinha viajado desde sua última vez ali, em Cúmbria. Mais do que qualquer carruagem em que ele esteve desde que era um rapazinho.

Só que não era a carruagem. *Era ela*.

Essa revelação veio com uma quantidade considerável de desconforto — ele não queria que Sophie lhe desse prazer. Aquela viagem não devia resultar em prazer, mas dor. Dor do seu pai. Ele estava indo ver o velho morrer. Para ter certeza de que, afinal, ele seria punido pelo modo como manipulou e maquinou a vida de Rei.

Sophie era um meio para esse fim, nada mais. Ela não podia ser nada além disso. Ele não tinha lugar para ela em sua vida. *Ela não era problema dele.* Mesmo que quisesse que ela fosse.

Rei suspirou, voltando a se recostar no assento, ardendo de frustração e raiva. *Ele tinha sido um cretino. Ele a insultou desde o início. Sophie não merecia nada daquilo. Ela merecia algo melhor do que ele.* Os pensamentos ecoaram ao redor dele conforme a carruagem se movia e eles se aproximavam cada vez mais do Castelo Lyne.

Ela merece algo melhor do que isso.

Rei olhou para Sophie, sentada ereta no assento oposto. Os minutos se arrastaram enquanto ele a contemplava dentro daquela roupa abominável. Ele chamaria uma modista de algum lugar e compraria um guarda-roupa cheio de vestidos. Só que não havia nenhum tipo de modista em um raio de quilômetros. Ele mandaria buscar uma em Edimburgo. Em Londres, se fosse necessário.

E sapatos. Ele mandaria fazer meia dúzia de pares para ela. Em couro e camurça, todos da última moda. Ele mandaria fazer um par com fitas que teriam de ser enroladas pelas pernas delas. Ele gostaria disso.

Rei se remexeu no assento ao pensar em desamarrar esse sapato, e afastou o pensamento. Ele não tinha visto Sophie em nada a não ser uniforme de criado e vestidos de segunda mão desde que se encontraram. Ele supunha que ela estivesse usando um vestido sob medida quando se conheceram, na festa da Mansão Liverpool, mas ele estava tão concentrado em descer pela treliça e escapar dos eventos daquela tarde que não conseguiu observá-la direito. Ele pousou os olhos no lugar em que os seios dela se elevavam acima do decote do vestido e subiu pelo pescoço comprido, pela curva do maxilar até o volume rosa dos lábios.

Ele tinha sido um tolo. E, pelo visto, mais de uma vez. Eles tinham dançado juntos em um baile antes disso tudo, ocasião da qual ele não se lembrava. Mas era difícil imaginar que ele não se lembraria dela. Que não se lembraria da sensação de tê-la em seus braços, sensual e tentadora. Que não se lembraria do aroma dela — sabão e sol de verão. Que não se lembraria *dela*, com suas observações inteligentes e réplicas contundentes, e um jeito corajoso de encarar o mundo.

Cristo. Ele se lembraria dela depois daquela viagem. Mesmo depois que ela tivesse construído uma vida nova para si e tirado ele da cabeça. Mesmo depois que Sophie conseguisse toda a felicidade que desejava. Rei nunca esqueceria dela.

Eu sinto muito. Ele queria desesperadamente dizer essas palavras para ela. Recomeçar. Entrar naquela jornada maluca não como um homem e uma clandestina, uma lady e seu ajudante. Mas como Rei e Sophie e quem quer que... o que quer que... eles pudessem ser.

Isso era impossível, claro. Ela odiava tudo o que ele era, e Rei nunca seria bom o bastante para ela.

Não havia nada de comum nela. Ele deveria lhe dizer isso ali, naquele instante. Antes que adentrasse o caminho para o Castelo Lyne e perdesse a chance.

Mas Sophie estava tão furiosa com ele que Rei não teve dúvida de que ela não acreditaria. E talvez fosse melhor assim. Talvez fosse melhor que ele a enfurecesse tanto, que ela estivesse ansiosa para deixá-lo. Que ela desejasse deixá-lo para trás.

A carruagem saiu da estrada principal e ele olhou para cima, ciente de que estavam se aproximando do Castelo Lyne, onde estavam seu passado e futuro. Onde seu pai já poderia ter morrido.

Ele voltou a atenção para Sophie, de repente seu porto em uma tempestade muito turbulenta.

"Estamos quase chegando."

Sophie alisou as saias.

"Eu vou precisar de um banho e de uma nova muda de roupa antes de encontrar seu pai. Embora eu entenda que esta roupa possa atender seu desejo de enfurecê-lo, não vou me encontrar com ele em um vestido que não me serve direito e no qual viajei durante horas a fio. Mesmo uma irmã Talbot sabe como se comportar diante de duques idosos."

Ele concordou.

"Espero que você também consiga dormir. Já passou da hora do seu chá de ervas."

Se ele não estivesse tão completamente hipnotizado por ela, talvez não tivesse notado o modo como ela prendeu a respiração. Ele notou, contudo, e teria pagado uma pequena fortuna para saber o que ela estava pensando. Mas ela se virou para a janela como se ele não estivesse ali.

Uma curva, duas, e o Castelo Lyne apareceu no horizonte, fazendo o coração de Eversley bater mais rápido e forte conforme as grandes pedras cinzentas se agigantavam diante deles, e a carruagem parou em frente ao lar de sua infância.

Alguma coisa se agitou dentro dele. Alguma coisa parecida com tristeza.

Desviando o olhar do edifício, ele observou Sophie e teve vontade de dizer algo. Dizer-lhe que sentia muito. Em vez disso, ele abriu a porta e saiu para encarar a construção imensa. Rei foi tomado pelas lembranças do tempo que viveu ali: o aroma das colinas verdes de Cúmbria, que se propagavam para o Rio Esk de um lado e para a fronteira escocesa do outro; as ruínas da Muralha de Adriano que foram sua montanha quando criança; a comida quente e as palavras gentis de Agnes, a governanta do castelo, a coisa mais perto de uma mãe que ele teve; seu pai, severo e cauteloso, com um único objetivo — criar o futuro duque.

E Lorna. De cabelos dourados e pele clara, uma promessa plena. Promessa de amor. De um futuro. De uma vida além do nome e das convenções. De felicidade.

Eles eram tão jovens. Jovens demais para ele entender que nenhuma dessas coisas era para ele...

Ele procurou afastar as lembranças e virou para ajudar Sophie a descer, pondo suas mãos na cintura dela. Quando estava no chão firme, ela ergueu os olhos para as muralhas de pedra do castelo e depois para ele, com uma expressão de dúvida.

"Você está bem?"

Mesmo naquele instante, com a frustração que sentia pesar ao redor deles, Sophie encontrou espaço para demonstrar preocupação. Ele soltou a respiração que não notou ter prendido, admirando os grandes olhos azuis, o rubor nas faces dela, o modo como ela se preocupava com ele. Por um instante, Rei imaginou o que aconteceria se ele se inclinasse e tomasse aqueles lábios carnudos e rosados no beijo que queria lhe dar desde que o dia nasceu. Ele ficaria ali, perdido na pele macia, lembrando-se do gosto dela. Substituindo as lembranças de sua juventude ali por algo diferente.

Mas ele sabia que não podia beijá-la ali, naquele lugar em que suas lembranças pareciam cravadas nas pedras antigas. Então, ele apenas retirou as mãos da cintura dela.

"Tão bem quanto se pode esperar", ele respondeu.

Um grito pontuou suas palavras, e Rei virou para ver um grande cavalo cinzento a distância, seguido por uma matilha de cachorros. Ele apertou os olhos para o cavaleiro, alto e grisalho, com as faces coradas e cheio de vitalidade.

Não pode ser.

"Merda", ele sussurrou.

"Quem é ele?", Sophie perguntou, e a voz delicada junto ao seu ombro poderia ter lhe agradado em outro momento, o modo como o som o envolveu, tornando-o parceiro na curiosidade dela. Mas ele estava furioso demais para encontrar prazer em qualquer coisa.

"Esse é o Duque de Lyne."

"Seu pai?"

"O próprio."

"Ele não me parece estar à beira da morte", ela constatou, e Rei quase teve certeza de ouvir alegria na observação dela.

* * *

"O duque requer sua companhia no jantar desta noite."

Sophie estava na extremidade do quarto que lhe foi designado, de onde observava a vista exuberante. Ela tinha se banhado e depois dormido grande parte do dia na cama imensa, deliciosamente confortável, e acordou diante de uma coleção de vestidos sem dúvida emprestados, dos quais alguns de fato serviam nela.

Uma criada lhe ajudou a se vestir antes de deixá-la ali, na frente da janela, admirando o labirinto em primeiro plano e as colinas verdejantes do território do norte a distância, pensando no que aconteceria a seguir quando Rei bateu na porta e entrou sem permissão. Ela se virou para encará-lo, ainda sentindo a mesma fúria do começo do dia, quando Rei tinha deixado claro que ela não representava nada além de escândalo para ele... Ainda tentando não se sentir magoada por isso. Ainda tentando tirar a noite anterior da cabeça — o modo como ele a tocou e beijou, e sussurrou seu nome na escuridão.

Sophie olhou para Rei, apoiado no batente, e detestou o modo como a presença dele fez sua respiração acelerar.

"Não posso ficar só?"

"Infelizmente, não", o olhar dele baixou para o ombro ferido dela. "Você está se sentindo bem?"

Ela sorriu, uma expressão brilhante, falsa, que teria deixado suas irmãs orgulhosas.

"Eu vou jantar com dois homens que me desdenham, então, na verdade, já me senti melhor antes."

Rei olhou torto para ela.

"Eu perguntei do seu ombro. E não te desdenho."

Ela ignorou as últimas palavras.

"As ervas e o mel estão funcionando bem."

"Você tomou banho?"

O rosto dela ficou quente.

"Não que seja da sua conta, mas tomei."

"É da minha conta."

"Porque se eu morrer você vai ficar sem a sua vingança?"

Ele apertou os olhos para ela.

"Eu não gosto da sua língua afiada."

Sophie lançou outro sorriso para ele.

"Que pena. Estava me esforçando tanto para que você gostasse." Ela se aproximou. "Você já contou para ele que voltou de braços dados com uma Irmã Perigosa?"

Ele olhou por cima do ombro para o corredor e entrou no quarto, fechando rapidamente a porta.

"Não contei", ele disse em voz baixa. "Mas ele logo saberá."

"Estou bem para interpretar esse papel?", ela perguntou, sabendo que sem a ajuda das irmãs ela não parecia tanto assim uma Irmã Perigosa.

"Você está ótima."

"Tem certeza?", ela disse com uma expressão dramática. "Mulheres como eu não sabem como jantar com duques. Por causa da nossa *formação*."

Rei praguejou baixinho.

"Pare com isso!"

"Parar com o quê?"

"Pare de bancar a inferior."

"Eu não sonharia em fazer isso."

"Você está fazendo. Você não acha que é inferior a mim mais do que acha que pode criar asas e voar. Você sabe que é melhor que todos nós."

Ela abriu a boca para responder, mas a fechou, espantada com aquela declaração inesperada. Quem era aquele homem que a insultava com tanta facilidade, e ao mesmo tempo parecia fazer o oposto?

"Você merece ser mais feliz do que nós, também", ele grunhiu.

"Isso, pelo menos, é verdade." Se ao menos ela conseguisse se convencer disso. "Eu estava pensando no nosso acordo", Sophie continuou, virando-se para olhar pela janela, beliscando as maçãs do rosto com dramaticidade, como já tinha visto Sesily fazer quando se preparava para encontrar seus pretendentes. *Os homens gostam de sentir que você estava sonhando com eles*, a irmã gostava de dizer para se explicar.

A ironia era que Sophie faria qualquer coisa para evitar que Rei soubesse que ela sonhava com ele.

Eversley a observou da porta, com o olhar fixo no reflexo dela no espelho. Sophie ajeitou o decote do vestido, chamando atenção para os seios fartos, já quase pulando para fora do vestido. Ele tinha pedido uma Irmã Perigosa e lá estava ela.

"Não me diga que vai desistir!", ele exclamou.

"Eu não ousaria fazer isso. Uma Talbot sempre mantém a palavra. Mas acontece que, com a fortuna do meu pai, eu preciso não do seu dinheiro, mas de outra coisa."

Rei franziu a testa com tanta rapidez que ela poderia não ter visto, se não estivesse tão concentrada nele.

"E o que seria?"

Sophie mordeu os lábios uma vez, duas, forte o bastante para que ficassem vermelhos e um pouco inchados. Sim. Sesily ficaria orgulhosa.

"Eu quero que você me arruíne."

"O que diabos isso quer dizer?"

"Você é um especialista nisso, meu lorde. Não consigo imaginar que não saiba o que quero dizer."

Rei se aproximou dela, com a voz, de repente, mais baixa e ameaçadora.

"Como, exatamente, você deseja que eu te arruíne?"

"Como você arruína todas as outras?", ela abanou a mão quando ele arregalou os olhos. "Não importa. Nós passamos a maior parte da semana passada sem uma acompanhante, e na noite passada..."

"Pare", ele disse.

Sophie olhou para ele. Pela primeira vez, desde que deixaram Mossband, ela olhou. Algo na expressão dele lhe despertou a vontade de não terminar o raciocínio sobre a noite anterior. Fez com que ela quisesse acreditar que aquilo tinha significado algo para ele... Como significou para ela.

"Bem, a questão é, eu apreciaria se você me fizesse totalmente inadequada para o casamento. Então eu vou poder começar uma vida nova. Vou montar minha livraria em algum lugar sossegado e viver minha vida. Livre."

"Livre do quê?"

"De tudo", ela respondeu, incapaz de eliminar a sinceridade da voz. "Da fofoca. Da aristocracia. De todas as coisas que odeio."

"De mim."

Não. Ela forçou um sorriso.

"Você sabe, melhor do que ninguém, como realmente nos sentimos em relação um ao outro."

Eversley ficou em silêncio por um bom temo, e Sophie se pegou imaginando no que ele estaria pensando.

Nós nem mesmo gostamos um do outro, ela quis lembrá-lo. Ela quis *se* lembrar. O marquês quebrou o silêncio e lhe forneceu o lembrete.

"Feito! Eu vou arruiná-la publicamente, se é isso que você quer."

"É isso. Eu quero a liberdade que virá com isso."

Ele concordou.

"Jogue bem o jogo, Lady Sophie, e vamos nos livrar um do outro antes que você perceba que estávamos juntos."

Só que ela já tinha percebido. Foi no dia anterior, quando eles fugiram do Carriça Canora, e na noite anterior, quando ele a beijou até Sophie pensar que poderia enlouquecer de prazer. E nessa manhã, quando ele a magoou por completo, sem consideração. Eles estiveram juntos, e de algum modo ela adorou e odiou tudo ao mesmo tempo.

"Está na hora do jantar?", ela perguntou enquanto ajeitava as saias.

O olhar dele baixou para o tecido de um azul profundo, quase roxo.

"Essa cor fica linda em você."

Ela desejou não ficar corada com o elogio dele. Mas falhou. E desviou o olhar.

"Chamam-na de azul royal."

Adequado a um Rei. Quando ela voltou a olhar para ele, Sophie o flagrou lhe observando, pensativo.

"O vestido é lindo. Ainda que um pouco curto."

Mais uma oportunidade de insultá-la que ele não desperdiçou.

"Sim, bem, eu não tive muita escolha. E não estou querendo impressionar meus companheiros de jantar."

"Eu gostaria de ver você em um vestido sob medida. Você merece um que lhe caia bem. Foi só o que eu quis dizer."

Havia uma surpresa legítima nas palavras dele, e ela odiou que ele não pretendesse ofendê-la. Odiou que aquilo a aqueceu. Odiou as palavras. Cruzando o quarto, com cuidado para manter a postura perfeita, ela o encarou, a poucos centímetros de distância.

"Você não faz ideia do que eu mereço."

"Eu sei que você merece mais do que isso", ele disse depois de um instante.

Sophie prendeu a respiração ao ouvir aquilo, que não era uma provocação, mas uma observação honesta, contida. E desejou ser capaz de não permitir que Rei tivesse acesso à parte dela que se importava com o que ele pensava. A parte dela que podia imaginar, com facilidade demais, que ele se importava com ela. Que Rei a tinha em alta consideração. Ela sabia que não era o caso. Aquela manhã tinha provado isso. A tarde provou isso. O *agora* provou isso. Ela passou por ele e abriu a porta.

"Quanto mais rápido começarmos a encenação, mais rápido ela vai terminar."

O marquês se virou, mas não se aproximou, só a observou por um longo tempo antes de falar.

"Cooperação total, Sophie, ou nada de ruína."

Ela abriu seu sorriso mais brilhante e concordou.

"Cooperação total."

Eles atravessaram os corredores compridos e escuros do castelo, desceram vários lances de escada e passaram por um patamar muito bem iluminado antes de chegarem à sala de jantar, um espaço imenso com paredes de pedra decoradas com armaduras antigas e tapeçarias medievais, lustres enormes sobre a mesa mais comprida que Sophie já tinha visto. Aquele móvel podia acomodar de quarenta a cinquenta pessoas com facilidade nas cadeiras de encosto alto, de mogno, que pareciam pesadas e imponentes. Aquele era um espaço projetado para sobrepujar as visitas, e cumpria muito bem sua função. Ela congelou assim que passou pela porta. Rei aproximou-se dela no mesmo instante e tocou o cotovelo dela com os dedos. Ele a compreendeu.

"O duque escolheu esta sala por uma razão", ele sussurrou, tão baixo que ela mal o ouviu. "Para intimidar. Não permita."

Por um instante Sophie imaginou que ele desejava confortá-la. Fazê-la se sentir valorizada naquele espaço imenso e opressor. Mas sabia a verdade. Rei só não queria que seu pai vencesse. E faria o que fosse necessário para garantir que isso acontecesse, incluindo adulá-la. Ela sorriu e endireitou os ombros, sem se importar nem um pouco com o que o duque veria — ela só não queria que seu desconforto fosse evidente para Rei.

"Os Talbot não se intimidam com tanta facilidade", ela sussurrou.

Na extremidade oposta da mesa, o Duque de Lyne aguardava de pé, alto e atraente apesar do cabelo grisalho nas têmporas e das rugas que marcavam os cantos de seus olhos. Aqueles olhos, do mesmo verde brilhante que os de Rei, viam tudo. Ele indicou os lugares na metade da mesa, onde criados seguravam as cadeiras. O olhar do duque era inexorável.

"Bem-vinda. Por favor, sente-se."

Não havia solicitação nas palavras dele, apenas ordem. Nenhuma apresentação cerimoniosa. Nada parecido com educação. E apesar do desejo forte de ignorá-lo e ir embora dali, Sophie se aproximou da mesa.

"Você não está interessado em conhecer Lady Sophie?", Rei falou.

"Imagino que teremos nos conhecido depois de uma refeição, não acha?"

Sophie já estava na cadeira mais próxima da porta quando o duque falou suas palavras frias e, na melhor das hipóteses, indiferentes à sua presença. Na pior, palavras rudes. A irritação a inflamou e ela desviou do criado que segurava sua cadeira, chocando a todos. O duque arregalou só um pouco os olhos.

"Por que esperar, Vossa Graça?" Ela lhe ofereceu seu sorriso mais largo, um que aprendeu com Seleste — projetado para conquistar o mais rabugento dos aristocratas — e estendeu a mão para ele. O duque não teve opção senão aceitá-la, e ela se abaixou, fazendo uma mesura perfeita.

"Lady Sophie Talbot. *Enchantée.*"

Ninguém resiste a um pouco de francês, Seleste gostava de dizer.

Pareceu que o Duque de Lyne resistiu. Ele a mediu de cima a baixo.

"Bem, Aloysius, imagino que você se orgulhe do fato de que seus convidados tenham os mesmos modos que você."

Sophie se endireitou, desejando esconder o constrangimento provocado por aquelas palavras. A família Talbot não ficava constrangida. Nenhuma de suas irmãs ligaria a mínima se aquele homem não gostasse delas. Além do mais, nada naquela empreitada tinha a ver com ela. Tudo era a respeito de Rei e seu pai. Ela só estava fazendo um número. Era um peão naquele jogo. Sophie podia ser invisível e a noite não seria diferente.

Ignorando os dois homens, ela se sentou. Sopa apareceu diante dela, servida de uma terrina de porcelana não por um criado, mas por uma linda mulher mais velha que, pelo vestido, devia ser um tipo de governanta. O duque se virou e ocupou seu lugar na cabeceira da mesa, deitando seu olhar frio sobre Sophie.

"Talbot", ele disse. "Acredito ter conhecido seu pai."

"Muitos em Cúmbria o conheceram", ela disse.

A governanta rodeou a mesa e foi servir Rei.

"Olá, Agnes", ele a cumprimentou.

"Bem-vindo ao lar, meu lorde", ela sorriu calorosamente para ele.

Rei retribuiu o sorriso, uma das únicas expressões honestas que Sophie viu no rosto dele naquele dia.

"Você, pelo menos, me dá a sensação de lar", Rei disse.

Agnes colocou a mão no ombro dele tão rapidamente que Sophie não teve certeza de que o toque de fato aconteceu.

"Ele tem o dom de encontrar carvão", o duque disse, brusco, chamando a atenção de Sophie. Ele continuava falando do pai dela.

"Não sei se é um dom", ela replicou. "Ele apenas trabalha com mais empenho do que a maioria dos homens que eu conheço."

Não que trabalho duro fosse uma qualidade aos olhos dos aristocratas — algo que ela testemunhou inúmeras vezes quando criança. Veio uma lembrança do pai em um baile, muitos anos atrás, e de um grupo de mulheres aristocratas fofocando a respeito das "mãos grosseiras" dele, curtidas e calejadas. "Ele deveria usar luvas em Londres", uma das mulheres reclamou. "Ele não deveria estar nem perto de Londres, com ou sem luvas", alguém retrucou e o grupo todo riu. Sophie as odiou por dizerem aquilo. Pelo insulto. Por valorizarem a aparência mais do que o trabalho. Pelo modo como valorizavam o esnobismo mais que a honra.

"Ele tem um dom para achar carvão", o duque repetiu. "E um dom para subir na vida", ele fez uma pausa. "Assim como suas filhas, ao que parece." Sophie se virou para Rei, e encontrou o olhar dele enquanto o duque concluía, "Você poderia ter avisado que não viria sozinho."

Rei bebeu um grande gole da sua taça de vinho.

"Você poderia ter avisado que não estava morrendo."

O duque lançou um olhar gélido para o filho.

"E decepcioná-lo?"

Sophie olhou de um homem para outro, notando a semelhança nos maxilares teimosos quando Rei soltou uma risadinha.

"Eu deveria saber, é claro. A decepção sempre fez parte da herança do seu trono."

Sophie arregalou os olhos ao ouvir aquelas palavras ferinas. O duque permaneceu impávido.

"Eu imaginei que se dissesse estar morrendo, você viria. Temos assuntos para discutir. Já é hora, afinal."

Rei ergueu o cálice na direção do pai.

"Bem, aqui estou. O filho pródigo", ele olhou para Sophie. "E a filha!"

Uma exclamação ecoou na escuridão atrás de Sophie, e ela se virou para se deparar com a governanta assistindo à refeição de olhos arregalados. O duque se recostou na cadeira.

"Então você está casado."

"Noivo", Sophie o corrigiu imediatamente. De jeito nenhum ela deixaria aqueles dois homens enredá-la mais do que isso naquela história. Rei virou um sorriso irresistível para Sophie.

"Por enquanto."

O duque levantou sua taça e saboreou seu vinho por um longo momento.

"Então esse é o seu plano? Voltar para casa com uma Irmã Perigosa a reboque?"

Sophie deixou sua colher de sopa sobre a mesa. Ela não deveria se surpreender com aquelas palavras, com o apelido, mas ainda assim se surpreendeu. Aquele duque não parecia fazer a mesma cerimônia que o resto da aristocracia. E apesar de odiar as palavras pronunciadas por aquele homem, e o próprio homem, Sophie teve de admitir que havia algo de reconfortante em ouvir aquelas palavras sendo ditas em alto e bom som, em público, sem vergonha. Ou melhor, com vergonha, mas sem o prazer secreto que com frequência acompanhava o apelido.

Rei ficou rígido do outro lado da mesa, surpreso e irritado que seu plano idiota tinha sido descoberto minutos após sua volta. Sophie estaria mentindo se não admitisse que sentia um certo prazer diante do fracasso dele, pois alguém com tamanha arrogância como o Marquês de Eversley merecia sofrer algumas derrotas aqui e ali. Se eles fossem descobertos, ela não estaria mais presa ao acordo e poderia ir embora. Ela aceitaria com alegria a reputação de suas irmãs se isso significasse poder testemunhar o fracasso do plano dele.

Rei bateu uma mão na mesa e a força do golpe fez os pratos tilintarem. Sophie voltou sua atenção para ele, despreparada que estava para vê-lo redobrar seus esforços apresentando-a como uma mulher da qual ele gostava.

"Chame-a assim de novo e não serei responsável pelos meus atos." Com certeza ela não estava preparada para *isso*. "Não vou deixar que você faça isso de novo", Rei ameaçou. "Não vou deixar que você faça outra fugir."

Outra. Sophie inspirou fundo.

"E chegamos ao cerne da questão", o duque declarou, acenando para que o criado servisse mais vinho. "Seu precioso *amor.*" Ele se virou para Sophie. "Não você, é claro."

Ela não desviou os olhos de Rei, que, apesar de seu silêncio, revelou mais do que deveria. Ela se lembrou do modo como ele tinha falado de amor algumas noites antes: *Não é a coisa que vemos nos poemas e contos de fada.* E embora tivesse evitado perguntar se o duque tinha machucado a garota que ele amou, Rei respondeu mesmo assim. *Foi como se tivesse encostado uma pistola na cabeça dela.*

Meu Deus. Alheio aos pensamentos dela, o duque continuou a provocar o filho.

"E esta aqui?", ele perguntou, gesticulando na direção de Sophie. "Você a ama também?"

Aquilo foi um erro. Ela ficou rígida ao se dar conta: não queria fazer parte daquilo. De nada daquilo. Não queria que Eversley inventasse um amor, não queria fazer parte da enganação. Sophie olhou para Rei, reconhecendo a fúria silenciosa em seu rosto, sabendo que ele não gostava nada dela. Sabendo que toda aquela viagem, todos os pequenos momentos de diversão, carinho e estranho — mas inegável — interesse, empalidecia em comparação com o interesse dele pela outra, há muito morta.

Sabendo que o desejo dele por Sophie empalidecia em comparação com seu desejo por vingança.

Ela desejou que ele contasse a verdade. Para libertá-los das mentiras que os uniam. Para libertá-la.

Talvez se Rei a deixasse ir, Sophie pudesse encontrar a felicidade. Mas ela sabia que ele não deixaria e, não sabia por quê, mas não conseguia culpá-lo. Aquele lugar devia estar repleto de lembranças de um passado horrível. Sophie o odiava pelo que tinha feito com ela, por forçá-la a fazer parte daquela farsa maluca, mas ao mesmo tempo... ela o compreendia. Sophie sabia, melhor do que a maioria das pessoas, o que o desespero podia levar alguém a fazer.

"Não deixe a pobre garota imaginando coisas, Aloysius", o Duque de Lyne incitou o filho.

Rei olhou para ela e o tempo pareceu ficar mais lento. Sophie podia ouvir seu próprio coração batendo, ciente de que não poderia acreditar nas palavras que ele dissesse, fossem quais fossem. Ela não queria ouvi-lo dizer que a amava. Não acreditava que poderia suportar ouvir tais palavras pela primeira vez sabendo que não eram verdadeiras.

E, de algum modo, por mais estranho que fosse, Sophie não queria que ele *não* dissesse que a amava. Ela não queria ser um meio para os fins dele. Ela queria ser mais que isso. Ela queria ser mais do que ele oferecia.

"Lady Sophie sabe exatamente como me sinto a respeito dela."

Aquele foi o elogio mais pálido que ela já tinha recebido, e doeu mais do que todo o desdém aristocrático que ela já tinha ouvido. Com aquelas palavras simples, Sophie se cansou. Ela já não ligava para o acordo — não diante daquele momento. Não diante de seu desejo por outra coisa. Por algo mais.

Ela não queria ser parte daquele vai e vem, daquela batalha entre homens poderosos que não sabiam nada a respeito do que era realmente importante no mundo. E foi assim que Sophie Talbot manteve sua reputação de irmã Talbot, ignorando o que era correto e fazendo o que era certo.

Ela dobrou seu guardanapo em um quadrado perfeito e se levantou. Os dois homens se levantaram com ela; eles, com suas maneiras ridículas, que pareciam importar naquela formalidade, mas não no restante da noite. Sophie engoliu uma risada diante da situação e apenas se virou para o Duque de Lyne, inclinando a cabeça.

"Percebo que perdi meu apetite, Vossa Graça."

"Sem dúvida", ele respondeu com uma voz isenta de surpresa.

"Com vossa licença", ela respondeu.

"Eu vou com você", Rei disse, já se movendo ao redor da mesa. "Nós não precisamos jantar com o duque. Não se ele não puder aceitá-la."

É claro que ele devia estar mais do que feliz que seu pai não conseguia aceitá-la. Mas essa não era a questão. Ela não era aceitável, nem para o pai, nem para o filho.

"Não", Sophie disse, e a palavra teve a força de um tiro na sala.

Rei parou, a meio caminho ao redor da mesa.

"Eu vou me retirar", ela o informou, "sozinha."

Mas Rei se colocou em movimento outra vez e suas pernas longas cobriram a distância entre os dois com rapidez e objetividade.

"Você não precisa ficar sozinha", ele disse, as palavras firmes e estranhamente francas antes de acrescentar, com suavidade. "Ele não precisa ficar entre nós, amor."

A palavra carinhosa acabou com ela. Que mentira terrível ele estava dizendo. Que erro terrível ela tinha cometido. Sophie ergueu uma mão, detendo-o de novo.

"Ele não está entre nós", ela respondeu, com a voz calma, fria e repleta de verdade. "Ele não é o problema."

"Com certeza você não é o problema", Rei disse para ela.

"Eu sei muito bem quem é o problema."

Eversley parecia ter sido atingido com uma concha de sopa no alto de sua bela cabeça, mas Sophie não tirou satisfação daquele momento. Ela estava ocupada demais mantendo a postura reta e contendo as lágrimas enquanto se virava e saía da sala de jantar.

Escândalos & Canalhas

Capítulo 15   Junho de 1833

DESCONSOLADA SOPHIE AFOGA AS MÁGOAS NOS DOCES

* * *

Sophie estava ficando muito boa em fazer saídas escandalosas e absolutamente deplorável em saber o que fazer a seguir.

Ela não podia voltar para seu quarto, pois não queria ser encontrada, e não podia sair do castelo, pois era noite e ela não tinha para onde ir. Ela ponderou que o Duque de Lyne não aceitaria muito bem se ela pegasse uma das carruagens. Era provável que ele considerasse aquilo um roubo. E, assim, Sophie seguiu seu nariz e seu apetite e foi para o único lugar em que se sentia à vontade em casas imensas como aquela. A cozinha.

O ambiente era quente, bem iluminado e acolhedor, como todas as cozinhas pareciam ser. Havia duas mesas grandes no centro, uma com grandes travessas cheias de comida, muito bonita: um ganso dourado assado à perfeição, um prato com os aspargos mais verdes que ela já tinha visto, uma pirâmide de batatas com alecrim, uma costela de carneiro sobre um leito de ervas, um pote de geleia de hortelã e uma torre de tortinhas de morangos cujo aroma ela tinha certeza de ter sentido lá da porta.

Como fazia dias que ela não ingeria uma refeição de verdade, a comida deveria ter chamado sua atenção, mas, nessas cozinhas, a mesa de serviço não era a característica mais atraente. Não, foi a segunda mesa que chamou a atenção dela, repleta de criados que faziam sua refeição noturna — uma refeição que não se parecia em nada com os pratos elaborados esperando para serem servidos aos atual e futuro duques que ela deixou para trás.

A risada dos criados a atraiu de onde estava e o cheiro da comida quente lhe deu água na boca. Ela se aproximou na ponta dos pés para ver o que eles comiam. Sophie sentiu uma pontada de inveja quando identificou a comida. Pastéis!

Os travesseirinhos de carne, vegetais e batatas estavam empilhados em diversos pratos no centro da mesa dos criados e a conversa atingia um alto volume enquanto eles comiam. Ela ouviu a fofoca sobre o duque bravo, sobre a volta do marquês, sobre a garota que veio com ele. Sobre ela.

"Eles estão muito apaixonados?"

"Ele deve estar. Veio para casa com ela. Como se já estivesse resolvido."

"Ela nem trouxe uma acompanhante", alguém sussurrou.

"Eu não tenho dúvida de que eles estão apaixonados."

Sophie desejou que a jovem que disse isso não estivesse apenas arriscando um palpite.

"E por acaso você é uma especialista nisso, Katie?" Esta última frase foi dita pela mulher que esteve na sala de jantar, enquanto punha uma jarra de cerveja na mesa. Agnes.

"Dizem que eu sou", Katie deu de ombros e se virou para a governanta. "Você está aqui há uma eternidade, Sra. Graycote. Alguém já comentou alguma coisa sobre uma esposa para o marquês?"

"Nunca", respondeu uma garota no lugar de Agnes.

"Só o que a gente vê nas colunas de fofocas", disse uma terceira. "Ele é mais capaz de acabar com um casamento do que começar um."

A risada correu ao redor da mesa e Agnes meneou a cabeça enquanto um criado entrava na cozinha pela outra extremidade do aposento. A governanta levantou o queixo na direção dele.

"Eles estão prontos para o próximo prato?"

O criado fez que sim.

"A lady deixou a mesa e os homens não estão falando."

Agnes apontou para o ganso.

"O silêncio facilita a refeição."

"Acho que você quis dizer que a refeição facilita que eles não se matem."

Sophie achou que o criado fez uma observação excelente, mas Agnes, ao que parece, não concordou. A governanta olhou feio para o criado.

"Quando eu quiser saber o que você acha que eu quis dizer, eu lhe pergunto, Peter."

O criado abaixou a cabeça e foi pegar o ganso, conforme Agnes lhe instruiu. Quando ele ergueu o prato pesado até o ombro e saiu, o olhar de Agnes encontrou Sophie envolta pela iluminação fraca junto à porta. Sophie ia sair, mas se deteve quando a outra mulher reparou nela, arregalando os olhos de surpresa antes de lhe oferecer um sorriso bondoso. A conversa na mesa continuou, sem reparar na troca silenciosa de olhares.

"Ela *deixou* a mesa?"

"Você não faria o mesmo?"

Sophie quase riu. Parecia que qualquer pessoa com a cabeça no lugar deveria fazer o mesmo.

"É claro que sim", veio a resposta. "Mas até mesmo eu sei que não se abandona uma refeição com um duque."

"Dois duques, tecnicamente."

Houve uma pausa silenciosa.

"*Quem é ela?*", alguém perguntou.

"O marquês a apresentou como sua futura esposa. É uma nobre", respondeu um jovem.

É claro que ela não era nada disso. Não de verdade.

"Eu a ajudei a se vestir para o jantar", Sophie ouviu a empregada que havia conhecido antes. "Ela não pareceu ser nobre. Tinha uma ferida no ombro. E é bem alta."

"Ser alta não quer dizer nada", alguém palpitou.

"Estar ferida no ombro significa, por outro lado. Alguém sabe o nome dela?"

Sophie tinha passado boa parte da última década sendo assunto do escárnio de aristocratas, que falavam dela como se fosse um inseto debaixo de uma lupa. Era uma experiência nova ser assunto de criados, e ela percebeu logo que seu lugar não era acima nem abaixo das escadas.

Seu estômago roncou. Ali, pelo menos, ela podia comer pastéis enquanto fofocavam a seu respeito.

"Na verdade, eu sei dela", Sophie disse, indo para a luz. Veio um silêncio imediato e ela teria rido dos olhos arregalados ao redor da mesa se não tivesse tanta esperança de ser aceita ali, na cozinha, por aquelas pessoas, que pareciam mais honestas do que quaisquer outras que ela tinha conhecido nos últimos anos. "E como ela deixou a mesa do jantar sem nem terminar a sopa, ela vai contar o nome em troca de um pastel."

Passou-se um instante durante o qual a cozinha toda pareceu congelada, como se as palavras tivessem vindo de cima, e não de uma mulher que usava um vestido mal ajustado. E então, todos eles se movimentaram, indo um pouco para a esquerda e para a direita, arrumando espaço para ela. Sophie se sentou e um prato apareceu diante dela, com um pastel quente no centro.

"É de frango com legumes", explicou a criada à sua direita. "Também tem de pernil com legumes."

"Oh, que delícia", Sophie disse, rasgando o pastel em dois e assim liberando uma bela coluna de vapor que carregava o aroma do recheio. Sua boca se encheu de água, mas ela demorou a dar a primeira mordida, tempo suficiente para dizer aos presentes, "Meu nome é Sophie Talbot."

Ela quase não ouviu a exclamação de reconhecimento de um grupo de garotas na extremidade da mesa devido ao seu próprio suspiro de satisfação quando a comida atingiu sua língua. Mas ela não teve como não ouvir a outra exclamação:

"Você é uma Irmã Perigosa!"

Ela parou de mastigar.

"Ginny, você não pode chamá-la assim", repreendeu outra garota. "Não é gentil."

A garota chamada Ginny teve a gentileza de parecer envergonhada. Sophie engoliu e apontou para a jarra de cerveja na extremidade da mesa.

"Posso?", ela perguntou.

Um homem ao lado imediatamente encheu uma caneca de estanho e a deslizou em sua direção. O líquido dourado derramou pela borda quando Sophie pegou a caneca. Ela bebeu e enfrentou a situação.

"Algumas pessoas se referem a mim como Cinderela Borralheira."

"Por causa do seu pai", Ginny comentou. "E do carvão."

"Como você sabe disso?", um jovem à frente dela perguntou

"Eu leio os jornais", Ginny ficou vermelha.

"Os jornais de escândalo não são *jornais*", Agnes disse.

A mesa toda riu e Ginny baixou a cabeça, constrangida. Sophie ficou com pena da garota enquanto dava outra mordida no pastel.

"Eles são mais interessantes que os jornais de verdade, não são?", ela sorriu quando Ginny levantou a cabeça. "Sou a mais nova das cinco."

"As jovens ladies Talbot", a garota explicou para os outros ao redor da mesa. "Filhas de Jack Talbot, que cresceu aqui, em Cúmbria. Como nós!"

"Só que ela é uma lady, então não tem nada de parecido conosco", corrigiu o homem na extremidade da mesa. Que mundo estranho era aquele em que num momento não se tem valor para um duque e no momento seguinte se tem valor demais para todos os outros.

Sem lar. Ela ignorou o pensamento.

"Na verdade", Sophie disse, "Não sou assim tão diferente. Meu pai sabe se virar em uma mina de carvão, assim como meu avô sabia, e também meu bisavô."

"Meu irmão trabalha nas minas", alguém informou.

"Como seu irmão, então", Sophie aquiesceu . "A única diferença é que meu pai teve sorte e comprou um lote de terra que acabou se revelando uma das minas mais ricas da Grã-Bretanha." Olhos foram se arregalando ao redor da mesa conforme o sotaque cuidadosamente cultivado em Londres foi dando lugar ao seu sotaque nativo do norte e ela relaxou e contou a história que ouviu mil vezes quando criança. "Ele cavou e cavou durante dias até encontrar algo que prestasse. Algo que os nobres em Londres pudessem usar."

"Estão vendo? Ela não é nobre!", exultou a criada que a ajudou a se vestir.

Sophie negou com a cabeça.

"Não sou. Passei minha infância aqui em Mossband."

"Só que você é", insistiu o homem na extremidade da mesa. "Porque nós chamamos você de milady e você vai casar com o filho do duque."

Na verdade, não. Ela afastou a decepção e bebeu antes de sorrir para o homem no fim da mesa.

"Meu pai não é só bom com carvão; ele também é bom com as cartas."

"Dizem que o príncipe perdeu uma partida de faro e com isso ganhou um conde!" Ginny sussurrou em voz alta o bastante para o castelo inteiro ouvir.

Sophie piscou um olho, sentindo-se mais borralheira naquela mesa do que nunca. Gostando da sensação. Assim como suas irmãs gostariam.

"Isso é, de fato, o que dizem."

As perguntas vieram rapidamente, então. Perguntas sobre sua vida e suas irmãs, sobre seus pretendentes, sobre seu pai e como se tornaram aristocratas. E ela respondeu a todas, com o prato e a caneca sempre cheios. A comida e a cerveja a tornaram calorosa e tagarela, e Sophie percebeu que pela primeira vez em anos, ela se sentia à vontade para responder às perguntas com a verdade, em vez de respostas cuidadosamente engendradas. Então veio a próxima pergunta de Ginny, que parecia saber tudo sobre as irmãs e suas vidas.

"Então você empurrou o Duque de Haven no lago da Condessa de Liverpool e agora está sendo cortejada pelo Marquês de Eversley! Você tem tanta sorte de ser tão famosa!"

"Esse jornal chegou rápido", Sophie franziu a testa.

"Hoje", Ginny sorriu. "Eu li antes do jantar."

"Não foi em um lago. Foi num tanque. A água mal chegava aos joelhos dele."

"Mesmo assim! Você é a estrela dos jornais de fofocas!", Ginny suspirou. "Você tem tanta sorte."

Ela não se sentia sortuda. Sophie sentia que nunca poderia voltar para casa. Ela nem mesmo sabia onde ficava sua casa. *Se* ficava em algum lugar.

"Qual é a sensação de ser uma garota de Mossband que agora é cortejada por um marquês?"

"Um *belo* marquês", uma das outras garotas arriscou, o que provocou risinhos entre elas e resmungos dos homens à mesa.

Mas Sophie ficou pensando na pergunta. Qual é a sensação? Ela não existia, porque não havia nenhuma corte. Porque aquilo não era nada além de um acordo. Nem mesmo uma fantasia. Na verdade, ela não esperava viver em Mossband. Sophie não esperava, de verdade, que Robbie estivesse esperando por ela. E se estivesse, ela não iria querer se casar com ele. E Rei... nunca foi o marido dela. Nunca foi seu noivo. E agora, depois do jantar fracassado que mal começou...

Eles nem mesmo gostavam um do outro. Quantas vezes eles tinham dito isso um para o outro? Quantas vezes ela tentou se convencer de que isso era verdade?

Não importava que em certos momentos ela chegou bem perto de gostar dele. Não importava que ela gostasse dele quando Rei a beijava. Quando ele ficava do seu lado e a defendia, mesmo quando Sophie sabia que era para o benefício próprio. Não importava que ela tivesse gostado dele quando Rei a segurou, sangrando, na carruagem. Ou quando ele a ajudou a escapulir dos homens de seu pai. Ou quando irrompeu pela porta da padaria. O que importava era que eles não estavam noivos e nunca se casariam.

Não importava o quanto Sophie pudesse desejar isso.

O pensamento a espantou. Ela não desejava isso. Ou desejava? Sophie ergueu o rosto, atendo-se à parte da pergunta que poderia responder com certeza.

"Ele é mesmo muito bonito."

"Bem, pelo menos eu tenho isso a meu favor."

Sophie fechou os olhos ao ouvir aquela voz, desejando que o chão da cozinha se abrisse e a engolisse. É claro que ele tinha que estar ali. É claro que ele tinha que ter ouvido. Ela baixou os olhos para suas pernas, absolutamente constrangida.

"Sinto interromper o que parece ser um jantar muito agradável", Rei disse para os criados reunidos, que no mesmo instante se colocaram de pé, garantindo-lhe que não, ele não tinha interrompido nada. Podiam providenciar alguma coisa para ele? Cerveja? Comida?

"Não, obrigado", ele disse, com elegância. "Eu só gostaria de ter um momento a sós com Lady Sophie. Posso?"

Sophie ergueu os olhos, então, encontrando o belo rosto dele relaxado e divertido. Ela não tinha certeza se deveria lhe conceder momento algum. Com certeza Rei não merecia. Ele deve ter sentido a hesitação dela, porque em vez de continuar falando, virou-se para investigar a mesa de comida ao lado e pegou duas tortinhas do alto da torre, colocou-as em um prato e as cobriu com creme fresco antes de se virar lambendo polegar e indicador.

"Esse não é um comportamento adequado a aristocratas", Sophie censurou e logo imaginou se era a cerveja que estava falando por ela.

Rei ergueu um canto da boca em um pequeno sorriso envergonhado.

"Meu comportamento no início da noite também não foi. Você me perdoa?"

Com relação a pedidos de desculpas, aquele não era perfeito. Apesar disso, as faces dela esquentaram ao ouvi-lo, antes mesmo que Rei estendesse o prato para ela.

"Eles não são os únicos que podem alimentá-la. Eu tenho tortinhas. Posso usá-las para convencê-la a vir comigo?"

Uma das empregadas atrás dela suspirou. Sophie resistiu ao impulso de fazer o mesmo e observou o prato com tortas por um bom tempo. Elas estavam lindas.

"Acho que sim", ela respondeu, levantou e alisou as saias. "Só vou pelas tortas."

Rei sorriu e colocou a mão sobre o peito.

"É claro. Eu não imaginaria outra coisa."

Ela pegou o prato e Eversley a conduziu até a porta, onde Sophie lembrou de se virar para trás.

"Obrigada a todos vocês pelo belo jantar."

Os criados ficaram surpresos com a gratidão dela, mas foi Agnes quem respondeu.

"Obrigada, milady. Você é bem-vinda à nossa mesa sempre que quiser."

Sophie seguiu Rei pela porta.

"Eu gosto de você sorrindo", ele disse em voz baixa, depois que eles saíram da cozinha, seguindo pelo o corredor mal iluminado. "Você não sorri o bastante quando está comigo."

"Não tenho tido muita razão para sorrir desde que nos conhecemos", ela ergueu os olhos para ele.

"Eu gostaria de mudar isso."

"Tortas de morango são um bom começo", Sophie respondeu erguendo o prato.

Rei manteve o olhar nela.

"Acho que posso fazer melhor que isso."

Então ele se virou e saiu por um labirinto de corredores, subiu um lance de escada e atravessou portas enormes para chegar a uma das alas do castelo. Sophie o seguiu, apesar de não ter vontade. Ou, talvez, com muita vontade. Tudo que dizia respeito àquele homem era confuso.

"Aonde estamos indo?"

Rei parou diante de uma imensa porta dupla e se virou para Sophie.

"Comer a sobremesa."

Havia algo naquelas palavras, na expressão nos olhos dele quando as disse, que fez o coração de Sophie começar a martelar. Aquele não era o Rei que ela conhecia.

"Aqui tem uma biblioteca. Você gostaria que eu mostrasse para você?"

Sophie lançou um olhar irônico para ele.

"Você está querendo me subornar com livros."

"Vai funcionar?"

"Talvez", ela manteve os olhos na porta atrás do ombro dele.

Os lábios dele se abriram em um sorriso malicioso e apareceram covinhas no seu rosto.

"Vamos ver?"

Ele abriu a porta para revelar a maior e mais linda biblioteca que ela já tinha visto. O aposento era cavernoso, ocupava dois andares de todos os lados, com um mezanino de ferro forjado que rodeava todo o perímetro da sala. À frente deles havia várias espreguiçadeiras e uma lareira imensa, com quase quatro metros de altura e oito de largura.

Tudo isso diante dos livros, que se estendiam pelo que pareciam quilômetros, em estantes e mais estantes, do chão ao teto, em capas vermelhas, verdes, marrons e azuis. Mais livros do que uma pessoa conseguiria ler em toda sua vida... Mas ela poderia tentar.

Sophie entrou na biblioteca descrevendo um círculo lento, já imaginando por quanto tempo Rei iria precisar da atenção dela antes de soltá-la naquele ambiente, livre para explorar.

"Isso...", ela começou e não conseguiu terminar, estupefata.

"Isso...?", ele a instigou, depois de um longo instante.

Sophie olhou para ele e sorriu.

"Está funcionando", ela concluiu.

"Ótimo", ele riu. Rei fechou a porta atrás deles e foi se sentar em uma grande poltrona de couro no centro da sala, ao lado de uma pilha de livros enormes. Equilibrando o prato de tortas de morango no braço largo da poltrona, ele fez um gesto abrangendo a sala.

"Eu sei que você está desesperada para explorar o ambiente, amor. Fique à vontade."

Ela saiu em disparada, subindo pela escada de ferro sem hesitação.

"Eu sempre quis uma biblioteca", ela disse, os dedos coçando para tocar as lombadas imaculadas dos livros que estavam no alto.

"Eu pensei que você quisesse uma livraria", Rei disse lá de baixo.

"Isso também. Eu consigo imaginar meu pai apoiando uma livraria. Afinal, seria um investimento."

"E uma biblioteca não é?"

Ela negou com a cabeça, passando o dedo sobre as letras douradas do volume de Milton que encontrou.

"Uma biblioteca é um luxo."

"Seu pai é rico além da conta. Creio que ele poderia lhe dar a biblioteca e a livraria."

"Ele sempre gostou de me comprar livros, mas minha mãe...", ela foi parando de falar e terminou dando de ombros. "Ela não gosta de livros."

"Como assim?"

Sophie olhou para Rei lá embaixo, e por um instante se esqueceu da biblioteca, atraída pelo modo como os olhos verdes dele focavam nela, firmes.

"Ela me fazia esconder os livros."

"Por quê?"

"*Ninguém gosta de uma mulher com ideias*", Sophie respondeu, ecoando as palavras que tinha ouvido dezenas de vezes da mãe. "Eu acho que ela deve imaginar que os livros fazem pensar."

"E fazem. Os bons."

"Não sei se minha mãe concordaria com você. Apesar de todos os livros que eu li, sou a única das filhas dela perdida no norte do país com um marquês solteiro e uma ferida de bala no ombro."

"Suas circunstâncias atuais não têm nenhuma relação com suas leituras sobre pedras."

Sophie riu enquanto passava a mão pela prateleira comprida, repleta de volumes encadernados em couro.

"Tem certeza disso?"

"Absoluta. Cada livro que você leu fez de você uma pessoa melhor."

Sophie curvou as mãos sobre o corrimão da balaustrada de ferro, inclinando-se sobre ele para observar Rei.

"Se você fosse uma Irmã Perigosa, minha mãe ficaria desesperada. Seria um milagre se você algum dia se casasse."

"Que bobagem", ele disse, erguendo os olhos para ela. "Você é, de longe, a mulher mais desposável que eu já conheci."

Sophie ficou imóvel.

"Acha mesmo?"

"Com certeza", ele deu uma mordida na torta, como se sua afirmação fosse a coisa mais natural do mundo.

"Depois que o sujeito sabe que não estou tentando fisgá-lo em uma armadilha de casamento, você quer dizer."

"Depois disso, é claro", ele anuiu sorrindo.

Alguma coisa a tinha deixado com a cabeça leve. A cerveja. Com certeza foi a cerveja. Não ele.

"Por quê?", ela quis saber.

E foi a cerveja que fez Sophie perguntar isso. A cerveja e a distância entre eles, que de alguma forma a tornava mais corajosa do que nunca.

"Por que você não seria desposável?", Rei perguntou, mas Sophie não respondeu. "Você é inteligente, esperta, corajosa e honrada."

Excelente, Sophie pensou. *Como um cavalo. Ou um cachorro.*

E então ele acrescentou:

"Além de ser linda."

"Eu não sou linda", ela rebateu antes que pudesse se conter, e desejou desaparecer, simplesmente se fundindo aos livros atrás dela para nunca mais ser vista. Não funcionou.

"Você é, sim."

Sophie negou, detestando o modo como seu peito apertou com o constrangimento da situação. Ela não queria discutir sua beleza nem a falta dela. Nenhuma mulher comum gosta de discutir isso, principalmente com um homem tão bonito.

Meu Deus. Ele ouviu quando Sophie disse, na cozinha, que ele era bonito. Ela engoliu em seco, desesperada para acabar com aquele momento.

"Sophie?"

Ela olhou para ele.

Não me faça responder. Não me faça pensar por que você nunca seria meu.

Foi a cerveja que a fez pensar assim. Ela não o queria para si. Só que, de vez em quando, ela pensava nisso. Quando ele lhe ofereceu tortas de morango. E lhe mostrou aquela biblioteca mágica. E a chamou de linda. E a fez querer acreditar nisso... Nessas ocasiões ela pensava em querê-lo para si.

"Estas tortas vão ser comidas. Eu me sinto obrigado a lhe transmitir essa informação."

Veio o alívio, substituído sem demora por algo muito mais perigoso. Algo que a fez desejar que ambos estivessem em outro lugar. Que ambos fossem outras pessoas. Que gracejos a respeito de tortas de morango fossem a única coisa com que eles precisassem se preocupar.

Sophie olhou para Eversley, esparramado na poltrona de couro, erguendo o prato como se lhe fizesse uma oferenda. Talvez tortas de morango pudessem ser suficientes essa noite. Mas então ela arregalou os olhos.

"Você comeu a minha!"

"Tive a impressão de que você não queria."

"É claro que eu queria, seu ladrão de torta!"

Ele sorriu.

"Então por que você está escondida aí em cima?"

Por que, mesmo?

Sophie desceu a escada em segundos e arrancou o prato da mão dele.

"Você comeu metade da torta", ela reclamou.

"Melhor do que se a tivesse comido inteira", ele disse, abrindo com dramaticidade o livro na mesa do seu lado.

"Pare!", ela exclamou.

"O que foi?", ele parou e virou olhos espantados para ela

"Seus dedos. Estão cobertos de doce. Não toque no livro."

"Parecia que eu estava para assassinar alguém."

"*Algo*", ela disse. "O livro ficaria *tortado* para sempre."

Rei levantou as mãos.

"Muito bem. Que Deus não permita que nós o tortemos."

Sophie se sentou na poltrona à frente dele e deu uma mordida no pedaço que restava da torta, suspirando de prazer com o doce, que combinava perfeitamente com o creme fresco.

"Isto é extraordinário", ela disse, o olhar fixo no doce.

"É mesmo, não é?", a voz dele soou mais baixa, mais grave. Mais sensual.

Ela ergueu os olhos e o viu fitando sua boca, e o prazer gastronômico se tornou um outro tipo de prazer.

"Você quer?"

"Demais."

Ela já não sabia mais se eles estavam falando da sobremesa. Sophie estendeu o prato para ele, e Rei negou com a cabeça.

"Tem certeza?"

"Por que livros?", ele quis saber.

"Não entendi", ela arqueou as sobrancelhas.

"Por que eles são o seu vício?"

Sophie pôs o prato de lado e limpou a mão nas saias antes de pegar o volume de cima em uma pilha de livros pequenos, encadernados em couro, logo ao seu lado e estendê-lo para Rei.

"Vamos", ela disse.

Rei aceitou o volume.

"E agora?"

"Cheire o livro", ela instruiu e ele inclinou a cabeça. Sophie não conseguiu deixar de sorrir. "Vamos."

Ele levou o livro ao nariz e inalou.

"Não assim. Dê uma boa cheirada."

Rei olhou desconfiado, mas fez o que ela mandou.

"O que você sente?", Sophie perguntou.

"Couro e tinta?"

Ela negou com a cabeça.

"Felicidade! É esse o cheiro dos livros. Felicidade. Por isso eu sempre quis ter uma livraria. Existe vida melhor do que vender felicidade?"

Eversley a observou por um longo tempo, longo demais para Sophie, e então ela se voltou para a torta.

"Você não respondeu se me perdoa", Rei disse em voz baixa.

A mudança de assunto lhe pegou desprevenida.

"Eu... desculpe, não entendi."

"Pelo modo como eu te tratei. No jantar."

Ela escolheu um morango na torta e o comeu, ganhando tempo para pensar na resposta. Rei continuou em silêncio.

"Pelo modo como eu a venho tratando desde Mossband. Desde a noite passada. Na carruagem."

Ela ergueu os olhos para ele.

"Você não fez nada de errado na carruagem."

Ele riu. Uma risada sem graça.

"Eu fiz uma centena de coisas erradas na carruagem, Sophie."

"Está bem, mas não foram essas coisas que me deixaram triste", as palavras saíram antes que ela pudesse pensar, antes que ela pudesse mudá-las. Antes que pudesse se fazer parecer menos delicada. Ela pôs o prato de lado e levantou. "Desculpe-me."

Ele se levantou num pulo.

"Não ouse me pedir desculpas. Eu acho que essa é a primeira vez que alguém me fala a verdade em anos. Eu...", ele hesitou. "Cristo, Sophie. Sou eu quem peço desculpas."

"Não é...", ela sacudiu a cabeça.

"Pare. Sou eu sim." Ele se aproximou dela. "Eu sou um cretino. Você falou isso para mim, lembra?"

"Eu não deveria ter dito isso."

"Eu fui um cretino?"

Sophie encarou aqueles olhos, verdes como a grama, que focavam seu rosto.

"Você foi. Muito."

Ele concordou.

"Eu fui."

"E esta noite, foi ainda pior", ela continuou.

"Eu sei. Gostaria de não ter sido", Rei assentiu.

"Eu quis jogar minha sopa em você."

Ele ergueu a sobrancelha.

"Você está pegando o jeito de me dizer a verdade."

"A sensação é libertadora", ela sorriu.

Ele riu, depois ficou sério.

"Você me perdoa?"

Ela o encarou por um longo momento.

"Perdoo."

Rei suspirou, como se estivesse prendendo a respiração por uma eternidade, e então estendeu as mãos para ela, surpreendendo a ambos, e seus dedos tocaram o rosto dela, afastando uma mecha de cabelo, que ele colocou atrás da orelha dela.

"Eu nunca quis magoá-la."

Ela engoliu em seco ao sentir o calor do toque dele.

"Eu nunca deveria ter trazido você aqui", ele continuou, com a voz suave, e Sophie detestou o modo como aquelas palavras a fizeram se sentir quando ele acrescentou, "você é boa demais para este lugar. Para os homens que isso aqui produz."

Sophie ficou sem fôlego ao ouvir aquilo.

"Eu não acho que isso seja verdade."

"Você não sabe quem eu sou."

"Mostre para mim", ela sugeriu, querendo desesperadamente que ele aceitasse, que lhe falasse a respeito daquele lugar, dos homens que produzia.

Rei não aceitou a sugestão, em vez disso baixou os olhos para a boca de Sophie, acariciando seu rosto.

"Tem creme no seu lábio."

Da torta. Ela ergueu a mão, mas ele previu o movimento e capturou o pulso dela antes que Sophie pudesse limpar os restos da torta.

"Não", ele sussurrou perto dela e Sophie se sentiu dominada pelo aroma dele, sabão e especiarias. "Deixe que eu faço isso."

Ela ficou imóvel, sem entender direito, mas desejou o que quer que ele estivesse lhe oferecendo. Então Rei colocou seus lábios sobre os dela, lambendo o creme perdido.

Nunca, em toda sua vida, Sophie tinha passado por experiência tão escandalosa. Tão...

"Humm", ele murmurou, o som baixo e suave, enquanto levantava a cabeça. "Extraordinário."

Minutos antes, ele não estava falando da torta. Ela não conseguiu evitar de levar sua mão ao pescoço dele e tocá-lo como ele a tocava, seus dedos se enroscando no cabelo escuro dele.

"Mostre para mim", ela repetiu, só que dessa vez Sophie não queria que ele falasse. Ela queria que ele agisse.

Mas foi ela quem agiu, levantando o rosto para Rei e capturando os lábios dele nos seus.

Escândalos & Canalhas

Capítulo 16   Junho de 1833

LUXÚRIA NA BIBLIOTECA LYNE!

* * *

Ela o beijou. Ele poderia ter se contido e evitado qualquer coisa além daquele único beijo, que seria o suficiente para lembrá-lo do gosto dela sem causar mais escândalo. Mas Sophie levantou o rosto para beijá-lo, puxou a cabeça dele para baixo e o instigou com um suspiro baixo, delicado.

Ele era um homem, afinal. E nenhum homem do mundo conseguiria resistir àquela mulher.

E então ele retribuiu o beijo, aprofundando a carícia, envolvendo-a com os braços, levantando-a de encontro a seu corpo, e ela passou os braços ao redor do pescoço dele e se entregou ao beijo.

Na primeira vez em que ele a beijou, Rei estava com a atenção dividida entre Sophie e o bar do Carriça Canora. Na segunda vez, ele não conseguia enxergá-la. Maldito fosse ele se iria desperdiçar aquela terceira vez.

Sophie era tão doce e macia, e arfou de encontro a ele, com os olhos arregalados, quando ele a ergueu em seus braços sem interromper o beijo e, em seguida, voltou para a grande poltrona de couro onde estava sentado antes, observando-a no alto, tentando não espiar por baixo das saias curtas demais. Tentando desesperadamente conseguir ver algo. Tentando não reparar demais nela, incapaz de não reparar nela quando lhe disse que era linda, e Sophie... Cristo. Sophie não acreditou nele.

De repente era crucial que ela acreditasse nele. Rei sentou com ela no colo e interrompeu o beijo. Sophie suspirou de decepção e Rei lhe deu outro beijo. Ela correspondeu à altura, acompanhando-o, abrindo-se para ele, deslizando a língua, tocando-o e provando que queria aquilo tanto quanto ele.

Ele queria aquilo com todas as suas forças. Mas havia algo mais. Algo mais importante do que aquilo que Rei queria. Ele tirou os lábios dos dela.

"Sophie..."

Ela abriu os olhos, que estavam num tom de azul mais profundo e escuro do que no começo da noite. Alterados por seu toque. Seu beijo. Por *ele*.

Ela o fazia se sentir mais poderoso do que jamais tinha se sentido; ele não era apenas um título, uma fortuna, ou um herdeiro. Sophie fazia com que Rei se sentisse mais que isso tudo. Ele não iria fazer amor com ela. Não podia. Rei não iria arruiná-la. Ela merecia um homem melhor. Um homem que pudesse amar. Um homem que casasse com ela.

Uma vez na vida Rei faria a coisa certa. Por aquela mulher que tinha feito tantas coisas certas.

"Você é linda", ele disse, sabendo que as palavras revelavam demais. Que eram reverentes demais. Rei estava parecendo um garotinho. Ele se sentia um. Ela o fazia se sentir assim. O que Sophie estava fazendo com ele?

Ela enrijeceu em seus braços, tentou se afastar dele, mas Rei a capturou, bloqueando sua fuga.

"Aonde você está indo, amor? Nós não acabamos."

Ela meneou a cabeça e o empurrou.

"Pare."

Rei a soltou e Sophie se colocou de pé. Ele pegou a mão dela, e ela permitiu apesar de manter a cabeça baixa, evitando o olhar dele.

"Sophie...", ele começou, tentando achar as palavras certas.

"Eu não sou uma das mulheres que você já teve", ela disse. "Não sou igual a elas."

"Uma das mulheres?", ele repetiu, sem gostar daquelas palavras. Nem um pouco.

Ela olhava fixamente para as mãos deles, os dedos entrelaçados.

"Você não precisa mentir para mim", Sophie sussurrou.

Só que não era mentira. Ele não queria mentir para ela. Ele queria que ela ouvisse a verdade.

"Não é..."

"Pare. Rei", ela suspirou. "Você acha que não escuto o que dizem a meu respeito? Que a beleza tinha acabado na família quando eu nasci? Que bonitas são apenas as minhas irmãs? As simpáticas? As talentosas?" Sophie olhou para ele. "Eu não sou linda. Eu sei disso. Você já disse antes."

Que cretino ele tinha sido. Que cretino cego e horroroso. Ela continuou:

"É gentil da sua parte dizer isso agora, e eu acredito que entendo o impulso, mas mentir sobre isso não vai me fazer gostar mais", ela fez um gesto entre os dois, "disto. Na verdade, vai me fazer gostar *menos*", ela soltou a mão dele. "Faz com que eu goste menos."

Rei ficou sem saber o que dizer. O elogio não era um estratagema com o objetivo de fazer com que ela tivesse vontade de pular na cama com ele. Era a verdade. Ele queria agarrá-la pelos ombros e sacudi-la, para que acordasse.

Ele queria repetir aquilo sem parar, até que ela acreditasse nele. Até ela mesma ver que era linda. Mas não era isso que Sophie queria.

E Rei queria que ela tivesse tudo o que quisesse. Para sempre. Meu Deus. *Para sempre.*

Aquelas palavras o envolveram e se instalaram em seu peito enquanto ele a observava e levantava o braço, pegando mais uma vez a mão dela. Sophie permitiu.

"Olhe para mim, Sophie."

Ela olhou e ele pôde ver a cautela nos olhos dela. Um dia ele arrancaria a cabeça da pessoa que a fez se sentir inferior à beleza que ela era de fato.

"Não vou lhe dizer que você é linda."

A cautela se tornou alívio e algo mais que parecia tristeza; algo que desapareceu com tanta rapidez que ele não pôde compreender. Rei levou a mão dela até seus lábios, beijando-lhe os dedos.

"Mas eu quero deixar bem claro; quando for a hora de ir embora do Castelo Lyne, você vai sair daqui acreditando que é muito linda. Eu vou cuidar disso."

Ela corou e olhou para o lado.

"Vai chegar o dia em que vou lhe dizer isso e você não vai olhar para o lado."

Sophie olhou de novo para ele.

"Você planeja trabalhar rápido, então?", ela perguntou.

"Rápido, por quê?"

"Eu vou embora quando meu pai chegar", ela respondeu, e as palavras tiveram mais impacto do que Rei teria imaginado. "Você deveria ficar feliz com isso, francamente, pois se meu pai soubesse do nosso acordo, ele o colocaria no altar mais rápido do que você consegue imaginar."

Ele não queria que ela fosse embora. Rei a queria ali. *Para sempre.* Não para sempre. Para sempre era impossível. Para sempre com Sophie significaria amor. Ela não ficaria feliz sem amor. Sem todas as suas partes. E amor não estava no destino dele. Nunca.

Não com aquela mulher que, de algum modo, ficava mais perfeita a cada dia, com sua língua afiada, sua cabeça *ainda mais* afiada e uma risada que o fazia querer passar o resto da vida lhe ouvindo rir. Mais perfeita, apesar de ele ser um verdadeiro cretino perto dela.

"Eu te tratei abominavelmente", ele disse.

Sophie sacudiu a cabeça e Rei a puxou de volta para o colo.

"Você salvou minha vida", ela disse com delicadeza, deixando que ele a puxasse para perto.

"Eu a deixei triste", ele sussurrou junto à têmpora dela, aos fios de cabelo castanho que estavam soltos ali. *Triste* era uma palavra tão simples, tão prejudicial. Significava tão mais do que palavras mais elaboradas. Ele a machucou e ela persistiu.

"Eu já fiquei triste antes, meu lorde. E sei que vou ficar de novo."

Ele odiou ouvir isso.

"Eu queria poder desfazer tudo isso."

"Mas você não pode", ela sorriu. "Nós estamos aqui. Seu pai e a criadagem acreditam que estamos noivos, assim como toda a população de Mossband. Para não falar das pessoas espalhadas pelo interior que acreditam que somos casados, e que nosso sobrenome é Matthew."

Ele tinha feito uma bagunça, não?

"Se você pensar bem", ela continuou, "se *eu* estivesse tentando enforcá-lo no altar, teria feito um trabalho e tanto".

Ele riu da expressão que ela usou.

"Enforcar no altar?"

"Parece terrível, não é?"

"Não é terrível", ele disse. "Apenas não é para mim."

A resposta dele alterou o ambiente e os dois ficaram sérios. Ele podia ver nos olhos dela a pergunta que Sophie não fez. *Por quê?*

Mostre para mim, ela tinha lhe pedido antes, quando Rei disse que ela era boa demais para aquele lugar. E ele ansiava fazer exatamente isso. Contar para alguém por que ele era o homem que era. Dividir seu passado.

Ele poderia contar para Sophie. Poderia lhe mostrar. Eversley enroscou seus dedos nos dela e seu polegar acariciou a pele macia enquanto ele observava uma coleção de sardas castanhas na base da mão dela.

"Eu fui embora quando tinha 18 anos."

* * *

Sophie ficou imóvel no colo dele, mas não falou. Não o pressionou por medo de que ele mudasse de ideia, e não havia nada que ela quisesse mais no mundo, naquele momento, do que ouvir a história dele. Rei continuou:

"Eu tinha voltado para casa para passar o verão, de férias da escola. Como qualquer garoto da minha idade, eu odiava sossego. Eu queria passar o verão bebendo e..."

Ela sorriu.

"Você não precisa esconder o que garotos de 18 anos querem fazer."

Uma covinha apareceu na face direita dele.

"O que você sabe sobre garotos de 18 anos?", ele perguntou.

"O bastante para saber que beber não era a pior coisa que você queria fazer naquele verão."

"Eu estava velho demais para matar o tempo indo pescar no rio."

Sophie o imaginou mais novo, mais magro, com o corpo comprido ainda não tão desenvolvido, o rosto mais livre da personalidade que carregava agora. Bonito, mas em nada parecido com o que era no presente. Os ossos do homem que ele se tornaria. O sorriso dela ficou mais largo e ela se ajeitou nos braços dele.

"Eu teria gostado de pescar com você."

Rei olhou para ela, surpreso.

"Eu levo você."

"Não está velho demais para isso agora?", ela provocou.

Ele fez que não.

"Agora eu sou velho o bastante para saber que matar o tempo não é um jeito tão ruim de gastar seus dias." Ele fez uma pausa. "Principalmente com a companhia certa."

Ele se referia a ela? Ela gostaria de pescar com ele. Gostaria que ele fizesse uma fogueira na margem do rio e passasse a noite lhe contando a respeito de sua vida enquanto a noite caía ao redor deles. Sophie se sentiu aquecida pela ideia impossível.

"Ela era uma retireira", ele disse com uma risada incrédula, perdido nas lembranças. "Uma *retireira*. Como se nós vivêssemos em uma pintura de um mestre holandês. O pai dela cuidava dos laticínios na propriedade ao leste e ela trabalhava com as vacas."

Sophie não riu.

"Quantos anos ela tinha?"

"Dezesseis."

"E como foi que você..."

Ela não completou a pergunta, mas ele a entendeu. Rei levou a mão dela aos lábios, beijando seus dedos, provocando pequenas ondas de prazer que a atravessaram. Quando parou, ele segurou a mão dela junto à boca e respondeu:

"Uma das vacas tinha escapado e acabou na propriedade Lyne. Ela veio atrás do animal." Ele fez uma pausa e continuou, em voz baixa: "Parecia algo de Shakespeare. Ela era a coisa mais linda que eu já tinha visto".

Sophie inspirou fundo ao ouvir essas palavras. Ela achou incrível como era fácil acreditar nelas ao mesmo tempo em que era tão difícil acreditar nas mesmas palavras quando se referiam a ela.

"Como ela era?"

"Loira, com a pele rosada perfeita e lisa como creme", ele respondeu e Sophie conseguiu enxergar aquela mulher, jovem com olhos bondosos. "No momento em que ela olhou para mim, com sujeira no rosto, as saias enlameadas por causa das suas buscas, eu quis protegê-la."

Ela acreditou nisso, lembrando-se de como ele atacou o homem que atirou nela, no modo como Rei se lançou de imediato na luta.

"Ela precisava de proteção?"

"Parecia que sim", ele disse, perdido nas lembranças. "Havia algo de precioso nela. Algo que parecia frágil." Ele procurou o olhar de Sophie. "Eu quis me casar com ela desde o primeiro momento."

Sophie não estava preparada para a calda quente de ciúmes que escorreu por seu corpo ao ouvir aquilo. Ela também não estava preparada para todas as perguntas que quis fazer.

"E?", ela o incitou.

"Nós passamos o verão juntos, em encontros secretos, escondendo tudo de nossos respectivos pais. Nós enviávamos mensagens pelos cavalariços, principalmente um, a quem eu paguei muito bem pelos serviços. Ela morria de medo que seu pai nos descobrisse." Sophie aquiesceu, mas não falou. "Ela estava com tanto medo que começou a me implorar para casar escondido com ela. Ela queria que nós fugíssemos, atravessássemos a fronteira com a Escócia, encontrássemos o primeiro ferreiro e nos casássemos na forja.[1] Que resolvêssemos logo aquilo." Ele se interrompeu. "Era o que eu devia ter feito."

"E por que não fez?"

"Porque eu não queria que fosse segredo. Eu queria me casar na frente de todo mundo. De toda a Grã-Bretanha. Ela seria minha marquesa. Minha duquesa. Não havia vergonha nisso, eu não queria transformar nosso casamento em um escândalo. Eu a amava."

"Você queria fazer dela sua esposa", Sophie disse com delicadeza. Os títulos não eram nada comparados a isso. Comparados à ideia de viver com ele, como sua companheira, para sempre.

Para sempre. O coração de Sophie doeu com essas palavras, com a tristeza pelo que ela sabia que viria, e com ciúmes dessa garota que tinha roubado o coração dele há tanto tempo, tornando impossível que Sophie fizesse o mesmo agora.

Não que ela tivesse capacidade de fazê-lo. Ele soltou uma risada sem graça.

"Mas é claro que eu era jovem e idiota. E lutava contra moinhos de vento."

---

[1] N.T.: Na Escócia, nessa época, garotos com 14 anos ou mais, e garotas com 12 ou mais, podiam se casar sem o consentimento dos pais, em uma cerimônia irregular. Para tanto, bastava que o casal declarasse a intenção diante de duas testemunhas. Assim, qualquer um podia conduzir o casamento. Por algum motivo, os ferreiros da fronteira foram os profissionais escolhidos. Um ferreiro celebrou mais de cinco mil casamentos. Por isso os livros ambientados nesse período mostram tantas fugas de casais para a Escócia, que vão até o país para se casar.

Sophie sentiu a frustração dele, na rigidez de seu peito e na respiração apressada, no modo como os músculos de seu pescoço se destacaram, revelando um maxilar crispado, uma boca apertada. Ela fez a única coisa que conseguiu pensar — colocou a palma da mão no maxilar dele e massageou sua bochecha com o polegar.

Por um instante pareceu que Rei não reparou no toque dela, mas então seus olhos, cintilando em verde, encontraram os de Sophie e ganharam foco, e ele levantou a mão para segurar a dela junto à sua face. Rei virou o rosto e deu um beijo na palma dela antes de continuar.

"Era 1818 e o Rei da Inglaterra estava louco, o Regente bebia, jogava e organizava festas requintadas e escandalosas. A guerra tinha acabado e estava na hora do meu pai colocar de lado suas ideias estúpidas a respeito de título e sangue azul para aceitar que havia lugar no mundo para o amor."

Sophie não conseguiu segurar um sorrisinho triste ao ouvir aquilo. Ela sentia o coração pulsar na garganta. É claro que havia lugar no mundo para o amor. Mas a aristocracia era um mundo muito distante do normal, e nesse mundo retireiras não viravam duquesas. Foi como se ele ouvisse os pensamentos dela.

"Eu era jovem e nunca tinha ouvido um 'não' na vida."

"E o seu nome prova isso." Ela arqueou as sobrancelhas e ele riu, uma risada que a lembrou que, mesmo com o provável desfecho trágico daquela história, Rei estava ali naquele momento. Forte, saudável e era dela.

Dela, não. Dela por enquanto, Sophie pensou. Dela naquele momento.

"Ninguém diz não ao Rei."

O silêncio se instalou entre os dois e Sophie ficou com frio, pois sabia, por instinto, para onde aquela história se encaminhava.

"Eu a trouxe ao castelo, levei-a àquela ridícula sala de jantar com meu pai à cabeceira da mesa ridiculamente grande. Agnes serviu seu famoso ganso assado. Eu apresentei Lorna para o meu pai com a petulância que me caracterizava. Ainda posso sentir o tremor na minha voz. Meu coração martelando no peito."

O coração de Sophie acompanhava o ritmo do dele. Ela não tinha se dado conta que Rei recriou os eventos nessa noite. Que toda a experiência tinha sido projetada para punir o pai não apenas por seus erros do passado, mas pelos erros cometidos naquela mesma sala de jantar.

"Eu a coloquei diante do meu pai e a apresentei como minha futura noiva."

Meu Deus. Pelo menos, quando ele fez o mesmo com Sophie, ela já esperava que a situação azedasse. Mas pobre Lorna. A garota não sabia de nada. E com certeza estava tremendo em suas sapatilhas ao se encontrar com o duque imponente que Sophie havia conhecido.

Sophie levou a mão ao peito, como para se proteger do que viria a seguir. "O que aconteceu?", ela perguntou.

"Meu pai acabou com ela. Nunca vi um homem tratar tão mal uma mulher, seja retireira ou qualquer outra coisa." Rei meneou a cabeça, os olhos perdidos encarando o passado. "Ele a escorraçou, deixando claro que nunca aprovaria, disse que ela jamais seria uma duquesa, que ela era ordinária, pobre e faria qualquer coisa para subir na vida."

Ele tem um dom para subir na vida, o duque tinha falado a respeito do pai de Sophie.

"Subir na vida é o pior dos pecados", Sophie comentou.

"Imperdoável", Rei concordou. "Há um lugar especial no inferno para quem faz isso."

Sophie não conseguiu evitar de voltar à história.

"Então você foi embora."

"Eu deveria ter ido. Deveria ter agarrado a mão da Lorna e fugido. No mesmo instante. Deveria ter levado a pobre garota até o outro lado da fronteira e feito o que ela queria. Gretna Green é *logo ali.* Mas não. Eu a levei para casa. Eu a deixei dormir em sua própria cama. Eu queria uma noite para pegar dinheiro e preparar uma viagem que nos afastaria do Castelo Lyne até meu pai morrer e eu me tornar duque. Eu precisava de um plano e iria voltar para ela na manhã seguinte com um."

"Parece fazer sentido", Sophie aquiesceu.

Rei olhou para ela e Sophie viu a tristeza em seu olhar. O remorso. O arrependimento.

"Mas não fazia. Eu não pensei que meu pai iria falar com o pai dela."

Sophie arregalou os olhos.

"O que aconteceu?"

"O Duque de Lyne visitou o laticínio naquela noite e contou para o pai de Lorna o que aconteceu. Deixou claro que, se ela colocasse os pés na propriedade Lyne outra vez, ele faria com que Lorna e o pai fossem punidos por invasão."

Sophie ficou boquiaberta.

"E o que o pai dela fez?"

Rei sacudiu a cabeça.

"Ela apareceu de vestido rasgado, lábios sangrando. Estava aterrorizada", ele fez uma pausa. "Ela se jogou nos meus braços e me implorou para salvá-la. Ainda consigo senti-la tremendo. Eu a coloquei em uma carruagem. O pai dela estava no nosso encalço. E meu pai vinha logo atrás, sendo ele a maior ameaça de todas."

O pavor se acumulou no estômago de Sophie quando ela começou a entender como aquela história iria acabar. Ela pegou as mãos de Rei entre as suas, apertando-as, desejando que pudesse desfazer o que ele estava para lhe contar.

"Eu conduzia a carruagem. Ela viajava dentro. Estava escuro, chovia e a estrada..." Ele hesitou. "Bem, depois desta semana você sabe como são as estradas."

"Rei", ela sussurrou, apertando as mãos dele.

"Eu entrei em uma curva rápido demais."

"Não foi culpa sua", ela sacudiu a cabeça.

"Os cavalos não estavam parelhos. Eu coloquei os arreios com muita pressa, sem o cuidado necessário."

Por isso que ele passava tanto tempo verificando os arreios na carruagem.

"Você era uma criança", ela disse, segurando as mãos dele cada vez mais apertado, até os dedos começarem a ficar brancos.

Foi a vez de Rei sacudir a cabeça.

"Eu não era nenhuma criança. Eu tinha 18 anos, velho o bastante para herdar uma propriedade. Para me sentar no Parlamento. Ela confiou em mim e eu fiz a coisa errada para protegê-la."

Sophie levou as mãos dele aos lábios e as cobriu de beijos.

"Não", ela sussurrou entre as carícias, "Não. Não. Não."

"A carruagem tombou, arremessando tudo — o veículo, os cavalos, eu — em uma vala a menos de dois quilômetros daqui. Não tenho nem certeza se conseguimos cruzar a fronteira." Ele meneou a cabeça. "Acho que não conseguimos."

"Você..."

Ele olhou para Sophie.

"Eu fiquei bem. Alguns arranhões. Nada que preocupasse."

"E..." Sophie não conseguiu dizer o nome.

"Ela gritou", ele disse em voz baixa e Sophie percebeu que ele não estava mais ali, na biblioteca, mas lá, debaixo de chuva na estrada. "Eu consegui ouvir o grito dela quando viramos, mas quando a carruagem parou, tudo ficou em silêncio. Ela estava em silêncio. Eu subi na carruagem e fui abrir as portas, mas...", Sophie levou uma mão aos lábios e lágrimas rolaram quando ela o imaginou gritando pela mulher que amava. "...do jeito que a carruagem caiu, as portas ficaram presas. Não era possível entrar. Ela ficou presa lá dentro. E eu não conseguia ouvir nenhum som. Até que eu consegui quebrar um vidro..." Ele olhou para os nós dos dedos e os flexionou, como se os cortes feitos pelo vidro ainda estivessem ali.

Sophie nunca tinha escutado um relato tão horrível em sua vida. Lágrimas corriam por seu rosto enquanto ela olhava para ele, que terminava sua história.

"Ela morreu dentro da maldita carruagem, sob meus cuidados."

Não era de admirar que ele não gostasse de viajar de carruagem.

"É por isso que você participa das corridas de cabriolé", ela disse. "Você está se penitenciando. Assumindo riscos."

Ele não respondeu.

"Eu disse para você que meu pai a matou, como se tivesse colocado uma pistola na cabeça dela."

Ela aquiesceu, sem saber o que dizer.

"Mas não foi o ódio dele que pôs a pistola na cabeça dela. Foi o meu amor."

Ela estendeu as mãos para ele, então, e pegou aquele rosto belo e sombrio, virando-o para ela, esperando até ele encontrar seu olhar, até ter certeza que ele prestava atenção.

"Foi um acidente."

"Eu não deveria..."

"Você era uma criança e estava fazendo o que achou ser melhor. O que achou ser o correto. Você não a matou."

"Eu matei."

A confissão devastou Sophie e, de repente, ela entendeu muita coisa a respeito dele, e fez a única coisa em que conseguiu pensar para diminuir a dor em seu próprio coração. E no dele. Ela se aproximou e o beijou, a princípio suave e hesitante, como se ele fosse se afastar a qualquer momento, como se ela fosse uma intrusa. Sophie afastou seus lábios uma vez, duas, três, antes de aprofundar a carícia, deixando sua língua deslizar pelo lábio inferior de Rei, adorando o modo como ele inspirou com a sensação, e depois abriu a boca e a envolveu com as mãos.

E então ele começou a retribuir o beijo, recebendo e dando, investindo e provando, gemendo ao assumir o controle, transformando o que tinha começado como uma carícia hesitante em uma abordagem sensual e quente. Foi magnífico.

Rei descolou os lábios dos dela e imediatamente deu beijos quentes e molhados em seu pescoço, enquanto os dedos de Sophie se entrelaçavam aos cabelos dele, guiando-o até lugares que ela nem sabia que podiam ser beijados. Ele passou a língua na curva entre o pescoço e o ombro, e suas mãos foram até a frente do vestido dela, rápidas e furiosas, e começaram a soltar os laços. Não havia nenhum controle naquele momento, nada que fosse pensado. As mãos e os lábios dele provocavam, tocavam e faziam promessas, enviando arrepios de prazer por toda ela sem reflexão. Sem hesitação.

Aquilo era prazer, puro e autêntico. Desejo por outra pessoa que mostrava compreensão. Que não fazia críticas. Que queria. Sophie entendia disso melhor do que ninguém.

E então os laços do vestido estavam soltos e os seios dela se libertaram sobre as palmas das mãos deles. Os polegares de Rei deslizaram sobre os bicos tesos, apertando-os, enquanto os admirava.

"Você é maravilhosa."

Sophie acreditou em Rei quando ele se abaixou e chupou o bico rosado e intumescido, sugando-o com vontade para dentro da boca, enquanto ele se apossava de seus seios com os lábios e com a língua, mordiscando, descrevendo círculos ao redor da auréola, até Sophie começar a se contorcer de prazer em seu colo. Rei a ergueu para ajeitá-la e ela ficou de joelhos no colo dele, que assim podia idolatrá-la do jeito que queria.

Parecia idolatria toda vez que a língua dele descrevia uma órbita lenta. Parecia idolatria toda vez que os dedos dele tocavam a pele de Sophie. Pareceu idolatria quando ele abriu os olhos verdes e a encarou, como se Sophie fosse seu porto seguro na tempestade. Ela queria ser isso. Agora. *Para sempre.*

"Sim", ela sussurrou.

"Sim o quê?"

"Sim para qualquer coisa. Para o que você quiser."

Rei soprou um fio delicioso de ar no lugar em que ela o queria.

"Mas e você, Sophie, o que quer?"

Ela afundou os dedos no cabelo dele, deliciando-se com a maciez.

"Eu quero a sua língua", depois ela ficaria chocada e um pouco envergonhada com suas próprias palavras. Damas não falavam *língua*, Sophie pensou. Mas naquele momento ela não ligou para isso.

Rei gemeu e lhe deu o que ela pediu, com lambidas longas e demoradas que ameaçaram a sanidade dela.

"Você é perigosa para mim."

"Perigosa como?", ela sorriu.

Os dedos dele deslizaram pelo cabelo dela, soltando os grampos que se espalharam pela poltrona e pelo chão da biblioteca, as mechas se soltaram ao redor deles. Rei a encarou no fundo dos olhos.

"Você me faz querer..."

Sophie sentou-se no colo dele, sentindo que ele estava duro e forte debaixo dela. Rei soltou um gemido gutural e ela se sentiu poderosa.

"O que você quer?", ela perguntou, repetindo as palavras dele, chocada com o som delas em sua boca, grave e cheio de desejo.

Ela era uma mulher diferente quando estava com ele.

Rei tomou sua boca outra vez com um beijo profundo e avassalador e, quando a soltou, os dois estavam ofegantes.

"Você me faz querer", ele disse, apenas. "Cristo, Sophie, você me faz querer."

Essas palavras a abalaram tanto quanto o beijo. Ela concordou.

"Eu também quero."

Tudo o que ele pudesse lhe dar. *Todas as partes do amor.* Ainda que fossem apenas partes, ela as aceitaria.

Rei fechou os olhos e praguejou.

"*Porra!*" O palavrão saiu em voz baixa, mas foi chocante, e Sophie ficou imóvel quando ele se endireitou na poltrona e suas mãos a abandonaram e começaram a fechar o corpete à volta dela.

O que ela tinha feito?!

"Rei?", ela perguntou enquanto as mãos dele apertavam os laços do vestido dela, fazendo Sophie entrar em pânico. Ela tinha feito algo errado? "O que aconteceu?" Depois que terminou de ajeitar o vestido dela, Rei levantou os olhos para ela, que pôde relaxar, pois identificou naqueles círculos verdes o desejo — contido, mas claro como o céu do norte da Inglaterra. "Por que você parou?"

"Desculpe-me", ele disse, a voz baixa e sensual cheia de desejo.

"Por parar?" Ela o encarou, mais confusa do que jamais se sentiu na vida. "Você não me deve desculpas."

"Eu devo, sim. Por tudo. Pelas coisas que eu fiz e disse para você. Por trazê-la aqui. Por isto."

"Eu estava gostando bastante."

Ele suspirou e o som foi desagradável devido à proximidade deles.

"Esse é o problema."

"É mesmo?", ela arregalou os olhos.

Eversley se levantou e ajudou Sophie a também ficar de pé.

"Não. É claro que eu quero que você goste. Mas isto...", ele se interrompeu e praguejou de novo, a voz baixa e sombria ecoando na biblioteca silenciosa. "Cristo. Eu também estava gostando. Demais. E não posso gostar, Sophie. Não posso gostar de fazer isso com você. E você não pode gostar de estar comigo."

Tarde demais.

"Por que não?" Sophie franziu o cenho, tentando encontrar um modo de se defender. "Você prometeu me arruinar, não foi? Deste jeito, não é?"

Rei olhou para ela, os olhos verdes cintilando de raiva, frustração e algo parecido com tristeza. E então ele partiu o coração de Sophie.

"Eu não tenho intenção de fazer amor com você, Sophie. Nem esta noite, nem nunca."

Escândalos & Canalhas

Capítulo 17   Junho de 1833

REI HOJE, DUQUE AMANHÃ

* * *

Eversley passou o dia seguinte vagando pelo castelo, evitando Sophie, e ao mesmo tempo esperando encontrá-la. Esperando que vê-la pudesse lhe proporcionar de novo o alívio incrível que sentiu quando conseguiu contar para Sophie a verdade sobre Lorna e ela não fugiu gritando da biblioteca — um alívio consumido em seguida pela culpa diante da decepção que ela demonstrou quando ele declarou que não faria amor com ela.

À tarde, ele foi parar na biblioteca outra vez, tomando um uísque sentado na poltrona onde esteve com ela na noite anterior, torturando-se com a lembrança de Sophie explorando aquele aposento imenso com alegria e prazer evidentes, e comendo a torta com a mesma empolgação. Ocorreu a Rei que ele iria lembrar dela assim, rindo com os criados, suspirando por pastéis, encarando-o na sala de jantar... Ele pensaria nela com paixão.

Sophie era toda passional, forte e perfeita, e parar antes de possuí-la por completo naquela poltrona, no chão, contra as prateleiras da biblioteca, várias e repetidas vezes até que nenhum dos dois se lembrasse de mais nada a não ser um do outro, foi uma das coisas mais difíceis que ele já tinha feito.

Mas deixá-la era muito mais difícil. E isso o aterrorizou.

Como cavalheiro, ele não devia sentir culpa. Ele não a arruinou, apesar do acordo estúpido que fizeram. Essa era a questão, não? Era seu papel como um homem decente proteger a virtude dela, ou não? Mas ele se sentia culpado e isso não tinha nada a ver com levá-la para a cama. Tinha a ver com o fato de que ele não podia ser o que ela queria.

Rei não podia dar para Sophie o amor que ela desejava. O amor que ela merecia. E a melhor coisa no mundo que ele poderia fazer por ela, àquela altura, seria levá-la para a estalagem em Mossband e fingir que nunca tinham se conhecido.

Como se ele pudesse esquecê-la.

O marquês bebeu um grande gole e a culpa começou a se transformar em frustração. Que grande idiota ele tinha sido ao levar Sophie para o castelo, ao apresentá-la para seus demônios. De ter oferecido aos dois uma tentação que nunca poderia se concretizar. Porque ainda que ele se casasse com ela, nunca poderia amá-la.

Ele já tinha passado por isso uma vez e veja aonde aquilo o deixou. Sozinho. Bêbado. Na biblioteca.

"Meu lorde?"

Rei virou o rosto para a porta, onde Agnes aguardava. Agnes, que sempre esteve ao seu lado durante a infância, mais mãe do que governanta, mais amiga do que criada. Ela era a única pessoa no mundo que podia olhar para ele com partes iguais de adoração e desdém.

"Entre, Agnes", ele disse, acenando a mão para a poltrona à sua frente. "Sente-se e conte-me as histórias da última década."

A governanta se aproximou, mas não se sentou.

"Você está bêbado?"

"Estou me esforçando para isso", ele ergueu os olhos para ela.

Ela o observou por um bom tempo antes de falar.

"Seu pai deseja vê-lo."

"Eu não desejo vê-lo."

"Você não tem escolha, Aloysius."

"Ninguém me chama assim."

"Bem, certamente não o chamarei de Rei", Agnes disse, seca e definitiva. "Eu já tenho um rei."

"Além do monarca em Londres", Rei brincou.

"Se eu não soubesse que é a bebida falando, teria de castigá-lo pela grosseria."

Eversley olhou para o belo rosto dela. Os anos tinham sido gentis com Agnes, apesar de, provavelmente, seu pai não ter sido.

"Estou velho demais para castigos, Nessie. E já passei muito da idade em que alguém tem que me dizer que não devo desrespeitar meu papaizinho."

A governanta apertou os olhos castanhos para ele.

"Você pode desrespeitar seu pai o quanto quiser, mas não permitirei que *me* desrespeite. Bêbado ou não."

Aquelas palavras o fizeram refletir. Para um garoto que cresceu sem a mãe, Agnes foi a melhor companhia possível, sempre franca, sempre amorosa, sempre presente. Ela era jovem e bonita quando Rei era criança, e sempre estava disposta a brincar. Foi Agnes quem mostrou os recantos secretos do castelo para Rei, sempre encontrando tempo para ele. Quando Rei quebrou o pulso ao cair na escada do castelo, foi Agnes quem o pegou nos braços e lhe prometeu que ele ficaria bem. E foi Agnes quem sempre disse a verdade para Rei, mesmo quando a verdade o fazia se sentir um cretino. Como naquele instante.

"Eu peço desculpas."

A governanta aquiesceu.

"E já que estamos falando disso, por que você também não tenta *não* desrespeitar sua futura esposa?"

Tarde demais para isso.

"Ela não é minha futura esposa."

Agnes levantou a sobrancelha.

"Isso quer dizer que ela criou juízo e abandonou você?"

Por algum motivo, Sophie não fez isso. Mas Rei não queria mais mantê-la ali contra a vontade dela, forçando-a a contar uma história que ela não queria. Ele iria liberá-la do acordo assim que possível. Naquela mesma tarde. No momento em que a visse. E ela o deixaria para trás.

"Ainda não, mas vai", ele respondeu, detestando aquelas palavras.

"Você sabe que a culpa vai ser só sua."

"Eu sei", ele aquiesceu.

E ele sabia mesmo. Rei a afastou, assim como fez com todas as outras mulheres que demonstraram um mínimo de interesse por ele desde Lorna. Só que, em todas as outras ocasiões, foi fácil... um sorriso, um beijo roubado, uma promessa de que encontrariam alguém melhor. Mais ideal. Perfeito para elas.

Mas ele não queria que Sophie encontrasse alguém mais perfeito. Ele queria ser esse alguém perfeito para ela. Só que ele não sabia como fazer isso. *Maldição!*

"Eu odeio este lugar."

"Por quê?", Agnes perguntou.

Ele suspirou, recostando a cabeça na poltrona e fechando os olhos.

"Porque aqui eu me sinto como uma criança. Eu me sinto a criança que era quando morava aqui, agarrado às suas saias sem saber o que aconteceria a seguir. A única diferença é que agora não dou a mínima importância para as opiniões do duque sobre as minhas ações."

"Não sei se isso é verdade", Agnes o observava atentamente.

Ela estava certa, claro. Rei dava muita importância para a opinião do pai a respeito de suas ações. Queria que o pai odiasse tudo o que ele fazia. Ele se levantou, irritado com a descoberta.

"Quando eu herdar isto aqui, vou destruir este lugar e as lembranças que me traz." Ele se aproximou do aparador ao lado e encheu o copo mais uma vez. "Vá na frente. Leve-me ao rei do castelo para que eu possa receber minhas instruções e deixá-lo em paz. Se tudo der certo, nós podemos resolver tudo e nunca mais teremos que ver um ao outro."

Rei já teria ido embora se não fosse por Sophie.

"Ele não é o vilão que você pensa, sabia?"

"Com todo respeito, você não é o filho dele", ele olhou atravessado para Agnes.

"Não", ela disse, "mas tenho comandado esta casa desde que você nasceu. Eu estava aqui na noite em que você foi embora. Estive aqui todas as noites desde então."

"Desde que ele me fez matar a mulher que eu amava."

Agnes parou de caminhar. Rei nunca tinha dito isso em voz alta, e nas últimas 24 horas disse duas vezes. Como se contar sua história para Sophie tivesse destravado algo dentro dele.

"O que foi?", ele perguntou.

Ela meneou a cabeça e começou a andar de novo.

"Eu prometi ao seu pai que buscaria você."

"Já buscou, Agnes. Não preciso de escolta."

"Acho que ele teme que você vá embora se for deixado desacompanhado."

Se não fosse por Sophie, ele já teria ido.

"Ele não está errado. Eu só vim lhe dizer que a linhagem vai morrer comigo."

"Você acha que aquela garota linda não vai querer ter filhos?"

É claro que ela iria querer. E Sophie seria uma mãe maravilhosa. Mas não dos filhos dele. Dos filhos de outro homem. Alguém que a amasse como ela merecia, ela e sua maldita livraria atulhada de textos que ninguém além dela iria querer ler. Esse seria seu presente para ela. A liberdade de ter a livraria. De encontrar essa felicidade. Esse amor. Assim como foi seu presente para todas as outras mulheres cujos casamentos Rei interrompeu antes que acontecessem. Uma chance para que encontrassem o amor.

A chance que Lorna nunca teve. Sophie a teria. Que ele detestasse a ideia de que ela encontrasse o amor com outro homem era irrelevante.

"Você vai ouvir o que ele tem a dizer antes de ir embora", Agnes declarou, como se fosse o pedido dela que o obrigaria. "Você me deve isso."

"Por quê?"

A governanta o encarou, então, e Rei percebeu que, embora ela continuasse uma mulher linda depois de tantos anos, aquele lugar a tinha envelhecido.

"Por todos os anos que eu passei me preocupando com você."

Rei estava sempre decepcionando as mulheres ao seu redor.

Eles chegaram à porta do escritório de seu pai e, ao olhar para ela, Rei lembrou de quando era criança, parado ali, com o coração na boca, preocupado com o que o homem do outro lado iria dizer. Mas nesse momento não havia nada daquele receio juvenil. Agnes ergueu a mão para bater e anunciar a chegada deles.

"Não", Rei a deteve. Então girou a maçaneta e entrou.

O Duque de Lyne estava de pé na outra extremidade do escritório, junto à imensa janela da sacada com vista para as extensas terras do castelo. Ele se virou ao ouvir a porta. O pai de Rei estava impecavelmente vestido, usando um paletó azul-marinho, calças de camurça, botas até os joelhos e uma gravata imaculada.

"Era de se esperar que você deixasse para lá um traje tão formal, estando tão longe de Londres no tempo e no espaço", Rei alfinetou.

O duque o encarou com um olhar demorado e desdenhoso.

"Era de se esperar que você se lembrasse como se comportar apesar da distância e não aparecesse bêbado no meio do dia."

Rei não esperou que o duque o convidasse para sentar. Ele simplesmente se esparramou em uma poltrona próxima, divertindo-se com o modo como o pai, irritado, arqueou as sobrancelhas grisalhas.

"Eu descobri que o álcool me ajuda a tolerar meu desgosto por este lugar", Rei disse.

"Você não odiava o castelo quando era criança."

"Eu não enxergava a verdade deste lugar."

"E qual é ela?"

Rei bebeu.

"Este lugar nos transforma em monstros."

O duque se aproximou e sentou-se na poltrona à frente dele. Rei estudou seu pai, ainda alto e elegante, o tipo de homem que as mulheres achariam atraente mesmo ao envelhecer. E ele tinha envelhecido na última década. O grisalho que antes tocava suas têmporas agora se espalhava por todo o cabelo. As linhas ao redor da boca e dos olhos, que tantas vezes Rei ouviu dizer que eram sinais de bom humor, agora eram permanentes. Era engraçado pensar que seu pai era o tipo de homem conhecido pelo bom humor.

"Você está bem", o duque observou. "Está mais velho."

"Por que eu estou aqui?", Rei deu um gole em sua bebida.

"Está na hora de conversarmos."

"Você mandou me dizer que estava morrendo."

Lyne fez um gesto de pouco caso.

"Estamos todos morrendo, não estamos?"

"Alguns de nós não morrem rápido o bastante", Rei olhou torto para o pai.

"Imagino que você acredite que eu mereço isso", o duque se recostou na cadeira.

"Você merece mais do que isso", uma pausa e então Rei continuou, "Não vou perguntar de novo, Vossa Graça. Ou você me diz por que eu fui chamado ou irei embora, e da próxima vez que vier a este lugar, será para tomar posse de seu nome".

"Eu poderia segui-lo até Londres."

"Eu o evitei por mais de uma década, Vossa Graça. Londres é uma cidade bem grande."

"Será difícil para você fazer isso se eu retomar meus deveres de duque."

"Para isso você precisaria assumir seu assento no Parlamento. Tenho certeza de que a Câmara dos Lordes ficaria empolgada por você, finalmente, tratar seu título com respeito", Eversley estudou o pai. "Na verdade, para um homem que respeita tanto seu título e se esforça tanto para evitar que seja manchado por sangue ruim, é um choque que tenha se esquivado de um dever tão importante. Você esteve em Londres quantas vezes, meia dúzia, nos últimos anos?"

"Tive minhas razões para me manter afastado."

"Tenho certeza de que foram excelentes", Rei debochou.

"Algumas foram melhores do que outras", o duque inspirou. "Eu nunca deveria ter deixado você sozinho por tanto tempo."

"Deixado?", Rei ergueu uma sobrancelha.

O duque inclinou-se para a frente e apoiou as mãos fechadas nos joelhos.

"Você era jovem, insolente e não conhecia nada do mundo. Sempre que eu aparecia, você se recusava a me ver. Apenas uma mensagem petulante. A *linhagem vai morrer comigo*. Eu nunca deveria ter permitido."

"Eu gosto de ver que você pensa que me *permitiu* fazer qualquer coisa desde a noite em que me exilou."

Lyne o encarou com um olhar verde e frio que o próprio Rei inúmeras vezes usou com outras pessoas. E o filho não gostou de estar na outra ponta daquele olhar.

"Eu lhe permiti tudo. Enchi seus bolsos de dinheiro. Eu lhe dei cavalos, a casa em Mayfair, o cabriolé que conduziu como um maluco antes de destruí-lo, a carruagem que nunca usou."

Rei se sentou mais à frente na poltrona, detestando o modo como seu pai parecia reclamar para si os sucessos dele.

"O dinheiro foi multiplicado doze vezes. A casa está vazia lá em Park Lane, com usufruto seu. Os cavalos estão mortos. E sim, o cabriolé foi destruído, assim como a carruagem daqui", ele apertou os olhos para o pai. "Eu vivi às suas custas até poder viver por minha conta. E nunca lhe pedi mais nenhum xelim. Ninguém poderia imaginar que você manteve uma contabilidade tão minuciosa. Mas alguém poderia pensar que você me deu esse dinheiro como autopenitência por matar uma garota que você julgava estar tão abaixo de você a ponto de ser dispensável."

"E agora nós chegamos lá."

"Chegamos."

"Não fui o instrumento da morte dela", o duque se recostou na poltrona.

Era um modo estranho de se expressar, mas Rei considerou que o pai o utilizava para se esquivar da responsabilidade.

"Não", ele afirmou, *"eu* fui. E obrigado por esclarecer a situação, como se eu não estivesse lá."

"Você não estava."

Rei ergueu a mão.

"Eu segurava as rédeas, Vossa Graça. Eu a ouvi gritar. Eu estava lá quando ela ficou em silêncio. Eu a segurei em meus braços."

"E essa será a cruz que você terá que carregar. Cada homem tem a sua."

Rei passou a mão pelo cabelo, mal conseguindo conter a fúria e a frustração. *Por que eu estou aqui?!*"

"Eu ofereci dinheiro para ela", o duque disse. "A retireira."

"Para me deixar...", Lorna não tinha lhe contado, mas não foi uma grande surpresa.

"Não tenho orgulho disso, mas eu não tinha outro modo de garantir que ela não estava apenas atrás do seu título. Do seu dinheiro. Que ela não queria apenas subir na vida."

Rei teve que rir disso.

"E eu devo acreditar que você estava, o quê... verificando se ela me amava?"

O olhar do duque vacilou sobre o filho.

"Acredite ou não, essa é a verdade."

"É mentira essa merda toda e você sabe! Você nunca fez nada, a vida inteira, que não fosse para defender a importância de seu sangue azul, um bom nome e uma linhagem forte. Se você lhe ofereceu dinheiro, foi para garantir que ela me deixaria. Creio que você também fez uma oferta ao pai dela."

"Eu fiz", o duque aquiesceu.

"E ele aceitou. E Lorna correu para mim. Porque ela me amava. E dinheiro não bastava para acabar com isso."

"Nenhum dos dois aceitou", o duque retrucou. "Dinheiro não bastava, você tem razão. Você os tinha tentado com algo mais. Algo muito mais valioso. Algo que eles pensaram que nunca teriam, e então... pareceu que eles conseguiriam."

Aquelas palavras o incomodaram. Lorna quis fugir desde o começo. Cruzar a fronteira. Entrar na Escócia. Rei quis obrigá-la a se casar em uma igreja. Na Inglaterra. Na frente de todo o mundo. Ela tinha concordado. Não tinha?

"Lorna não lhe contou do dinheiro", seu pai continuou, "porque sabia que, se o fizesse, você viria atrás de mim, furioso. E eu lhe contaria a verdade. Ela temia que você acreditasse. Então ela contou outra história para você."

Rei não acreditou.

"Não é verdade", ele negou com a cabeça.

"É verdade", as palavras vieram da porta, onde, aparentemente, Agnes tinha ficado de sentinela.

"Até *você* está sendo obrigada a mentir para mim?", Rei atalhou, sentindo a dor da traição quente e desagradável no peito.

"Agnes não está mentindo", o duque disse.

"O pai de Lorna veio ao castelo depois que ela morreu, Aloysius", Agnes disse. "Depois que você desapareceu. Ele estava arrasado. E contou a verdade... Contou que desde o início eles estavam atrás de um título. Juntos."

"Não", ele retrucou, balançando a cabeça. "Lorna tinha medo dele. Ela me contou que o pai estava vindo atrás dela, que ele a mataria se a encontrasse. Que o pai dela tinha medo de você."

"Aquele homem não tinha medo de mim", o duque ralhou. "Ele acreditava ser um Bolena. Ele cuspiu no meu rosto e rasgou o vestido da filha. E deu um tapa daqueles na menina... Rasgou o lábio dela. E jurou para mim que ela seria a próxima Marquesa de Eversley antes do raiar do dia."

Rei ainda se lembrava do vestido, rasgado no decote. Lembrava do lábio dela sangrando. Ele afastou a lembrança. Seu pai estava mentindo. Era o que ele fazia.

"Por que você não os impediu?"

"Eu fui até Rivendel." O conde vizinho, dono da propriedade em que Lorna e o pai viviam. O duque riu da própria tolice. "Eu pensei mesmo que ele pudesse me ajudar. Mas sua garota e o pai dela estavam de olho em um ducado, dispostos a arriscar tudo. Quando eu voltei para casa, você já tinha partido. Com ela. E a carruagem", o duque fez uma pausa. "Foi quando eu aprendi que, contra a vontade humana, a aristocracia não tem poder."

A cabeça de Rei reviu as imagens daquela noite, gravadas na sua memória. As lágrimas dela, as súplicas, os olhos transbordando de medo. Aqueles olhos. Ou ela foi a melhor atriz da Inglaterra... *Ou então queria tanto alguma coisa que estava disposta a fazer qualquer coisa.* Mas a ideia de que ela estava mentindo — de que tudo o que ele pensava daquele verão, da garota, da vida que poderiam ter tido, foi só imaginação — era devastadora. E impossível de acreditar. Não importava que a dúvida tinha sido implantada. E crescia.

E se o único amor que ele conheceu fosse uma mentira? E se a dor mais severa que ele já sentiu fosse produto da traição em vez do amor? Quem era ele, se não o homem feito por aquela noite?

Rei levantou, desesperado para sair do escritório do pai. Para se livrar do duque e de Agnes, que ele nunca pensou que o trairia. Ele virou seus olhos ultrajados para ela.

"Vocês dois estão mentindo para mim!"

"Chame-a de mentirosa de novo e você não será mais bem-vindo nesta casa", o duque vociferou, com uma fúria gelada na voz. "Você pode me insultar, mas Agnes não foi outra coisa que não sua defensora desde o dia em que você nasceu, e você não vai falar mal dela."

Em outro momento, a raiva na voz do pai o teria chocado, mas Rei não tinha paciência para aquilo agora. Ele se aproximou do duque.

"Isso não muda nada. Ainda assim, este lugar nos transformou em monstros. A linhagem vai morrer comigo, como sempre prometi." "E a futura esposa que você me apresentou? E quanto à vontade dela?"

Sophie.

"Não me diga que você acredita que ela me ama. Ela é uma Irmã Perigosa." O olhar do duque não vacilou.

"Depois do que testemunhei ontem à noite, acredito que essa garota possa mesmo gostar de você. Sua retireira nunca teria deixado você do jeito que a garota Talbot deixou."

A perfeita e imaculada Sophie, que queria um lar cheio de felicidade e honestidade. Sophie, que iria retornar para a vida que desejava assim que possível. Rei odiava pensar nela ali, naquele lugar, com aquele homem e suas revelações. Houve um tempo em que ele acreditava no amor. Quando desejou isso para si. Mas ele perdeu a única coisa que tinha amado, e agora até a verdade estava nublada por mentiras.

"Então a vontade dela vai sofrer por causa da minha."

Só existia uma coisa que ele podia garantir que continuaria verdadeira: *Este lugar. Esta linhagem. Morre comigo.*

Mesmo que isso significasse abandonar Sophie. Mesmo que abandonar Sophie tivesse se tornado, por algum motivo, a última coisa no mundo que ele queria fazer.

Rei apertou o maxilar com raiva, incredulidade e algo mais complicado que não soube identificar.

"Por que eu estou aqui?", ele perguntou pela última vez, as palavras duras e desagradáveis na sua boca.

"Você é meu filho", o duque disse apenas, com algo nos olhos que Rei não quis identificar. "Você é meu filho e houve um tempo em que era minha alegria. Você merece saber a verdade. E mais do que isso, merece saber o que é felicidade." O duque fez uma pausa. Ele parecia mais velho. "Dane-se o orgulho."

Aquelas palavras foram o pior tipo de golpe, e Rei reagiu do único modo que podia. Saiu do escritório sem dizer uma palavra e foi para o único lugar em que pensou que poderia encontrar refúgio. O labirinto.

Raiva e frustração o impulsionaram pelos caminhos complicados, onde cada esquina lhe trazia uma lembrança de sua juventude, dos seus erros. Do passado do qual ele tentava fugir há tantos anos. Ele seguiu pela trilha sem hesitar, seguindo a lembrança do caminho até o centro gravada em sua memória. Ele era Teseu à procura do Minotauro; a batalha já acontecia em sua mente e seu coração.

Mas no centro do labirinto ele não encontrou um monstro.

Rei encontrou Sophie.

* * *

O labirinto Lyne era tão magnífico quanto ela se lembrava. Sophie estava sentada na mureta da extravagante fonte de mármore, no centro do labirinto, um livro esquecido sobre as pernas, reunindo coragem para ir embora do castelo. Ela passou boa parte do dia explorando os caminhos e as voltas. A busca pela fonte no centro ocupou seus pensamentos o bastante para que ela não enlouquecesse pensando em Rei. É claro que ela pensou bastante nele, em sua infância ali, naquele que ele tinha confessado ser seu lugar favorito na propriedade. Sophie tentou imaginar o que ele queria evitar quando se escondia dentro do labirinto.

Como ela própria tentava evitar certos sentimentos, Sophie podia atestar os benefícios daquele lugar. Na noite anterior, Rei a acompanhou até o quarto dela, separado do dele por uma parede e uma porta interna. Ela se conteve e não protestou contra a decisão dele de não arruiná-la. Sophie tinha sido ótima em esconder suas próprias emoções.

É claro que, depois que a porta do quarto foi fechada e as velas na mesa de cabeceira foram sopradas, ela deixou as lágrimas escorrerem — não só por querer o toque e as palavras dele, mas por todo o resto. A história que ele contou, o amor que sentiu por Lorna — Sophie ficou triste por Rei e pela garota que ele perdeu. E então ficou triste por si mesma.

Ela sofreu pela consciência insuportável de que o queria. Ela queria as confissões, os desejos e as verdades dele. Mas isso não importava. Porque ela poderia querê-lo para sempre, mas ele nunca arriscaria seu coração outra vez.

Então era melhor que ela ficasse ali, dentro daquele labirinto complicado, invisível para o mundo. Ali ela poderia encontrar coragem para ignorar o que sentia por ele e ir embora, de cabeça erguida, para encontrar outra vida para si. Mas não outro homem.

Ela tinha entendido isso. Não haveria outro homem para Sophie Talbot, filha mais nova de um mineiro de carvão do norte da Inglaterra, que não fosse o Marquês de Eversley. E o Marquês de Eversley não era para ela.

Então ela ia embora. Assim que ela o encontrasse, Sophie lhe diria isso.

Ela mergulhou os dedos na água fria, olhando para a magnífica batalha em mármore no centro da fonte. O Minotauro contra Teseu, com a água caindo ao redor deles enquanto combatiam corpo a corpo, um mais forte que o outro. Havia algo nos detalhes da escultura que a fazia ter pena do monstro — ele era um peão no jogo de outros, nascido monstro como punição à sua mãe. Não parecia justo que ele tivesse passado a vida toda sozinho, mesmo que o labirinto do mito fosse tão lindo como aquele em que ela estava.

"Você lembrou do caminho."

Sophie puxou a mão da água. Eversley a encontrou primeiro.

A respiração dela acelerou com as palavras, e ela se virou para encarar Rei na entrada de seu esconderijo secreto.

"Eu estava..."

"Escondida de mim."

Sophie sorriu, detestando a dor que sentia ao vê-lo. Mesmo com a sombra da barba por fazer, com o cabelo desgrenhado, com as mangas da camisa enroladas até o cotovelo, ele a perturbava. Talvez tudo aquilo a perturbasse ainda mais ao lhe revelar como era aquele homem fora das vistas de Londres. Do homem que ela poderia ter tido em outro momento, outro lugar. Ela desviou o olhar, voltando-se para a água.

"Mais da ideia de você do que de você realmente, se isso ajuda."

Os lábios dele se curvaram em um sorriso contido.

"São coisas diferentes?"

"A ideia de você é muito mais perturbadora."

"É uma pena... Eu gostaria de ser perturbador em pessoa."

Só que ele era terrivelmente perturbador em pessoa. Na verdade, se ele fosse um pouco mais perturbador, Sophie teria que fugir gritando daquele lugar. Ela se levantou, secando as mãos na saia.

"Se está aqui para se esconder de mim, meu lorde, fico feliz em lhe deixar em paz."

Ela ficou surpresa quando ele, por um instante, pareceu pensar na oferta. Surpresa e um pouco ofendida. Afinal, foi ele quem a insultou, ou não? Foi ele quem deixou claro que os dois não foram feitos um para o outro. Então por que ela tinha que ser a primeira a ir embora?

Ela tinha chegado ali primeiro, não?

Embora Sophie não acreditasse que ele aceitaria tal argumentação. Mas Rei pareceu mudar de ideia.

"Fique", ele pediu em voz baixa. "Fique e me faça companhia."

Alguma coisa naquelas palavras suaves a fez se sentar e se virar para ele, e também desejar que Rei estivesse mais perto. Desejar que ela pudesse enxergar o verde cintilante dos olhos dele. Que pudesse ler as emoções ali. Então ele acrescentou um "por favor" delicado e insuportável. Alguma coisa tinha acontecido.

"Meu lorde, está tudo bem?", ela perguntou.

Rei ignorou a pergunta e se sentou em um banco baixo de pedra a alguns metros de distância, de frente para Sophie e para a fonte, e esticou as pernas longas, cruzando-as nos tornozelos ao mesmo tempo que cruzava os braços sobre o peito, revelando os antebraços grossos e bronzeados que ela tinha dificuldade de ignorar. Ele apontou com o queixo para o livro sobre as pernas dela.

"Ainda lendo sobre pedras?"

Sophie demorou um instante para lembrar que segurava um livro. Ela o apertou com mais força.

"Você gostaria de mais uma leitura em voz alta?", ela disse forçando um sorriso.

Ele não retribuiu a delicadeza.

"Acredite ou não, nem mesmo monumentos de pedra conseguiriam prender minha atenção neste momento."

"Não é sobre monumentos de pedra."

"É sobre o quê?"

Como não conseguiu se lembrar, Sophie baixou os olhos para o livro.

"É sobre os mitos gregos."

"É interessante?"

"Está repleto de patifes, libertinos e todo tipo de canalha."

"Parece fascinante."

"Se você gosta desses tipos que arruínam mulheres."

"E você gosta?"

Sim. Sophie fez uma pausa enquanto refletia sobre a pergunta. E sobre o que responderia. Então o encarou.

"Bem, eu gosto de você."

"Pensei que não gostássemos um do outro."

Ela negou.

"Percebi que mudei de ideia... Mesmo que não deva."

Rei se levantou, foi na direção dela e se sentou ao lado de Sophie, na mureta da fonte. Ele ergueu a mão e colocou uma mecha de cabelo atrás da orelha dela.

"Você não deve", ele concordou, com a voz suave. "Eu não vou arruinar você, Sophie."

"Esse era nosso acordo", ela protestou.

"Então nós dois o renegamos."

"Você tem cuidado muito bem de mim", Sophie declarou e Rei franziu a testa, confuso, antes que ela explicasse: "Eu disse uma coisa boa a seu respeito. Conforme combinado. Eu não reneguei".

Ele fechou os olhos por um longo momento. Quando os reabriu, cintilavam um verde brilhante.

"Eu ainda o renego. Não vou destruir sua reputação."

"Por que não?", ela franziu a testa. "Você não hesitou com as outras!" Rei hesitou e Sophie insistiu. "Você não hesitou com Marcella."

Alguma coisa no silêncio dele a incomodava, algo que a incomodava desde aquela tarde na Mansão Liverpool. Marcella acenando alegremente da janela no andar de cima, como se estivesse perfeitamente satisfeita que Rei a deixasse sozinha para recolher os pedaços de sua ruína.

"Você não as arruína, certo?"

"O que a faz pensar isso?", ele arqueou uma sobrancelha.

Ela se lembrou dos detalhes daquela tarde.

"Porque eu vi o rosto da Marcella quando você saiu. Quando ela espiou pela janela e agradeceu."

Eversley virou o rosto para a água e passou os dedos pela superfície.

"Talvez ela tenha gostado do nosso encontro romântico."

"Eu acho que não", Sophie apertou os olhos.

"Ora. Isso é um pouco ofensivo."

Ela ignorou a tentativa de disfarçar a questão.

"Eu não acredito que tenha existido um encontro romântico. Houve mesmo?"

"Não houve", ele inclinou a cabeça.

"Então por que aquela fuga louca?", Sophie perguntava cheia de dúvidas. "Por que enforcer o conde?", ela parou de falar quando entendeu. "Entendi... Marcela vai se casar com outro."

Ele aquiesceu.

"O dono da Hoff & Chawton Roupas Masculinas, se bem me lembro. Ele me prometeu gravatas sempre que eu precisasse."

"O pai da Marcella não vai poder se opor ao casamento."

"Creio que ele vá se sentir grato porque alguém quer casar com a filha dele. E o Sr. Hoff é muito rico."

"Você deu para ela o casamento que Marcella nunca poderia ter", Sophie riu.

"Ela jurou que era um caso de amor."

"E as outras?", Sophie perguntou. "Também juraram que eram casos de amor?"

"Todas elas."

Sophie pensou nessas mulheres, as mesmas que ela invejou durante sua discussão com Rei na carruagem.

"Você as arruína para que possam ser felizes."

Ela ficaria feliz se fosse arruinada por ele.

"Eu dou o empurrãozinho de que elas precisam."

"Eu devia ter percebido... Se houvesse algo entre vocês, elas não teriam...", mas se interrompeu. Não podia dizer isso para ele.

"Elas não teriam o quê?"

"Nada."

"Ah, não, Lady Sophie! Estava começando a ficar interessante."

Ela bufou com força, cansada de mentir. Então resolveu contar a verdade para Rei.

"Se houvesse algo entre vocês, elas não seriam tão rápidas para lhe dizer adeus." Rei ficou imóvel ao ouvir aquilo. "Marcella não teria conseguido se despedir com tamanha facilidade." Ele retirou a mão da fonte e tocou no rosto dela com seus dedos frios e molhados. Sophie fechou os olhos com a sensação. "É muito difícil dizer adeus para você", ela sussurrou.

O silêncio se instalou por um tempo imenso antes que ele falasse, em voz baixa.

"É isso que você quer? Dizer adeus para mim?"

Não. Nunca.

Rei olhou para a estátua atrás deles.

"O que você sabe a respeito do Minotauro?"

A pergunta desconcertou Sophie. Ela acompanhou o olhar dele até o lindo bloco de mármore — um homem nu com cabeça de touro.

"Sei que ele ficou preso no labirinto."

"Ele era mantido no centro de um labirinto impossível de sair", Rei contou. "A solução do labirinto era conhecida por uma única pessoa."

"Ariadne", Sophie disse.

Ele arqueou a sobrancelha e ela ficou corada.

"Eu sei um pouco da história", Sophie explicou.

Rei pegou a mão dela e a virou, para que a palma ficasse para cima. Ele mergulhou um dedo na água e pingou gotas frias no centro da mão dela, uma sensação que a atravessou com um prazer visceral.

"Como era a única que conhecia os segredos do labirinto, Ariadne tinha a missão de levar as virgens que seriam sacrificadas para o Minotauro, todos os anos, para manter os reis contentes."

"Parece uma missão horrível", Sophie observou.

"O pai dela lhe confiou essa missão porque Ariadne era preciosa demais para fazer qualquer outra coisa", Rei explicou, traçando as linhas na palma da mão dela com o dedo, como se aprendesse os caminhos do labirinto secreto de Sophie. "Torná-la essencial ao processo mantinha Ariadne perto de casa. E tinha o benefício adicional de convencê-la de que não merecia o que havia além das paredes do labirinto."

"E ela merecia? O que havia além?"

"Mais do que ela poderia imaginar" Rei a encarou profundamente com aquele olhar verde. "Linda além da imaginação, inteligente e bondosa." Ela prendeu a respiração ao ouvir aquilo e ele continuou. "O Minotauro nunca a atacou. Diziam que ele a amava."

Rei não falava dela. Sophie estava enlouquecendo. Ela pigarreou.

"Ou podemos pensar que ele era inteligente o bastante para saber que era ela que lhe levava o jantar."

Ele fingiu uma careta de reprovação.

"Você vai me deixar contar a história? Ou vai fazer piadas?"

Sophie pôs uma mão sobre o peito.

"Desculpe-me, meu lorde. É claro, continue."

"No terceiro ano, quando a hora do sacrifício se aproximou, Teseu chegou ao labirinto."

"Ele parecia querer confusão", Sophie comentou olhando para estátua.

"Ele jurou matar o Minotauro, e Ariadne concordou em ajudá-lo a sair do labirinto."

Sophie tirou sua mão da de Rei, perturbada pelo toque.

"Isso parece muita crueldade, se levarmos em conta os sentimentos do Minotauro."

"O amor nos leva a fazer coisas estranhas."

Sophie sabia disso melhor do que ninguém.

"Ariadne tinha se apaixonado por Teseu?" Quando Rei fez que sim, ela acrescentou, "Com certeza ele queria confusão. Do pior tipo."

Rei continuou a história.

"Ariadne levou seu amado até o centro do labirinto, onde Teseu e o Minotauro lutaram."

"Pela vida", ela arriscou.

"Está vendo? Você não está prestando atenção. Teseu lutou pela própria vida", ele meneou a cabeça. "Mas o Minotauro lutou por Ariadne."

Ao ouvir isso, Sophie ficou imóvel e seu olhar procurou o de Rei, observando-o enquanto ele continuava.

"Ele lutou para ficar com ela naquele mundo do qual não podia escapar, disposto a aceitar os anos de solidão se isso significava que ele poderia vê-la, ainda que por breves momentos. Ela era a razão pela qual ele vivia; e se ele não pudesse tê-la, o Minotauro não se importava de morrer. Ela era a única pessoa no mundo que o entendia." A respiração de Sophie foi ficando cada vez mais acelerada e ela se inclinou para frente, escutando com atenção. "A única pessoa que ele tinha amado."

"Que trágico", ela sussurrou.

"Mas Teseu não tinha chance nessa luta — o Minotauro era mais forte que dez homens juntos", disse Rei, observando-a intensamente. "Teseu trazia a espada de Egeu, a única arma que poderia matar o Minotauro, mas ele a perdeu durante a luta", Rei apontou para o pé da estátua e Sophie viu ali uma espada de mármore caída. "O Minotauro teria vencido se não fosse por Ariadne. Ela entrou na batalha e recuperou a espada caída para Teseu."

"Pobre animal", Sophie sacudiu a cabeça.

"Traído", Rei disse e a palavra ardeu na sua língua. "Pela mulher que amava. Conta-se que, quando viu que ela escolhia Teseu, o Minotauro se entregou e esperou o golpe." Ele fez uma pausa. "Mas eu sempre achei que o golpe da espada não deve ter sido tão ruim quanto o golpe de Ariadne."

Sophie meneou a cabeça. Lágrimas escorriam por suas faces.

"Que história terrível."

Rei estendeu a mão e limpou as lágrimas dela.

"A morte foi, provavelmente, o melhor resultado — ele nunca escaparia do labirinto de qualquer modo..." Houve um silêncio comprido antes que o marquês continuasse. "Eu devo dizer que sempre gostei mais do Minotauro."

Sabendo que não devia, que era um erro, Sophie estendeu a mão para ele, tocando o braço quente, desejando que ele olhasse para ela. Como ele não olhou, Sophie postou-se diretamente na frente dele, com as saias roçando os joelhos dele. Rei não levantou o rosto, apenas continuou com o olhar fixo, como se atravessasse o corpo dela para enxergar a história que contava. Ou outra coisa.

"Rei...", ela sussurrou e ele encontrou o olhar dela. A tristeza nos olhos dele a devastou. Sem hesitação, Sophie levou a mão ao cabelo castanho dele, adorando a sensação de seda entre os dedos. "O que aconteceu?"

Ele fechou os olhos ao ouvir a pergunta e então fez o impensável, colocando as mãos nos quadris dela e a puxando para perto, encostando o rosto no ventre dela e inalando, segurando-a o mais próximo que podia.

A mão livre dela juntou-se à primeira, os dedos acarinhando o cabelo dele, segurando-o também, querendo-o, querendo ouvir tudo o que ele pensava, querendo que ele lhe contasse tudo que sentia.

Ela deveria lhe dizer que queria ir embora. Só que ali, naquele momento, com as mãos e a respiração dele em seu corpo, Sophie não queria ir embora. Ela queria ficar para sempre.

"Rei...", ela sussurrou.

Ele meneou a cabeça ao ouvir seu nome.

"Eu quero você desesperadamente, Sophie."

O coração dela parou ao ouvir isso.

"Você quer?"

Rei ergueu o rosto lindo e devastador para ela.

"Eu quero", ele confessou. "Eu te quis desde o início. Desde o momento em que quase acertei sua cabeça com uma bota."

Sophie deu um sorriso pequeno e triste.

"Não, você não quis."

"Talvez não aí", ele inclinou a cabeça. "Mas com certeza quando a encontrei bebendo com Warnick no estábulo."

"Com o uniforme do seu criado?"

"Ah", ele fez. "Então você admite que ele é o *meu* criado."

"Nunca!", ela riu, adorando a sensação de ter Rei perto de si. Adorando a expressão dele. *Adorando-o.*

Ela inspirou fundo.

"Rei, o que..."

"Ela não me amava", ele confessou, com a voz baixa.

"Quem?", Sophie franziu o cenho.

"Lorna. Ela só queria o título."

Sophie não conseguiu acreditar, depois do modo como Rei tinha falado dela.

"Como você sabe disso?"

"Sabendo...", ele a soltou e se levantou, afastando-se dela. "A linhagem vai morrer comigo...", Rei sussurrou e ela sofreu com as palavras quando ele continuou. "Isso era muito mais que vingança. Era penitência. Eu jurei que não me casaria porque não podia suportar a ideia de trair a garota que um dia amei." Sophie sentiu uma pontada ao ouvi-lo e as lágrimas ameaçaram correr enquanto Rei falava, demonstrando um sentimento de traição arrasador em sua voz. "Mas agora... ela queria casar comigo pelo dinheiro. Pelo título. Pela segurança. Ela mentiu para mim."

Ele deu as costas para Sophie e começou a andar pelo caminho do labirinto. Antes de entrar na trilha, no entanto, ele se voltou e a observou por um bom tempo, com raiva, frustração e decepção no olhar.

"Eu pensei que Lorna tinha sido a única pessoa que me amou de verdade, pela pessoa que sou. E agora eu descobri que era tudo uma mentira. Ela me queria por meu título e minha fortuna. Não por mim. Nunca houve alguém que me quisesse."

Sophie não hesitou, e uma necessidade desesperada de que Rei ouvisse a verdade a levou para perto dele.

"Isso não é verdade!"

Ela o queria. Desesperadamente. Rei compreendeu, e seu olhar se tornou predatório. Ele, o caçador. Ela, a caça.

"Eu não posso te amar", ele disse.

Uma lágrima solitária escorreu pelo rosto de Sophie quando ela aquiesceu. "Eu sei."

"Eu não quero que você vá embora", ele continuou. "Eu quero que fique aqui. Quero mantê-la aqui, no centro deste labirinto. Mesmo que seja a pior coisa que eu possa pensar em fazer com você."

"Eu não acho que vou conseguir sobreviver à sua traição", ela afirmou.

Rei se aproximou dela, então, rápido e decidido, e levantou o rosto de Sophie para o seu, encarando-a no fundo dos olhos.

"Eu não quero que você vá. Eu quero que fique."

"E o que vai acontecer se eu ficar? O que vai ser da minha vida se eu ficar?", a garganta dela ardeu ao dizer isso. Porque ela sabia a resposta. Ela sabia que Rei nunca seria capaz de lhe dar o que ela queria. O que ela sempre quis e, de algum modo, nunca se deu conta de que queria.

Rei nunca a amaria. Nunca se casaria com ela. Eles nunca teriam filhos, apesar de Sophie poder vê-los com clareza, pequenos anjinhos de cabelos castanhos, com os lindos olhos verdes de Rei e covinhas que apareceriam nas bochechas quando eles sorrissem.

Ele não lhe perguntou o que ela podia ver. O que ela queria. Ele já sabia.

"Sophie...", ele começou e ela ouviu o conhecimento. Ouviu a negação. Ela não quis ouvir as palavras.

Em vez disso, ela estendeu as mãos para Rei e deslizou os dedos pelo rosto dele, puxando-o para mais perto.

"Amanhã", ela sussurrou, tão perto dos lábios dele que pareceu que foi ele a falar. "E se nós voltarmos para a realidade amanhã?"

"Sim", ele respondeu, a palavra ao mesmo tempo uma promessa e uma prece, e também um palavrão. "Sim", ele repetiu. "Amanhã."

E então ele a pegou nos braços e a carregou até a fonte. E ela soube que aquele lugar, aquele homem... seriam sempre seu lar.

Escândalos & Canalhas

Capítulo 18 | Junho de 1833

AMANTES DO LABIRINTO LYNE

* * *

Rei sabia que era um erro, que era o pior tipo de canalha aceitando o que Sophie lhe oferecia. Ele não a merecia. E ela merecia coisa muito melhor. Mas saber de tudo isso não o impediu.

Ao contrário, o conhecimento de que não deveria tocá-la impeliu-o adiante. Querê-la apesar de sua consciência de que não poderia tê-la. O caminho tinha sido estabelecido para ele, uma estrada longa, reta, sem espaço para distrações. Sem espaço para as emoções que ela provocava, sem espaço para a beleza que Sophie trazia consigo, para as promessas que ela fazia.

O apelo dela ia além do labirinto e o tentava com a promessa de algo mais, que o fazia esquecer — quase — o que sua vida tinha que ser.

O que vai ser da minha vida se eu ficar? A pergunta foi retórica quando ela a fez; Sophie sabia a verdade, que ele não podia lhe dar o que ela queria. Rei não podia lhe dar amor. E Sophie queria amor. Ela o queria puro e irrestrito, entregue livremente, acompanhado de todas as suas armadilhas. Ela queria casamento, filhos, felicidade e todas as suas partes.

Ele conseguia enxergar a vida que ela queria. A fila de garotinhas de olhos azuis e cabelos castanhos, apaixonadas por livros e tortas de morango. Por um instante, Rei as imaginou sorrindo para si do mesmo modo que a mãe delas costumava fazer, cheia de alegria e esperança.

Por um instante Rei se deixou acreditar que poderia dar tudo isso para Sophie. Mas ela iria querer amor, e ele nunca seria capaz de lhe dar isso.

Rei a colocou na mureta da fonte e se ajoelhou, como se ela fosse Ariadne e ele o Minotauro, adorando-a a seus pés, adorando-a mesmo sabendo que ela não poderia sobreviver no labirinto, e que ele não conseguiria sobreviver fora dele.

"Conte-me sobre a noite passada", ele pediu com suavidade, olhando para Sophie, suas mãos na barra da saia dela.

"O que...", ela prendeu a respiração quando os dedos dele começaram a explorar a pele de seus tornozelos. "O que tem a noite passada?"

"Eu odiei", ele disse. "Odiei parar."

Ela apertou os lábios, formando uma linha fina e reta.

"Eu odiei que você tenha parado."

As mãos dele entraram por baixo das saias, levantando-as, mais e mais, até acima dos joelhos. Ele encostou os lábios na parte interna do joelho dela, passando a língua ali, adorando a pequena exclamação de prazer e surpresa que veio com o toque.

"Eu odeio o fato de ter que parar hoje também", ele sussurrou junto à pele dela.

Sophie levou uma das mãos à cabeça dele e seus dedos se enroscaram no cabelo sedoso enquanto Rei a beijava nas coxas, subindo ainda mais suas saias, amontoando o tecido no colo dela ao mesmo tempo que se debruçava sobre ela, distribuindo beijos longos e quentes na pele macia e inexplorada — pele que ninguém, além dele, havia tocado.

"Rei...", ela suspirou. "Eu não vou detê-lo."

Ele fechou os olhos ao ouvir essas palavras e afastou as coxas dela, abrindo lugar para si entre elas. Rei colou um beijo demorado, persistente, na pele macia do interior da coxa, o que extraiu uma exclamação e fez com que Sophie afundasse os dedos em seu cabelo e o puxasse para si. Ela era perfeita.

Rei sorriu com a boca encostada na pele de Sophie, roçando os dentes naquele lugar íntimo, intocado.

"Você não vai me deter se eu quiser beijá-la aqui?"

Ela abriu ainda mais as coxas, magnífica.

"Não", ela sussurrou.

Ele foi mais alto com uma mão, os dedos encontrando aquele local secreto e macio que ele tinha tocado antes, mas não visto.

"Abra mais", ele falou, e a palavra saiu como uma ordem. "Quero você bem aberta."

Sophie fez o que ele mandou, abrindo-se para o olhar e o toque dele, e Rei se sentou nos calcanhares, incapaz de parar de se maravilhar com ela, perfeita, rosada e dele, para se deliciar. Dele, ponto final.

Rei olhou para ela e adorou o rubor em suas faces — adorando que mesmo o constrangimento de Sophie não era suficiente para afastá-la dele.

"Abra mais", ele mandou, deixando que a ordem os envolvesse.

É claro que ela obedeceu, deixando-o com água na boca.

"*Cristo*", ele sussurrou e esticou a mão para ela, passando os dedos com delicadeza nos pelos macios até encontrar o calor úmido dela. "Você é a coisa mais linda que eu já vi."

"Não é verdade", ela olhou para o lado.

Rei odiou que ela ainda não acreditasse nele.

"Eu sei que eu disse que não iria mais falar isso. Eu sei que eu disse que faria o que você pede e encontraria outro modo de elogiá-la, Sophie, mas não consigo." Ele ficou de joelhos outra vez e estendeu a mão para o rosto dela, trazendo o olhar de Sophie para o seu. "Você é linda, Sophie. Mais linda do que consegue imaginar."

Antes que ela pudesse negar, ele tomou sua boca em um beijo longo e sensual, como se tivessem uma eternidade para explorar um ao outro. Como se o tempo não passasse naquele labirinto. E foi uma verdadeira exploração, uma jornada demorada de línguas, dentes e lábios, de suspiros, exclamações e gemidos que prometiam mais do que jamais poderiam cumprir. Porque ele não a arruinaria. Ainda que isso o matasse, ele não a arruinaria.

Rei interrompeu o beijo e passou os lábios pelo rosto dela, encontrando a pele delicada sob a orelha, onde ele se demorou antes de falar.

"É verdade."

Ela suspirou, mas Rei percebeu que Sophie ainda não acreditava nele.

"Eu a quero nua aqui, neste lugar, nesta grama, aberta para o sol, o céu, esta estátua e minha boca. Eu quero explorar cada centímetro do seu ser e escutar os sons que você faz quando atinge o clímax — e sim, meu amor, você é linda."

Ele chupou o lóbulo da orelha, demorando-se ali até ela gemer de prazer enquanto passeava as mãos pelo peito dele, descendo pelo tronco.

"Rei...", ela sussurrou.

Ele agarrou uma das mãos dela e a levou até onde ele se desesperava, duro e teso, contra o tecido das calças.

"Sinta o que você faz comigo", ele sussurrou. "Você me faz sentir dor de tanto desejo. Você me faz querer deitá-la e possuí-la até não restar nada além de nós e o labirinto."

Os dedos ávidos dela continuaram.

"Sim", ela disse sem hesitar, abrindo a palma da mão sobre o membro rígido dele, querendo que Rei lhe mostrasse o que ela precisava fazer para deixá-lo louco.

"Não. Não irei arruiná-la, Sophie", ele sacudiu a cabeça e a afastou de si.

"Mas...", ela franziu a testa.

"Isso não é por mim, amor. É por você."

Ela negou.

"Eu quero que seja por nós dois."

Rei não podia deixar que fosse pelos dois. Se deixasse, talvez não conseguisse deixá-la ir embora. Odiando essa ideia, Rei voltou seu toque para o centro dela, desbravando a pele ali, expondo-a ao sol e ao ar, adorando o calor, a maciez e o aroma dela.

"Você está tão molhada", ele se encantou, mergulhando um único dedo dentro dela, adorando o modo como ela reagiu, balançando-se na direção dele, ansiosa para receber mais de Rei. E ele estava ansioso para lhe dar mais.

"Não consigo", ele disse. "Não consigo não provar seu sabor."

Ele segurou as coxas dela abertas e se aproximou, pintando o lindo centro rosado dela com sua língua, adorando a sensação da pele dela na sua, o modo como Sophie suspirava e se mexia e o conduzia mesmo sem saber o que estava fazendo. Ele afastou os lábios dela e deu um sopro longo diretamente no centro de seu prazer, adorando a exclamação de deleite que Sophie soltou.

Ela deslizou os dedos pelo cabelo dele, puxando-o para perto, pressionando-o contra seu centro aberto e latejante, enquanto ele a saboreava de novo e de novo, perdendo-se em Sophie. Rei lambeu, chupou e acariciou com a língua e os dedos até ela começar a se mexer de encontro a ele, a respiração cada vez mais rápida, os quadris dela em movimento frenético para encontrar a posição magnífica que lhe daria o clímax.

E pouco antes de Sophie chegar lá, Rei parou e tirou seus lábios dela, sabendo que era o pior tipo de cretino quando ela gritou seu nome, frustrada. Ele colou os lábios à seda do interior da coxa uma vez, duas, enquanto ela se acomodava, e então ergueu os olhos verdes para os azuis dela, e os encontrou cintilando de desejo e algo mais primitivo. Algo como necessidade.

"Pobrezinha", ele disse, o sabor de Sophie em seus lábios provocando-o tanto quanto a sensação das palavras dele no centro quente dela a provocava.

"Rei", ela grunhiu. "O que você está fazendo?"

"Eu quero que você fale."

"Que eu fale?", ela arregalou os olhos.

"Eu quero que você me diga todas as coisas que deseja."

"Eu desejo..."

"O quê?"

"Não posso", ela sacudiu a cabeça.

Rei se aproximou e a lambeu devagar, e Sophie gemeu de prazer.

"Por favor", ela pediu.

Rei se demorou no lugar em que ela ansiava pelo toque dele.

"Eu gosto quando você implora, amor", ele disse. "O que mais você deseja?"

"*Isso.*"

Ele soprou um longo fluxo de ar na pele dolorida dela.

"Isso o quê, exatamente?"

"Não me faça dizer", ela reclamou.

"Por quê?", Rei a provocou. "Porque damas não podem falar esse tipo de coisa?"

Sophie riu disso, uma pequena arfada que o fez adorá-la ainda mais.

"Damas com certeza não falam esse tipo de coisa."

"Experimente."

"Eu desejo..." Por um longo momento ele pensou que Sophie não diria nada, então ele pairou ali, a um milímetro de onde ela o queria. De onde ele queria estar. Mas quando Sophie falou, ela o destruiu com quatro palavras. "Eu desejo seu prazer."

Rei se afastou e procurou o olhar dela ao ouvir aquilo, e encontrou a verdade ali. Ele não encontrou o que dizer. Sophie estendeu a mão para ele e levantou seu rosto.

"O que você quiser, Rei, eu também quero", ela encostou seus lábios nos dele, um beijo demorado, antes de levantar a cabeça e dizer, "Você não vê? Meu prazer é seu. Eu sou sua."

E foi assim. O beijo que eles compartilharam então não foi menos que um compromisso sensual e cheio de esperança.

"Você é minha", ele disse, como se as palavras dela o tivessem destravado, e talvez tivessem mesmo. Com certeza elas ameaçaram seu autocontrole. Seu desejo. Sua necessidade. "Você é minha", ele repetiu, tomando a boca de Sophie ao mesmo tempo em que ela tomava a sua. "Você é minha."

"Sua", ela sussurrou enquanto ele soltava seus lábios e voltava sua atenção para o centro dela.

"Você se entregou para mim", ele sussurrou, desesperado por ela.

Os dedos de Sophie o guiaram até ela.

"Eu me entreguei", ela confirmou. "Sou sua."

E então a boca de Rei desceu sobre ela, sua língua deliciando-se com a carne dela, e ele colocou tudo na carícia — desejo, carência, frustração, adoração e, sim, raiva. Raiva por não poder tê-la assim para sempre, ali, aberta para ele. Raiva por não tê-la encontrado anos atrás. Raiva porque o amor dela não era suficiente para curá-lo agora.

Ele a beijou de novo e de novo, fazendo amor com a boca, querendo recompensá-la por sua honestidade e também a punindo por isso — pelo modo como ela parecia saber que o que Rei queria estava de acordo com o próprio desejo dela. Pelo modo como ela o usava.

A língua e os dedos dele brincaram no corpo dela e Sophie gritou, gloriosa, para a fonte e o labirinto, e o sol e o céu, primeiro o nome dele, depois uma única palavra, de novo e de novo, como litania e arma, ao mesmo tempo o abençoando e destruindo.

"Sua."

Dele. Ele não lhe deu descanso. Ficou ali, em seu centro latejante e dolorido de desejo, onde ela o queria mais, fazendo amor com Sophie até ela se desfazer, gritando seu prazer em uma só palavra.

Sua. Ele ficou com ela até Sophie retornar à terra, ao labirinto, sua Ariadne, de algum modo capaz de destruí-lo com seu toque.

Sua. Ele iria ouvir aquela palavra na voz dela pelo resto de sua vida.

Sua. Verdade e mentira absolutas ao mesmo tempo.

Ela não podia ser dele, claro. Ela não podia ser dele porque isso exigiria que ele fosse dela. Isso exigiria que ele a amasse do jeito que ela merecia. E isso nunca iria acontecer. Era impossível.

Rei ergueu a cabeça para dizer isso a ela e a encontrou sonolenta, com um sorriso saciado, tentando-o mais do que ele podia imaginar. Mas então ela falou, destruindo a intenção dele.

"E o seu prazer?", ela perguntou, e as palavras delicadas o acertaram com uma força e um poder que ele nunca enfrentou no ringue de boxe. Um golpe que ele quis como nunca em sua vida. "Você não quer seu prazer?"

Ele queria, claro. Mais desesperadamente do que jamais quis. Mas ele não podia. *Ele não o teria.* Ela merecia coisa melhor.

"Não", ele mentiu, esforçando-se para manter a voz calma e controlada, detestando-se por dizer o que disse. "Não quero."

* * *

Se tivesse todo o dinheiro da Inglaterra, Sophie o teria apostado que Rei a deitaria na grama e a possuiria ali, na base da fonte, somente com o céu de Cúmbria como testemunha... E ela teria perdido a aposta.

A decepção que a agitou era esperada, claro. Ela tinha a esperança de que ele concordasse em fazer amor por completo com ela, e a recusa não era uma experiência positiva. Sophie descobriu um prazer magnífico nos braços dele e queria mais. Ela queria compartilhá-lo com Rei.

O que ela não estava esperando era a desolação. O sentimento de que, sem ele, estaria sozinha no mundo. Que sem o toque e a companhia dele, poderia não sobreviver até o fim do dia. O sentimento de que, sem Rei, ela poderia não existir. Esse pensamento a aterrorizou.

Sophie não tinha se preparado para aquele momento. Nunca. Ela nunca planejou querer tanto alguém, ou desejar que seu futuro estivesse ligado ao dele, desejar ver o rosto dele todo dia pelo resto da vida.

Ela tinha planejado ser feliz, claro. Casar, ter uma família e levar uma vida pacata e tranquila. Mas nunca planejou querer tanto alguém, que a recusa dele pudesse doer nela. Sophie não tinha planejado que seu único caminho possível seria inacessível.

Ela nunca tinha planejado amar.

Vagamente, ocorreu-lhe que outras pessoas pensavam que o amor era uma experiência agradável, cheia de rosas, pombas, doces e outras coisas. Era óbvio que essas pessoas tinham as cabeças ocas. Porque ela amava desesperadamente o Marquês de Eversley e não havia nada de agradável nisso. Sophie pigarreou e se endireitou, ajeitando as saias para baixo, aprisionando as mãos dele sobre elas por um momento excruciante enquanto ela tentava escapar do toque dele.

"Entendo", ela disse.

Os dedos de Rei desceram pelo tornozelo dela e Sophie se pôs de pé num pulo com a sensação, o toque quebrando algo dentro dela, fazendo-a querer ao mesmo tempo pular na fonte para lavá-lo de sua pele e se jogar nos braços de Rei para implorar que continuasse.

Ela não fez nenhuma das duas coisas, ainda bem, e se afastou dele como se os eventos daquela tarde fossem perfeitamente corriqueiros. Como se ela não estivesse correndo para se proteger da dor que ele parecia ser capaz de provocar nela sem se dar conta.

"Entendo", ela disse outra vez, detestando a repetição. Desejando que conseguisse ficar em silêncio.

Ela se afastou de Rei. Por que ele continuava ajoelhado no chão? Por que não se levantava? Por que ele continuava ali?

Ele levantou, abriu os braços e andou na direção dela. Sophie levantou uma mão. Oh, céus. Ele de pé era muito pior.

"Sophie, deixe-me explicar."

Meu Deus. A última coisa que ela queria era que Rei explicasse o motivo de não desejar fazer amor com ela. Ela recuou, olhando para a saída do labirinto por cima do ombro dele.

E então ele se aproximou o bastante para bloquear sua visão, forçando-a a admirar aquele ombro por inteiro. Aquele ombro largo e lindo.

Chega, ela se repreendeu. Mulheres normais não ligam para os ombros de cavalheiros. Mulheres normais estavam erradas.

"Sophie, eu não vou arruinar você", ele disse, aproximando-se, não lhe dando espaço para fugir, a não ser para trás.

"Eu entendo", ela disse, quase tropeçando no próprio pé para se afastar dele. "Eu entendo."

Por Deus. Ela não sabia dizer outra coisa?

"Eu não acho que você entenda", ele disse. "Você não vê que merece mais." As costas dela se apoiaram na cerca-viva desconfortável, inconveniente, dolorosa. E ele se aproximou mais. Chegou perto o bastante para levantar a mão e prender uma mecha de cabelo dela atrás da orelha, e deixá-la desesperada por ele. Quando Rei falou, a voz suave e encantadora. "Você não entende que merece alguém que se case com você."

Sophie fechou os olhos ao ouvir aquilo, como se ela não pudesse vê-lo, como se ele não tivesse dito aquelas palavras. Ela sabia que Rei não se casaria com ela. Sophie não era tola. Ainda assim, as palavras doeram. Ele não precisava enfatizar tanto, precisava?

"Eu entendo", ela repetiu.

Parecia que aquilo era tudo que ela conseguiria dizer. Ótimo. Eversley a transformara em uma imbecil.

Rei soltou um palavrão, e Sophie desejou que pudesse dizer uma frase mais suja do que a que ela parecia condenada a repetir pela eternidade.

"Cristo, Sophie. Pare de dizer isso. Você merece alguém que possa amá-la."

Ela tinha que sair daquele labirinto. Daquela propriedade. Ficar longe daquele homem. Naquele instante. Antes que dissesse "eu entendo" mais uma vez. Ou pior, antes que ela não conseguisse dizer nem isso.

Sophie aquiesceu, cruzou os braços e passou por ele, encaminhando-se para a trilha do labirinto sem dizer mais nada. Em outro momento, ela teria se orgulhando da postura ereta e dos passos decididos. Nesse momento, contudo, ela não conseguia enxergar nada além das lágrimas para poder se preocupar com questões tão triviais como postura. Ele praguejou de novo, dessa vez às costas dela.

Sophie parou, mas não se virou. Não podia. Não sem correr o risco de contar tudo para ele e assim bancar uma maldita tola. Ela reuniu seus últimos fiapos de orgulho para conseguir falar:

"Eu gostaria de retornar a Mossband."

Houve uma longa pausa antes que ele falasse.

"Quando?"

"Assim que possível."

Ele concordou.

"Nós vamos comprar sua livraria amanhã. Vou colocá-la em contato com o advogado do meu pai. Você terá todo o dinheiro de que precisa para viver lá, para ser feliz."

Sophie não se importava com a livraria. Ela não se importava com Mossband. Na verdade, Mossband não era o futuro dela. Ela não conseguiria ficar perto desse lugar e de suas lembranças. Ela não aguentaria ficar perto dele. Sophie inspirou fundo.

"Eu acho que não posso esperar até amanhã."

"Sophie", ele disse, a voz delicada, mais perto dela do que Sophie gostaria, e ela detestou o som de seu nome nos lábios dele. "Olhe para mim."

Ela se virou para encará-lo, incapaz de não obedecer ao comando. Ele era a coisa mais bonita que ela já tinha visto, com o cabelo castanho, os olhos verdes e aqueles lábios firmes e magníficos. Ele era lindo demais para ela. Perfeito demais. Ela engoliu em seco ao pensar nisso.

"Eu preciso ir. Agora", ela reafirmou. "Hoje."

Rei a observou por um longo momento e Sophie pensou que ele poderia beijá-la de novo. Ela queria que Rei a beijasse de novo. Odiou a ideia de que Rei a beijasse de novo. Em vez disso, ele lhe ofereceu a mão quente e bronzeada pelo sol. Ela ficou olhando para aquela mão por um longo momento, incapaz de conter as lágrimas que se acumulavam, odiando-as, e então por algum motivo passou a amá-las quando Rei levantou a mão forte e perfeita para enxugá-las. Sophie deixou que ele a tocasse, adorando senti-lo, memorizando a sensação até não aguentar mais e afastá-lo. No momento em que ela o tocou, contudo, Rei a capturou, entrelaçando seus dedos aos dela. Sophie puxou a mão, desesperada para que ele a soltasse, embora aquele toque a deliciasse.

Ele se recusou a desistir de Sophie, e então a conduziu pelo labirinto, com a mão quente enrolada na dela. Eles caminharam em silêncio através de voltas e mais voltas, até a saída, onde ele parou, ainda dentro da cerca viva, e se virou para ela, puxando-a para perto, segurando seu rosto entre as mãos.

"Eu sinto muito. Eu sinto muito por não poder ser o homem que você gostaria que eu fosse."

Lágrimas ameaçaram rolar outra vez e ela sacudiu a cabeça. Chega disso.

"Você não vê. Eu sempre quis, apenas, que você fosse o homem que é."

Ele a beijou então, um último momento inebriante, e ela se agarrou a ele, despejando toda sua emoção naquela carícia. Desejo, tristeza, paixão... *Amor*.

Mas ele nunca saberia disso. Rei tirou os lábios dos dela e apontou para a saída, deixando-a sair primeiro do labirinto. Deixando-a escolher a vida real em vez daquele lugar mágico e mítico. Sophie escolheu, saindo para a realidade mais uma vez, com Rei às suas costas, já quase se tornando uma lembrança antiga. A única lembrança que importaria.

Ela ouviu os cavalos quase imediatamente, o tropel ensurdecedor que ecoava de uma carruagem e seis animais rasgando o caminho principal até o castelo a todo galope. Ao mesmo tempo, ela e Rei se viraram para observar os recém-chegados, protegendo os olhos com as mãos do brilho do sol de fim de tarde refletindo na carruagem. Na carruagem *dourada*. Na carruagem dourada com criados vestidos como querubins.

"Merda!", Sophie sussurrou, tomada de desolação e uma quantidade nada pequena de incerteza.

O transporte parou na entrada do Castelo Lyne e um criado saltou no mesmo instante para abrir a porta e libertar as viajantes, que se amontoaram como ovelhas soltas no pasto. Ovelhas muitíssimo bem vestidas. Usando lindos vestidos de seda e penteados escandalosos, enfeitados com flechas, penas e — aquilo era uma gaiola de pássaros? A última delas gritou "Deixem-me passar!" e correu para uma roseira próxima, onde regurgitou no mesmo instante.

"Deixe-me adivinhar", Rei disse, em um tom de voz rascante. Somente um tolo veria aquela carruagem escandalosa e não adivinharia quem tinha viajado nela. "Aquela ali é a Sesily."

* * *

"Está tudo arruinado!"

Sophie mal fechou a porta da sala de visitas no Castelo Lyne quando o pronunciamento dramático de sua mãe liberou uma cascata de exclamações de pânico.

"Todos os convites para eventos no campo foram *revogados!*", a condessa anunciou.

"Derek se recusa a falar comigo", Sesily disse, sem mais rodeios, abrindo sua bolsa e pegando um tubo de sais de cheiro. "Ele desapareceu antes mesmo do fim da festa no jardim da Mansão Liverpool, o bastardo."

"Sesily! Olhe os modos! Está vendo? *Tudo está arruinado!*", exclamou a Condessa de Wight, desabando em uma cadeira. Sesily passou os sais para a condessa, que inspirou fundo. "Tudo, *literalmente!*"

"Nós fomos exiladas!", Seleste se deixou cair em uma poltrona ao lado e suas saias cor-de-rosa se espalharam sobre os braços do móvel. "Nós estamos em *Cúmbria*, pelo amor de Deus! Poderia existir algo pior?" Ela se recostou e uma das flechas em seu penteado prendeu no brocado dourado da poltrona. Ela pulou para frente com um guincho e puxou a flecha do cabelo, jogando-a aos seus pés.

Era admirável que nem mesmo fugir disfarçada com um uniforme de criado, levar um tiro na Grande Estrada do Norte e fingir noivado com um homem que nunca se casaria com ela era tão difícil quanto passar uma tarde com as mulheres Talbot. E nem tinha sido a tarde toda, mas apenas trinta segundos.

"E nem vamos *discutir* o que aconteceu com Seraphina", Sesily continuou, soltando o chapéu de gaiola de sua cabeça.

Sophie poderia ter questionado o arranjo de cabeça, não fosse a declaração a respeito da irmã mais velha, a única das recém-chegadas que tinha permanecido em silêncio. Sophie se virou para Seraphina, que estava de pé junto à grande janela, com o olhar perdido ao longe.

"O que aconteceu com você?"

Seraphina abanou a mão.

"Nada além do que você já sabe."

"Muito além!", a mãe exclamou, levantando-se mais uma vez. "O duque nem a deixa entrar em casa! Ele disse que depois das *suas* ações, Sophie, ele não quer mais nada com ela ou qualquer uma de nós! E Seraphina vai ter um filho dele!"

Sophie não desviou o olhar da irmã.

"Isso é verdade? Merda."

"Sophie, olhe os modos!"

Seraphina abanou de novo a mão.

"Não é culpa sua, Sophie. Se não fosse por você, seria por outra coisa qualquer", ela encarou a irmã nos olhos. "E você? Está bem?"

"Estou", ela mentiu. Afinal, podia estar com o coração partido, mas não tinha sido exilada, grávida, pelo próprio marido. Já era alguma coisa, ou não?

Seraphina a observou por um bom tempo, enxergando mais do que as outras. Ela sempre conseguia enxergar a verdade de Sophie.

"Você não precisa se preocupar, Sophie. Nada disso é culpa sua."

"Claro que é, diabos!", Sesily protestou.

"Sesily", a mãe censurou. "Modos!"

"Se existe um momento apropriado para imprecações, mamãe, com certeza é este!" Ela se virou para Sophie. "Você deveria ter pensado *no resto de nós*. Derek não quer mais falar comigo! Ele disse que precisa do apoio da aristocracia. E, graças a você, agora ele não o tem mais." Ela suspirou. "Ele nunca vai se casar comigo."

Sophie não achava que deixar de se casar com Derek Hawkins fosse uma provação, mas achou que deveria ser compreensiva.

"A mesma coisa está acontecendo com Lorde Clare — faz uma semana que ele não me visita", Seleste emendou, parecendo desolada com a perda de seu conde, levando a mão ao seio para alcançar uma folha de papel bem dobrada. "Nós estamos recorrendo a cartas de amor..." Ela fez uma pausa. "Isso é bem romântico, na verdade, desde que a situação seja corrigida."

"Veja o lado bom", Seline provocou a irmã. "É difícil que vocês briguem por escrito."

Sesily forçou uma risada.

"Se existem duas pessoas que conseguem brigar por escrito, elas são Seleste e Clare." Ela olhou para a irmã. "Vocês já passaram mais do que 24 horas sem brigar?"

"É claro", Seleste respondeu. "Esta semana."

"E aí está a prova!", Seline sorriu, irônica. "Talvez isso seja prova de que vocês devam evitar um ao outro."

"Não podemos ter Landry escalando nossas treliças como uma trepadeira", Seleste retrucou, e Seline riu diante da menção ao seu namorado.

"Mark é cuidadoso", ela explicou para Sophie enquanto pegava uma garrafa de scotch no aparador ao lado e servia os copos, que passou para as outras. "Ele não usa a porta da frente."

"Por que ele se importa com o que os outros pensam?", Sophie perguntou. Mark Landry tinha mais dinheiro que a maior parte dos aristocratas juntos e não tinha nenhum interesse na Sociedade. Ela nunca teria imaginado que ele se preocupava com a reputação.

"Haven é poderoso", Sesily atalhou, aceitando a bebida oferecida por Seline. "Mais do que nós imaginávamos. E ele está furioso. A aristocracia está trocando Landry por Tattersall. Ninguém quer comprar cavalos de alguém próximo de você. Podemos supor que Derek recebeu ameaças semelhantes, mas, ao contrário de Landry, ele é um maldito covarde."

"Sesily!", a condessa rugiu.

"Bem, ele é", Sesily reafirmou. "Ele que não espere cair nas minhas graças de novo depois disso. Que traição." Ela levantou o copo para Seline. "E você, não deixe o Mark escapar. Ele é um amor."

"É o que eu quero", Seline concordou antes de se voltar para Sophie, "mas ele espera que você conserte a situação."

"Você tem que consertar!", a mãe delas exclamou.

"E como eu vou fazer isso?", Sophie olhou de uma para outra.

Ninguém parecia ter uma resposta pronta.

"Quem teria imaginado que você seria o centro de um escândalo?", Sesily comentou, ocupando a poltrona junto à lareira. "Jogar Haven no lago e depois fugir com Eversley?"

"Eu não *fugi* com Eversley", Sophie disse.

"É claro que fugiu", a mãe exclamou.

"Eu não estava fugindo!", Sophie protestou. "Eu fui parar na carruagem errada!"

"Ah, bem, vamos contar isso para os jornais de fofocas. Tenho certeza de que eles vão se apressar para corrigir a história", Sesily disse. "Eles se esforçam tanto para apurar os fatos que noticiam."

"Você não precisa ser sarcástica, Sesily", Seraphina interveio.

"Nós todas estamos em situação complicada", Sesily respondeu. "E você na pior de todas. Ou eu preciso lembrar que você e seu bebê, no momento, não têm um lar?"

"É claro que isso não é verdade", Sophie interveio.

"Não?", Seline perguntou. "Então você planeja se casar com o marquês para nos salvar?"

A pergunta imprevista lembrou Sophie do que aconteceu no começo da tarde, quando ela encarou a verdade sobre Rei — que ele nunca a amaria. Que ele nunca seria dela. Que ela o deixaria e passaria o resto de sua vida desejando que o futuro dos dois tivesse sido diferente. Ela fez que não com a cabeça, engolindo em seco o caroço que sentia na garganta.

"Eu não vou me casar com ele."

"Então por que você está aqui?", Seleste perguntou. "Você vai morar aqui como amante dele?"

"Isso não vai ajudar nem um pouco", Seline observou.

"Nós precisamos de discrição!", a condessa guinchou.

Sophie ignorou a vontade que surgiu com a sugestão. Se ele lhe oferecesse o papel de amante, ela aceitaria. Ela aceitaria qualquer coisa que pudesse conseguir dele. Qualquer tempo que ele lhe oferecesse. Ela aceitaria ali ou em Londres, para sempre ou por uma tarde. Ela o amava. Com certeza, de todas as emoções que o coração podia sentir, amor era a pior.

Sophie desviou o olhar de sua família.

"Eu estava voltando para Mossband quando vocês chegaram. Ele iria me deixar na estalagem."

"Nós estamos *arruinadas*!", Sesily gemeu.

A condessa desabou sobre o divã, dramática como sempre.

"Eu sabia que todos aqueles livros iriam acabar com você um dia!"

Nenhuma das irmãs Talbot pareceu ligar para a acusação nas palavras da condessa, então Sophie também não ligou para isso.

"Para ser honesta, nossa reputação já não era grande coisa desde o início."

"Pelo menos nós recebíamos convites!", a condessa protestou. "Suas irmãs estavam todas sendo cortejadas!"

Seline franziu a testa pela primeira vez desde que chegou.

"Mark não vai ficar comigo, vai?"

Sophie não conseguiu conter sua frustração.

"Ah, pelo amor de Deus!", ela exclamou. "Eu nem fiz algo escandaloso de verdade. A Duquesa de Lamont fingiu a própria morte e depois se casou com o homem acusado de tê-la matado, e a Sociedade cai de amores por ela."

"Ela não caluniou a aristocracia em público!"

"Ah, sim. Isso é muito pior do que *arruinar a vida de um homem*. O que os ricos e nobres vão fazer agora que eu os insultei?"

"Eles vão arruinar a *nossa* vida!", Sesily proclamou, substituindo seu conhecido sarcasmo por uma franqueza seca. "Por que você acha que estamos aqui? Todas nós perdemos nossos pretendentes! E tudo por sua causa!"

"Todas vocês foram maltratadas por homens que não conseguiriam encontrar as bolas nem se levassem um chute *lá*!"

"Esses homens estavam dispostos a *ficar com elas*!", a mãe exclamou. "E também estavam dispostos a receber *você*, Sophie, a solteirona bem-vinda."

"Era isso que eu era? Uma futura tia velha? Destinada a ficar na torre do castelo? Escondida da vida?"

"Que outra vida você pode ter planejado?", Sesily disparou.

"Nossa. Isso foi cruel", Sophie retrucou.

A sala ficou em silêncio.

"Eu peço desculpas", disse Sesily. "Mas você tem que entender, Sophie, que todas estamos sofrendo."

"Eu não pretendia que todas vocês sofressem os efeitos colaterais do meu..."

"Engano", disse Seleste.

Só que não foi um engano. Com todas as emoções desde a festa de verão na Mansão Liverpool, Sophie tinha vivido mais nos últimos dez dias do que em toda sua vida. Ela olhou de uma irmã para outra.

"Eu nunca desejei ser um fardo para vocês. Não antes disso tudo, e muito menos agora."

"Você devia ter previsto essa possibilidade", disse a condessa, sua voz suavizando as palavras duras. "Você não é a mais..."

"Vendável", Sesily continuou de onde a mãe parou.

"De nós", Sesily concluiu.

Nem linda. Nem charmosa. Nem animada. *Desdivertida.*

Só que recentemente ela foi todas essas coisas. E não porque levou um tiro. Nem porque se vestiu de criado. Nem porque vendeu toda uma carga de rodas de cabriolé e fugiu dos capangas do seu pai. Nem porque quase perdeu a virtude em um labirinto de cerca-viva. Mas porque ela se apaixonou por Rei. Porque ele lhe deu torta de morango e a beijou até enlouquecê-la. E a tentou com a visão de uma vida que prometia mais do que ela jamais tinha imaginado. Porque ele a provocou com a ideia de que ela era mais que Sophie Talbot, a mais jovem e menos interessante das Irmãs Perigosas.

E então a família dela chegou e a realidade a ameaçou. Mas Sophie não voltaria àquela vida sem antes contar a verdade para elas. Ela olhou de uma irmã para outra.

"Se eles não vão ficar com vocês por minha causa, então eles não valem a pena."

"Oh?!", Seline exclamou, rápida em defender seu pretendente. "E seu Eversley — que não vai ficar com você —, ele também não vale nada, eu imagino?"

Não era a mesma coisa. Ele não a recusou porque Sophie tinha derrubado o Duque de Haven em um lago. Na verdade, ele ficou do lado dela depois de descobrir o que Sophie tinha feito. *Ele valia tudo.*

"Você fez isso de propósito!", Sesily acusou. "Você nunca quis ser uma aristocrata e nos arrastou para a lama junto com você. Olhe para nós, esgotadas e amarrotadas depois de dias em uma carruagem. *Em Cúmbria.*"

"Aqui é lindo", Sophie argumentou.

"Se você gosta de ovelhas...", Sesily rebateu.

"E *verde*", acrescentou Seleste.

"Não é Londres", Seline suspirou.

"Honestamente, nós merecemos ser chamadas de Cinderelas Borralheiras."

"Nenhuma de nós mais do que você, Sophie." A réplica veio de Seraphina, e Sophie se virou para ela, chocada com as palavras. A irmã mais velha falou em voz baixa, ao mesmo tempo firme e gentil. "Você sabe como nós reagimos ao voltar para casa, depois da festa Liverpool, e descobrir por meio de um suposto criado vestido de cavalariço que você tinha partido? Nós ficamos muito *orgulhosas* de você, que deu as costas para um mundo com o qual nunca se importou. Eu achei maravilhoso." Ela apontou o queixo para as outras irmãs Talbot. "Elas também, mas não querem admitir."

"Eu admito", Sesily disse. "Você sempre foi a primeira a nos defender. Eu fiquei muito feliz em defendê-la."

"Eu também", Seline disse. "Mark achou que você foi diabolicamente fantástica."

"Modos, Seline."

"São palavras de Mark, mamãe."

"Bem, eu não posso repreendê-lo."

Sophie sorriu. Ela tinha sentido falta das irmãs. Da mãe. De toda aquela família maluca.

"Mas não foi tão fácil sentirmos orgulho de você quando toda Londres se voltou contra nós. Nós não esperávamos que a aristocracia simplesmente nos exilasse", Seline acrescentou. "Tenho certeza de que isso parece ser o paraíso para você, Sophie, mas..."

"Para nós não é", Seleste concluiu.

Sophie sabia disso, claro. Ela não desejava para as irmãs a vida que ela queria. Ela lhes desejava a vida que queriam para si. Felicidade na forma de festas em jardins, títulos e convites para o Castelo de Windsor. Ela suspirou.

"Sinto muito ter causado tantos problemas para vocês", Sophie começou. "Mas se os jornais de escândalos nos ensinaram alguma coisa, foi isto: quando o verão terminar e vocês todas voltarem para Londres — sem mim —, a Sociedade vai esquecer que algum dia vocês já tiveram uma irmã mais nova, e todos os seus cavalheiros irão retornar. Se não voltarem, vocês são jovens, lindas e indecentemente ricas...", ela lembrou. "E essas são as três qualidades mais importantes em uma futura noiva. Vocês encontrarão outros cavalheiros que as mereçam mais."

O silêncio se estabeleceu.

"Vocês acham que não?", Sophie continuou, olhando de uma para outra. "Posso lhes garantir que vocês todas continuam lindas, apesar do meu comportamento escandaloso. Vou pedir meu dote ao papai e vou desaparecer. Tudo vai ficar bem." Ela se voltou para Seline. "É você quem sempre diz que nós parecemos gatos. Vocês vão sobreviver a isso. Com facilidade."

"Até gatos têm um limite de vidas", a condessa disse, palavras tristes e estranhamente familiares. Um eco da festa de verão no jardim Liverpool. *Quando tudo mudou.*

"O problema não é a beleza", Seraphina falou em voz baixa, de seu lugar no canto da sala. "Sophie..."

"É o dinheiro."

As palavras vieram da porta, que Sophie não ouviu ser aberta. Ela prendeu a respiração ao se virar para o pai, com o chicote ainda na mão, as calças ainda cobertas de poeira e suor de cavalo.

"Papai", ela fez uma pausa. "Você veio?!"

E foi então que ela soube que algo de terrível devia ter acontecido. Jack Talbot não atravessaria correndo a Inglaterra, com mulher e quatro filhas, para brincar. Uma sensação agourenta passou por Sophie e ela percebeu que aquele dia seria o mais importante da sua vida. Era o dia em que ela diria adeus a Rei. O dia em que seu pai mudaria tudo.

Jack Talbot olhou para suas outras filhas.

"Encontrem seus quartos, garotas."

As irmãs fizeram como o pai mandou, saindo em meio a uma algazarra, acompanhadas da condessa, para encontrar quartos que, sem dúvida, estavam sendo arejados pela primeira vez em décadas. Se Sophie não estivesse tão chocada com a chegada do pai, estaria se divertindo com a ideia de ver o Duque de Lyne frente a frente com as Irmãs Perigosas.

"Por que você está aqui, papai?", Sophie perguntou quando ficou a sós com ele.

"Eu vim", ele disse, "porque não posso consertar isso."

"Papai", Sophie pestanejou, "você sabe tão bem quanto eu que a Sociedade vai encontrar outra coisa para odiar em menos de uma semana. É provável que já tenha encontrado."

"Mas Haven não."

"Haven é um asno!"

"Essa é a mais pura verdade, querida, mas ele é um duque. E controla o cofre."

"Você é Jack Talbot. É mais rico que todos eles juntos", ela franziu as sobrancelhas.

O pai ficou em silêncio por alguns instantes.

"Não sem eles, Sophie. Esse foi o acordo que eu fiz pelo título que sua mãe queria tanto. Eles investem, eu extraio carvão. E todas vocês se tornam ladies. Não posso ganhar dinheiro sem os nobres. E você fez um ótimo trabalho em afastar todos eles. Chamar Haven de canalha teve um efeito instantâneo."

Sophie foi tomada pelo medo ao ouvir aquilo. Fazia sentido, claro. Títulos não eram simplesmente distribuídos. Não sem exigências.

"Eu pensei que você tinha ganhado o título em uma aposta..."

"E ganhei", ele sorriu. "Mas o príncipe estabeleceu as condições. E eu as aceitei."

"Eles pararam de investir?"

"Eles seguraram o dinheiro. Haven ficou muito feliz de fazer isso. Treze deles me comunicaram ao anoitecer do dia em que você causou aquela comoção. O restante veio na manhã seguinte." Ele fez uma longa pausa antes de se aproximar dela, e, pela primeira vez na vida, Sophie percebeu a idade de Jack Talbot. A preocupação dele. "Você quer seu dote? Sua liberdade?" Ele balançou a cabeça. "Eu quero dar tudo isso para você. Mas não existe dote para ser dado, gatinha. Eu não posso manter sua mãe e suas irmãs com roupas novas, carruagens douradas e..." Ele olhou para uma mesa ao lado. "Agora, por que diabos elas precisam usar gaiolas na cabeça?"

Sophie sorriu sem entusiasmo.

"Pelo menos não tem um passarinho dentro."

"Não diga isso na frente da Sesily, ou vou ter que arrumar dinheiro para comida de passarinho."

"Pai, eu pensei que nós fôssemos...", Sophie balançou a cabeça.

"Você ficaria surpresa com a rapidez com que o dinheiro sai pela porta, gatinha. Principalmente quando os nobres querem ver você longe", ele estendeu as mãos para ela e Sophie correu para abraçá-lo. Seu pai cheirava a couro e cavalo, e o aroma a embalou em lembranças da infância, quando o que era certo era tudo o que importava. Jack Talbot sempre foi maior que a vida — um herói em todos os sentidos. Ele alimentou o amor de Sophie pelos livros, nutriu o desejo dela por algo mais que a aristocracia. E em toda sua vida, ele nunca pediu ajuda a Sophie. Talvez ela conseguisse encontrar um modo de negar às irmãs o que elas queriam, mas seu pai — ele não tinha nada de dramático. E se ele estava preocupado com o futuro de todas, então ela também estava.

Ele a beijou no alto da cabeça.

"Eu fiquei tão orgulhoso por você ter defendido sua irmã e a si própria", ele sussurrou. "Mas agora... eles nos têm nas mãos."

Sophie se afastou e encarou os olhos castanhos do pai.

"Haven se comportou de modo abominável."

"E eu o teria arrebentado, querida. Não duvide disso. Mas o mundo estava de olho em você. O mundo dele. Você o constrangeu na frente de todos."

Eu vou destruí-la.

As palavras do cunhado, ditas na estufa da Mansão Liverpool, ecoaram na cabeça dela. E ela ainda o provocou.

Eu gostaria de ver você tentar. E ele fez. Sem hesitar. Seu nome e seu título o tornavam mais poderoso do que os Talbot jamais seriam.

Ela meneou a cabeça.

"Eu agi sem pensar."

"Agora você pode pensar", o pai disse.

Jack Talbot podia ter ganhado o Condado de Wight, mas ele não ganhou um filho e, portanto, suas cinco filhas não teriam futuro sem casamento. Elas não tinham futuro. Não depois que Sophie arruinou tudo. Ela piscou para o pai.

"O que foi que eu fiz?"

"Você agiu sem pensar, minha garota", ele lhe ofereceu um sorriso acanhado. "Você defendeu sua irmã no calor do momento, sem pensar no jogo como um todo. E nós estamos pagando o preço."

Ela soube o que viria a seguir antes que o pai sugerisse. E mais tarde, quando ela encarasse a verdade sombria do que tinha que fazer, admitiria seu segredo mais íntimo. Que ela nunca, em toda vida, quis algo mais do que aquilo.

"Como nós vamos sobreviver?", ela perguntou.

Houve um longo silêncio antes de seu pai responder.

"Eversley", ele disse, afinal.

Escândalos & Canalhas

| Capítulo 19 | Junho de 1833 |

ENTRE QUATRO PAREDES – CONFISSÕES DO CASTELO DE CÚMBRIA

* * *

Naquela noite, muito depois de a casa sossegar, Sophie torcia para que seus pensamentos fizessem o mesmo. Ela estava sentada na beira da cama, usando um dos robes de Sesily, de um lindo cetim verde-grama coberto de pérolas e plumas, por cima de uma camisola de seda combinando e sapatilhas.

Aquilo era uma fantasia mais do que qualquer outra coisa — um uniforme. Ela precisava usar aquilo para fazer o que incontáveis outras mulheres haviam feito em trajes semelhantes. Arrumar um marido.

Tentando afastar o dissabor que veio com o pensamento, ela encarava a porta entre o quarto dela e o de Rei. Ela tinha feito tudo o que podia para adiar o momento de encontrá-lo; tomou banho e trocou o curativo no ombro, secou o cabelo junto ao fogo e o escovou até brilhar. Era tarde o bastante para que ele sem dúvida estivesse na cama, sem dúvida dormindo, sem pensar nela.

Eles mal tinham se falado desde que a família dela chegou. Rei a deixou no mesmo instante, sem dúvida grato por sua responsabilidade para com ela ter chegado ao fim. Os Talbot jantaram apenas com ele, pois o duque não foi encontrado, e as irmãs de Sophie se mostraram dispostas a preencher qualquer silêncio constrangedor que surgisse com conversas a respeito de Londres e da Sociedade. Rei permaneceu em silêncio, respondendo apenas as perguntas feitas diretamente a ele. As irmãs de Sophie perceberam que não deveriam tentar conversar com ele.

Houve um momento em que a condessa perguntou sobre a viagem deles — por que tinha demorado tanto. Rei olhou para Sophie após a pergunta, surpreso pelo fato de a condessa, aparentemente, não saber que a filha levou um tiro e se recuperou em Sprotbrough.

Sophie não teve tempo de contar para sua família o que aconteceu, pois, por mais estranho que pudesse parecer, um ferimento de bala parecia trivial se comparado ao ferimento que sua família tinha sofrido. Ou o que ela causaria a Rei.

Sophie o observou durante todo o jantar, memorizando seu rosto, seus olhos, o modo como seus lábios se curvavam ao redor das palavras. Ela queria lembrar todos os pequenos momentos que pudesse antes dessa noite. Antes que batesse naquela porta e mudasse a vida deles para sempre.

Se ela conseguisse encontrar coragem para tanto. Se ela conseguisse encontrar disposição para tanto. *Talvez ele a recusasse.*

Essa ideia trouxe alívio. Se ele a recusasse, sua família teria que encontrar outro modo. Se ele a recusasse, ela poderia ir embora e começar outra vida. Ela nunca teria que voltar a Londres. A Mossband. Ela poderia desaparecer e sua família poderia tocar a vida sem ela. Rei poderia tocar a vida sem ela.

Sophie teria que tocar sua vida sem ele. Aquele pensamento doeu no peito dela, onde seu coração de algum modo ainda batia, apesar de tudo, e ela soltou o ar pesadamente, levantando e indo até a porta adjacente. Ela podia acabar com aquilo naquele instante. Ela bateria, ele a recusaria, ela iria embora. Ainda que Sophie quisesse, desesperadamente, que ele a aceitasse.

Mas não deste modo. Não, não desse modo. Mas a ideia de que ela nunca mais o veria, nunca mais o tocaria, nunca mais estaria perto dele... Era tortura.

Sophie pôs a mão na porta, a palma apoiada no mogno frio, e baixou a cabeça até encostar a testa na madeira. Inspirando fundo, imaginando que podia sentir o cheiro dele ali, do outro lado — sabão, especiarias e Rei. Quanto ela o queria, e quão pouco queria aquilo.

Ela se endireitou e ergueu a mão, preparando-se para se anunciar, quando uma batida ecoou na porta principal do seu quarto. Sophie afastou a mão do mogno como se a tivesse queimado, e no mesmo instante abriu distância entre si e a entrada para o quarto dele. Foi até a porta e a abriu, revelando Seraphina, que tinha as mãos sobre a barriga.

"Eu estava com medo de não conseguir falar com você", a irmã Talbot mais velha estava sem fôlego.

"Eu estava... adiando."

Sophie recuou um passo e acenou para que Sera entrasse. Ela caminhou até o centro do quarto e se virou para encarar Sophie, que fechou a porta e trancou as duas lá dentro.

"Você o ama?", Sera perguntou.

A indagação surpreendeu Sophie, que demorou um instante para encontrar uma resposta.

"Isso importa?"

Sera sentou-se na beira da cama para recuperar o fôlego.

"Importa. E muito."

Sophie foi até o aparador, serviu um copo de água para a irmã e a observou beber antes de falar.

"Por quê?"

"Se não o ama, não deveria fazer isso."

Sophie meneou a cabeça.

"Você acha que vou encontrar outro homem que me ame?"

"Eu acho que você não deveria se casar com um homem que não gosta de você."

Era tarde demais para isso.

"É fácil para você dizer isso. Nada nas minhas ações vai mudar seu futuro." Sophie sentou-se ao lado de Seraphina. "Desculpe-me, Sera. Se eu não tivesse..."

Sera esticou a mão e pegou a de Sophie, que apertou forte.

"Você me defendeu. Ninguém mais me defenderia." Elas se perderam na lembrança até que Sera riu. "E ele bem que mereceu."

"Ele merecia coisa pior", Sophie observou.

A risada virou uma gargalhada.

"De traseiro naquele lago!"

Sophie se juntou à irmã na gargalhada.

"Pobres peixes!"

"Oh, eu espero que ele perca a vontade de comer peixe para sempre!", Sera soltou um risinho. "A cozinheira é francesa, especializada em *poisson*!"

Elas riram por uma eternidade e enxugaram as lágrimas dos olhos antes de voltarem à realidade e ficarem sérias de novo. Sophie se virou para a irmã.

"Eu faria tudo de novo", ela confessou. Os eventos na festa Liverpool a levaram até Rei. E ela não mudaria isso.

Sera apertou a mão de Sophie e anuiu. Então ela repetiu a pergunta.

"Você o ama?"

As lágrimas voltaram, dessa vez sem nenhum resquício de riso, e arderam nos olhos de Sophie com honestidade.

"Eu amo", ela sussurrou. "Eu o amo desesperadamente."

Mais do que ela imaginava ser possível.

Ela mentiu para mim. Como Rei estava abatido quando confessou isso. Arrasado. Ela não podia fazer isso com ele. Sophie não poderia mentir para Rei. Que monstro ela se tornaria. Ariadne no labirinto, sem merecê-lo. E ela queria, desesperadamente, merecê-lo. E nunca o mereceria daquele modo. Sera então se virou para ela, pegando suas duas mãos e dando voz aos pensamentos de Sophie.

"Você não deve fazer isso."

"Mas se eu não fizer... o que acontece com você? O que acontece com Sesily, Seleste e Seline? Com o papai?"

"Nós crescemos como hera", Seraphina sorriu. "Você acha que um inverno rigoroso vai acabar com a nossa jornada?"

"Você pode dizer isso..."

Sera aquiesceu.

"Eu posso, porque minha vida está esculpida em pedra. Eu sou a Duquesa de Haven. E eu carrego o futuro duque dentro de mim." Sophie viu como o olhar da irmã ficou triste. "Por causa disso, eu posso lhe dizer que, se você o ama, deve dizer para ele." Ela meneou a cabeça. "Eu nunca disse ao Haven. E veja a confusão que eu criei." Sera levou as mãos de Sophie aos lábios e falou. "Diga-lhe, Sophie. Dê a si mesma a chance de ser feliz."

Eu não posso te amar.

"Ele não quer o meu amor", Sophie sacudiu a cabeça.

"Talvez ele não saiba que já o tem." Os olhos de Sera se encheram de lágrimas não derramadas. "Eu nunca disse para ele, Sophie. E quando eu pensei em dizer... eu já o tinha perdido." Ela inspirou fundo. "O que o papai está pedindo... é demais. Sim, isso pode salvá-lo. Talvez salve Sesily, Seleste e Seline. Você será marquesa e duquesa, e esse título pode salvar a todos nós. Mas Eversley... ele irá odiá-la por isso."

Sophie não conseguia suportar a ideia de que Rei a odiasse. Mas e quanto à família que ela amava?

"Você não pode proteger todos nós, Sophie. Não para sempre."

Ela olhou para Seraphina, sua irmã mais velha, que Sophie sempre considerou a mais parecida consigo mesma.

"Eu te amo."

Sera a puxou para perto, envolvendo-a em um abraço apertado.

"Eu sei. *Nós* sabemos. Por que você acha que viemos atrás de você? Mas você também o ama, e o amor não tem meias medidas. Você vai se odiar se fizer uma armadilha para ele. Eu sei melhor do que ninguém."

Sophie não queria fazer uma armadilha para Rei. Ela queria que ele a quisesse tão desesperadamente quanto ela o queria. Não podia fazer aquilo. Nem mesmo pela família que ela amava. Tinha que haver outro modo.

"Sophie... por favor. Diga-lhe que você o ama e veja o que acontece."

Sophie olhou para a porta do quarto em que ele dormia. Esperança e terror lutavam em seu peito.

"E se ele rir?"

"Eu o jogo no lago mais próximo", Seraphina prometeu.

Sophie forçou uma risada sem graça ao ouvir aquilo.

"E se..."

Eu não posso te amar.

"E se ele não me amar?"

Sera ficou quieta um longo tempo antes de falar.

"E se ele amar?"

Sophie anuiu.

"Se ele não me amar... eu terei que ir embora. Mamãe e papai..."

"*Eu* vou ajudar você."

"Com que dinheiro?"

"Com o benefício de ser a Duquesa de Haven", Sera disse com um sorriso tímido. "Eu vou ajudar você a ir para onde quiser. País de Gales. Hébridas. Exteriores. América. Tanto faz."

Longe dali. Longe dele. Livre dele... Como se ela pudesse ficar livre de Rei.

"Amanhã", Sophie anuiu.

"Amanhã", Sera repetiu.

Sophie assentiu e se levantou, sabendo que não poderia tê-lo para sempre. Desejando que ela ao menos pudesse tê-lo nessa noite. Ela apertou o cinto do robe extravagante, enfeitado com penas e brocados.

"Este robe é ridículo."

"Sesily vai lhe dizer que ele faz seu busto ficar lindo", Sera riu e estendeu as mãos e desprendeu os grampos do cabelo de Sophie, soltando-o sobre os ombros e arrumando-o. Quando ficou satisfeita com o que fez, encarou Sophie. "Ele não vai saber o que o atingiu."

Sophie inspirou fundo, olhando para a porta de comunicação entre os quartos, enquanto Sera saía do quarto.

"Sera", Sophie chamou, detendo a irmã quando ela abria a porta.

Seraphina se virou. Sophie não sabia o que dizer, mas a irmã mais velha pareceu compreender assim mesmo. Sera levou a mão ao ventre distendido, acariciando-o. Protegendo-o.

"Diga-lhe", ela encorajou Sophie. "E deixe que a estrada se abra diante de vocês."

Sophie aquiesceu. Ela faria isso. Por sua irmã.

Por si mesma.

A porta se fechou atrás de Seraphina com um estalo suave e o som impeliu Sophie através do quarto, para onde ela estava antes da irmã chegar. O coração dela batia de modo quase insuportável; ela nunca tinha estado tão nervosa em toda a vida.

Se ela não batesse naquele instante, perderia a coragem. Ela tinha prometido a Seraphina que iria bater.

E se ele não me amar? E se ele amar?

Sophie ergueu a mão, desejando ter coragem de bater.

Talvez ele nem estivesse no quarto. Talvez o sono dele fosse profundo. E ela não gostaria de acordá-lo.

Pare de ser uma cabeça de pudim e bata na droga da porta.

Sophie inspirou fundo, desejando que seu coração parasse de martelar, e bateu. A porta se abriu no mesmo instante, como se Rei estivesse de pé do outro lado, esperando por ela. Ela soltou uma exclamação de surpresa pela resposta breve e ele levantou uma sobrancelha.

"Assustei você?"

"Assustou um pouco", ela admitiu, admirando-o — o cabelo escuro caindo casualmente sobre a testa, as mangas da camisa enroladas até os cotovelos, os pés descalços. Tão lindo que era difícil olhar para ele. Ele era demais para ela. Ela não era suficiente para ele.

"Você sabe que a resposta normal para uma batida é abrir a porta?"

A provocação habitual dele a deixou mais à vontade. Ela conhecia aquele homem. Tinha passado dias inteiros com ele. Sophie abriu um sorriso cheio de ironia.

"Você sabe que a maioria das pessoas não fica do lado da porta esperando que alguém bata?"

"A maioria das pessoas não divide uma porta com você." O coração dela falhou uma batida e Rei aproveitou a surpresa para admirá-la, da cabeça aos pés. "Cristo. Eu sei que não deveria dizer isso, Sophie, mas você está linda."

Dessa vez Sophie acreditou nele. Por algum motivo. Ela baixou os olhos para o robe.

"É da Sesily."

"Eu não estava falando da roupa."

Ela não sabia o que dizer, então resolveu perguntar.

"Você estava me esperando?"

"Eu tinha esperança de que você batesse."

Ela franziu a testa. O que ele queria dizer com aquilo? Ele havia se despedido dela mais cedo, quando deixou claro que eles não poderiam ficar juntos.

"Mas esta tarde você disse..."

"Eu sei o que eu disse", ele fez uma pausa. "Por que você bateu?"

Havia uma dúzia de motivos, mas só um importava. *Diga-lhe.*

"Eu...", ela não conseguia. "...vou embora amanhã."

Ele anuiu.

"Eu imaginei que sua família não pretendia estabelecer residência aqui."

"Imagino que seu pai não gostaria nada disso."

"A ideia tem seus atrativos."

O silêncio se colocou entre eles. A lembrança do pai dele reforçou tudo o que ela sabia a respeito daquele homem e do futuro que eles não poderiam compartilhar. Ele não se casaria. Ele não queria filhos. A linhagem terminaria com ele. Quer ela o amasse ou não. *Diga-lhe.*

Sophie inspirou fundo.

"Eu queria dizer..."

Meu Deus! Como era difícil.

"O quê?", ele perguntou, mas ela não conseguia encará-lo, e o olhar dela recaiu para a mão dele, fechada junto à coxa, tão apertada que as juntas estavam brancas, como se ele segurasse algo com muita força.

Ela falou olhando para a mão.

"Eu queria dizer..."

Eu queria dizer que não sei se posso viver sem você. Eu queria dizer que sempre serei sua. Eu queria dizer...

"Sophie...", o nome dela era mais do que um chamado e menos que uma pergunta.

Ela olhou para ele então, e os olhos verdes dele se concentraram nela.

"Eu queria dizer que eu te amo."

Por um instante, o universo parou. Rei não falou. Não se moveu. Não desviou o olhar dela. O coração de Sophie parou de bater. De fato, a única evidência de que ela tinha falado foi o calor que inundou suas faces no rastro de sua confissão. Quando não conseguiu mais suportar o silêncio, ela acrescentou uma torrente de palavras:

"Eu parto amanhã e não vou voltar para Londres. Vou procurar minha liberdade. E antes... nós tínhamos concordado que esta noite poderia ser nossa e...", ela fez uma pausa. "Eu sei que disse que não aguentaria ficar perto de você nem mais um segundo...", ela olhou de novo para aquela mão. "Mas eu mudei de ideia. Eu gostaria de ficar com você. Esta noite. Só dessa vez. Eu gostaria que você me arruinasse. Porque você já me arruinou. De verdade. Para todos os outros homens. Uma vez você me perguntou como tudo isso acabaria. E eu não sei, honestamente. Eu não sei se a felicidade ainda é viável. Mas eu sei que esta noite... com você...", ela foi parando de falar, então sussurrou, "Eu poderia ser feliz só esta noite."

Rei permaneceu imóvel, mas quando falou as palavras saíram como se tivessem sido arrancadas de algum lugar profundo e sombrio dentro dele:

"Diga outra vez."

Ela mexeu os pés, sentindo-se como uma criança exibida, de repente sem ter certeza do que devia falar.

"Por favor, Sophie", ele implorou. "Outra vez."

Como se ela pudesse resistir.

"Eu te amo", ela sussurrou.

E então ele abriu aquele punho e se moveu, estendendo a mão para ela, pegando seu cabelo, puxando-a para si em um beijo demorado, sensual e maravilhoso, roubando o fôlego e a sanidade dela até se afastar e encostar a testa na dela, o polegar acariciando o maxilar dela enquanto encarava seus olhos.

"Outra vez."

"Eu te amo", ela disse, as palavras perdidas em outro beijo arrebatador, dessa vez acompanhado pelas mãos dele acariciando suas costas, puxando-a com força contra ele e erguendo-a do chão, encorajando-a a abraçá-lo com as pernas enquanto Rei se afastava da porta, que chutou com a perna longa e musculosa para fechá-la.

Ele a carregou para a cama, deitando-a, pressionando-a no colchão macio, com o peso dele bem recebido entre as coxas dela. Sophie exclamou com a sensação, com o prazer de tê-lo ali, onde ela o queria há dias. Ele distribuiu beijos no rosto e no pescoço dela, sem parar de falar.

"Cristo, Sophie... eu não deveria querer isso... eu não deveria aceitar isso... eu não posso ser o que você deseja."

Só que ele era o que ela desejava. Ele era a única coisa que Sophie tinha desejado na vida.

"Eu não deveria aceitar seu amor", ele disse entre os beijos suaves e entorpecentes, seus dedos soltando a cinta do roupão dela, seus lábios na pele macia do pescoço de Sophie. "Eu nunca serei bom o bastante para isso." Ele fez uma pausa, levantou a cabeça e encontrou os olhos dela. "Mas, Cristo, como eu quero seu amor."

"É seu", ela disse, aproximando-se e tomando o lábio inferior dele entre os dentes, provocando-o até ele gemer de prazer e lhe dar o beijo que ela desejava. "E eu também sou sua."

Rei praguejou e a palavra soou como uma bênção. Então ele soltou o cinto do robe.

"Eu nunca vi você nua", ele disse, mexendo nas pérolas da camisola que estava por baixo. "Eu quero isso. Eu quero isso antes que você vá embora. Antes que você parta e encontre uma vida mais perfeita do que a que eu posso lhe dar. Eu vou passar uma eternidade no inferno por causa disso", ele prometeu. "Mas não me importa. Eu quero ver você nua. Eu quero te adorar até você não lembrar de mais nada a não ser meu nome. Meu toque. Este lugar. Eu quero te adorar até não poder fechar os olhos sem ver você. Eu quero sua lembrança, Sophie. Para sempre. Assim, quando outro homem te amar e lhe der a vida que você merece, eu poderei me torturar com isso."

Lágrimas ameaçaram surgir com aquelas palavras. *Não haverá nenhum outro homem. Nenhum outro amor*, ela queria gritar para ele. Ela era só dele. Para sempre.

Sophie também queria aquilo, e adorou a sensação da seda escorregando de sua pele, desnudando seu corpo à luz da vela diante do olhar dele. Rei recuou, saindo de cima dela, sentando-se, e no mesmo instante ela ficou nervosa por perdê-lo, e se sentou também, para cobrir sua nudez.

"Não", ele disse, fazendo-a se deitar na cama, sobre os lençóis muito brancos, aberta à admiração e ao toque dele. Rei olhou para o ombro dela. "Como está?"

"Eu mal me lembro do ferimento", ela sorriu com a preocupação dele.

"Mentirosa. Vamos ver se transformamos isso em verdade." Ele pôs as mãos sobre a pele dela, descendo pelos lados do tronco, passando pelo toque macio da barriga, pelas coxas, e Sophie nem lembrou que tinha um ombro, muito menos que tivesse levado um tiro. "Você é tão linda", ele repetiu. "Tão linda."

Rei desceu as mãos pelas pernas dela até chegar nas sapatilhas, tirando-as, então deslizou para fora da cama e se ajoelhou ali, aos pés nus dela. Ele pegou um em suas mãos, passou os polegares pela sola enviando ondas de prazer inesperado por todo o corpo dela.

"Eu ainda penso em você de sapatilhas naquela estrada", ele disse suavemente, dando um beijo no tornozelo dela, deixando-a louca de prazer. "Eu detestei que você tenha se tratado tão mal."

Ele pegou o outro pé dela, ao qual ofereceu o mesmo tratamento.

"Eles já não estão doendo", Sophie meneou a cabeça.

"Não?", ele perguntou, beijando o tornozelo, e deixou a língua escapar e encontrar a pele sensível do local.

"A sensação é maravilhosa", ela suspirou de prazer.

"Ótimo", ele sussurrou. "Eu quero que você se sinta sempre maravilhosa."

Sophie amava o toque dele, mas também queria tocá-lo. Queria descobri-lo como ele a tinha descoberto. Se aquela noite seria tudo o que eles teriam, então Sophie não só receberia prazer. Ela se ergueu e se sentou, e seus dedos encontraram o cabelo macio dele, fazendo-o levantar, para ela poder alcançar as coxas musculosas e subir até a cintura da calça, para soltar a camisa dele.

Rei segurou os pulsos dela, mas Sophie resistiu.

"Não", ela sussurrou. "Esta noite é minha também."

Ele a observou por um longo momento, seus olhos verdes escurecendo a cada segundo que passava.

"Não sei se vou conseguir suportar isso."

"Vai ter que suportar", ela respondeu. "Também quero fazer minha exploração."

Rei a soltou e se endireitou na frente dela, puxando a camisa de dentro das calças e tirando pela cabeça, revelando o peito e o tronco, definido como uma estátua de um mestre renascentista. Sophie não conseguiu resistir ao impulso de passar os dedos pelos músculos, adorando como ele prendeu a respiração.

"Você parece o David de Michelangelo", ela se admirou, explorando os altos e baixos do músculo duro. "Você é perfeito."

Rei a observou tocá-lo com a respiração entrecortada.

"Eu não tenho nada de perfeito. Mas, por Cristo, como você me faz sentir assim."

Sophie se endireitou, então, querendo se aproximar dele, sentir o calor dele, explorá-lo. Ela espalmou as mãos no peito dele, adorando sentir o calor e a força, e não conseguiu resistir a se inclinar e beijá-lo ali, deleitando-se ao sentir os pelos dele. Com a carícia, Rei enfiou as mãos nos cabelos dela, erguendo o rosto de Sophie para si.

"Eu acho que não consigo aguentar muito disso, amor."

Ela sorriu, adorando o poder que se agitou dentro dela ao ouvi-lo.

"Claro que pode, meu lorde. Preciso lembrá-lo de sua reputação?"

Ele soltou uma risada abafada que se transformou em gemido quando Sophie começou a mexer no fecho da calça dele.

"Achei que nós já tínhamos conversado sobre minha reputação ser mais um mito do que um fato?" Os dedos dela brigavam com os botões, revelando sua inexperiência, e ele praguejou, impedindo o movimento dela. "Sophie. Não acho que seja uma boa ideia nós..."

"Eu acho", ela interrompeu, surpreendendo a si própria com sua coragem. "Eu acho que é a minha vez."

"Mais minha do que sua, ao que parece", ele ergueu uma sobrancelha, observando-a.

"Vamos ver", ela sorriu.

Rei se inclinou e tomou os lábios de Sophie em um beijo apaixonado, deitando-se sobre ela na cama, soltando-a só depois de um longo momento.

"Você é insuportavelmente perfeita", ele sussurrou.

Ela corou, então encontrou mais coragem.

"A calça, por favor", ela pediu. "Eu quis que elas sumissem desde que te vi naquela primeira noite — vestindo calça de couro, de pé no cabriolé."

"Você gostou daquela calça?", ele riu e se levantou da cama para tirá-las.

Ela se lembrou do modo como o couro da calça revelava os músculos definidos das coxas dele.

"Gostei muito", ela admitiu. A lã cinza que ele vestia caiu no chão, revelando pernas longas e musculosas, e ela percebeu que o couro não lhe tinha feito justiça.

Então ela viu a cicatriz. Comprida, grossa e violenta. Branca após anos de cicatrização, ela alcançava quase todo o comprimento da coxa esquerda. Sophie não conseguiu esconder seu espanto diante da dor que aquilo deve ter causado a ele e estendeu a mão para tocá-la, mas ele recuou.

"Eu até esqueço que ela está aí."

Era mentira, claro. Ninguém poderia se esquecer de algo assim.

"O que aconteceu?"

"O acidente de carruagem."

O que matou o amor dele. Não. Não o amor dele. O acidente que matou a mulher que o enganou. A mulher que o fez desistir do amor. A mulher que tornou impossível para Sophie ter a única coisa que ela desejava.

Ela estendeu a mão para ele, ávida para afastar a dor daquele acidente. Mas ela soube, sem precisar perguntar, que ele veria como piedade qualquer atenção para com a cicatriz. E então lhe negaria o resto. Assim, ela foi na direção dele, chegando à beira da cama, onde ele estava, cobrindo com a mão sua parte mais crítica, e ela baixou o olhar para aquele lugar misterioso.

"Eu quero ver", ela pediu.

Rei a observou por um longo momento e então retirou a mão, revelando aquela extensão dura de seu corpo, que latejava contra sua barriga. O olhar dela não vacilou, nem mesmo quando disse a única coisa que lhe veio à mente:

"Nisto você não se parece com David."

Ele riu e estendeu as mãos para ela.

"Vou tomar isso como um elogio", ele grunhiu, puxando-a para perto, afastando o robe dos ombros dela, descendo-o pelos braços, até que ela também estivesse nua.

"Será que você pode deitar para mim? Isso facilitaria tanto as coisas", ela pediu, e Rei se deitou, estendendo-se de costas e erguendo-a para que sentasse sobre ele, com um joelho de cada lado de seus quadris.

Sophie olhou para ele, admirando sua beleza masculina.

"Você é...", ela não soube o que falar.

Rei levantou as mãos para pegar os seios dela e brincou com os bicos tesos até ela suspirar e começar a se balançar sobre ele, fazendo-o gemer. Sophie nunca conseguiria fazer sua exploração daquele modo, por isso segurou as mãos dele.

"Pare. É minha vez."

"Você não quer que eu a toque?"

"É claro que eu quero. Mas eu quero ainda mais tocá-lo."

Rei soltou o ar, de modo arrastado e demorado, antes de descer os braços e colocá-los debaixo da cabeça.

"Estou a serviço de sua exploração, milady."

Então Rei permitiu que Sophie tocasse e explorasse seus braços e peito, inclinando-se para beijar os músculos rígidos dos ombros, chupar a pele do pescoço, e beijar a curva do peito duro até que a respiração dele ficasse ofegante e ele gemesse seu nome.

"Você é uma provocação do pior tipo", ele murmurou. "Eu posso senti-la aí, quente e molhada em cima de mim."

Sophie apertou sua intimidade contra a dele, deleitando-se com a sensação dura e quente.

"Dói?", ela perguntou.

"Dói", ele confirmou. "Da melhor maneira possível."

"Como?"

Ele levantou os braços até ela e a puxou para um beijo.

"Você é tão curiosa."

"Se esta é a única vez...", mas imediatamente se interrompeu. Sophie não queria pensar que aquela seria a única vez. E logo se recompôs. "Como é a dor?"

"Ele sofre. Por você."

Ela deslizou para trás, revelando a extensão dura dele.

"Posso tocar?"

"Eu não deveria deixar", ele disse por entre os dentes cerrados. "Eu deveria te embrulhar naquele bonito robe verde e te mandar de volta para sua cama. Antes que seja tarde demais."

Ela negou com a cabeça.

"Eu gostaria que você não fizesse isso." E em seguida ela o tocou, acariciando-o com um movimento demorado, deleitando-se ao ver como ele inspirou fundo e fechou os olhos.

"É bom assim?"

"Faça de novo." A ordem a agitou, espalhando um prazer sensual por seu corpo. Ela obedeceu.

"Assim?"

Rei abriu os olhos verdes e a encarou com a expressão mais maravilhosa que ela já tinha visto. As mãos dele desceram sobre as dela, ensinando-lhe como tocá-lo, como acariciá-lo. Ele cresceu com as carícias dela, ficando ainda mais duro, mais comprido. Ainda mais excitante.

Sophie não conseguia parar de encará-lo, nem mesmo quando falou:

"Aquilo que você fez comigo... com sua boca."

Rei soltou um gemido forte e perturbador no quarto silencioso.

"O que tem?"

"Eu gostaria de...", ela não terminou a frase, apenas recuou e se abaixou para dar um beijo na ponta quente e dura do membro dele, evidente acima das mãos dos dois. Ele rosnou com o carinho e ela levantou a cabeça. "Isso foi..."

"Foi perfeito pra caralho", ele gemeu. "Por Cristo, Sophie!"

A linguagem chula só tornou o momento ainda mais perfeito e ela baixou os lábios de novo, tomando-o com a boca, lambendo, chupando, hesitante, deleitando-se com o modo como ele se movia de encontro a ela, mostrando para Sophie do que gostava, entoando seu nome como uma oração.

"Sophie... amor... isso..."

Ela continuou, descobrindo o sabor e o gosto dele, adorando o prazer que conseguia lhe proporcionar. Adorando o fato de que podia lhe dar esse prazer naquele instante, naquele lugar, antes de partir. Sophie pôs todo seu amor na carícia, querendo que Rei soubesse a verdade — que nunca haveria ninguém mais para ela.

Depois de um tempo curto demais, ele enfiou as mãos no cabelo dela e a afastou de si.

"Pare", ele disse, sentando-se, puxando-a sobre ele com os braços fortes e capturando os lábios dela em um beijo demorado e sensual. Ele a soltou, sem fôlego, e repetiu, "Pare".

"Você não..."

Ele a deitou de costas e se colocou entre as coxas dela, levando as mãos ao cabelo dela, mantendo-a parada para mais um beijo.

"Adorei. Meu Deus. Nunca adorei tanto outra coisa como adorei isso", Rei encostou a testa na dela, os olhos fechados. "Você precisa voltar para o seu quarto, amor. Nós não podemos fazer isso."

Não. Ela não queria deixá-lo. Ela pôs a mão no rosto dele.

"Rei."

Ele sacudiu a cabeça.

"Eu fiquei parado do lado daquela maldita porta por uma eternidade, tentando me convencer de que você não é minha. Que eu não posso tê-la. Se nós fizermos isso, Sophie..."

Ele se interrompeu e ela ouviu inúmeras conclusões para aquela frase.

Se nós fizermos isso, eu nunca irei me perdoar. Se nós fizermos isso, você estará arruinada. Se nós fizermos isso, você continuará sozinha amanhã.

Sophie levantou a cabeça e o beijou suavemente.

"Não me importa. Eu quero mesmo assim."

"Você me quer."

"Eu te amo", ela jurou. "E vou amar para sempre, só você."

"Como eu posso lhe negar alguma coisa, depois disso?"

Ela levantou os quadris na direção dele, testando o poder de seu movimento, adorando o modo como os olhos dele escureceram com aquilo.

"Você não pode me negar."

"Sophie", ele sussurrou, mexendo-se, a extensão dura encontrando o centro molhado dela, a ponta quente dele provocando o lugar em que ela o queria desesperadamente. O prazer a fez estremecer.

Ele repetiu o movimento. Meu Deus.

"Rei, não pare."

Ele não parou. Foi mais fundo, movendo-se para dentro dela, alargando-a com delicadeza, para então parar e dizer seu nome.

"Sophie", ela levantou o olhar para ele. "Você é tão apertada, amor. Está tudo bem?"

Aquilo era estranho e perturbador, e ao mesmo tempo sensual e maravilhoso. Ela aquiesceu.

"Tem mais?"

Ele riu e capturou os lábios dela em um beijo demorado.

"Tem, sim."

"Então eu quero mais, por favor."

E ele lhe deu mais, indo mais fundo e recuando, depois ainda mais fundo, até ela se sentir preenchida como nunca havia sentido. Ele estava tão perto dela. Eles estavam juntos naquele momento único, naquela noite única. Ela nunca esqueceria daquele momento. Quando expirasse, seria desse momento que Sophie se lembraria. O momento em que Rei foi dela. Para sempre.

Lágrimas afloraram, espontâneas, e ele parou.

"Não. Cristo. Não", ele começou a sair dela. "Sophie, amor. Desculpe."

"Não!", ela exclamou, apertando as coxas ao redor dele. "Não. Não pare."

"Estou machucando você."

"Não está, não." Não havia nada parecido com dor no modo como ele a tocava. Nada nem perto disso.

"Amor, eu estou vendo. Estou vendo as lágrimas."

Ela meneou a cabeça.

"Você não está me machucando. A sensação é maravilhosa."

Ele a beijou, mantendo-a imóvel, e a fitou no fundo dos olhos.

"O que é, então?"

Isso me machuca. Esse momento. A verdade dele. Que isso é tudo que vou ter de você.

Sophie não podia contar nada disso para ele, é claro. Em vez disso, então, ela falou a única coisa que importava.

"Eu te amo."

Rei a beijou de novo, e colocou a mão entre eles, acariciando o lugar sensível e delicado acima do ponto onde seus corpos estavam unidos.

"Eu poderia ficar ouvindo você dizer isso para sempre", ele disse, fazendo círculos com o polegar sobre aquela parte incandescente de Sophie. "Eu vou fazer você repetir isso esta noite, uma vez depois da outra. E vou fazer você dizer isso quando gozar. Vou ficar admirando as palavras nos seus lábios enquanto você se desmancha nos meus braços, e depois quando se reanimar."

Sophie repetiria aquilo sempre que ele quisesse. As palavras a tinham libertado, e ela as sussurrou uma vez após a outra, como uma oração, enquanto Rei se mantinha sobre ela, balançando os quadris contra ela, em movimentos profundos e lentos, provocando o caos no corpo e na mente dela. O polegar dele desenhava pequenos círculos apertados, cada vez com mais rapidez, brincando naquele lugar fantástico, e as sensações foram crescendo, cumprindo todas as promessas dele. Ela estava retesada como um arco, desesperada pelo alívio, e então abriu os olhos, encontrando os dele, ansiosa pelo prazer que só Rei poderia lhe dar.

"Eu te amo", ela sussurrou e as palavras ricochetearam dentro dos dois, empurrando-a no precipício ao mesmo tempo em que os movimentos dele se tornaram mais profundos, rápidos e vigorosos, fazendo-a esquecer de tudo, menos do nome dele, menos a sensação de tê-lo dentro dela, menos o modo como ela o amava.

"Olhe para mim, Sophie. Eu quero ver."

Ela olhou, gritando quando o clímax veio de novo, e ela se jogou no prazer, o som de seu nome nos lábios dele, enquanto ele também se jogava com ela. *Foi magnífico.*

Ele saiu de cima dela, mantendo-a colada em seu corpo, tomando cuidado com o curativo no ombro, tocando levemente no ombro bom.

"Sophie...", ele sussurrou, sua voz sumindo ao fim do nome dela, que os envolveu naquele quarto escuro e quente.

Ele foi magnífico.

Ela suspirou e se aninhou mais perto dele, e Rei beijou o alto de sua cabeça, o carinho a provocando quase tanto quanto todo o resto.

Eles foram magníficos juntos. Mas eles nunca ficariam juntos.

E com esse pensamento insidioso, ela foi devolvida à realidade, aos braços do homem que amava, que nunca a amaria. Que tinha outro plano para a vida. Um plano que não incluía o amor.

Talvez ela pudesse viver uma vida sem amor antes daquela noite. Antes de sua confissão. Antes de saber que nunca conseguiria ficar com ele sem querer, desesperadamente, que ele também a amasse.

Mas ela não conseguiria. Então iria embora. Nessa noite. Uma fuga na escuridão. Que se danasse sua família com o plano maluco de montar uma armadilha para ela casar com o Marquês de Eversley. Ela não queria prendê-lo em uma armadilha.

Ela só se casaria com o Marquês de Eversley se fosse uma união de amor. E isso nunca aconteceria. Assim, ela teria que encontrar seu caminho longe dali, passando o resto da vida com a lembrança dessa noite. Com a lembrança do prazer que teve quando contou para ele sua verdade. Quando ela confessou seu amor.

A lembrança seria suficiente. Que mentira...

Sophie escapou dos braços dele e deslizou para a beira da cama.

Seria suficiente, ela disse para si mesma, ignorando a verdade. *Tinha que ser.*

Escândalos & Canalhas

Capítulo 20 — Junho de 1833

REI CONQUISTADO!

* * *

Ele iria se casar com ela.

Na verdade, Rei deveria ter dito isso para Sophie antes de fazer amor com ela ali, na cama dele. Antes de tê-la arruinado por completo. Mas havia algo de extraordinário em fazer amor com Sophie sabendo que ela estava disposta a lhe dar tudo sem a promessa de um título. Sabendo que ela não ligava para a promessa de um título. Sabendo que ela o queria por quem ele era, não por seu nome, nem por sua fortuna. Sabendo que ela o amava. *Ela o amava.*

No momento em que Sophie falou aquelas três palavras, ele soube qual seria o destino deles. Rei sabia que a possuiria ali, em sua cama, sobre aqueles lençóis frios de algodão onde lutava para dormir, mas só encontrava visões dela. Ele sabia que tiraria a virgindade dela e, com isso, o futuro de Sophie. Ele sabia que os dois se casariam.

Ela o amava. Rei queria que ela dissesse aquilo outra vez, como se já não tivesse dito uma dúzia de vezes. Ele acreditava que nunca se cansaria de ouvi-la dizendo aquelas palavras. De saber a verdade que havia nelas. Sophie Talbot o amava.

O amor dela fazia Rei desejá-la por completo, sem hesitação. Mesmo que ele jamais encontrasse um modo de retribuir aquele amor. Mesmo sabendo que aquilo era egoísta, arrogante e ganancioso do pior jeito possível, mas ele tinha sentido a honestidade nas palavras dela, visto em seus olhos e sentido em seu toque. E ele queria isso para si. Para sempre.

Então Rei a possuiu sem hesitar. Sem lhe dizer a verdade — que se ela o deixasse possuí-la, eles se casariam. Ele teve receio de que Sophie o impediria se soubesse, receio de que ela exigisse o amor dele em troca de sua mão em casamento. Então ele utilizou o pior tipo de artifício.

Sophie teria de casar com ele agora, pois estava completa e verdadeiramente arruinada. E apesar do fato da ruína dela fazer parte do acordo que eles tinham, e que estava sempre mudando, Rei nunca permitiria que ela o deixasse. Nunca.

Ocorreu a Rei, deitado ao lado dela naquela cama, os dois banhados em sombras e luz de vela, a pele macia dela em contato com a dele, a respiração dela desacelerando, o prazer atravessando os dois, a confissão de amor de Sophie ainda pairando no ar pesado, que ele deveria contar para ela o que aconteceria a seguir.

Ele deveria pedi-la em casamento. Ela merecia um pedido. Ele podia fazer um pedido — uma festa de verão na praça central de Mossband, um baile de máscaras, joias e declarações públicas de suas intenções.

Só que Sophie não iria querer nada tão extravagante.

Ela suspirou em seus braços, aninhando-se ainda mais perto, e ele beijou o alto de sua cabeça.

Ele a levaria para o centro do labirinto de novo. Com uma travessa cheia das tortas de morango de Agnes e um cobertor de lã macio. Iria até Mossband buscar uma cesta cheia de pãezinhos doces feitos por Robbie, o padeiro. Rei sorriu na escuridão. Sua lady era uma formiguinha. E ele lhe daria doces pelo resto da vida, com prazer.

Assim que a levasse para o labirinto, Rei lhe diria a verdade — que embora seu passado o impedisse de prometer amor a ela, ele queria prometer todo o resto. E faria seu melhor para torná-la feliz.

Ainda que essa fosse uma oferta insuficiente, ela o amava e aceitaria seu pedido. Aceitaria e os dois comeriam doces, e então ele a deitaria no cobertor, tiraria a roupa dela e lamberia o açúcar em seus lábios apenas com o céu e o sol como testemunhas. E Sophie seria dele. Para sempre.

Ela ficou rígida em seus braços, afastou-se dele e foi até a beira da cama. Aonde ela estava indo? Normalmente era o homem que fugia no meio da noite, não? Ele tinha planos para ela. Planos que envolviam mais beijos. Mais carícias. Mais Sophie dizendo que o amava. Mas ela o estava deixando.

Ele se aproximou de Sophie, pegando sua mão antes que ela pudesse escapar.

"Aonde você vai?"

Ela se abaixou para pegar o robe, com o qual se cobriu.

"Eu..."

"Você não precisa do robe, Sophie", ele disse, colocando todo seu desejo na voz. "Eu posso manter você aquecida."

Sophie baixou a cabeça, constrangida pelas palavras. Ele ficaria muito feliz de ensiná-la a não sentir vergonha do desejo. Algum dia, ela viria nua até sua cama. Esse pensamento bastou para deixá-lo duro outra vez.

"Sophie, volte para a cama."

"Não posso", ela respondeu, levantando e recolocando o robe, amarrando o cinto sem muito cuidado. "Não podemos ser pegos."

"Nós não vamos ser pegos", ele disse, movendo-se sobre a cama, esticando os braços para ela, puxando-a para si enquanto se ajoelhava diante dela. De qualquer modo, não importava se fossem pegos. Ele iria se casar com ela.

Ele prendeu uma mecha do lindo cabelo castanho dela atrás da orelha e passou o polegar por sua maçã do rosto. Ela era a coisa mais linda que ele já tinha visto.

"Fique", ele sussurrou, aproximando-se e roubando um beijo, longo e exuberante, adorando o modo como a língua dela brincava com a dele, retribuindo cada toque até os dois estarem arfando, sem fôlego. Ele a puxou para perto, massageando a pele macia da orelha dela com os dentes e a língua. "Fique, amor. Há tanta coisa para explorarmos."

Ela suspirou com aquelas palavras, mas ainda assim recuou.

"Não posso", ela disse, as palavras se prendendo em sua garganta enquanto ela recuava. "Nós concordamos... uma noite."

Isso foi antes, é claro. Antes de Sophie confessar que o amava. Antes de Rei fazer amor com ela.

Não era possível que Sophie acreditasse que ele a deixaria ir — ela não poderia acreditar que uma noite seria suficiente. Ainda assim, ela o estava deixando. Rei, enfim, se deu conta de que ela estava indo embora.

"Aonde você vai?"

Ela o encarou.

"Para longe. Para longe daqui."

Para longe dele.

"E se eu pedisse para você ficar? O que você faria?"

Ela negou.

"Não posso. É demais."

Havia alguma coisa na voz dela, alguma coisa delicada, dolorosa e triste, e Rei percebeu que Sophie o deixava porque desejava ficar. Porque pensava que ele não lhe daria o que ela queria. E talvez ele não desse, a longo prazo. Talvez ele nunca pudesse ser o homem que ela merecia. Mas maldito fosse ele se não tentasse. Maldito fosse ele se não quisesse passar a vida toda tentando fazer Sophie feliz.

Rei saiu da cama e a seguiu enquanto ela ia em direção à porta de comunicação entre os quartos.

"Sophie, espere."

Ela sacudiu a cabeça e ele poderia jurar ter visto lágrimas lá, nos olhos dela, quando se virou e correu para a porta. Os planos dele mudaram. Rei não iria fazer o pedido no dia seguinte. Iria pedi-la naquele instante. Rei não podia suportar a tristeza dela, nem mesmo por um momento.

Ele a amava. Meu Deus.

Ele parou quando se deu conta disso, uma percepção tão clara que ele considerou a possiblidade de tê-la magoado. *Ele a amava.* E nunca mais a magoaria. Faria qualquer coisa para impedir isso. Faria qualquer coisa por ela. Para sempre.

E queria que ela soubesse disso. Imediatamente.

"Sophie, espere", ele disse, incapaz de impedir o riso em sua voz quando ela escancarou a porta, desesperada para se livrar dele. Ele iria pegá-la e levá-la de volta para a cama, para então lhe dizer o quanto a amava. Uma vez após a outra, até confessar tantas vezes quanto ela. Até que Sophie acreditasse nele da mesma forma que ele acreditava nela.

Rei a pediria em casamento e tomaria seu belo "sim" com os lábios, e faria amor com ela até o sol nascer e pintá-la de dourado.

Ela o amava.

Só que Sophie congelou, o olhar fixo em algo dentro de seu quarto, o horror estampado no rosto. Rei parou também, um pavor revirando suas entranhas enquanto ela sacudia a cabeça.

"Não", ela sussurrou com a mão agarrada à porta. "Não", ela repetiu, mais alto. "Eu mudei de ideia."

Mudei de ideia.

Jack Talbot passou pela porta, o olhar encontrando a cama e correndo para onde Rei estava. Nu. O conde levantou a sobrancelha.

"Eversley."

Rei olhou apenas para Sophie.

"Em relação a que você mudou de ideia?", ele perguntou.

"Você a arruinou", o pai dela disse.

A compreensão veio, clara e furiosa, em uma onda de dor que ele não conseguiu reconhecer. Rei cuspiu sua resposta.

"Só que ela parece ter colaborado para a própria ruína."

A dor cintilou nos olhos azuis dela e ele quase acreditou.

"Rei... eu não queria isso."

"Mas você queria, não é? Você queria me pegar."

Traído pela mulher que amava.

Ela negou com a cabeça.

"Eu não fiz isso. Eu juro."

"Você queria me pegar", ele repetiu, detestando o modo como sua garganta se fechou ao redor das palavras. O modo como elas o lembravam de outra mulher. De outra época. De outro amor que não tinha nada de amor. "Você queria ser uma duquesa."

"Não! Eu estava indo embora!" Rei percebeu o desespero na voz dela. Parecia honesto. "Eu lhe disse que estava partindo!"

"Você estava partindo para ser pega", ele disse. "Para que *eu* fosse pego."

"Não!", ela exclamou.

"Você mentiu para mim."

Ela não estava partindo. Ela não tinha planejado uma última noite. *Ela não o amava.*

Foi esse último detalhe que o destruiu. Ele a encarou.

"Você mentiu para mim."

Sophie arregalou os olhos ao ouvir essas palavras. A raiva contida nelas.

"Não menti", ela insistiu, aproximando-se dele, estendendo as mãos para ele.

Ele recuou. Se ela o tocasse, Rei não sabia o que iria fazer. Ele nunca se sentiu tão arrasado. Nem mesmo na noite em que Lorna morreu. *Ele nunca amou Lorna como amou Sophie.* Aquela percepção doeu mais do que qualquer pancada.

"Você queria casar comigo."

"Não", ela disse, engolindo em seco.

Rei ouviu a mentira devastadora e foi incapaz de se segurar.

"Pare de mentir para mim!", ele gritou.

O pai dela se colocou entre os dois.

"Grite com minha filha de novo e não continuará vivo para se casar com ela."

"Você faz uma armadilha para pegar *outro* duque usando uma filha como isca e agora corre para protegê-la?" Rei só não pontuou a pergunta com um soco no rosto de seu futuro sogro porque foi a vez de Sophie começar a gritar.

"Tudo bem! Eu queria mesmo casar com você!"

Ele não deveria ficar chocado, mas ficou. Ele não deveria ficar arrasado, mas ficou. Mesmo ouvindo a mentira, ele desejou que fosse verdade.

Eu queria dizer que te amo.

Que idiota ele foi. Nunca, em toda sua vida, ele quis acreditar tanto em algo como queria acreditar que ela o amava. Mas ele não podia. Sophie o traiu. Ariadne e o Minotauro no labirinto. E da mesma forma que o maldito monstro, ele não viu o golpe chegando.

"Eu queria casar com você. Sim. Nenhuma mulher em seu juízo perfeito não iria querer isso. Você é...", ela se interrompeu, os olhos brilhando com lágrimas não vertidas. "Você é perfeito." Ela o destruía com simples palavras, com o modo como as dizia, elevando a voz só um pouco, como se não pudesse acreditar em si mesma. "Você não tem que casar comigo. Pense em todas as outras — você nunca casou com nenhuma."

Ele não tinha arruinado as outras. Nunca tocou nelas. Nunca sentiu a pele macia delas, nem viu como seus cabelos se espalhavam nos lençóis, nem o modo como seus lábios ficavam, vermelhos e exuberantes, cobertos de torta de morango e beijos. Ele nunca amou as outras.

Rei a observou por um longo momento, detestando-a por suas lágrimas, pelo modo como elas o sensibilizavam mesmo enquanto ele tentava lidar com as mentiras dela. Detestando-a por ensiná-lo a amar novamente. Por fazer com que ele a amasse. Por fazer com que ele odiasse amá-la.

"Você pode não ser a mais bonita ou a mais interessante, mas é a mais perigosa de todas as irmãs, não é, Sophie?", ele disse, detestando-se por dizer algo que pareceu magoá-la tanto.

Rei imaginou que iria se detestar um bocado ao longo de seu casamento. Ele queria feri-la do mesmo modo que ela o feriu. Queria lhe dar tudo o que ela sempre quis, para então tirar dela. Rei olhou para seu futuro sogro.

"Você terá seu casamento", ele declarou, antes de se virar para ir até sua escrivaninha, onde pegou papel e caneta. "Agora saia."

❊ ❊ ❊

Rei a chamou na entrada do Castelo Lyne na tarde seguinte.

Sophie chegou trajando um vestido púrpura escuro, lindo, que Seleste tinha providenciado — sua irmã jurou que o vestido — mais apertado do que Sophie gostaria — seria tão lisonjeiro que prenderia a atenção de Rei. Era um vestido estonteante, com saias exuberantes de cetim e um decote baixo, com sapatilhas combinando. Elas também estavam apertadas, mas Sophie estava disposta a fazer tudo que fosse necessário para ter uma chance de convencer Rei de que não tinha mentido. Assim, ser enfiada em um vestido novo e sapatos desconfortáveis era um preço pequeno a se pagar. Talvez, se achasse o vestido atraente, ele lhe permitiria explicar o que tinha acontecido. Por que ela foi procurá-lo à noite. Por que estava indo embora.

Talvez ele a deixasse ir. Talvez a deixasse ir embora e se livraria dela. Assim teria a chance de encontrar outra mulher. Uma em quem ele confiasse.

Rei a esperava na boleia do cabriolé, com dois belos cavalos pretos, absolutamente iguais, batendo os cascos na terra. Sophie olhou para ele, que apertava o maxilar, usava um chapéu cobrindo a testa, e segurava as rédeas.

"Você recuperou seu cabriolé", Sophie disse.

"Mas não as rodas", ele respondeu sem olhar para ela.

"Desculpe-me", ela pediu, o sentimento de culpa voltando.

"Considero seu pedido de desculpas bastante vazio, Lady Sophie", ele esnobou, despreocupado, ajeitando as rédeas para conduzir o cabriolé. "Vamos logo, não resta muita luz no dia."

Eram três da tarde.

"Aonde vamos?"

Ele se virou para ela, então, com o olhar frio, distante e... desgostoso.

"Suba, milady."

Aquele homem, com aquele tom de voz... não tinha nada de familiar. A tristeza a consumiu, acompanhada de uma porção nada pequena de frustração. Ela procurou um bloco para subir. Não havia. Eversley não se prontificou a ajudá-la.

Sophie o encarou e Rei ergueu uma sobrancelha, desafiando-a. Ela não recuaria. Não naquele momento. Então Sophie levantou as saias bem alto — mais alto do que uma lady deveria levantar —, revelando pernas e joelhos, e se segurou na grande do cabriolé, puxando-se para ficar ao lado dele.

Rei não disse nada sobre a iniciativa dela, apenas estalou as rédeas e colocou os cavalos em movimento. Depois de longos minutos de silêncio, Sophie decidiu que aquele era um momento perfeitamente razoável para se explicar.

"Sinto muito."

Ele não respondeu.

"Minha intenção nunca foi essa. Eu não me importava que você fosse um marquês. Nem que seria um duque." Ela fez uma pausa, mas ele não deu qualquer indicação de que sequer a tivesse ouvido. "Eu percebo que você não acredita em mim, mas tudo que eu lhe disse era verdade. Eu jamais quis voltar para Londres. Jamais quis me casar com um aristocrata."

E então me apaixonei por você.

Ela queria dizer isso para ele, mas não aguentaria a incredulidade dele. Mas Sophie não podia culpá-lo por não acreditar.

"Eu arruinei minha família", ela começou. "Seraphina foi exilada da casa Haven, grávida. Nenhuma das minhas outras irmãs tem um pretendente que valha alguma coisa. Meu pai perdeu os investidores nobres de suas minas. Tudo isso porque eu agi sem pensar. Sim, por um instante eu pensei mesmo em fazer uma armadilha para você se casar comigo. Mas só porque eu estava desesperada por você. Nunca teve nada a ver com o título. Nem com a minha família. Ou com qualquer outra razão que não seja eu querer você." Sophie fez uma pausa e sussurrou o restante. "Para sempre."

"Nunca mais diga isso!" A resposta veio fria e raivosa. "Nós não temos um para sempre. Nenhum de nós merece."

Aquilo doeu, mas ela se recusou a chorar. Apenas ficou olhando a estrada, que subia e descia diante deles.

"Quando eu bati na sua porta, noite passada..."

Eu só queria dizer que te amava.

Mas não foi o que ela disse.

"...eu já tinha mudado de ideia. Eu não queria me casar com você", ela disse, sem saber se isso era verdade ou mentira. "Não quero ser um fardo para você."

"Não vai ser", ele disse, a voz fria e distante. "Não precisa se preocupar."

Sophie não gostou da certeza contida nas palavras dele.

"Aonde estamos indo?"

Rei não respondeu, apenas saiu da estrada principal para uma menor, e depois para um caminho que serpenteou até chegar a um castelo de pedra que se erguia na paisagem como algo saído das histórias dos Cavaleiros da Távola Redonda.

Ao lado do torreão havia uma carruagem com seis cavalos atrelados e prontos, como se alguém tivesse acabado de chegar. Rei parou o cabriolé atrás da carruagem, desceu e foi bater na porta do torreão. Segundos depois, a porta se abriu para revelar o Duque de Warnick e uma moça enrolada em um tecido xadrez verde e preto. Warnick saiu do torreão com um sorriso e bateu calorosamente nas costas de Rei antes de se virar para Sophie.

"Milady", ele disse, indo em direção ao cabriolé para ajudá-la a descer. "Estou vendo que seu futuro marido já está te negligenciando."

"Futuro marido?", Sophie arregalou os olhos.

Warnick inclinou a cabeça para o lado, observando-a, curioso, antes de se voltar para Rei.

"Você ainda não fez o pedido? Um pouco tarde para isso, não acha?"

Rei não olhou para Sophie.

"Ela sabe que vamos nos casar. Só está bancando a recatada."

Sophie forçou um sorriso ao ouvir isso.

"É claro", ela disse, tentando esconder sua confusão. "Eu apenas não sabia que *você* sabia, Vossa Graça."

Warnick riu.

"Nós temos regras bastante vagas na Escócia, milady, mas as que regulam testemunhas de casamento são bem rígidas. Eu sei disso, pois serei seu oficiante."

Sophie arregalou ainda mais os olhos.

"Nosso oficiante?"

"Sim! Não se preocupe, já fui a vários casamentos. Vou levar o de hoje a sério."

"O de hoje", ela repetiu.

"Isso."

"Nós vamos casar *hoje*."

"Isso mesmo", o imenso escocês confirmou com um sorriso. "Por que mais Rei a traria para a Escócia?"

"É claro", ela disse. "Por que mais?"

Mas ela queria gritar.

"Você é uma linda noiva, se tenho permissão para dizer", o duque continuou como se tudo aquilo fosse absolutamente normal. "É claro que, da última vez que a vi, você estava vestida de modo muito mais... interessante."

"Cale a boca, Warnick", Rei rosnou.

Sophie piscou, incapaz de se sentir envergonhada pela lembrança de seu uniforme de criado, pois toda sua capacidade de constrangimento era ocupada pela iminência de seu casamento.

"Nós vamos nos casar aqui. Na sua casa."

Warnick se voltou para o imenso torreão.

"Uma delas. Infelizmente, não é a mais acolhedora."

"Nós não vamos entrar", Rei disse. "Mais que ninguém, os escoceses entendem o que é urgência em se casar." Ele olhou para a garota coberta pelo tecido xadrez. "Suponho que você seja nossa segunda testemunha?"

"Sim, meu lorde", ela disse.

"E qual é o seu nome?", ele perguntou, as palavras uma oitava mais baixa que sua voz normal.

"Catherine."

Ele sorriu para a moça e Sophie não pôde evitar que seu coração martelasse da forma que martelou quando viu as covinhas aparecerem no belo rosto dele.

"Bem, Catherine, você pode me chamar de Rei."

A garota retribuiu, calorosa, o sorriso de Rei e Sophie quis bater nele. Com força. Rei se voltou para Warnick, que observava a cena com atenção.

"Vamos acabar logo com isso."

Warnick concordou.

"Imagino que nós possamos pular a parte do 'Pessoas queridas em Cristo'."

"Podemos", Rei concordou.

"Eu não sei", Sophie estrilou. "Catherine parece bem querida para mim."

Warnick arqueou as sobrancelhas pretas e olhou para Rei.

"Pessoas queridas, então."

Rei fez uma careta de deboche.

"Tudo que a minha noiva quiser."

"Pessoas queridas em Cristo", o duque começou, "estamos reunidos aqui hoje para unir este homem", ele indicou Rei, "e esta mulher", ele apontou para Sophie, "em sagrado matrimônio".

"Esperem", Sophie pediu.

"Milady?", o duque disse, todo obsequioso.

"Nós vamos fazer isso agora?"

"Vamos", Rei asseverou.

"Na entrada do castelo do Duque de Warnick?"

"Droga. Está vendo? Ela não gostou do castelo", Warnick observou antes de se inclinar na direção deles. "Meu torreão nas Highlands é muito mais bonito."

"Não, não. Não se trata do castelo. O castelo é lindo. Mas na entrada... não poderíamos fazer em um lugar mais... autêntico?"

Rei a encarou por um longo tempo antes de disparar.

"Se fosse para eu me casar com uma noiva mais autêntica, eu teria que encontrar alguém melhor."

Sophie ficou boquiaberta ao ouvir aquilo.

"Você é horrível!"

"De fato, parece que eu sou. Nós combinamos tanto."

"Talvez nós devêssemos esperar e terminar a cerimônia em outro momento", o duque sugeriu, olhando de Rei para Sophie.

"Talvez seja melhor", ela concordou. Ela não iria se casar com ele. Não daquele jeito. Não com ele furioso. Sophie se virou para o cabriolé e deu vários passos antes de topar em uma pedra particularmente escarpada. Ela arfou de dor e se abaixou para ver a sapatilha. "Talvez 'nunca' seja o melhor momento para Lorde Eversley."

"Você deveria tomar cuidado por onde anda", Rei disse, olhando para o pé dela. Pela primeira vez, desde que o encontrou na entrada do Castelo Lyne, ele revelava alguma emoção. Rei estava lívido.

"Bem, desculpe-me se eu não estava preparada para me casar em uma entrada acidentada de castelo. *Você* deveria tomar cuidado aonde *me leva*", ela retrucou. "Agora você rasgou minha sapatilha."

Warnick riu alto.

"Nós vamos nos casar. Neste lugar. Agora", Rei disse, desviando o olhar dela, as palavras frias e decididas. Ele vociferou com o duque. "Ande com isso."

Sophie parou e se voltou.

"Eu acho que você não entendeu", ela começou. "Eu não..."

Catherine a interrompeu, falando de onde estava na porta do castelo. "Está feito."

Todos se viraram para ela.

"Como é?", Sophie perguntou.

"Eu disse que está feito." Catherine apontou para Sophie. "Você disse, *Nós vamos fazer isso agora?*" Ela apontou para Rei. "E ele disse, *Nós vamos nos casar. Neste lugar. Agora.* Eu testemunhei tudo, e Alec também." Ela olhou para o duque. Você ouviu, não ouviu?"

"De fato", Warnick concordou, surpreso com aquilo. "É tão simples assim? Não precisa de um 'Pessoas queridas em Cristo'?"

Catherine deu de ombros.

"É o casamento que importa, não como se chega nele." Ela olhou para Sophie e Rei. "Está feito. Nós testemunhamos a intenção de vocês dois casarem e, então, estão casados." Ela sorriu. "Parabéns."

Não podia ser verdade. Warnick arqueou as sobrancelhas e aquiesceu.

"Parece certo."

"Isso foi muito menos doloroso do que eu esperava que fosse", Rei disse.

"Não!", Sophie exclamou. Se era para se casar com ele, ela queria algo que parecesse um casamento. Eles não podiam estar casados. Aquilo não podia ser verdade.

O duque olhou para ela.

"Você não quer casar com ele?"

"Não desse jeito", ela retrucou.

"Este é o único jeito que pode ser", Rei retrucou. "Eu quero acabar logo com isso."

Sophie o encarou, odiando-o. Amando-o.

"Milady, você quer se casar com ele?", Warnick perguntou de novo, sério dessa vez.

Ela não desviou os olhos de Rei. Não conseguiu. E falou a verdade. Fez seu voto ali, naquele lugar maluco.

"Eu quero."

Fúria cintilou nos olhos de Rei antes que ele desviasse o olhar. Ele pegou uma caixa no chão do cabriolé e foi deixá-la no chão da carruagem.

Sophie viu que tinha duas opções. Ela podia ficar olhando enquanto Rei a deixava ali, na frente do castelo do Duque de Warnick, com aquela Catherine, ou poderia lhe dizer a verdade. Toda ela. E deixá-lo decidir o que aconteceria a seguir.

Um mês antes, ela poderia ter escolhido a primeira opção. Mas agora ela era uma Sophie diferente, e então ela o seguiu, sem se importar que a primeira discussão deles, como marido e mulher, iria acontecer logo depois do casamento, que ela parecia ter perdido.

"Eu não queria isso. Não assim."

"Receio que eu não estava procurando uma noiva na Sociedade", ele disse.

"Você não precisava estar procurando nada", ela retrucou. "Eu nunca lhe pedi para se casar comigo."

"Você está correta. Não houve um pedido."

Ela fechou os olhos, detestando aquilo.

"Eu pensei que você não pretendesse carregar este fardo."

Rei foi até a frente da carruagem, inspecionando os cavalos castanhos que combinavam perfeitamente, e testou os arreios de cada um dos grandes animais.

"Não vou carregar", ele disse, soltando um dos animais e prendendo-o outra vez à carruagem. "Nós podemos estar casados, mas não vejo motivo para que voltemos a interagir."

Aquilo doeu. A ideia de tê-lo tão perto, e ainda assim tão longe, fez com que ela quisesse gritar de frustração. Sophie nunca quis nada daquilo.

"É tão simples assim?"

"Na verdade, *é*", ele respondeu, passando para o próximo cavalo. "Eu tenho meia dúzia de casas espalhadas pela Inglaterra. Escolha uma."

Sophie ficou olhando para ele.

"Eu escolho aquela em que você estiver."

As mãos dele hesitaram nos arreios, por um instante quase insuficiente para ser notado.

"Você quer o Castelo Lyne?" Ele riu sem achar graça. "Fique à vontade. Meu pai vai adorar ter você morando com ele. Ainda mais você sendo tudo que ele sempre temeu em uma nora."

Ela ignorou a dor que veio com aquelas palavras frias.

"Eu não escolho o Castelo Lyne. Eu escolho o lugar em que você estiver. O castelo hoje, a casa em Mayfair amanhã. Eu escolho viver com o marido que eu..." *Amo.*

Sophie perdeu a voz, mas ainda assim ele a ouviu.

"Você não precisa continuar mentindo, Sophie. Você conseguiu o casamento que queria. Não preciso das suas declarações de amor. E você perdeu sua chance de viver comigo quando mentiu e fez uma armadilha para me aprisionar a um casamento."

Ela fez o possível para aguentar o golpe.

"Eu pretendia ir embora."

"E ser encontrada por seu pai. Estou ciente desses planos. Eles deram certo."

"Não", ela disse. "Eu pretendia ir embora do *castelo*. De Cúmbria. Eu nunca quis nada de você, a não ser a única coisa que eu sabia que você não podia me dar."

"Ainda assim, de algum modo, você conseguiu o casamento", ele disse, as palavras cheias de ira. "Lady Eversley", ele praticamente cuspiu, seguindo para o próximo cavalo, verificando os arreios. "Marquesa. Futura duquesa. Bem jogado."

"Eu não queria título, Rei. Nem o casamento", ela fez uma pausa. "Eu não queria me casar com você. Eu só queria te amar."

Ele olhou para os arreios, prendendo-os com cuidado antes de rodear os cavalos para encará-la.

"Nunca mais diga isso para mim. Estou cansado de ouvir essas mentiras. Estou cansado de acreditar nelas. O amor não é nada senão o pior tipo de mentira."

"Não o meu amor", ela disse. "Nunca o meu amor."

"Sua mentira foi a pior de todas", Rei disse e Sophie ouviu a dor nas palavras. "Enquanto eu me debatia com a verdade do passado — com o conhecimento de que Lorna tinha me traído, com o conhecimento de que ela nunca quis nada a não ser meu título —, você me deu uma nova verdade. Você me tentou com um novo futuro."

Aquelas palavras trouxeram lágrimas, com a confissão que ela não esperava. Que ela não podia suportar.

"Rei..."

Ele a impediu de falar.

"Você prometeu me curar. Você me tentou com seus lindos votos", ele fez uma pausa. "Você me fez pensar que eu poderia amar de novo."

Ela estendeu as mãos para ele, mas Rei se afastou do toque dela e abriu a porta da carruagem.

"Entre."

Ela obedeceu, grata pela privacidade, ansiosa pela viagem de volta ao Castelo Lyne, pela chance de convencê-lo de que eles poderiam tentar de novo. Depois de sentada, ela olhou para ele, emoldurado pela porta. Contudo, ele não se juntou a ela.

Rei não iria com ela. A incerteza tomou conta de Sophie.

"Para onde você está me mandando?"

"Para Londres", ele disse com naturalidade. "Não foi isso o que você sempre quis? Voltar à aristocracia como a heroína conquistadora? A próxima Duquesa de Lyne?"

Ela sentiu um peso no estômago. Ela não queria nada daquilo.

"Eu nunca quis isso e você sabe."

"Bem, Sophie, parece que hoje nós todos precisamos aceitar que não vamos conseguir o que queremos." Ele a encarou, os olhos verdes brilhando de fúria. "A ironia disso é — eu teria lhe dado tudo o que você quisesse. Eu teria lhe dado eternidade, se você não tivesse sido tão rápida em roubá-la."

Aquelas palavras fizeram mais estrago do que qualquer golpe. Antes que ela pudesse se recuperar, ele fechou a porta e a carruagem começou a se mover.

* * *

Rei ficou observando o veículo se afastar pelo longo caminho, serpenteando até sumir de vista. Até Sophie sumir de vista. Até ele ficar sozinho na

Escócia, recém-casado e cheio de raiva e algo muito, muito mais perigoso. Algo parecido com tristeza.

"Bem. Esse foi o casamento mais estranho que eu já testemunhei", Warnick, com um charuto na mão, se apoiou em um muro baixo de pedra que demarcava o fosso do castelo, há muito preenchido com terra.

"Você não parece ter testemunhado muitos casamentos", Rei disse. "Considerando a confusão que você promoveu."

"Eu estava tentando conferir ao evento um pouco de pompa e circunstância. Para que a ocasião fosse memorável."

Rei acreditava que nunca se esqueceria da ocasião. Que merda de pesadelo. Ele tinha casado com Sophie. Ela era sua esposa. Cristo. O que ele tinha feito?

"Vou dizer uma coisa...", Warnick começou.

"Por favor, não diga", Rei pediu, incapaz de desviar o olhar do lugar em que a carruagem tinha desaparecido. "Não estou interessado no que você tem a me dizer."

"Receio que você esteja nas minhas terras, amigo", o escocês disse. "Atendendo ao seu pedido, providenciei um casamento para você. Providenciei uma carruagem e seis dos meus melhores cavalos."

"Eles não estavam arreados corretamente", Rei disse, pensando em Sophie na carruagem, viajando pela Grande Estrada do Norte. Ele tinha verificado os seis cavalos?

"Eles estavam muito bem arreados", Warnick retrucou. "Você que é louco."

"Você pôs comida na carruagem? E água?"

"Tudo o que você pediu", o duque respondeu.

"Água quente?", Rei perguntou. Ela precisava para o chá, que encontraria na caixa que ele trouxe do Castelo Lyne. "Bandagens limpas?"

Ela podia precisar.

"E mel, como você pediu", Warnick disse. "Uma lista de compras esquisita, mas cada um dos itens está lá. Ela tem todos os confortos de casa."

Casa. A palavra lhe trouxe uma imagem de Sophie, debruçada na passarela superior da biblioteca no Castelo Lyne, rindo para ele, que estava embaixo. E na cozinha, comendo pastéis com os empregados. E na borda da fonte do labirinto, com um livro nas mãos. Na cama dele com o prazer estampado nos olhos. Prazer e lindas mentiras.

Ele passou uma mão pelo cabelo, detestando o modo como ela consumia seus pensamentos. Ela tinha ido embora. Rei olhou para Warnick.

"Estou pronto para a próxima corrida."

"Quer ir atrás da sua mulher?", Warnick levantou uma sobrancelha.

Rei disse um palavrão feio para o duque.

"Para o norte. Vamos para Inverness."

"É uma corrida longa. As estradas são perigosas."

Perfeito. Algo para fazê-lo parar de pensar nela.

"Não está disposto?"

"Eu estou sempre disposto", Warnick se vangloriou. "Com você tão distraído, talvez eu ganhe esta. Vou mandar avisar os rapazes. Quando você quer partir?"

"Amanhã", Rei disse. Quanto antes ele pudesse se afastar daquele lugar e de suas lembranças, melhor.

Warnick olhou para o cabriolé.

"Vejo que seu queridinho foi consertado."

Rei seguiu o olhar do amigo, detestando a aparência do veículo que ele já tinha adorado tanto, agora repleto de lembranças dela.

"Não graças a você."

O duque sorriu.

"Ela mostrou que é uma garota esperta quando me vendeu as suas rodas."

"Não eram dela para que pudesse vender. Ela é uma ladra."

"Você acha que eu não sabia disso? Ela foi muito convincente."

Eu queria dizer que te amo. Ele nunca ficou tão convencido de algo em sua vida. Ele nunca quis que algo fosse mais verdade do que aquilo.

O maldito cabriolé estava repleto de Sophie. Nas rodas negociadas e na atitude desafiadora dela, quando levantou as saias e subiu na boleia. Ele foi um cretino em não ajudá-la a subir.

E naquele momento, enquanto encarava a viagem de volta ao Castelo Lyne, aquelas lembranças estragaram a perfeição do seu cabriolé, que deixou de ser um lugar seguro, livre de todos os pensamentos que não dissessem respeito a velocidade e competição. Agora estava cheio de pensamentos sobre ela. Com suas belas mentiras.

Eu quero você. Para sempre.

"Eu o vendo para você", Rei disse.

Warnick arregalou os olhos.

"O cabriolé?"

"Agora mesmo", Rei confirmou.

O duque ficou olhando para ele por um bom tempo.

"Quanto?"

Aquilo valia uma fortuna. A boleia customizada, as rodas especiais, altas, as molas equilibradas à perfeição, projetadas para manter o assento o mais leve e confortável possível em corridas longas. Além do mais, aquele cabriolé era muitos quilos mais leve que veículos semelhantes. Construído de acordo com as especificações de Rei pelos melhores artesãos da Grã-Bretanha.

Mas ele não conseguia mais olhar para aquilo. Sophie o tinha arruinado. Rei meneou a cabeça.

"Nada. Eu não o quero mais." Ele olhou para os cavalos, depois se voltou para o duque. "Eu preciso de uma sela."

"Você está me dando seu cabriolé?", Warnick comentou, cético. "Em troca de uma sela?"

"Se você não quiser...", Rei começou.

"Ah, não. Eu quero", Warnick respondeu, seu espanto evidente no sotaque escocês, indo até a porta para pedir uma sela a um criado.

"Ótimo", Rei disse, movendo-se para soltar um dos cavalos pretos. "Você pode devolver o outro quando tiver tempo."

Os dois homens ficaram em silêncio durante os longos minutos necessários para que uma sela chegasse do estábulo de Warnick.

"Se eu posso dizer uma coisa...", o duque começou.

"Pensei ter deixado claro que eu gostaria que você não dissesse nada."

Warnick pareceu não se importar com o que Rei queria.

"Nunca vi um homem ficar tão abatido pelo amor."

"Eu não a amo", ele retrucou.

E que mentira era aquela.

"É uma pena", Warnick disse, esmagando o fim do charuto com a sola da bota. "Porque ela parecia amar muito você."

Ela o traiu. Por seu título. Que Rei teria lhe dado de boa vontade. Sem hesitar.

"Amor não é tudo."

A sela chegou, então, e Rei a colocou rapidamente em seu cavalo. Warnick ficou em silêncio por um bom tempo, observando-o trabalhar antes de responder.

"Talvez seja verdade, mas com a cara que você está, eu não acredito. E por causa dessa mesma cara, eu fico muito feliz de ter escapado do amor."

"Deve ficar mesmo", Rei disse, montando no cavalo.

"Ela vai querer filhos, sabia?", Warnick disse. "Todas elas querem filhos."

Aquelas palavras trouxeram de volta a visão das garotinhas de olhos azuis. As que ele achava que nunca conheceria. E ele tinha razão. A linhagem terminaria nele.

"Ela deveria ter pensado nisso antes de casar comigo."

Escândalos & Canalhas

| Capítulo 21 | Junho de 1833 |

MARQUÊS INFELIZ COMETE ERRO TRÁGICO

* * *

Rei chegou ao Castelo Lyne quando a noite caía. A luz escassa já tinha enviado o duque, os criados e os hóspedes para seus aposentos — o sol se punha tarde durante os verões no Norte. Ele ficou satisfeito com o silêncio e a escuridão — as melhores condições para ficar bêbado. De manhã, partiria para sua casa em Yorkshire.

A biblioteca, repleta de lembranças de Sophie, por óbvio estava fora de questão. Então ele foi para o único lugar que sabia ter um scotch decente. O escritório de seu pai.

Rei não esperava encontrar seu pai no castelo. E, com certeza, não esperava encontrar Agnes nos braços do pai.

Eles se separaram no momento em que a porta foi aberta. Agnes logo deu as costas para a porta. Meu Deus, ela estava fechando o corpete. *Meu Deus!* Rei virou de costas para aquela cena assim que conseguiu.

"Eu... Cristo. Por favor, me desculpem..." E então ele se deu conta do que tinha visto. Seu pai, em flagrante, com *Agnes*.

Seu pai, *o duque*, nos braços de sua governanta.

"Você já pode olhar, Aloysius", Agnes disse em voz baixa.

Rei se virou para os dois, que estavam de pé, separados pela grande janela na extremidade do escritório. Ele observou o casal, seu pai, distinto, de cabelos grisalhos, e Agnes, linda como sempre. Rei fuzilou o pai com o olhar.

"Que diabos vocês estavam fazendo?"

O duque ergueu uma sobrancelha, um sorriso irônico nos lábios.

"Eu imagino que você seja capaz de adivinhar."

Agnes corou.

"George!", ela o repreendeu.

Rei não conseguiu acreditar que tinha ouvido bem. Ele nunca ouviu ninguém se dirigir a seu pai de outra forma que não usando o título.

Até mesmo Rei precisaria de um instante para se lembrar do nome de batismo do pai. Agnes nem hesitou para usar o primeiro nome.

"Nós não somos crianças, Nessie", ele se virou para ela, piscando. "Ele não precisa ficar tão chocado."

"Eu estou, na verdade. Muito chocado", Rei atalhou. "Há quanto tempo isso...", ele sacudiu a cabeça e olhou para Agnes. "Há quanto tempo ele tem tirado vantagem de você?"

Os dois riram daquilo, como se Rei tivesse contado uma piada fantástica. Como se ele não quisesse matar alguém. Como se aquele dia não fosse o pior da sua vida.

"Eu não estou gracejando", Eversley ralhou. "Que diabos está acontecendo?"

"O que está acontecendo é que nós estamos com a casa cheia de visitantes, e Agnes insiste em ficar se escondendo em vez de dizer a verdade." Seu pai foi até o aparador e serviu dois copos de scotch. Ele olhou para Rei. "Aceita?"

Rei aquiesceu, enquanto observava, estupefato, o duque servir um terceiro copo, que entregou para Agnes com um sorriso caloroso, desconhecido, antes de ir até o filho para lhe entregar a bebida.

"Qual é a verdade, pai?"

O Duque de Lyne encarou o olhar de Rei.

"Eu amo Agnes."

Se o seu pai tivesse aberto asas e voado pela sala, Rei não teria ficado mais chocado.

"Desde quando?"

"Desde sempre."

Sempre. Por Deus, como ele odiava essa palavra.

"Quanto tempo é isso?", Rei bebeu, esperando que o álcool restaurasse o bom senso.

"Quase 15 anos", Agnes respondeu, como se fosse a coisa mais comum do mundo.

"Quinze anos?!", Rei olhou para o pai.

O duque o encarou, absolutamente sério.

"Desde que você foi embora."

Raiva o agitou por dentro. Frustração também. E uma quantidade nada desprezível de inveja. Seu pai tinha Agnes. Ele não tinha ninguém.

"Você não se casou com ela."

"Eu tenho pedido a mão dela todos os dias durante todo esse tempo", o duque afirmou, olhando para Agnes, e maldito fosse Rei se não enxergasse a verdade naquele olhar. Eles se amavam. "Mas ela não aceita."

"Por que diabos não?", Rei se virou para Agnes.

"Talvez você consiga entender", o duque ergueu as mãos e se esquivou.

Agnes ignorou o duque.

"Eu sou uma governanta."

"Ah, sim. Isso é muito melhor que ser uma duquesa", Rei disse.

"E é mesmo", ela confirmou.

E, nas palavras de Agnes, Rei ouviu Sophie, com suas sapatilhas, enfrentando-o na Grande Estrada do Norte, desancando a aristocracia e ele junto: *arrogante, enfadonho, sem propósito, confiante demais no seu título e na sua fortuna, que recebeu sem nenhum esforço próprio. Você não possui um pensamento, dentro dessa cabeça, que valha a pena pensar, pois toda sua inteligência é usada para planejar atos de sedução e vencer essas corridas ridículas de cabriolé. Caso você não tenha reparado, eu estava perfeitamente bem no estábulo até você aparecer e revelar que eu sou uma mulher. E quando eu fui embora, decidida a ir para o norte por meus próprios meios, foi você que me seguiu! De que modo, então, eu estou preparando uma armadilha para fazer você casar comigo?*

"Eu não quero que todo mundo pense que eu o enganei", Agnes explicou. "Que ele está comigo por algum motivo idiota. Eu não quero a aristocracia se metendo conosco."

"Dane-se a aristocracia, Nessie", o pai dele disse, aproximando-se dela.

"É fácil falar", Agnes respondeu, erguendo a mão e acariciando o rosto dele. "Eu não quero casar com você. Eu quero te amar. E isso vai ter que ser suficiente."

Aquelas palavras atingiram Rei com tudo. Ele ficou paralisado.

"O que você disse?"

Eu não queria casar com você. Eu só queria te amar. Eu não queria ser um fardo para você.

"Aloysius?"

Quantas vezes Sophie disse isso? Que não queria o casamento. Que não desejava fazer aquilo. Quantas vezes Rei disse para ela que não tinha mais escolha? Rei tinha cometido um erro terrível.

Ele olhou para o pai.

"Mas Lorna... Você a rejeitou. Você não queria que eu me casasse por amor."

"Eu a rejeitei porque ela estava atrás do seu dinheiro. Do seu título." O pai inspirou fundo antes de continuar. "Eu nunca desejei que tudo acontecesse do jeito que aconteceu. Eu jamais quis que a garota morresse. Eu nunca quis que você se afastasse." Lyne tomou um grande gole e depois olhou para o copo. "Você tinha a raiva da juventude e eu a imperfeição da idade. Eu deixei que você partisse", ele disse fitando o líquido âmbar. "Eu nunca imaginei que você seria tão..." Ele foi parando de falar.

Agnes terminou a frase.

"...tão igual a ele. Vocês dois, tão orgulhosos, tão obstinados, tão dispostos a não ouvir."

Rei observou o pai, enfim percebendo as falhas do grande Duque de Lyne. Reconhecendo-as, vendo o modo como derrubavam a fachada fria, insensível e constituíam um homem. O duque olhou para o filho.

"Você trouxe Lady Sophie para me irritar. Então eu lhe dei o que você queria. Porque é mais fácil eu ser o homem que você quer que eu seja do que o homem que eu tento ser..." George olhou para Agnes. "Mas não acho que ela esteja atrás do seu título."

Agnes sorriu.

"Eu apostaria tudo que tenho que ela está atrás de algo muito mais valioso."

Eu só queria te amar.

E Rei a enfiou em uma carruagem e a mandou embora.

"Eu me casei com ela", ele disse olhando para o pai.

"Eu conversei com o pai dela hoje", o duque aquiesceu. "Ele me contou que a garota o fez perder muitos investimentos. Alguma coisa sobre Haven e um lago?"

"Era um tanque de peixes."

"Tanto faz. Ele disse que forçou o casamento."

Só que não foi assim. Não de verdade. A própria Sophie disse; Rei poderia ter recusado. A família era escandalosa o bastante — *ela* era escandalosa o bastante — para que ninguém questionasse sua decisão, se ele decidisse não se casar.

Mas ele queria se casar com ela. Mesmo enquanto queria puni-la, ele a queria para si. *Para sempre.*

"Ela não queria o casamento."

"Garota esperta", Agnes aprovou, olhando para o duque.

Ela era esperta. Rei não a merecia. Mas Sophie merecia algo muito melhor.

"Eu a obriguei."

"Garoto esperto", o pai aprovou, encarando Agnes. "Talvez eu devesse publicar as proclamas sem o seu consentimento. Aí você teria que se casar comigo."

Rei colocou o copo sobre o aparador.

"Na Escócia é mais rápido."

"Gretna Green?", o duque perguntou, parecendo surpreso.

"Na entrada do castelo de Warnick." Rei fechou os olhos. "Nós nem fizemos os votos."

Não era verdade. Sophie tinha feito seu voto. Ela o olhou no fundo dos olhos, altiva, forte e mais corajosa que ele. E disse, alto o bastante para que todos ouvissem, *Eu quero.*

E Rei estava mais furioso do que nunca. Que cretino ele foi.

"Você estragou tudo?", seu pai perguntou com seriedade.

Sophie estava sozinha na carruagem, na noite de seu casamento. Quando deveria estar ali, com Rei.

"Estraguei."

"Ela o ama?"

"Sim." Rei tinha batido a porta da carruagem na cara dela, ocupado demais fingindo que poderia viver uma vida sem ela, depois de tudo que já tinha vivido ao lado dela. Fingindo que conseguiria viver um dia sem Sophie. Ele olhou para o pai e disse a única coisa que importava. "Eu a amo."

O Duque de Lyne inclinou a cabeça na direção da porta.

"Então é melhor você ir consertar o que estragou."

Rei já estava em movimento. Ele saiu em disparada pelas estradas escuras e vazias, parando em estalagem atrás de estalagem, sem encontrar sinal de Sophie. Em cada parada, ele ficava mais frustrado, a esperança minguando enquanto relembrava os erros que havia cometido, desesperado para encontrá-la e consertar tudo.

Como isso vai acabar? Espero que acabe bem.

E assim seria. Ele faria acabar bem. Ele a encontraria. Ele a mandou embora, chorando, e não pararia até encontrá-la e garantir que ela nunca mais chorasse. Ele cavalgaria até Londres sem parar se fosse necessário. Ele a encontraria em Mayfair. Faria qualquer coisa ao seu alcance para garantir que Sophie nunca mais chorasse.

Rei se debruçou sobre o cavalo e se permitiu imaginar, pela primeira vez desde que se deu conta de que a amava, como seria tê-la. Por completo. Para sempre.

Imaginou Sophie em seus braços, em sua cama e em sua casa, enchendo-a de livros, brincadeiras e bebês. *Com bebês*. A linhagem não terminaria mais nele. Ele daria filhos para Sophie — garotinhas doces com desejo de aventura, como a mãe, que era a mulher mais intrépida que ele já havia conhecido. Desde o momento em que desceu pela treliça da Mansão Liverpool, Sophie Talbot o enveredou em uma aventura.

Nada de Sophie Talbot. Sophie, Marquesa de Eversley. Sua esposa. Seu amor.

Maldição, ele nunca a alcançaria?

O pensamento mal tinha se formado quando ele fez uma curva acentuada na estrada e viu uma carruagem várias centenas de metros à frente, com as lanternas exteriores balançando na escuridão. Ela era grande o bastante para ser a que ele procurava, e ao se aproximar ele ouviu o tropel, alto o bastante para ser produzido por seis cavalos.

Era ela.

Rei fustigou sua montaria, ansioso por alcançá-la. E reconquistá-la. E amá-la.

Ele daria um gato para Sophie. Preto. Com patas e focinho brancos. Talvez então ela o perdoasse.

Rei encurtou a distância à metade, depois à metade de novo, e de novo. Ele pôde ver que era a carruagem certa quando o veículo se aproximou da curva seguinte na estrada. Era a carruagem em que Sophie viajava, marcada com o brasão do clã Warnick na parte de trás. Ele não conseguiu se segurar e gritou o nome dela quando a carruagem chegou à curva.

"Sophie!", ele gritou, fazendo seu cavalo ir mais rápido. Rei já ia alcançar o veículo, e então a teria outra vez.

Se ela o quisesse. Aquele pensamento doeu.

Sophie o aceitaria. Ele faria o que fosse necessário para reconquistá-la. Não mediria esforços — Rei estava disposto a parar a carruagem e sequestrar Sophie, levando-a em seu cavalo, como um bandido de estrada de antigamente. Ele a levaria para algum lugar lindo e isolado e corrigiria seus erros. Provaria para Sophie que podia amá-la — melhor do que qualquer outro homem jamais conseguiria.

Rei passaria o resto da vida provando isso para ela.

"Lady Eversley!", ele chamou, então, como se o nome de casada pudesse convencer o universo de que ele a merecia.

Ele estava cansado de ficar longe dela. Agora Rei a queria com ele. *Para sempre.*

O cocheiro entrou na curva e Rei aproveitou para se aproximar, chegando perto o bastante para escutar o estalo revelador quando a roda interna da frente ficou sobrecarregada. Ele tinha ouvido aquele mesmo som antes, só que na ocasião, naquela noite, não entendeu o que aquilo anunciava. O medo superou tudo mais.

"Pare!", ele gritou, forçando seu cavalo até o limite. Implorando à montaria que fosse mais rápido enquanto gritava: "Diminua a velocidade!".

Tarde demais. A curva era muito fechada e a carruagem, grande demais. A roda estalou de novo.

"Não!", ele gritou, desesperado para que o cocheiro o ouvisse, mas a palavra se perdeu em um estalo mais alto, seguido pelo guincho dos cavalos quando a carruagem virou, fazendo o cocheiro sair voando da boleia antes que o veículo tombasse de lado e fosse puxado pela estrada por mais uma dezena de metros antes que os cavalos aterrorizados parassem.

"Sophie!", Rei gritou, pulando de sua montaria ainda em movimento, desesperado para chegar até ela. "Não! Não, não, não", ele repetiu de novo e de novo enquanto corria para a carruagem, onde soltou uma lanterna da lateral e a escalou, em um ato contínuo, escancarando a porta para encontrá-la.

Que ela esteja viva. Meu Deus, que ela esteja viva. Eu faço qualquer coisa para que ela viva.

"Você tem que estar viva, meu amor. Eu tenho tanta coisa para lhe dizer", ele disse para a escuridão, querendo-a perto de si. "Não vou perdê-la, Sophie. Não agora que eu te encontrei. Você não vai se livrar de mim assim."

Estava escuro lá dentro e ele ergueu a lanterna, procurando por ela.

"Viva", ele disse. "Viva, por favor, meu Deus. Viva."

As palavras formavam uma litania quando ele encontrou uma pilha de seda — o lindo vestido púrpura que ela estava usando no começo da tarde.

Sophie não estava dentro do vestido. Não estava dentro da carruagem.

O alívio o dominou, bem-vindo e abençoado, deixando seu coração bater outra vez.

Ela estava viva.

No rastro dessa compreensão veio outra, devastadora.

Sophie o abandonara.

Escândalos & Canalhas

Capítulo 22   Junho de 1833

(IN)FELIZES PARA SEMPRE?

* * *

Sophie passou as primeiras horas da viagem de volta da Escócia chorando.

As horas correram livres enquanto Sophie se lembrava de cada minuto que eles tinham passado juntos, cada conversa, cada toque. A raiva que ele não escondeu dela quando Jack Talbot os encontrou e Rei ficou ali de pé, nu e furioso, o Minotauro traído.

Só que ela não o traiu. Ela teria feito qualquer coisa para ficar com ele ali, no centro daquele labirinto impossível. Para sempre.

Mas nenhum deles merecia essa eternidade. O próprio Rei deixou bem claro, antes de enfiá-la na carruagem de Warnick com aquelas últimas e devastadoras palavras.

Eu teria lhe dado a eternidade, se você não tivesse sido tão rápida em roubá-la.

As lágrimas dela acabaram secando, e então Sophie passou o que pareceu uma eternidade admirando a paisagem; incontáveis ovelhas, vacas e fardos de feno, até a noite cair e ela não conseguir ver mais nada.

E só conseguia pensar que ele a tinha arruinado, afinal. Para todos os outros homens. *Para sempre.*

Na escuridão, Sophie encontrou força. E tomou sua decisão. Rei a deixou com uma bolsa cheia de dinheiro, bandagens e unguento, além de uma compreensão, sem sombra de dúvida, de que nunca mais queria vê-la. E então não a veria.

Quando a carruagem parou para trocar os cavalos, a carruagem-correio tinha bloqueado a passagem em meio à sua própria troca de cavalos e cocheiro. E Sophie partiu nela como um novo passageiro vestido de cavalariço.

Afinal, ela não podia começar uma vida nova com um dos vestidos frívolos de sua irmã. O cocheiro de Warnick nem reparou que ela saiu. A alvorada foi entrando na carruagem-correio, tingindo o interior do veículo com um tom cinzento, revelando os outros viajantes em vários estados de sono. Sophie imaginou o destino deles, e também o seu próprio. Talvez ela devesse voltar a Sprotbrough. A lembrança da cidadezinha evocou lembranças de Rei.

Ele a erguendo da banheira. Beijando-a nos fundos do bar. Escondendo-a dos homens de seu pai.

Lágrimas involuntárias ameaçaram transbordar. Não. Sprotbrough não servia.

A carruagem começou a diminuir a velocidade e Sophie fechou os olhos, desejando afastar as lembranças que a consumiam, o toque bem-vindo de Rei, a risada provocante, a voz profunda e maravilhosa sussurrando seu nome. Ela nunca se livraria daquela voz.

"Sophie!"

Ela se empertigou ao ouvir seu nome. Não podia ser. Os outros passageiros na carruagem começaram a acordar e o homem mais perto da janela afastou a cortina, à procura da fonte do grito. Ele se endireitou no assento.

"Não chegamos na estalagem."

Sophie fechou os olhos enquanto a carruagem parava.

"São bandidos?", perguntou a mulher perto dela, com o pânico evidente em sua voz.

"Acho que não", respondeu o homem. "Parece algum maluco."

Sophie esticou o pescoço para olhar pela janela. Seu coração começou a martelar. Ele não parecia nada com um louco. Ele parecia perfeito. Mas também parecia estar furioso.

"Sophie Talbot, saia dessa maldita carruagem agora antes que eu entre aí para te pegar!"

O homem perto da janela cutucou a mulher ao lado dele.

"Talbot é você?"

A moça negou com a cabeça.

Ele perguntou o mesmo para as outras mulheres na carruagem, uma por uma, ignorando Sophie totalmente. Depois de receber negativas de todas as mulheres de vestido, o homem abriu a janela e gritou.

"Não tem nenhuma senhorita Talbot nesta carruagem." Ele se virou para dentro, para a plateia fascinada, e disse: "Ele não acredita em mim".

Sophie se encolheu no assento e baixou o chapéu, desejando se tornar invisível. A porta foi escancarada, trazendo a luz da manhã e o marido dela, cujo olhar imediatamente a encontrou e então investigou suas roupas.

"Ninguém no maldito campo repara nos calçados?"

Ela baixou os olhos para suas sapatilhas — muito apertadas.

"Não havia botas que me servissem."

O homem na janela tomou um susto.

"Ele é uma garota!"

"Ele é, de fato", Rei disse apenas, evidentemente contrariado. "O que eu lhe disse sobre carruagens-correio, Sophie?"

Ela fez uma careta de deboche.

"Como você me despachou para Londres poucas horas atrás, com a promessa de nunca mais me ver, não estou lá muito interessada no que você tem a dizer sobre as minhas escolhas de transporte."

"Ah... Uma briga de namorados", suspirou a mulher ao lado dela, parecendo encantada.

"Não somos namorados!", Sophie estrilou.

"Se ele correu atrás da carruagem-correio para te pegar, vocês vão ser", disse o homem junto à janela, baixando o chapéu sobre os olhos e recostando-se no assento.

Só que eles não seriam.

"Você não sabe de nada", Sophie rebateu. "Ele nem gosta de mim."

"Saia da carruagem, Sophie", Rei ordenou.

"Saia logo, Sophie", disse outro passageiro. "Todos nós queremos chegar a nossos destinos."

"Eu também!", Sophie insistiu.

Rei ergueu a sobrancelha.

"Ah é? E aonde você vai?"

Ela não sabia essa parte. Ainda não. Mesmo assim, não iria confessar isso para ele.

"Sprotbrough. Talvez você se lembre. Médico atraente?"

"Eu me lembro, amor. De cada minuto."

"Não me chame assim."

"Por que não? Eu te amo."

Sophie prendeu a respiração ao ouvir aquilo. Ele era um imbecil.

"Caia fora!", ela disse em voz baixa, odiando Rei por dizer aquilo. Por fazê-la desejar que fosse verdade.

"Entre ou saia, meu lorde", o cocheiro disse atrás de Rei. "Eu tenho uma programação a cumprir."

Rei não desviou o olhar dela quando falou, com a voz suave.

"Eu devo entrar? Ou você vai sair?"

"Se ela não for, eu vou", prontificou-se outra mulher na carruagem.

"Vá logo, garota", disse o homem junto à janela.

Sophie o ignorou.

"Você me mandou embora."

"Eu fui um cretino."

"Foi mesmo."

"É isso aí, garota!", a vizinha de assento falou. "Tem que se defender!"

Rei estendeu o braço, oferecendo-lhe a mão forte.

"Por favor, Sophie. Eu tenho tanto a dizer. Saia para me ouvir."

Para a imensa gratidão do cocheiro, diante das reações variadas dos passageiros e apesar de sua própria sensação de dúvida, Sophie saiu da carruagem, que entrou em movimento segundos depois, deixando-a sozinha com Rei na Grande Estrada do Norte, somente com o cavalo dele por testemunha.

Sophie se virou para Eversley quando o barulho da carruagem-correio começou a sumir ao longe.

"O que..."

Ele a interrompeu com um beijo longo e profundo, com uma urgência que perturbava ao mesmo tempo que provocava, enquanto com as mãos Rei emoldurava o rosto dela. Sophie se perdeu na carícia quase no mesmo instante, devastada pelo beijo, pelo fato de que não tinha imaginado que ele a beijaria outra vez.

Sophie não devia deixar que ele a beijasse. Não era justo que ela quisesse, tão desesperadamente, que Rei a beijasse.

Quando ele a soltou, os dois sem fôlego, ela percebeu que as mãos dele tremiam, e as segurou entre as suas.

"Rei?"

"Eu pensei que você tivesse morrido", ele sussurrou antes de tomar os lábios dela de novo, com a mesma urgência.

Sophie se afastou.

"O quê? Eu não estava morta. Estava na carruagem-correio."

"Houve um acidente com a carruagem de Warnick."

Ela arregalou os olhos ao lembrar do cuidado com que ele verificava os arreios dos cavalos sempre que se preparava para uma viagem — vestígios do acidente de Lorna.

"Como?"

"A roda quebrou... Eu vi a carruagem tombar." Ele sacudiu a cabeça. "Não consegui impedir. Você podia ter morrido."

Sophie segurou as mãos dele com ainda mais firmeza, sabendo que Rei estava revivendo o momento — seu pior pesadelo.

"E o cocheiro?"

"Está bem. Parece milagre, mas está bem."

"Graças a Deus."

"Mas você podia ter morrido", ele repetiu.

Ela encostou as mãos dele em seu rosto.

"Eu estou bem viva."

"Eu quase te perdi", ele disse, com a voz baixa e devastadora. "E então, quando descobri que você não estava na carruagem, que estava viva, eu te perdi de novo."

Sophie o soltou e inspirou fundo, afastando-se daquelas palavras. Da verdade que traziam.

"Você me mandou embora."

Rei estendeu a mão para ela.

"Sophie..."

Ela recuou.

"Eu disse que te amava e você me mandou embora."

Ele praguejou e passou as mãos pelo cabelo.

"Eu sei, mas eu estava errado. Cristo."

"Eu não queria me casar com você", ela disse, odiando a tristeza em sua voz. A fraqueza que transmitia. "Não desse jeito."

"Eu sei..."

"Não tenho certeza de que sabe mesmo", ela atalhou e não aguentou mais olhar para Rei. Sophie se virou e olhou para a estrada, onde a carruagem-correio tinha desaparecido.

Ela estava presa. Como ele.

"Não posso estar casada com você, Rei. Não desse jeito. Foi por isso que saí da carruagem." Ela fez uma pausa e se voltou para ele, encontrando seus lindos olhos verdes. Ela o amava demais para estar casada sem confiança. Sem amor. "Eu lhe contei tudo. Eu me expus. Expus meu amor. E não foi o bastante. Você merece coisa melhor do que estar preso a um casamento que não quer." Ela meneou a cabeça e acrescentou: "*Eu* mereço coisa melhor".

Sophie se virou para sair caminhando, sem saber para onde ia, mas sabendo que não podia ficar com ele.

"Eu quero", Rei falou às costas dela.

Ela fechou os olhos, mas não parou.

"Deus sabe que você merece coisa melhor, Sophie, mas eu sinto muito por não poder te oferecer nada melhor. Você é minha esposa e eu te quero. Eu quero cada pedaço seu. Eu te amo. Mais do que você conseguiria entender. E eu fui um verdadeiro cretino. Eu deveria ter te ouvido. Eu deveria ter acreditado em você."

Ela se virou para encará-lo, incapaz de se segurar. Ele andava na direção dela e as palavras transbordavam de sua boca.

"Eu deveria ter te pedido em casamento na noite passada. Antes de fazer amor com você. Mas, sendo um imbecil, eu queria fazer um pedido bonito. Eu iria te levar para o labirinto, amor. Com tortas de morango. Você teria gostado?" Ele parou na frente dela. "Por favor, Sophie."

"Eu teria gostado disso", ela disse, delicada.

"Eu vou fazer isso", ele prometeu. "Assim que voltarmos para casa, vou levar você até lá. Vou fazer isso."

"Não preciso disso. Já estamos casados."

"Eu preciso", ele disse. "Cristo, eu preciso. Me dê as suas mãos."

Ela obedeceu e ficou assombrada quando Rei se ajoelhou à sua frente. "Não, Rei."

Ele beijou as mãos dela, primeiro uma, depois a outra.

"Nós não temos testemunhas, mas isso vai ter que servir. Eu te amo, Sophie Talbot. Eu amo sua beleza e seu brilho, e juro aqui, diante de você, Deus e a Grande Estrada do Norte, que queria me casar ontem com você e quero me casar hoje, e pretendo querer me casar com você em todos os dias pelo resto da nossa vida."

Sophie olhou para o alto da cabeça dele, maravilhando-se com aquele cabelo lindo, incapaz de acreditar que ele estava mesmo ali e a queria.

"Você acredita em mim? Eu não quero prender você."

Ele levantou e encostou a testa na dela.

"Eu fui um cretino. Eu estava bravo, chocado e...", ele fez uma pausa. "Eu queria te prender, eu acho. E então, como um idiota, eu te mandei embora." Ele fechou os olhos. "Eu vi a carruagem tombar e..." Ele os abriu. "Cristo, Sophie. Eu morri naquele momento. Eu não sei o que teria feito se..."

"Eu estou viva!" Ela colocou a mão dele sobre seu peito, onde seu coração batia forte e firme. "Rei, eu estou viva." Ela sorriu. "Você parece ter estabelecido uma carreira como meu salvador."

Rei deslizou a mão até o queixo dela, inclinando o rosto de Sophie para o dele, e olhou no fundo dos olhos dela.

"Eu sempre serei seu salvador." Ele a beijou de novo antes de continuar. "Eu te mandei embora porque você me apavorou. Fiquei apavorado com o que você me fez sentir. Com a vida que você me fez querer viver. Eu te mandei embora porque fiquei com medo de nunca conseguir ser o tipo de homem que merece você. E eu quero ser esse homem, Sophie. Eu preciso te amar. Eu preciso que você me ame de novo. Eu preciso que você ensine nossos filhos a amar." *Filhos.* "Espero que você não tenha nada contra, mas eu gostaria de muitas garotinhas de cabelos castanhos, olhos azuis e que adorem livros."

"Você me ama?"

Ele entrelaçou seus dedos aos dela e levou a mão de Sophie aos lábios.

"Desesperadamente", ele jurou.

Sophie meneou a cabeça.

"Eu pensei que nunca teria isso", ela disse, com a voz delicada. "Eu nunca pensei que era interessante o suficiente. Nunca pensei que alguém me amaria. Para ser honesta, eu nunca me preocupei com isso. Eu tinha minha família, o que me deixava feliz. Então, eu te encontrei." Ela fez uma pausa. "E você virou minha vida de cabeça para baixo."

"Acredito que foi você que virou a *minha* vida de cabeça para baixo." Ela sorriu.

"Tudo que eu queria era uma carona até Mayfair."

"Você se arrepende de que Mayfair não estivesse nos meus planos?" Ela negou.

"Nem um pouco. Embora eu pudesse ter passado sem toda aquela agitação na estrada."

"Agitação demais." Ele lhe tomou outro beijo. "Você nunca mais vai viajar de carruagem."

"Eu nunca fui interessante antes de conhecer você."

"Não acredito nisso", ele contestou.

"É verdade." Sophie enfiou os dedos no cabelo dele, puxando-o para si. "Eu nunca tinha roubado um criado." Então ela lhe deu um beijo demorado e intenso.

Quando a carícia parou, ele mordiscou o lábio dela.

"Ladra!" Outro beijo. "Felizes para sempre", Rei jurou, solene. E Sophie acreditou nele. "Diga outra vez", ele pediu. "Eu quero ter certeza de que não te perdi."

"Eu te amo. Meu marido. Meu Rei." Ela fez uma pausa e então sussurrou: "Agora *você* diz de novo".

Escândalos & Canalhas

Epílogo   Novembro de 1833

UMA SUPRESA PARA SOPHIE EM ST. JAMES

* * *

"Isso é muito constrangedor", Sophie disse do alto do cabriolé de seu marido. "Será que muita gente consegue nos ver?"

"Como estamos na terça-feira e é meio-dia...", ele respondeu, a voz grave, profunda e encantadora. "Sim, muita gente consegue."

"Isso é um absurdo", ela corou.

"Posso lhe contar uma notícia que, acredito, vai te deixar mais tranquila?"

Sophie se virou para Rei, adorando o modo como ele ria. Ela sorriu.

"Eu estou ridícula?"

"Você está perfeita!" Rei pegou uma das mãos enluvadas dela e a beijou. "Recebi notícias da idílica Sprotbrough esta manhã."

Sophie se aprumou. Mary, John e Bess tinham se estabelecido em Sprotbrough.

"E?"

"Seu médico conta que Mary é a melhor enfermeira deste lado do canal, e que John, em especial, tem muito jeito para anatomia. O doutor tem esperança de que essa inclinação, combinada com aqueles dedinhos hábeis, um dia fará dele um cirurgião brilhante. Bess, por sua vez, está acabando com a sanidade da governanta dela."

"E o médico?", Sophie sorriu.

"Tenho certeza de que o maluco adora todo esse caos."

Sophie riu ao ouvir isso.

"Eu acho maravilhoso. Todo mundo teve seu final feliz." Sophie tinha muita esperança de que Mary se tornasse algo mais que a ajudante do médico.

A carruagem fez uma curva para a esquerda e Sophie levantou as mãos para remover sua venda.

"Esta venda é absolutamente necessária?"

Rei segurou as mãos dela antes que Sophie conseguisse removê-la.

"Você não está sendo uma boa Irmã Perigosa, sabia?"

"Nem mesmo minhas irmãs permitiriam ser vendadas à vista de toda Londres."

"Nem mesmo Sesily?"

"Talvez Sesily", ela concordou.

Depois que Eversley e o Duque de Lyne combinaram suas forças para restaurar Jack Talbot às boas graças da aristocracia, as irmãs de Sophie tiveram um retorno triunfal a Londres. Enquanto o Conde de Clare e Mark Landry foram recebidos com alegria por suas respectivas Irmãs Perigosas, Derek Hawkins não teve a mesma sorte.

Sesily praticamente empurrou o criado para o lado quando Derek chegou à porta da Casa Talbot e, na frente de toda Mayfair, passou no sujeito a descompostura completa que aquele pomposo arrogante merecia. Desde então, Sesily se tornou a Talbot mais falada de Londres. Até aquele momento.

"Isso vai aparecer em todas as colunas de fofocas amanhã", Sophie disse. "Posso até ver as manchetes."

"*Sophie Sem Visão?*"

"Não é indecente o bastante", ela riu.

"*Olhos Vendados Fora do Quarto?*"

Ela corou de novo ao visualizar a imagem deliciosamente escandalosa.

"Isso é indecente demais."

Rei baixou a voz.

"Ficarei feliz em lhe mostrar como isso é perfeitamente indecente, esta noite."

Sophie se virou para Rei e sua voz se igualou ao tom dele.

"Eu queria que nós não estivéssemos em público."

Rei grunhiu e ela, de repente, se sentiu muito quente debaixo da coberta de viagem.

"Você não deveria me distrair da surpresa", ele disse, fazendo a carruagem parar. "Nós chegamos."

Sophie levou as mãos à venda.

"Eu posso..."

"Ainda não", ele disse e o cabriolé se moveu quando ele desceu.

"Rei!", ela guinchou. "Não ouse me deixar aqui na frente de todo mundo!"

Então o veículo se moveu de novo e Rei se debruçou sobre ela, sussurrando palavras sensuais.

"Nunca. Eu nunca vou te deixar."

Ela se virou na direção das palavras e, quando ele soltou a venda, Sophie o encontrou ao alcance das mãos. De um beijo. O olhar dela caiu nos lábios dele e Rei sorriu, depois fez uma promessa.

"Quando estivermos lá dentro, amor..."

Ela ergueu os olhos para os dele.

"Você é um patife."

"E você não é?"

Antes que ela pudesse responder, Rei se afastou e ajudou Sophie a descer até a rua, onde uma coleção de espectadores a observava, sem dúvida calculando a velocidade com que poderiam levar aquela história para os jornais de fofocas. A Marquesa de Eversley, chegando de cabriolé e vendada a um local absolutamente comum em St. James por seu, talvez louco, e definitivamente apaixonado, marido.

Mas Sophie não ligava nem um pouco para os espectadores agora que podia ver a empolgação no olhar de Rei. Ela meneou a cabeça.

"Não estou entendendo. Onde estamos?" Ela olhou para a loja diante deles. "Uma livraria?"

"Esta não é uma livraria qualquer", ele respondeu, com o olhar cheio de um orgulho atrevido.

Sophie olhou para a placa sobre a porta.

"Livraria Matthew & Filhos." Ela leu e se virou para ele, sendo tomada por surpresa e alegria. "Matthew?"

"O primeiro nome que nós compartilhamos", ele sorriu.

"O nome que compartilhamos com meu criado", ela arqueou as sobrancelhas.

"Eu acho que você quer dizer *meu* criado, mas, sim, esse Matthew."

Matthew agora era criado *deles*, empregado alegremente na casa em Mayfair.

"Uma livraria!", Sophie se deleitou.

Rei sorriu. Aquele sorriso de novo, que fazia Sophie amá-lo mais e mais a cada dia.

"Você gostaria de entrar?"

Ela já tinha chegado à porta antes de Rei terminar a pergunta. Ele tirou uma chave do bolso e pôs a mão na porta.

"Você precisa saber que está vazia. Imaginei que você mesma gostaria de escolher o acervo." Ele abriu a porta, empurrando-a para o espaço escuro e silencioso que ela já planejava encher com livros de todos os cantos do mundo.

Ela não entrou, contudo. Sophie parou na soleira e se virou para ele à plena vista de toda St. James.

"É perfeita."

Uma confusão alegre tomou o rosto de Rei.

"Você nem viu ainda."

"Não preciso ver", ela sacudiu a cabeça. "É perfeita!"

"*Você* é perfeita", ele se aproximou.

Sophie levou a mão ao rosto dele, sem se importar que damas não tocavam seus lordes em público. Sem se importar com ninguém, a não ser Rei.

"Matthew & Filhos..." Ela inclinou a cabeça. "Talvez não seja o nome certo."

"Nós podemos mudar", Rei logo disse. "Se você não gostar. Matthew não se importa — eu acho até que ele gostaria que a loja tivesse o nome dele —, mas nós podemos dar qualquer outro nome."

"Não é isso."

Rei balançou a cabeça e ela percebeu que ele estava começando a ficar confuso.

"Sophie, não importa. Você não quer ver por dentro?'

Ela queria, e muito, mas o momento era perfeito demais.

"Eu quero", ela disse, fingindo dúvida. "Mas eu acho que é importante notar que não vamos saber com certeza o nome da loja por alguns meses, ainda."

"Quem se importa com o maldito..." Ele parou. "Meses?"

Foi a vez de Sophie sorrir.

Rei se aproximou e, se ela fosse realmente uma lady, teria se afastado dele. Havia benefícios, contudo, em se ser uma Cinderela Borralheira.

"Qual poderia ser o nome, Sophie?"

Ela adorava aquela voz baixa e rouca.

"Bem", ela começou, "eu ainda não posso ter certeza, mas você tem algo contra a possibilidade de ser Matthew & Filhas?".

Quando os jornais de fofocas noticiassem os eventos daquela tarde, não seria a marquesa vendada a dominar as manchetes. Na verdade, seria o marquês profundamente apaixonado que, em um surto de adoração desenfreada, deixou o decoro de lado e beijou a esposa em plena luz do dia, na entrada de uma nova livraria em plena St. James.

Tudo isso antes de erguê-la nos braços e carregá-la porta adentro, que fechou com um empurrão de sua grande bota preta.

Escândalos & Canalhas

Observações da autora   Edição especial

A inspiração para este e todos os livros da série *Escândalos & Canalhas* é a atual fofoca de celebridades, algo que leitores — como eu — que têm um gosto secreto por *US Weekly, Defamer.com* e *Tattler* vão logo perceber. De fato, é difícil imaginar uma época mais parecida com a nossa do que o início do século XIX, quando os jornais de fofocas eram tão abundantes e poderosos quanto hoje. Embora *Escândalos & Canalhas* seja uma criação minha, havia dezenas de periódicos de fofocas na época de Sophie e Rei, muitos dos quais faziam tanto sucesso quanto alguns fazem hoje. Sou grata às imensas e fascinantes coleções da Biblioteca Pública de Nova York e da Biblioteca Britânica. Uma leitura menos fascinante é a do *Tratado Popular e Prático sobre o Ofício de Pedreiro,* livro real publicado em 1828 por Peter Nicholson, Esq. — o texto perfeito com que Sophie provoca Rei durante a viagem.

Quando comecei a escrever este livro, minha intenção não era que alguém levasse um tiro. Mas Sophie é, afinal, uma Irmã Perigosa. Sou grata ao Dr. Daniel Medel por muitas razões, e uma das mais importantes deve-se à disposição dele em atender minhas ligações nas quais, em pânico, eu lhe fazia perguntas sobre a medicina no século XIX. Só algumas vezes ele me disse que Sophie iria morrer. Como sempre, os erros são inteiramente de minha responsabilidade.

Este livro não existiria sem minha tremenda editora, Carrie Feron, a maravilhosa Nicole Fischer, e a incrível equipe da Avon Books, incluindo Liate Stehlik, Shawn Nicholls, Pam Jaffee, Caroline Perny, Tobly McSmith, Carla Parker, Brian Grogan, Frank Albanese, Eileen DeWald e Eleanor Mikucki. Sou muito grata a essa equipe e ao meu agente, Steven Axelrod, que fizeram Sophie e Rei acontecer.

Obrigada a Ally Carter por me legar, tanto tempo atrás, o título *The Rogue Not Taken,* e também a Lily Everett, Carrie Ryan, Sophie Jordan e Linda Francis Lee pelas fé e torcida. Vocês nunca saberão o quanto isso significou para mim, nem o quanto eu estimo a amizade de vocês.

E, como sempre, obrigada a Eric — o melhor ladrão de tortas que eu conheço.

Este livro foi composto com tipografia Electra Std e impresso
em papel Off-White 70 g/m² na Gráfica Rede.